PARIS

To The

PYRENEES

旅 行 之 道

从巴黎到比利牛斯

一个怀疑论者的朝圣之旅

[美] 大卫·唐尼 著 艾莉森·哈里斯 摄

焦晓菊 译

生活·讀書·新知 三联书店

“旅行之道”丛书出版说明

“道”是道路、旅途，通向一个不同于日常生活的新世界；“道”是习俗、方式，蕴含着不同文明的历史文化；“道”是经验、阅历，是让自己的生命与陌生的情境融合，诞生新的生命体验；“道”是言说、倾诉，游走过的、经历过的，都以文字和画面展现。

这套小丛书化用瑞士作家尼古拉·布维耶（Nicolas Bouvier）《世界之道》的书名，为读者介绍现当代旅行文学经典，刻画不同文化的风貌。每部作品都蕴含着对旅行的人文关切，以期为读者呈现不同的旅行之“道”。相信不同阅读者的解读与个人经历相碰撞，会产生新的感悟，从而构筑自己的“旅行之道”。

生活·讀書·新知 三联书店

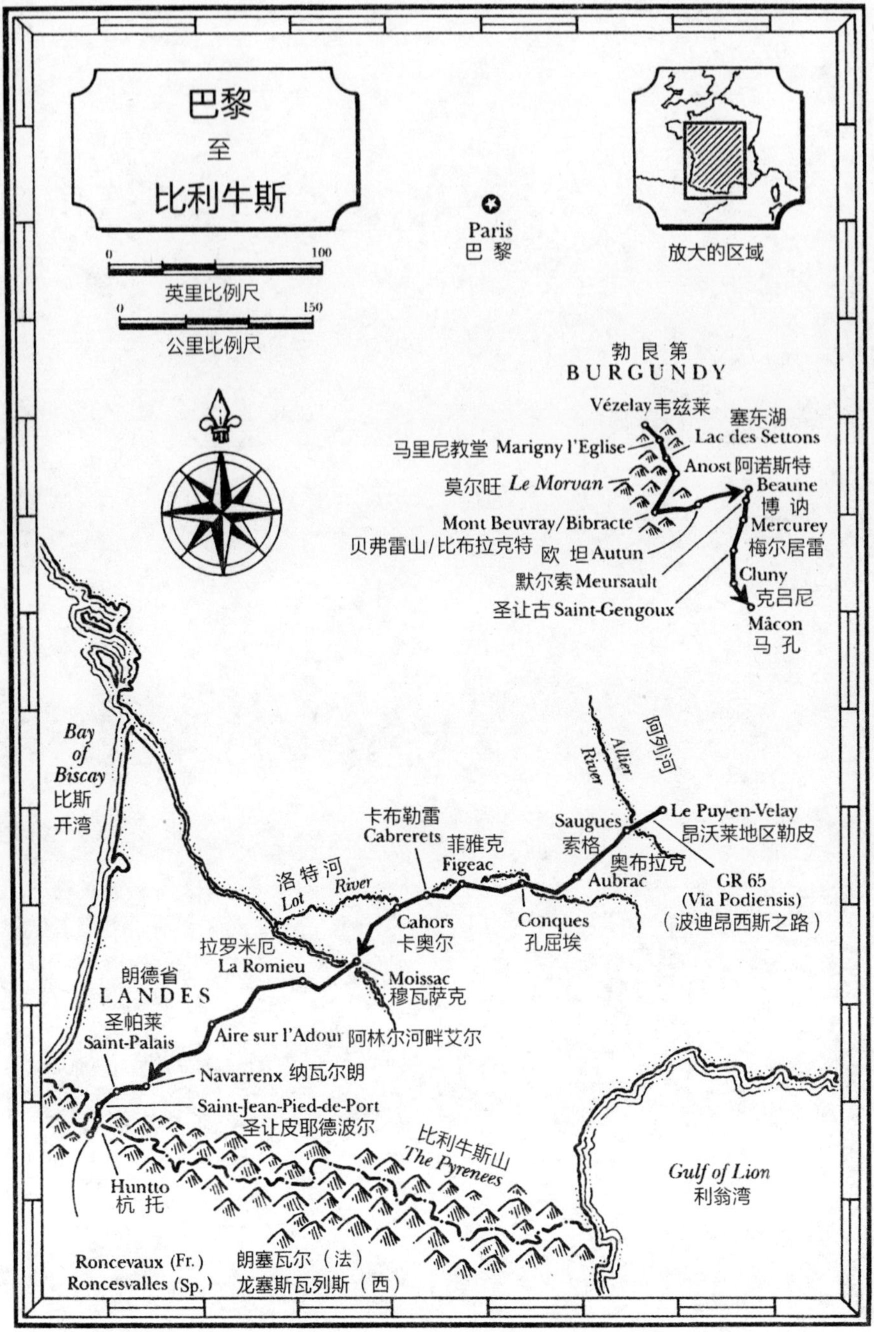
巴黎
至
比利牛斯
0
100
英里比例尺
0
150
公里比例尺
Paris
巴 黎
放大的区域
勃 艮 第
BURGUNDY
Vézelay 韦兹莱
塞东湖
Lac des Settons
马里尼教堂 Marigny l'Eglise
Anost 阿诺斯特
莫尔旺 Le Morvan
Beaune
博 讷
Mont Beuvray/Bibracte
贝弗雷山/比布拉克特
Mercurey
梅尔居雷
欧 坦 Autun
默尔索 Meursault
Cluny
克吕尼
圣让古 Saint-Gengoux
Mâcon
马 孔
阿列河
Allier
River
Bay
of
Biscay
比斯
开湾
Le Puy-en-Velay
昂沃莱地区勒皮
卡布勒雷
Cabrerets
Saugues
索格
菲雅克
Figeac
奥布拉克
Aubrac
洛 特 河
Lot
River
GR 65
(Via Podiensis)
（波迪昂西斯之路）
Cahors
卡奥尔
Conques
孔屈埃
拉罗米厄
La Romieu
Moissac
穆瓦萨克
朗德省
LANDES
圣帕莱
Saint-Palais
Aire sur l'Adour 阿林尔河畔艾尔
Navarrenx 纳瓦尔朗
Saint-Jean-Pied-de-Port
圣让皮耶德波尔
比利牛斯山
The Pyrenees
Gulf of Lion
利翁湾
Huntto
杭 托
Roncevaux (Fr.)
Roncesvalles (Sp.)
朗塞瓦尔（法）
龙塞斯瓦列斯（西）

献给艾莉森

又一部心灵之作

目 录

关键人物、地点和事件

埃杜伊（Aedui）：高卢部落，其领土相当于今天位于勃艮第中南部的索恩-卢瓦尔省（Saôneet-Loire）和涅夫勒省（Nièvre），首都是比布拉克特（Bibracte）。根据尤利乌斯·恺撒的说法，埃杜伊人是“罗马人的盟友”，曾要求罗马人帮助他们抵御敌对的凯尔特和日耳曼部落的侵犯。罗马人的回应引发了高卢战争（Gallic Wars）。

阿雷西亚（Alésia）：高卢的防御性城市，在恺撒征服高卢的最后一役中，维钦托利（Vercingétorix）和其他高卢酋长在此避难。围城之后，高卢人投降了。维钦托利成了俘虏，被押往罗马，并在几年后被杀死。阿雷西亚成为一座罗马城市，但在中世纪沦为废墟。如今它已经被发掘出来，并改建成历史主题公园。

阿斯特吕克（Astérix）：传说中的高卢英雄，生活在大约公元前50年的阿莫里卡（Armorica；今法国西部的布列塔尼

[Brittany]）地区，不属于被罗马征服的高卢。这个名字结合了"asterisk"跟"Vercingétorix"两个词。阿斯特里克斯最初是个幽默且具有破坏性的人物，后来被法国主流电影（《阿斯特里克斯游乐园》[*Parc Astérix*]）和偏激的民族主义元素吸收。对有些人来说，他是抵抗外来影响（从恺撒到移民，乃至于美国主导的全球化）的象征。

欧坦（Autun）：见比布拉克特。

比布拉克特（Bibracte）：高卢重要的防御城市或城堡，是埃杜伊的首都。建于公元前200年前后，在公元1世纪遭到废弃或毁灭。它位于勃艮第地区莫尔旺的贝弗雷山（Mont Beuvray of Morvan）山顶。维钦托利在比布拉克特被宣布为高卢抵抗部落领袖。而恺撒则在比布拉克特口述了他那部编年史《高卢战记》（*The Conquest of Gaul*）的一部分。奥古斯都·恺撒（Augustus Caesar，原名屋大维；公元前63—公元14年）在世期间，这座城市的居民被重新安置到附近的欧坦——原名"Augusto Dunum"（奥古斯都城）。如今的比布拉克特是个国家公园，包括凯尔特文明博物馆（Celtic Civilization Museum）和若干考古发掘地。

勃艮第（Burgundy）：法国中部偏东的一个地区，分成四个行政区，约讷省（Yonne）、涅夫勒省、蓝色海岸（Côte d'Or）和索恩-卢瓦尔省。这里以葡萄酒而闻名，也是古代高卢的核心区，高卢各部落与尤利乌斯·恺撒的军团之间具有决定意义的若干战役就发生在这里。

尤利乌斯·恺撒（Julius Caesar）：即恺撒大帝（公元前100—前44年），古罗马军事和政治领袖。公元前58年，恺撒率领罗马军团进入高卢，开始了一场持续近十年的战争，并于公元前52年战胜维钦托利。

凯尔特人（Celts）：说凯尔特语的古代民族，其起源无法确定，据说从公元前1200年前后开始从巴尔干地区迁入西欧。他们在包括中东欧大部和西欧的地区定居下来，并跟敌对的日耳曼部落和罗马人发生冲突。他们的祖国高卢大部就在今天的法国。通常“凯尔特”一词与“高卢”一词可互换。高卢-罗马文明就产生于高卢人之中。

查理曼（Charlemagne）：即查理曼大帝（公元742—814年），法兰克国王，并于800年号称神圣罗马帝国皇帝。778年，在与科尔多瓦埃米尔（Emir of Cordoba）发生冲突的摩尔统治者的邀请下，他率领一支军队翻越比利牛斯山脉，进入西班牙。查理曼的军队受到巴斯克人的抵抗，后者在龙塞斯瓦列斯大肆杀戮他的后卫部队。死者中包括布列塔尼边区公爵罗兰。史诗《罗兰之歌》（*The Song of Roland*）就是在这段插曲的启发下诞生的。

克吕尼（Cluny）：一个拥有五千名居民的小镇，位于勃艮第的索恩-卢瓦尔省南部。这里有一处中世纪的修道院废墟，以前曾建有梵蒂冈之外最大的教堂。

杜诺列克斯（Dumnorix）：尤利乌斯·恺撒进犯高卢期间的埃杜伊酋长。

普法战争（Franco-Prussian War）：法国与普鲁士（一个日耳曼王国）之间的战争，发生于公元1870年至1871年。

法兰克人（Franks）：位于法国西北部及比利时、荷兰与德国西部的日耳曼部落。公元450年前后，法国的墨洛温王朝（Merovingian Dynasty）就起源于法兰克人，在查理曼的统治下，作为西欧的领袖而崛起。

高卢人（Gauls）：见凯尔特人。

弗朗索瓦·密特朗（François Mitterrand）：生卒年为1916—1996年，法国前总统（1981—1995年在任），社会党人。这个谜一样的人物颇具争议性，他在“二战”期间的记录仍然有待细细研究。

莫尔旺（Morvan）：勃艮第的山区，从韦兹莱南部一直延伸到欧坦。

收复失地运动（Reconquista）：公元792年至1492年，基督徒“重新征服”被摩尔人占领的伊比利亚半岛的运动。

抵抗运动（Résistance）：法国武装抵抗纳粹占领及维希傀儡政府的运动。

朗塞瓦尔（龙塞斯瓦列斯）：法文为“Roncevaux”，西班牙文为“Roncesvalles”。位于比利牛斯的一座罗曼式修道院，是查理曼的后卫部队遭到杀戮的地点，也是圣雅各大道——圣地亚哥-孔波斯特拉朝圣者之路（Camino de Santiago de Compostela）——上的重要中途停留点或起点。

贝尔特和吉哈尔·德·鲁西永（Berthe and Girart de Roussillon）：在公元855年前后创立韦兹莱修道院的贵族夫妇。

大雅各（Saint James the Greater）：又被称为“蒙塔莫罗”（Mata-moro），意为“摩尔人克星”，公元44年死于朱迪亚（Judea）。据传说，八百年之后，他的遗骨在位于西班牙西北部的孔波斯特拉被发现，也就是如今圣地亚哥-孔波斯特拉主教座堂所在的位置。从公元9世纪开始，这里成为基督教第三大朝圣地，仅次于罗马和耶路撒冷。

圣地亚哥-孔波斯特拉（Santiago de Compostela）：西班牙加

利西亚（Galicia）的首府，在法文中被称为“圣雅克–孔波斯特拉”（Saint-Jacques de Compostelle）。

维钦托利（Vercingétorix）：高卢阿维尔尼（Arverni）部落的酋长，曾在比布拉克特率领军队抵抗尤利乌斯·恺撒，公元前52年在阿雷西亚投降，公元前46年在罗马被处死。

韦兹莱（Vézelay）：勃艮第北部约讷省的村庄，是9世纪抹大拉的马利亚大教堂（Basilica of Mary Magdalene）所在地，也是传说中这位圣徒遗骸的保存地点之一。经历数世纪的衰败之后，如今韦兹莱再次成为朝圣地，也是圣雅各大道的起点或中途停留的重要地点。

圣雅各大道（Way of Saint James）：穿过欧洲前往西班牙圣地亚哥–孔波斯特拉的朝圣路线网，始于公元880年左右。

巴黎前奏

我们在圣雅克塔（Tour Saint-Jacques）的阴影下达成了协议。这座华丽的哥特式尖塔位于里沃利路（rue de Rivoli）上，距离我妻子艾莉森和我在巴黎市中心的居住地仅有半英里[①]，是大雅各（Saint James of the Great）那座著名的中世纪教堂兼旅馆仅余的遗迹。在一千多年的时间里，成千上万的朝圣者就从这里出发向南步行，顺着圣雅各大道（The Way of Saint James）——简称“大道”——在欧洲的主要支线从巴黎前往比利牛斯。那也是我们要走的路线。

在复活节前几天，我们戴上步程计，从这座塔出发向南，穿过一群群上下班的人和游客。经过西岱岛（Île de la Cité）的时候，我们停下脚步，在巴黎圣母院里安静地沉思了片刻。然后我们就顺着圣雅克路（rue Saint-Jacques）[②]走去，不时钻进一座座教堂、

① 1英里约等于1.61公里。——编者注

② “雅各”在法语中称为“Jacques”，通译为“雅克”。这里的“圣雅克路”特指巴黎市内街道名，与前文提到的朝圣大道“圣雅各大道”不同。——译者注

从前的朝圣者客栈，以及克吕尼修道院院长们在巴黎的住所——如今已成为巴黎的中世纪博物馆（museum of the Middle Ages），那幅高深莫测的《贵妇与独角兽》（*Lady and the Unicorn*）壁毯就挂在里面。

在法语中，圣雅各大道被称为"le Chemin de Saint Jacques de Compostelle"，而在西班牙语里则被称为"El Camino de San-tiago de Compostela"。不管如何称呼，这条朝圣大道都是在一条古老的罗马道路基础上修建的，经巴黎将北欧与高卢腹地连接起来，并继续延伸至西班牙。

如今的圣雅各大道就跟大多数罗马大道一样笔直而精准，它仍然经过先贤祠（Pantheon）向上延伸，然后顺着闸门水库（Reservoir de la Vanne）的边缘通往杂乱而庞大的大学城（Cité Universitaire）的校区。这条路曾四度更名。在大学城绿化带外坑坑洼洼的亨利-文森特路（rue Henri-Vincent）上，我的语音步程计告知我们已步行了3.26英里，燃烧了234卡的热量。不久后，我们抵达了圣雅各大道的起点。它已不再是从巴黎通往西班牙的辉煌大道，而只是驶离环城大道（Boulevard Périphérique）——一条六车道的环城公路，如护城河一般将巴黎圈起来——的一条小小匝道。

我们望着这错综复杂的水泥庞然大物沉思，此刻，大量朝圣者再次涌向圣雅各塔似乎是不太可能的事情。我们意识到，各种探索者已不再从巴黎出发，这座拥有一千二百万人口的城市被众多工业和住房项目、收费和免费的高速公路及铁路层层包围，而它们对最敏捷的步行者也是致命的。今天的朝圣者会对着圣雅各塔点头致意，为了象征性地屈膝跪拜而造访巴黎圣母院。然后他们会搭乘巴士或火车前往朝圣大道上的其他地点——那些更小也更舒适宜人的地方，如沙特尔（Chartres）、图尔（Tours）和普瓦捷（Poitiers），或者阿尔勒（Arles）、昂沃莱地区勒皮（Le Puy-en-Velay）和韦兹莱。在急不可耐的兴奋中度过一个不眠之夜后，我们也效仿他们，第二天天一亮就跳上了开往韦兹莱的头班列车。

第一部

恺撒的幽灵

从韦兹莱翻越莫尔旺，前往欧坦

此刻，摆在面前的是我拍的照片和我的地图，它们展现了一个地方，因此也展现了我自己。其中的大部分事实都建立在我自己的影像和发明之上。

——M. F. K. 菲舍尔（M. F. K. Fisher），

《普罗旺斯的两个小镇》（*Two Towns in Provence*）

Pilgrim（朝圣者）一词源自拉丁文“peregrinus”，指的是漫游者、身在异国的旅行者、外国人。

——《新版韦氏通用词典全本》

活着的圣徒们

颇有传奇色彩的中世纪朝圣地韦兹莱顺着勃艮第的一条陡峭山脊纵向延伸，就像躺在精神病医生躺椅上的病人。这座山的最前端是一座罗曼式的陵墓，里面埋葬着抹大拉的马利亚的遗骨。我们的酒店就位于这位圣人的脚下，从前的露天市场附近。前面的明喻似乎不够完美。关于这个地点传说中的心理治疗效力，我听说过大量传闻。虽然我并没有看到精神病医生的躺椅，却看到有些摇摇欲坠的高高围墙，上面矗立着几座钟楼，四周是黑皮诺葡萄园和点缀着奶牛的牧场。

作为一名体重严重超标、双膝疼痛且抱有自由思想的人，一个计划徒步朝圣750英里的疯子，或许我对韦兹莱的幻想被我的怀疑主义态度破坏，而且我才是需要治疗的病人。

在金狮酒店迎接我们的是干净利索的酒店经理和一尊圣雅各的木雕像。在法国被称为“圣雅各”的他，歪戴着那顶邋里邋遢的标志性卷檐帽——它看起来像极了顽固不化的乐观主义者艾莉森的卡其黄色棉布遮阳帽，是在巴黎一家体育用品商店买到的。

我不愿让圣雅各或那位殷勤好客的酒店经理失望，但圣地亚哥-孔波斯特拉不是我们的目标。这条朝圣路位于西班牙境内的路段——从比利牛斯山的龙塞斯瓦列斯修道院（Roncesvalles Abbey）到圣地亚哥——每年都挤满了成千上万的朝圣者。每天晚上，他们都一门心思地想寻找一个能吃饭睡觉的地方。我们也同样如此，但我们的目标不同。我们想顺着古老的徒步小径穿过法国而非西班牙，不希望被汽车和其他朝圣者干扰，以我们自己特立独行的方式“朝圣”。

事实上，我们并非真正的宗教朝圣者。至少我不是，而我只能说说自己。表面上，我虽然感觉到自己徒步穿越法国的欲望难以抑制，但它跟宗教灵性——我从未搞清这个有用的概念是什么意思——几乎没有关系。在法国生活和工作了二十年之后，我只是感觉需要一步一步地丈量，徒步穿过这个国家，在自己脑子里描画出它的地图，从而以亲身体验的亲密方式拥有它，这是无法透过汽车挡风玻璃做到的事情。我还需要从头到脚彻底改过自新，重获失落之物，发现那些我从未试图寻找的东西，进行一次内在和外在的旅行，并再次提出那些重要的问题，那些自从我走出青春期就不再提出的问题——就像歌曲《这是怎么了，阿尔菲？》（*What's it all about, Alfie?*）里唱的：“这是怎么了？”这些根本问题包括：我是否想继续活着，是否希望像一个过度膨胀的气球一样爆炸，等等。

二十五年来，我作为一个旅游和美食作家过着奢侈的生活，自然会长出一些赘肉——实际上是大量的赘肉。我已经变成一个享乐主义者和贪食的饕餮。我撰写的烹饪书，我尝试过的食谱，以及我在从面包店到星级餐厅的每一个能够想象的地方品尝过的黄油羊角面包和松软的慕斯，都将我埋进一圈圈的赘肉里，让我变得像个米其林轮胎人。我还畅饮过无数加仑的葡萄酒、法式苹果白兰地、科涅克白兰地，甚至还有梅格雷探长的洋李白兰地，这是一种用李子酿造的要命白兰地。尽管我经常试着压制或控制暴饮暴食的欲望，但人总是不见棺材不掉泪。

然后，在一个天气晴好的日子，一路大吃大喝穿过勃艮第南部时，我突然晕倒，醒来得知自己大体上变成一块会走路的肥鹅肝——我成了跟人大小相仿的绿色肝脏，成了一个被所谓的“脂肪变性”症感染的器官。一位法国医生在病床上方弯下腰来，在毫不掩饰的厌恶中点点头，他解释说，脂肪变性意味着肝脏“因为肥大的动脉而硬化，并布满脂肪球”。我还患有病毒性肝炎，很可能是因为食品中毒患上的。简言之，我面临肝功能衰竭的威胁。

在近五十年的人生中，这并非我首次面对严重且受到忽视的健康危机。十年前，我曾遭遇眼部神经症的袭击。它损害了我的视觉，导致我一只眼睛失明，我混乱的大脑永远要被闪烁旋转的光线弄得头晕目眩。但那次健康预警并未挽救我，恰恰相反，它使得我更加沉迷于狂吃滥饮，为的是忘掉自己的痛苦。

还在勃艮第的时候，为了从肝病中康复，我发誓改变自己的生活，这次是认真的。当真，当真。首先，我将停止饮酒，并减掉那些赘肉，它们让我看起来活像驮着重负的骡子。其次，我将在足够长的时间里远离电脑屏幕，看看我昏花如万花筒的视觉是否会有所改善。最后，我将拖着自己老爷车似的身体慢慢启动，慢慢调养，缓缓充电，谁知道呢，没准会让自己的步伐重新变得轻快起来。挖苦讽刺是我最大的敌人，为企业杂志写作时使用的尖刻语言和强作聪明让我身心俱疲。从韦兹莱开始徒步穿越法国是我长久以来的梦想，部分是因为勃艮第如此苍翠美丽，部分是因为它跟罗马和古代世界的历史渊源，而后者是让我一生痴迷的东西。要强迫我自己转向焕然一新、有益健康的生活方式，这里似乎是一个理想的地点。我琢磨，如果横跨勃艮第不会要我的命，那么我就会找到一种办法缓缓穿过南方，直到登上比利牛斯山巅，进入西班牙。显然，最好的路线是那些罗马古道和朝圣路线，因为在那里一连走上几英里都不会遇见一辆汽车。在我看来，选择这条路线的唯一障碍是宗教。

作为一个天生的怀疑主义者，20世纪60年代、70年代，我在旧金山的一个怀疑主义家庭长大，是黑什伯里（Haight-Ashbury）和伯克利电报街（Telegraph Avenue）的幸存者[1]。一想到要成为一名正式的朝圣者，怀揣一份朝圣者证书——一份漂亮的折叠式通行证，由天主教教会发放并盖有图章——我就

① 20世纪六七十年代，这两个地方以反主流文化和毒品而闻名。——译者注

感觉恶心。这份证书可让人一路享受各种便利，包括在朝圣者旅舍住宿，而费用乐捐。但我无法觍着脸去申请一张，我还没有脱离加州的精神领袖和毒品文化，成为一名法国天主教徒；凭借这个理由，就足以让我制订出自己这次非正式朝圣的计划，这是一次深入往昔并聚焦当下的旅程，如果我走运，没准还能窥透未来。

说实话，我的计划是走那条拥有两千年历史的阿格里帕路线（Via Agrippa）和基督教时代之前的路线，即前罗马时代的高卢小径，因为我知道，圣雅各大道下埋藏着这些不为大多数朝圣者所知的小径，正如罗马天主教下隐藏着异教思想。我会走那些人迹罕至的路，即从韦兹莱经古老的高卢要塞比布拉克特，然后继续前往欧坦、克吕尼和昂沃莱地区勒皮，这条支线路程更长。尤利乌斯·恺撒和高卢酋长维钦托利曾在这条路线沿途作战。查理曼曾率军顺着这条路出征，参加那场抵抗摩尔人的比利牛斯战役，这在《罗兰之歌》里有记录。克吕尼曾经是第二个罗马，拥有基督教世界最大的修道院教堂，而且，尽管有互联网和手机，至少从隐喻的角度说，条条大路通罗马仍然是成立的。忘掉圣地亚哥-孔波斯特拉吧，我告诉自己，如果我能穿越法国，那么什么都无法阻挡我有朝一日徒步翻越阿尔卑斯山，进入意大利，长驱直入罗马城。

于是我来到这里——作为一个过早就步履蹒跚并喜欢讥讽的异端，也是早就希望梵蒂冈被地震震塌的恺撒的崇拜者——就要信守自己许下的庄严诺言，在圣雅各的陪伴下开始一次越野探险。最初我的计划中没有包括艾莉森，她是一位忙碌的专业摄影师，她的灵魂也远不像我的那样备受困扰。但她坚持要陪我，也许是因为她自己也有一大堆家事需要想个透彻，而且她还是公认的徒步狂。最主要的是，我知道她担心我会被累死，遭到谋杀，或者在途中重犯暴饮暴食的老毛病。她是个与我性格相反的人，不仅秉持安静的乐观主义、利他主义和贤明睿智，而且还有“慢性瘦人症”。几十年来，尽管她吃的东西跟我一样多，却怎么都吃不胖，将烤鸭和草莓馅饼变成漂亮的照片就是她的谋生方式。她的运动员体质隐藏了一个小小的缺点：一根“S”形的优雅脊椎，据她说，这是她上小学时的木头椅子造成的。两台相机、一百个胶卷和十二打数字照片存储卡就是她那个小小背包里的所有行头。如果她是桑丘·潘萨，那么我就是堂吉诃德，同时我还是给她驮东西的驴子。

鸟蛤与肌肉

韦兹莱的主街铺着鹅卵石，又陡又滑，这里最迷人的招牌上画着一个熟悉的贝壳，属于一家可丽饼店，店名就叫“Auberge de la Coquille”——“扇贝客栈”。寒风将一阵融化的奶油、食糖、可丽饼和热咖啡的香味吹向我们，令人垂涎欲滴。我研究着这块招牌，犹豫不决。我能抵抗贪吃的诱惑，过一阵正常的生活吗？非常值得怀疑。我们天没亮就搭乘火车离开巴黎，我已经饿得浑身乏力。但我还是下定决心，继续徒步，用有关历史而非食物的想法安慰自己。

任何朝圣者都知道——如果他研读过有关该主题的资料就会尤其如此——法语中扇贝被称为“coquilles saint-jacques”，意思是“圣雅克之贝”。扇贝象征着这位谜一般的人物，但扇贝也是各种探求者的一般标志，这正是我一直喜欢它的原因。更别提在修建这条朝圣道路之前，扇贝、鸟蛤和海螺都是用来表示维纳斯的，她出生在洁白无瑕的海水水沫中，通过波提切利的绘画及无数的神话千古流传。在圣雅各与耶稣联合起来之前数世纪，这些贝壳就已成为神圣的标志——象征着繁殖力与爱情。

我把手伸进风衣右侧黏湿的口袋里摸索着。尽管这件衣服拥有迷人的红色，尽管其制造商声称它防水，但它显然并不防水。我曾经把几年前在诺曼底犹他海滩上捡到的一只畸形的贝壳放在衣兜里，它来自另一种性质的朝圣之旅——1994年，我们在登陆日五十周年纪念日参观了诺曼底登陆的海滩。我用雨水擦亮这只贝壳，深情地回忆起我父亲及艾莉森的父亲，他们俩都于最近去世，都是最优秀且怀疑主义思想最强烈的“二战”老兵。我坚持不懈，一边抚摩贝壳，一边继续前行，很快就摆脱了“扇贝客栈”危险的卡路里香味。

“我发现一种技巧，”我骄傲地告诉艾莉森，“这是我的第一个顿悟。”

星空与堆肥

尽管我热切地渴望抵达¼英里外位于小山顶上的那座长方形天主教堂，但这场春天的暴雨却愈下愈猛，逼得我们不得不寻找避雨之处。在一个温暖舒适的咖啡馆里，我们喝了几杯咖啡，望着大雨转成冰雹。我感觉头昏眼花，有些惊慌。在离开巴黎之前，我钻研过各种书籍和百科全书，但我依旧没能将注意力集中在前面的漫漫长途或相关的各种人物上。所有那些陌生的名字、日期、地点，以及步行三个月穿过法国乡村，没法登录谷歌等，都让我心中充满一种类似于恐慌的感觉。我拿出自己复印的那份圣雅各的传记，眯缝着眼睛读给艾莉森听，这可是一桩新鲜事，通常都是她朗读给我听。

艾莉森啜饮着自己的咖啡，赞成地说，轻而易举就可看出“Iago”（读音是“雅各”）如何变成西班牙西北部对应于拉丁文名字“Jacobus”（读音是“雅克布斯”）。因此，“Sant'Iago”（圣雅各）变成“Santiago”（圣地亚哥）也就合情合理了。

至于迷人的“Compostela”（孔波斯特拉）一词源自何处，就不得而知了。“Campus stellae”的意思是“星野”，声调抑扬顿挫，听起来就像天主教对某种不可救赎的东西的翻新解释。据传说，一个西班牙牧人看见几颗特别明亮的星星指向一个土堆，他很快将这里保护起来；而一些比他更重要的人物则发现此处的草木丛中隐藏着那位圣徒坍塌的坟墓。

关于“圣地亚哥-孔波斯特拉”的起源及其获得这个独特名称的真正原因，更可信的说法或许不如这个传说那么令人振奋。根据现代考古学家的研究，在圣雅各主教座堂的主祭坛下方，曾偶然发现两名罗马贵族的坟墓，他们分别叫亚塔那修（Athanasius）和西奥多（Theodore）。墓上刻着他们的名字，似乎证实了这座圣殿下方确有一座古罗马别墅存在。要对这个地名做出合理解释就成了非常简单的事情：那座别墅变成了墓地或垃圾场，也就是一堆肥料，而“compost”（堆肥）一词则逐渐演变为“Compostela”。我将这份复印件叠好，想到卑贱的肥料堆居然成为出现奇迹的地点，成为数百万探索者同伴——不管他们是否受到误导——的希望与神启的来源，顿时感觉备受鼓舞，心里暖乎乎的。

临阵磨枪

或许是因为20世纪60年代中期我在罗马度过了数年的成长岁月，还被母亲拽着去拜访了那里的数百个圣所，所以，成年之后，我总是主动地对各种教堂敬而远之。现在，靠近被列入联合国教科文组织世界遗产名录的抹大拉的马利亚大教堂时，我不由得战战兢兢。它矗立在韦兹莱的小山之上，每年都会吸引数百万人前来参观。尽管总是对19世纪法国重要建筑过度修复的建筑师欧仁·维奥莱-勒迪克（Eugène Viollet-le-Duc）竭尽全力，教堂的立面仍算不上漂亮。他重建了我们今天看到的这座长方形教堂，在试图保留其神秘性的同时重拯这座废墟，或许他并未完全失败。

根据传统，在复活节之前的星期六，人们期待基督在星期日复活，因此那天是个哀悼的日子。于是，在这一天，教堂里的烛台不会点亮，祭坛上没有鲜花，信众也不会唱歌。可是，当我们作为游客穿着不太整洁的衣服，拖着沉重的脚步顺着高耸的中殿走过去时，里面的人仍然注意到了我们的出现。我不知道是否允许朝圣者充当游客，或者相反：游客可以成为真正的朝圣者吗？

我们等待人群渐渐散开后才顺着一架陡斜的楼梯走进下面黑暗潮湿的地窖。我被坑坑洼洼的地板绊了一下。抹大拉的马利亚的圣骨匣就在一个壁龛的栏杆后面，上方是一个华丽的新哥特式镀银拱门，被一些天使和圣人高高抬起。艾莉森提醒我说，在公元11世纪初，韦兹莱的修道院院长在修道院里的某个地方发现了抹大拉的马利亚的遗骸——传说大致是这样的。它们怎么会留在韦兹莱呢？质疑这些遗骨的起源不啻怀疑这个发现的神圣本质。而从怀疑中又产生了那个与之相关但令人不快的问题：一个据说名声不佳又野性十足的年轻女人是怎样成为圣徒的？这个长头发的妖冶妇人曾用自己的头发擦干耶稣的脚，如果她活在今天这个时代，没准会登台表演或待在精神病院的软壁病房里呢。

“放松！”艾莉森抓住我的手小声说道，“你在发抖。”

“我很冷。”我回答道。但我紧张的根源与气温几乎没有关系。

我闭上眼睛，让马利亚的遗骸激发我的“宗教灵性”。周围挤拢来更多的游客，闪光灯不时亮起。我逐步放松，尝试着开始冥想，但这也无济于事。我改变技巧，再次想起历史。凭借地窖里那些抹大拉的马利亚的骨骸，韦兹莱的地位飞升，不再仅仅是圣雅各大道上一个歇脚的地方，反而成为一个起点，对很多人来说，也成了一个朝圣目的地。此时此刻，我们身在核心位置，就在这位圣徒遗骸的旁边。

抹大拉的马利亚的圣骨匣神龛原设计为存放整具遗骸。但我通过阅读资料了解到，这里出现过短暂的停顿：1295年，梵蒂冈鉴定这些遗骸是假的，马利亚的坟墓消失了。幸运的是，有些骨骸保留下来并被放进匣子。摆在我们面前的是其中最大的一份。周围响起一阵相机闪光灯的“唰唰”声和快门的“咔嚓”声。几部手机的铃声响了。导游率领一个旅游团走了进来。我感觉自己就像“爱之屋的探子”[①]，满怀疑窦。

另一个圣骨匣存放在地面那一层，在教堂的右耳堂内。我们在前往修道院的途中停下来看了看它。这个圣骨匣已经被人为破坏，顶上立着一尊俗艳的现代雕塑。那个口袋大小的神龛

① “a spy in the house of love”，是美国小说家艾纳伊丝·宁（Anaïs Nin）的一部长篇小说的标题。——译者注

里空荡荡的，一根格栅被人扭弯。抹大拉的马利亚的迷你雕像已经在21世纪初被寻找纪念品的人盗走，那些遗骸也是如此。

“你确信自己不想要一张朝圣者通行证吗？”我问艾莉森，心里涌起一阵内疚感。她过去是天主教徒，我估摸着她也许想在徒步中获得精神保障。“仅仅因为我拒绝申请，并不意味着你就不应该要一份。”但她坚定地摇摇头。

在与韦兹莱椭圆形城墙平行的法塞林荫道（Promenade des Fossés）旁，我们找到一张空长椅，于是坐下来享受我们作为朝圣者——尽管是非正式的朝圣者——的第一顿野餐。艾莉森取了一份本地报纸。上面登载了附近桑斯－欧塞尔（Sens-Auxerre）总教区大主教伊夫·帕特诺特（Yves Patenôtre）的复活节讲话。他指出，我们的生活充满了各种尚未解答的问题，涉及凡人必死的命运及痛失所爱的悲伤。至关重要的问题是为什么人们必须死去——甚至耶稣也问过上帝，为什么他非死不可。然而，根据这位大主教的观点，好消息是耶稣和上帝仍然在我们中间，就在大街上——还活着。唉，复活节的欢乐总是混杂着人类处境的严重问题：人生苦短。不过，有信仰的人毕竟还抱有希望，觉得自己也将像耶稣那样复活，并用这种希望安慰自己。

我拿着苹果细嚼慢咽，沉思着这个显然是无限光明的前景，感到不虔敬的心情一扫而空。不管是怀疑主义者还是信徒，那位大主教的话都值得深思。

我一边思索着那些话，一边跟艾莉森顺着一条多石的小路走进阿斯屈安山谷（Valley of Asquins）。一个高高的木头十字架竖立在一丛灌木边缘。我们朝着它滑步走了下去，脑子里想着那位好战的修道院院长克莱尔沃的贝尔纳（Bernard of Clairvaux）。1146年，当时还不是神秘主义者或圣徒的他，就是在这里向包括法国国王路易七世在内的数千人慷慨陈词，号召发动第二次十字军东征，将耶路撒冷从异教徒手中解救出来，从而恢复贸易及基督教对近东和地中海的控制——当时石油和恐怖主义尚未进入他们的议事日程。我半眯着眼睛，想象这座宁静的山谷因为挤满穿着闪亮盔甲的骑士及步兵、外国雇佣军、农夫和教士而热闹起来。抹大拉的马利亚大教堂容不下聚集起来的这些权贵。那位修道院院长预料到集会的人太多，便修建了一座乡村礼拜堂。这座礼拜堂仍然矗立在这同一个院子里，名为科尔代勒（La Cordelle；意为“井绳”）。

我很高兴狂风大雨赶走了其他游客。在长方形的马利亚大教堂接待完拥挤的人群之后，我们来到科尔代勒礼拜堂，终于能够独自待在墙上长满地衣的院子里了。科尔代勒的美存在于它的朴素之中：灰色石墙没有抹平，地板用泥土夯成。外面没有嘈杂声。我闭上眼睛，感觉到一阵宜人的倦意袭来：天没亮就起床，在火车的反向座椅上坐了几小时，然后徒步几个小时，与虔诚的陌生人交谈，并与年少时的存在主义幽灵搏斗。在过去的六小时里，对于人类的处境，我或许考虑得比自己在过去十年中都更充分和深入。或许，“宗教灵性”不过就是换一种生理和精神状态？可以通过睡眠不足或者产生于劳动、祈祷或朝圣的疲惫而达到？根据我的经验，往往是最令人意想不到的人，会用最响亮的声音说出他们的精神体验和他们拥有的宗教感情。我是否也即将加入他们的行列？

我真需要再来一杯咖啡。每个人都知道，剥夺睡眠是中世纪修道会及大量当代教派——都是洗脑的老手——最喜爱的武器。赶走这个想法后，我感觉自己奇怪地兴高采烈起来。鸟儿啁啾，雨声嘀嗒。寂静并非无声，它“嗡嗡”直响。我们甚至还没开始朝着西班牙徒步呢。但我感觉自己已经跨过一道门槛，也许根本没必要去徒步，也许我们可以取消整个计划，在复活节之后回到巴黎。

圣 火

要赶上晚上10点在长方形马利亚大教堂举行的复活节前夜宗教仪式，真正的挑战不是风雨或寒冷，而是要克服从晚饭后就开始产生的浓浓睡意。我们一边朝着教堂走去，一边欣赏着韦兹莱泛光灯下外表覆盖着地衣的老房子。别的就餐者喝了满满一肚子的上等葡萄酒，摇摇摆摆地走来。钟声响起。韦兹莱的夜晚充斥着各种声音，包括摩托车的轰鸣。一名少年骑着摩托围绕大教堂对面的停车场转悠，他那辆精心装扮的四轮摩托车从朝圣者和其他做礼拜的人中间穿过，将他们驱散。

黑夜自有其好处。这座长方形教堂其貌不扬的立面在聚光灯的照耀下摇身一变，容光焕发，如悬空中，成了一幅映衬着靛蓝色天空的琥珀色全息图——我理了理自己混乱的思绪，意识到我在跟自己脑海中的全息图角力。

封闭的门廊内黑咕隆咚。我几乎什么都看不见。一个女人递给我两支有白色纸罩的细蜡烛。教堂中殿里传来唱诗班的声音。一个穿着袍子的人出现了，摇曳的烛光照亮了他的面孔。他来到正中央的大门门楣下，躬身点燃一支火炬。

仿佛是用煤油做的燃料，火炬一下子迸发出熊熊火光，越过基督所在的门楣，将牧师的影子投到屋顶上。狗头人身的怪物和圣雅各的形象从上方注视着我们。牧师在周围跳动的火焰和腾跃的影子中开口说话。我无法听清他在说些什么。我在各种难以捉摸的情感间挣扎，脑子被本源之火、永恒之火和童年时代的篝火搅得一团混乱。那位牧师斜握细蜡烛，将离他最近的那些人的蜡烛点燃。他们又点燃其他人的蜡烛。一个接一个，闪烁的烛光照亮了人们的胳膊、脖子和面孔，构成一幅跳动的背景。然后，钟声响起。

我无法说出自己的情感，便捏了捏艾莉森的手。当我点亮她的蜡烛时，她的面孔一下子从黑暗中跳了出来。教堂巨大的门缓缓打开，我屏住了呼吸。信徒们放声歌唱，他们的脸上露出孩童般的笑容，在舞动的烛光中显得有些怪异。我感觉到逐渐跟自己的人类同胞——那些手持蜡烛的人、快乐的人、获得救赎的人和虔诚的人——融为一体并陶醉其中。

不过，随着会众从门廊鱼贯进入中殿，人们的注意力也转移到动听的大键琴音乐上，演出感淹没了真实感。我羞愧得满脸通红。我受到了欺骗，我被自己欺骗了。我捧着蜡烛，拖着脚步向前走去，感觉自己是一出狂热宗教剧里跑龙套的角色。骨灰瓷的咒语被打破，小狗托托已经拽开幕布，露出了“韦兹莱的巫师”，我不由得想起几年前一位年老的无神论者朋友说过的话。“如果让我重新选择，我会皈依天主教，”她一脸坏笑地说，“为了它那些壮观的庆典、仪式，以及故弄玄虚的花招。”

真是不可思议。我们在熏香、篝火和燃烧的蜡烛中，来到灯光设计巧妙的中殿落座。在负责照管这座非凡教堂的耶路撒冷兄弟姊妹会的装扮下，柏拉图寓言中的洞穴焕然一新。我打了个喷嚏，立刻感到愚蠢而内疚，再次感觉自己像“爱之屋的探子”。

复活节前夜的豪华声光表演进行到“创世记”。我却冻得牙齿打架，一想起法国版的“智慧设计论”（Intelligent Design），我就脊背发麻。当表演进行到“创世记”的第四天时，我从座位上默默地站起来，溜出了大教堂。大键琴的琴音震得我脊椎疼，一支支蜡烛仿佛在对宗教充满怀疑的怒火中咆哮。

回到外面的停车场，我望着那个脸上留着粉刺疤痕的少年骑着四轮摩托车转悠，让车的后轮着地，像马儿一样地直立起来。我不知道该如何向艾莉森解释，自己根本不适合做朝圣者。如果有别的想法，那我简直就是发疯了。

在复活节邂逅阿斯特吕克

曙光初现，天色尚暗，我们已经在吃早餐，行李放在门边，整装待发。当我们结完账，迈着大步走出门外时，明媚的太阳光才刚开始拂过这个镇子。昨晚我已经改变主意，今天是新的一天，我会按照自己的方式徒步。

圣雅各大道从韦兹莱蜿蜒伸入屈尔河河谷（Cure River Valley），通往下面一个活力四射的村子，它名叫“韦兹莱上圣佩尔”（Saint-Père-sous-Vézelay），这是我们前往西班牙的第一站。长着野草的土路两侧散落着一片片牧场、田地以及一块块令人迷惑的路牌，争相引诱朝圣者顺着正确的道路旅行。可是，哪条路线才是正确的呢？装饰着扇贝的黄色牌子属于利摩日路线（Via Lemovicensis），是从韦兹莱直接通往圣地亚哥的正规天主教朝圣路线。装饰着一只黄色扇贝的蓝色牌子则标明了世俗的E-4欧洲高速公路，同样通往圣地亚哥，但不是直达那里。附近还有画在栅栏或树上的红白相间的牌子，诱惑着不知情的徒步者顺着GR-13号长途大步道（Grande Randonnée）旅行，它同样向南穿过勃艮第，与E-4高速公路平行，然后分出岔路，通往克吕尼，在克吕尼，你随便走哪条路都可以。

我想起早些时候碰到的一名眼神狂热的朝圣者对我们说的话。“路线不止一条，”他主张，“任何通往圣地亚哥的道路都可以。”至少，从这一小段出城的路看，所有从韦兹莱通往圣地亚哥的道路都以快快乐乐而又彼此竞争的和谐感齐头并进。山谷的底部有一座仅有八百年历史的圣佩尔圣母堂（Notre-Dame de Saint-Père），跟韦兹莱的长方形马利亚大教堂相比，显得平淡无奇。抹大拉的马利亚和圣雅各从外立面上的小壁龛里注视着我们。圣母堂里面，建于8世纪的彩色领洗池和建于10世纪的石砌祭坛暗示，这座教堂的起源更早。我们的指南上有清楚明白的介绍，在这座哥特式教堂的下面有墨洛温王朝的礼拜堂和墓地，还有一座加洛林王朝的女修道院，它们全都修建在古罗马村庄韦泽利亚卡明（Vezeliacum）之上。

那座女修道院是当地由强盗式贵族转变成为虔诚基督徒的吉哈尔·德·鲁西永伯爵（Count Girattde Roussillon）及其妻子贝尔特，于855年左右在屈尔河河岸上修建的。但维京强盗驾着小艇顺着这条河逆流而上，反复到此烧杀淫掠，于是吉哈尔·德·鲁西永遣散了那些不堪其扰的修女，在一个筑有防御工事的小山上设立了本笃会男修士的社区，而韦泽利亚卡明则更名为韦兹莱。艾莉森将指南塞进她那个装着相机的背包里，显得心满意足。

她攻读过艺术史，热爱一切苔痕累累的老古董，此刻她恍如置身天堂。“我去看看那里面有什么。”她说。不等我表示反对就走开了。

我跟在她后面，走进那座地方考古学博物馆，一座布满灰尘的当地历史宝库。一看到那名男售票员，我一下子睁大了眼睛。他简直就是阿斯特吕克的化身，就缺一顶带角的头盔了。他长发蓬蓬，肌肉厚实而下垂，仿佛来自一部有关这位高卢英雄的漫画书或电影。虽然巴黎北部的阿斯特吕克游乐园得名于这个人物，但他其实身份暧昧。因为他是以勇猛的维钦托利为原型塑造的，而那位真实的高卢反叛者曾经抵抗尤利乌斯·恺撒，因此阿斯特吕克便逐渐染上右翼的政治倾向。他经常被当作抵抗运动战士或自由卫士，被塑造成一个与世界腐败政治主流作战的无政府主义者。从宏观层面上说，他就像对抗"全球化歌利亚"的"法国大卫"，如今成为一个抽"高卢人"香烟的本土法国人，身穿工装裤和皮衣，背水一战。这位长得像阿斯特吕克的售票员用熏出烟垢的手指轻轻撕下一张博物馆的门票，他说，凭门票也可进入咸水泉（Fontaines Salées），这个天然的咸水泉也是一处考古学遗址。"你们是来徒步还是朝圣的？"他问，出人意料地微笑了一下，露出沾染烟垢的牙齿。他的友好显得有些可疑。

我们不顾这个问题隐含的区别——徒步者不值一钱，而朝圣者却更有价值——对他和盘托出了徒步穿越勃艮第的计划。如果我们能够活下来，就会徒步穿越法国其余地区。还说我们会在那些通往南方的罗马大道上走断腿。我们听说过阿格里帕路线就在附近某处。

"阿格里帕路线？"他兴奋地打断我们的话，用粗壮的手指头在一幅测绘地图上指指点点，告诉我们到哪里能找到那条罗马古道的部分路段，外加沿途的古代废墟和一口圣泉。他似乎对这个地区了如指掌。我问他是否拥有古老的家世。他比阿斯特吕克高多了——足足有一米七。他说自己的祖先“从远古时代”就定居于勃艮第的这个地区。一言以蔽之，他是维钦托利——或者另一位姓氏难以拼读的勇敢酋长——货真价实的后裔，至少他是这么认为的。

我们放下背包，在这位浑身烟味的“阿斯特吕克”的陪伴下，飞快地浏览了一遍博物馆里放满破雕像和锈钉子的展柜，然后便匆忙离开，在踏上我们耽搁已久的旅程之前，去买些羊角面包和巧克力面包。

顺着“阿斯特吕克”的指点，我们在清澈奔腾的屈尔河东边找到了那条古罗马时代的阿格里帕路线。一名友好的高卢人和一条向南延伸的罗马古道，这是一个幸运的开端。

罗马大道

人们总觉得罗马帝国的特定地区就只有一条罗马大道，为什么会这样？我百思不得其解。事实当然比这更复杂。不管罗马人在哪里殖民，都会修建很多道路，而且往往是在更古老的道路上面修建的，就跟我们现在一样。英文中的“街道”一词“street”和拉丁文中的“道路”一词“strada”都来源于“strata”，亦即“地层”。在勃艮第，修建罗马大道之前就有了高卢的道路网。它将那些位于小山顶上、罗马人称作“城堡”（Oppida）的城镇连接起来——反正我们随身携带的这本书是这么说的。我们没理由怀疑其准确性。

我们在河边找到一条长凳，坐下来享受那些容易片片剥落的酥皮面包，艾莉森大声朗读起这本书来。我们带的这本平装版闲书就是尤利乌斯·恺撒的《高卢战记》，轻得不可思议，随便在哪里都可拿出来阅读。

我曾经在中学时代的拉丁语课上读过这本经典之作的若干片段，在加州大学伯克利分校研究政治学时又重新读过一次。不过到现在，我差不多已经把书中的内容忘得一干二净，只记得它是有关古代战争及高卢和日耳曼历史、宗教、社会结构、生活方式的最早可靠记录之一。出人意料的是，其实它读起来也很引人入胜。因此它也耽搁了我们的行程。

该书的序言解释说，这位行军速度惊人的军事天才极度欣赏高卢宽阔平坦的道路和富庶的城堡城镇。实际上，如果没有现成的道路网，恺撒怎么能够那么快地把军队开进高卢？在恺撒时代，凯尔特部落已经通过接触希腊人、伊特拉斯坎人[①]和罗马人而发生转变，拥有先进——就算是有些残酷——的文明。例如，跟正宗的日耳曼人或藏匿于今瑞士地区的野蛮人相比，

① 伊特拉斯坎人（Etruscans），生活在意大利西北部伊特鲁里亚（Etruria）地区的古老部族，其居住地处于台伯河与亚努河之间。其灌溉农业、畜牧业、手工业和商业均高度发达。部族兴起于青铜时代向铁器时代的过渡时期，湮灭于罗马人崛起之后（公元前1世纪并入罗马，渐被同化）。——译者注

他们不太“原始”。据恺撒的说法，当时，这些过度文明化的高卢人已无法继续独立抵御瑞士日耳曼人，是他们自己要求罗马将他们从未来最善于制作巧克力的能工巧匠和少数秘密银行账户的保管人手中解救出来。

高卢向罗马求援与恺撒将欧洲西北部“罗马化”以抵抗条顿游牧部落的长远目标不谋而合。于是他在罗马广场上大声呼吁为高卢而战，结果却占领高卢，留在这里不走了。这故事听起来就像过去几个世纪法德冲突的热身，而英国和美国——新罗马人——则介入进来挽救残局。

白昼漫长，但还没有漫长到允许我们整天阅读恺撒这本书。于是，我们重新踏上旅程，充满活力，也充满陌生的乐观主义，按照一块鲜黄色路牌的指示，顺着这条罗马朝圣道路南行。这条路不过就是一条布满车辙的泥泞乡村小道，虽然这么说让我显得不够友善，但我还是忍不住产生这样的想法。不过，当我们兴高采烈地向前跋涉时，意识到罗马的百夫长，甚至尤利乌斯·恺撒本人，都可能曾经骑马顺着这条路行进，又觉得这一幕景色笼罩着一种令人不安的粗暴好斗的庄严感。

时光隧道与许愿井

我们徒步不到一英里，就看见第一个著名路标——咸水泉考古学遗址和温泉。

“我们有时间进去看看吗？”我看了一下步程计和表问道。

“大约有三个月的时间，”艾莉森提醒我，“掌握时间的可是你自己。”

售票亭内，一名瘦瘦的男子正在读报。“那条罗马道路就从这里经过。”当我们向他出示“阿斯特吕克”卖给我们的门票时，他主动说道。“部分就在你们刚刚走过的柏油路下面。但罗马人是新来的人，”他神神秘秘地说，“凯尔特人在公元前200年左右就开始使用那些温泉了。”他听起来就像个神使，或者说像个经常背诵相同台词的演员。“不过温泉的历史更加古老，古老得多。”他举起一根手指，意味深长地摇了摇，然后就继续读他的报纸了。

河流近旁有一片石头废墟，环绕着一块郁郁葱葱的绿色空地。我们得知，在几英尺[①]高的围墙后面，是高卢人献给这些温泉之神的环形神庙。经过罗马人改造和扩建的神庙足以历经数世纪而不倒，让人想起古代的诲淫仪式。

当艾莉森大声阅读有关这个遗址的宣传小册子时，青蛙在沼泽似的池子里呱呱大叫。我不禁对罗马人和凯尔特人都是姗姗来迟的后来者表示赞成。考古学家已经在咸水泉发现十九个木头井口，全都是用火在伐倒的木头上烧成的洞。年轮学和碳-14检测揭示，其中一个样本是在公元前2238年的春天砍倒的。

---

① 1英尺约等于30厘米。1英寸约等于2.55厘米。——编者注

公元前2238年？

我在心里默默地把这个日期重复了一遍，算起来，那是4246年前，是在石器时代或新石器时代的末尾。就在这里？

我们漫步穿过废墟，用一种全新的目光打量它们。我心里再次充满令人不安的热情。咸水从碎石里汩汩地流淌出来。我窥视着其中一个被水淹没的木头外壳，树上仍有树皮。新石器时代的人是怎样学会收集食物并用盐水保存食物的？也许他们并不是我们想象的那么原始。蝌蚪在慢吞吞的水泡之间游动。我不禁在4246年深不见底的岁月中迷失了方向。与它相比，圣雅各就像个乳臭未干的年轻人。许愿井的神话是否就起源于此？凯尔特之前的煮盐工人是否乞灵于泉水之神和春神？德鲁伊派教徒是否在此用人献祭？纳喀索斯[1]是否在此被自己的倒影迷惑并爱上它？在这里，就在这个地点？思考真是一种奢侈。如果朝圣就是这么回事，那么我对此就完全赞成。

从咸水泉出来的时候，我们问管理员是否知道一条回到朝圣路线的捷径，好让我们离开柏油路，摆脱如今那些高卢路霸。他指了指西北方一个名叫瓦贝东（Valbeton）的地方，就仿佛我们对这个地名非常熟悉似的。

顺着一条小道上坡，就可找到一条土路——他说那是另一

① 在古希腊神话中，纳喀索斯（Narcissus）爱慕自己的水中倒影，抑郁而亡。后来成为“自恋者”的代名词。——译者注

条古道。管理员又补充说，罗兰、查理曼和吉哈尔·德·鲁西永就曾顺着那条路远征西班牙。“鲁西永是韦兹莱的创建人，”他提醒我们说，“当然，你们读过《罗兰之歌》，知道罗兰是在朗塞瓦尔修道院附近被杀的吧？也就是圣雅各大道穿过比利牛斯山，进入圣地亚哥-孔波斯特拉的地方。”

“当然。”艾莉森说。

“呃，是的，”我补充道，“尽管我们是来自大西洋彼岸的傻瓜，但我们熟悉罗兰其人，甚至还读过那首史诗。”我没法向这位教育程度过高的售票员引用其中的诗句，但我读过部分《罗兰之歌》，这部公元11世纪的法国史诗讲述了查理曼及其“左膀右臂”布列塔尼边区公爵罗兰的冒险故事。那就跟亚瑟王的圆桌骑士故事差不多，但更古老、更血腥，却不如后者浪漫。多年前，我阅读这部史诗时，略过了朗塞瓦尔附近的大屠杀场面，罗兰就是在那里，在比利牛斯山的一个山口上，吹响了求救的号角。如果一切都按计划进行，我们将在几个月之后从那里翻过比利牛斯山。

是的，我们是有计划的。我看了看表，又把它跟步程计上的时间对照了一下，意识到我们得赶紧往南走。我们还要走10英里，才能到一个名叫屈尔河畔多梅西（Domecy-sur-Cure）的村子，找到第一个过夜的地方，而现在已经过去大半个上午了。要不了多久，我肚子里的午餐铃声就会响起来，如果我们不加快步伐，就得连夜赶路，没准会钻进可怕的森林中央，那里有狮子、老虎和熊在等待我们。

跳跃的扇贝

我们像被蜜蜂蜇过的兔子，满怀希望和期待，蹦蹦跳跳地朝着西班牙进发。只需从我们的首个主要目的地克吕尼出发徒步一个月，就能到达西班牙。这时，我才意识到，艾莉森和我多年来一直生活在类似于密封门廊的状态中，就像抹大拉的马利亚大教堂的密封门廊那样，如同紧贴着我们人生大厦立面修建的朝圣前过渡地带。可以说，我们现在终于穿过门廊，进入中殿，这种感觉真好，感觉无比奇妙，自由自在，令人振奋。

处于兴奋状态的并非只有我们。爬上我们选择的世俗徒步GR-13步道的斜坡，我们看见前方有人正挥动一对可收缩手杖，听见敲打石头步道的“嗒嗒”声。随着我们一步步走近，我感觉到一个不幸的露营者发出的沉重呼吸声。这个正在爬坡的家伙看起来活像只巨大的蜗牛，其实却是个体形庞大的女人。她可真够胖的，就像充满了气的卡车轮胎，背着笨重的背包。与她并肩而行时，我还注意到她脸上那副南瓜灯似的微笑。她的年纪比我们大不了多少，但不知何故，她的大部分牙齿都掉了。她朝圣是为了恳求圣雅各帮助治疗她的牙病吗？或者她是为了减肥而徒步？她深深地吸了一口气，气喘吁吁地跟我们打了个招呼。我们用手势和微笑鼓励她，然后就赶到她前面，继续爬坡，心里就像那只将乌龟抛在身后的兔子一样内疚。

我突然意识到这一连串的比喻很不厚道，尤其考虑到我们身在圣雅各遗迹随处可见的环境中。我并不是想取笑一名朝圣的同伴，不过我确实很少看见这么像蜗牛兼万圣节南瓜灯的人。现在想起来，我觉得她也很像一只乌龟。一想到自己腰上曾长着五十磅[①]的赘肉，我的膝盖就一阵阵地酸痛。不过，我在患上肝炎后就减掉了这些赘肉，通过节食重获健康。我对她充满同情，而有关牙科的隐喻让我更加感觉心中有愧。我忍不住想跟她分享一点"福音"——既然一个像我这样肥胖到不可救药的人都可以成功瘦身，重新振作起来，大步向前，没准她也能够做到。她只需少吃点东西，选择健康的饮食，戒掉对处方药的药瘾，改变态度，加强锻炼，且不把上述一切视为"牺牲"即可。因为如果把这些视为牺牲，那就必败无疑。既然她已经走出家门，在这里面带微笑地忍受各种折磨，那么她心里肯定一清二楚：要实现减肥的目标，真正的窍门就是要意志坚定，有自知之明，以及……

"你在跟谁说话？"艾莉森问。

"我在说话吗？"

"不是你就是鬼。"她说。

"没准是恺撒的幽灵，"我反驳道，"或者是查理曼的幽灵。"

查理曼！大名鼎鼎的瓦贝东就在我们前方，将我满脑子的胡思乱想赶走。泥土路变成一条小径，倾斜向上，越过一片疏

---

① 1英磅约等于0.45公斤。——编者注

松的岩石。我想象自己听到查理曼骑兵的马蹄声，但却没听到罗兰吹响的号角。攀上山顶，我们在摇摆的松树林里回过头来，恋恋不舍地看了一眼韦兹莱和远远落在山坡下方的那只坚定不移的“蜗牛”。

在与之相反的东南方，横亘着五条山脊，上面密布杉树林和几种落叶林木，周围是一片片田野、牧场和葡萄园——没有一条柏油路。真是人间天堂！

其实，我们下方这个朴实无华的盆地就是瓦贝东。从理论上说，骑士们就是在这里为查理曼从德国亚琛（Aachen）前往西班牙的远征而争论不休的。覆盖着苔藓的老葡萄树生长在绿草如茵的山坡上，看起来都是有机葡萄园，这是充满希望的好兆头。远处，种植葡萄的农夫将剪掉的枝条烧毁，并轮流饮用一瓶清亮的饮料。我们已经踏上早些时候从咸水泉看到的路段。我再次想起罗兰，低头看了一眼自己的靴子，不由得大吃一惊，弯腰捡起一只破旧的牛角。

“罗兰的号角？”我问道，一边将它翻转过来。艾莉森的嘴角露出不屑的神情，暗示这并非罗兰那只著名的象牙号角。那就是一块骨头了？而且不是动物骨头。“也许是人的胫骨？”

艾莉森退了两步。“罗兰死在西班牙边境上，埋葬在艾克斯。”她摇摇头说道。“罗兰是死在西班牙边境上，但却埋葬在法语中所称的艾克勒拉沙佩勒，”我反驳说，“也就是德国的亚琛，查理曼的首都。他们就是顺着这条路将他的遗体运回亚琛的。你不知道吗？”

我推测，如果这不是罗兰的号角，那么或许是他被弄丢的一块遗骨，也有可能属于另一位在朗塞瓦尔死去的骑士，比如说吉哈尔·德·鲁西永。难道没有可能？他的尸体也是经由这条道路运往他在韦兹莱修建的修道院的，不是吗？

不等艾莉森说我是幻想家，我就敲掉这块罗兰骨头上的泥土，将它丢进一个带拉链的袋子里。“一号标本。”

“你打算从法国带着那块马骨头去西班牙？”

“那可说不准，”我说，不等她回答，就将骨头收藏起来，“至少也要带到克吕尼吧。圣徒遗骨就是这么产生的。”

村里的傻子与法国荒漠

满是石子儿的世俗步道GR-13又陡又滑，从一片高地蜿蜒而下，伸入富瓦西雷韦兹莱（Foissy-lès-Vézelay）。这个用石头砌成的村庄里有一些丑陋的房屋，仿佛是从北美洲核心区气候暴烈的阿巴拉契亚山区劈砍、转移到这里的。一座座弥漫着香气的农舍里传来猎狗的吠叫声和咯咯的鸡叫声，让我们想起“高卢”一词的法文语源“Gaul”——这个名词来源于“galli”，在拉丁文和意大利文中是“公鸡”的意思。看到我们走近，少数惊恐的本地人争相走避，似乎连猎枪都准备好了。说富瓦西是个未经美化的地方，那纯粹是轻描淡写。但冒险搭搭话还是值得的：我急需喝杯咖啡。我们附有地形图的旅行指南标出了村庄广场上的一家咖啡馆。

咖啡馆自然没有开门。教堂和其他地方也同样，这里当然跟巴黎不同。根据这本指南的介绍，我们已经正式进入莫尔旺，这是法国被埋没的穷乡僻壤，各种设施屈指可数，人们都站得远远的。我们到处寻找出口和咖啡因。

蕾丝窗帘后面，一双暗淡的眼睛目不转睛地盯着我们走过主街，经过几座摇摇欲坠的茅舍。我注意到这些房子都供出售。我们走过去时，一名高个儿的金发男子走了出来，用蹩脚的英语说着话。而一名小个子的房地产经纪人挥舞着手，从他那张脸看，他明显不是高卢人，不用害怕，开发者来了。

村子的南边，一辆拖拉机堵住了那条没有铺设路面的林间小路。艾莉森费劲地从它旁边绕了过去，迎头碰上一个满脸笑容的人，我们立马认出他是村里的傻子。他似乎很高兴见到我们，这个无忧无虑的人大约四十岁，有一双粗糙的大手。他说话时，一支玉米纸的“高卢人”香烟粘在他的下嘴唇上，摇摇晃晃。他滔滔不绝地说个不停。他在放牛，他说。而他真正的工作是园艺。

一个说话刻薄的大城市朋友曾经告诉我：“二战”后，因家庭农场减少，整个法国都出现了乡村荒废的过程，使得留守农村的“正常人”寥寥无几。他们周围都是化石和低能儿——雄心勃勃的健康年轻人都逃到城里了。在20世纪40年代末，一位著名的社会学家写了一本题为《巴黎与荒漠化的法国》(*Paris et le désert franôais*）的书。它讲的当然不是餐后甜点，而是荒漠化及其对法国农村的影响。[①]然而，我最近读到的一些资料表明，这种人口流动的方向终于倒转过来了，更多的人离开城市，来到法国乡村。高昂的花销、日益加剧的环境污染和沉重的压力使得大城市——甚至包括巴黎——也变得不太惬意。显然，在法国这些死水一潭的"荒漠"里，将不再只有那些拥有度假别墅的荷兰和英国富人，与老人和智力迟钝者为伴。至于这些乡村居民是否对有钱人的侵入感到满意，那就是另一码事了，而且这也是法国尚待提出的一个问题。从巴黎周围那些经过美化的地区，如玛莱区（Marais）——更别提美国乡村了——改造的结果看，如今生活在高卢腹地的原住民不太可能普遍感到兴奋。

拿铁咖啡上的自白

皮耶尔-佩尔蒂伊（Pierre-Perthuis）村的路边咖啡馆叫"Les Deux Ponts"（双桥）。尽管周围的环境土里土气，但它其实是个时髦的乡村客栈。老板在吧台后面忙碌，他说自己叫菲利普，选择皮耶尔-佩尔蒂伊是因为它靠近韦兹莱，游客众多，

① 甜点英文为dessert，荒漠英文为desert，在此作者巧妙地用这两个拼写相似的词汇开了个玩笑。——编者注

宗教气氛浓厚，因为它有两座漂亮的古桥。“我每天工作十五个小时，”他生硬地补充了一句，“我们喜欢这样，但是……”他疲惫不堪，除了像那位“阿斯特吕克”那样问我们是普通的徒步者还是真正的朝圣者，都懒得说话。我跟他讲了讲我们的长途徒步，两个对宗教持怀疑态度的“朝圣者”追随恺撒的足迹，顺着阿格里帕路线跋涉。然后我又补充说：相比之下，圣雅各大道的年代还不够古老，不合我的胃口。

菲利普仿佛为这种乐在其中的痛苦感到震惊，抬头注视着天花板：“1979年，我十一岁……”他开始滔滔不绝地说起来。

那一年，菲利普跟学校的骑行俱乐部一起，从法国米迪（Midi）的昂沃莱地区勒皮骑车来到圣地亚哥-孔波斯特拉——跟我们到达法国西南部后要走的路线部分重合。“当时我还无法欣赏这种做法，倒不是在精神方面，”他急不可耐地补充道，同时翻来覆去地揩擦一只茶杯和茶托，“现在我能够欣赏了，我们也想再跑一趟，但我们太忙了，忙得不可开交。也许等我们退休后，会像你们那样，从抹大拉的马利亚大教堂徒步走这条路线。”菲利普说骑自行车对身体是一种挑战，但他现在需要的是有时间退一步考虑，好好估量一下这个事情。他也拿不准自己有没有宗教感情，但精神方面的问题让他着迷。他认为，生活绝不仅仅只有物质主义，不仅仅包括鹅肝酱和产自罗曼尼-康帝酒庄（Domaine de la Romanée-Conti）的美酒。有时他感觉自己身在饮食娱乐的世界中不能自拔。“不能自拔。”他又重复了一遍。

我听着他的诉说，不由得对他产生一种怪异的同病相怜之感。我默默地回想自己与他处境相似的岁月。菲利普说他有三十七岁，还需要再干上二十五年才能退休。他突然出人意料地停止擦拭盘子，用一种非常不安的眼神看着我，等他的妻子和艾莉森逛进餐室，听不到我们说话时，才小声说道："我忍不住想问问，你知道自己为什么要来朝圣吗？"

"我知道为什么要来朝圣吗？"我一时语塞，准备用通常自动回复的理由——如减肥、无神论者的瞎胡闹等等——三言两语地敷衍过去。我认识的大多数人似乎都是这么看待我的，我也给出了这样的回答。除了艾莉森，没人问我到底为什么要这么做，我最根本的动机是什么。他们要么不关心，要么不敢问，这倒也很好。谁能责怪他们呢？大体上，人与人之间也不过是泛泛之交，大多数人都只想知道一些轻松的答案、冠冕堂皇的好话和上好餐馆的位置。我为什么要长途跋涉三个月呢？我几度向自己提出这个问题，并且想出了不计其数的片面答案。"也许不止一个答案，"我对菲利普说，"这就像考试中的多项选择题，所有答案都是正确的。"

在离开巴黎之前，我碰到过很多朝圣者，他们跟我说他们之间有一个默契，那就是绝不问"为什么"。这是你自己和上帝或者你心目中的神灵之间的事情。难道菲利普忘记了这个默契？"我知道为什么要来朝圣吗？"为了争取时间，我把这句话重复一遍，搅了搅自己的拿铁咖啡，陷入沉思。

"是的，真正的原因、深层次的理由。"他循循善诱地说道。“恺撒和阿格里帕路线跟这事有什么关系？”他充血的眼睛充满热望，“如果你是朝圣者，为什么就不能实话实说呢？我认为你就是朝圣者，虽然你不信教。”

我结结巴巴，然后意识到自己的嘴巴不由自主地说起话来。我告诉菲利普，我们这趟旅行是为了摆脱各种分心的事情，剥除生活中一些可有可无的东西。首先，我身体欠佳，而且我们俩都因为形形色色的事情而感到身心俱疲；但也有一些别的原因，涉及跟鬼魂和希区柯克式家庭问题的搏斗，涉及灵性和宗教方面。我一直都没法让自己信仰某个神或某些神，最近这些年，福音派和新异教导致我疏远了自己的家庭，尤其是我的母亲和两个哥哥。我不再跟他们说话或去看望他们。我的俩哥哥人到中年才皈依宗教，刺激脾气古怪又年老孀居的母亲重新审视自己祖先的泛神论。她是个罗马人，真的，不是古罗马人，而是当代的意大利战争新娘，因为我那个身为美国大兵的父亲将她从罗马带到加州，她一直心存芥蒂。我父亲最近去世了，没过多久，我母亲就着手将父亲的花园改造成一个献给潘神的神像园，提醒那些困惑的访客，说自己的长子——也就是那个变成福音派信徒的好战分子——是用狄俄尼索斯的名字命名的。如果她能够办到，她真希望把他和他的福音派妻子儿女之类的基督徒喂给美洲山狮吃，这些山狮一到晚上就冲着她的花园咆哮。

在我温文尔雅的无神论者父亲被火化后，我母亲还把他的骨灰放在壁橱内的手提箱里。我敢肯定，1950年，当他们从热那亚坐船来到洛杉矶时，带的就是这个手提箱；1965年，当她徒劳地试图离开我的父亲，将自己的四个孩子作为意大利人抚养长大，并因此悲喜交加地返回意大利时，用的还是这个手提箱。如今，父亲的骨灰等待着她的去世和火化，然后被装入一个一模一样的骨灰盒内，这两个骨灰盒都是她在自己的瓷窑里亲手塑型并烧制的。我向满脸惊讶的菲利普解释说，她是一位雕塑家和艺术教师，曾在罗马的美术学院接受训练。她也拥有伊特拉斯坎先知那样的超凡魅力，就像个新异教或德鲁伊派的女祭司，在她居住的加州门多西诺县海岸一带受到其他古怪艺术家的尊敬。“一个德鲁伊派的母亲？”菲利普庄严地点点头，仿佛他能够理解似的，“你的太太怎么样？”他朝正穿过餐室的艾莉森扬了扬下巴，“她是怎么想的？这次旅行对她来说是一次灵性追求吗？”

我摇摇头：“这有点复杂，每次我告诉她该说什么时，她都很厌恶。”

我忽然意识到，这么多年来，艾莉森一直忍受着我遗传来的反教权主义、我对教会的抨击、我的享乐主义和放纵，真是不可思议。这证实了我的担忧：她是一位隐秘的殉道者。然而，作为一个堕落或者说放弃了信仰的天主教徒，以及一位外交家的女儿，她过于聪明，也过度拘于礼节，因此不会在无信仰之类的问题上表态。我们俩邂逅于1987年，当时她就说起过步行到圣地亚哥-孔波斯特拉，来一趟文化之旅，说这种旅行对无神论者——也就是我们俩——来说也没什么，这让我非常惊恐。如今，她会避免提到“无神论者”这个词，而是用更温和含糊的“不可知论者”取而代之。这就为灵性与最后一刻改变想法留下了一个摇摆不定的空间。我们俩都于最近失去自己的父亲——我一边搅动那杯放凉了的咖啡，一边告诉菲利普——我们俩都需要面对生命有限、人终将死亡以及我们在年轻时拒绝考虑的那些重要问题。

菲利普有气无力地笑了笑，看起来既有点病怏怏的，又显得兴高采烈。我想他没准会大笑或大哭。但不等他再说别的，艾莉森已经跟菲利普的太太从餐室逛了回来。我们喝完自己的咖啡，然后就像即将永远分别的老朋友一样，挨个与大家握手，在咖啡馆门口互相道别。

黑暗中的潮湿核心

皮耶尔–佩尔蒂伊（Pierre-Perthuis）得名于一座天然的石拱（pierre），这是一块被屈尔河冲刷侵蚀的石头。过了坍塌的要塞入口，一座12世纪的堡垒上矗立着一座外观简洁的教堂。教堂大门紧闭。“如果我想进去点一支蜡烛可怎么办？”艾莉森半开玩笑地问道。

与菲利普的相遇和交谈让我感到震动。我很高兴这个宽广精彩的世界及对徒步的迫切需要转移了我的注意力。

从一座跨越河谷的现代桥梁上，我们看见那块拱形岩石和一座坚固的石头拱桥。这两座桥中比较老的那一座建于1770年——按照法国的标准来说，只能算晚近时代的产物。它高耸于屈尔河与一条湍急溪流的交汇处。顺着小溪往上再走个几百码，另一座更古老的桥标明了罗马古道和朝圣道继续向南延伸的方向。决心，决心……河边的大步道看起来比朝圣道更迷人。于是我们原路返回，拐到步道上，越过那座拱桥，穿过一片点缀着白色星状野花的树林，甩开大步，向南走去。

难以置信的是，屈尔河沿岸居然没有柏油路。周围的环境充满魔力。峭壁与露出地面的岩石穿过枝杈交叠的树荫，河水哗哗地从石头上方奔腾而过，绕过一块块巨石。我想象河中鳟鱼跳跃，便停下来注视一个旋涡，思绪却飞回加州的内华达山脉，想起在尤巴河（Yuba River）上垂钓的时光。河岸线上苔痕历历，头顶垂柳依依，甚至那些白杨和山毛榉树看起来也似曾相识，它们散发出令人陶醉的泥土芳香，勾起我无限的回忆，就仿佛我以前来过这里似的。

我们的河畔小径弯曲如牧人的手杖，逐渐升高。透过枝叶间星星点点的孔隙，可以窥见河流的片段，可望而不可即。而在河对岸的远处，一座屋顶像风帽的黑色教堂耸立在牧场之上。从那些点缀着孔洞的峭壁上方俯瞰下面一览无遗的风景，位于屈尔河畔的村子看起来就仿佛来自梦境。在毗邻的小山顶上，矗立着我们的第一位圣母。她被称为“Notre-Dame de la Lumière”，意为“光明圣母”，这个名称似乎不同寻常，但在莫尔旺多雨的森林中或许并无异常之处。根据我们的地形图指南，“Morvan”是凯尔特词语在现代法语中的音译，意为“幽暗之山”或“黑森林”。

粉红色的磨坊守护着村子脚下的一道古桥。前方是一座座中世纪的高塔和庄园的围墙，表明屈尔河曾经是个具有重要战略意义的地方。我们一步步走近那座庄园，看见空中有些形如触手的东西，彼此纠缠，密密实实。它们是一些长满地衣并经过多次修剪的悬铃木树枝。这些树枝如此粗糙、扭曲，疙里疙瘩，都让人认不出它们来了。

我一下子想起自己疙里疙瘩的膝盖，然后又想起瓦格纳钟爱的半人半神奥丁。出于某些我不了解的原因，奥丁脑袋冲下地倒挂在北欧和日耳曼神话中的圣树上，牺牲掉自己的生命，用自己献祭——尽管作为半人半神，他本可以获得永生——好将知识赋予人类。这个日耳曼版的故事将潘多拉之盒与普罗米修斯及伊甸园融为一体，然后移植到莱茵河北边那片真正的黑森林中。不知何故，在我混乱的脑子里，神话中的那棵树似乎就挺立在我们面前，上下颠倒，发达的根系伸展于空中。但我并非瓦格纳的崇拜者，于是便挣扎着说出自己扭曲的想象。

一开始艾莉森似乎只是心不在焉地听着，更专注于拍照。“我看见了躯干，还有被切断的胳膊和腿。”她突然歪着脑袋说道。诚然，她热爱戈雅作品中最黑暗、最残酷的东西。但这些话从一个从不抱怨、不知疲倦且有时积极乐观得近乎疯狂的女人口中说出来，我未免感到惊讶。“长有坏疽的四肢。”她指着那些苔藓补充道。我摇摇晃晃地后退几步。“我们一起生活了二十年，”她继续说道，“我都不知道你居然熟悉北欧神话中那些颠倒生长的树木。”然后她用一个古怪的微笑将我击垮，露出一口完美的牙齿。“如果你提到的是圣马丁和德鲁伊派的圣树——遵照圣马丁的命令，基督徒用这些树朝着异教徒们挥舞，击打他们的脑袋——我或许还能明白你说的意思。可是你居然说到瓦格纳和奥丁！”她为什么要嫁给我呢？我不明白。艾莉森蓝色的大眼睛显得平静而神秘，与她年轻俊秀的外表一起，掩盖了一个只能透过锁眼才能窥见的秘密世界，按照那些间谍大师的说法，这是一个通过反方向角反射出来的世界——或者，是通过她那些情绪化的黑白照片表现出来的世界，这些照片中有很多都表现了衰败、枯朽和腐烂。

黑森林阔步舞

当我们步履沉重地走进邮政酒店时，已经是午后。我们突然想起还没吃午餐。实际上，我饿坏了，也习惯了这种痛苦的感觉。这就像以类固醇为食。

我们本以为屈尔这家绰号“时光隧道”，兼具咖啡馆、酒店和烟店功能的邮政酒店，可以连接线上词典和使用GPS。不过，当我们在一连串叮咚的铃声中走进店里时，我打赌从来不曾有人带着电脑或手持电子设备越过这道门槛，在这里很难连接网络。

一名脸色苍白且烫着红色卷发的中年女子从后面的房间钻了出来，低声打了个招呼。我们从柜台上的一张收据上看到她是达尼埃尔·施韦尔太太（Madame Danielle Schwer）。这听起来可不像个高卢姓氏，真是个好兆头。

在房间的一个角落里，一台老爷钟嘀嗒嘀嗒地运转。一个活生生的真正的老太太，施韦尔的祖母，冒了出来，从覆有红色漆布的曲木酒馆长椅之间的阴暗地带啪嗒啪嗒地穿过。“你们是从韦兹莱一路走过来的？”达尼埃尔躲在柜台后面问道，仿佛担心我们真是疯子。她看起来虚弱无力。我饥肠辘辘，厚着脸皮强调说，我们在徒步前往屈尔河的途中没有找到食物，想知道这里是否有办法提供三明治。“我只为那些无法赶到城里的徒步者做饭，”她带着几分歉意说道，“不过没准我可以给你们做个煎蛋饼，如果你们能将就一下的话。”

“太好了！”我拍了一下手，大叫起来。

不出几分钟，达尼埃尔端上来的矿泉水就被我们喝了个精光。我们大口狂饮，汗水伴随水中冒出的泡泡、老爷钟的嘀嗒声及施韦尔老奶奶踩着拖鞋的啪嗒啪嗒声，扑簌扑簌地往下掉。一股奶油的香味飘了进来。当煎蛋饼被端上来时，我的肚子已经饿得咕咕叫。一条肩高三英尺的黑色牧羊犬尾随而至，鼻子高高仰起。“是蘑菇煎蛋饼。”达尼埃尔说。她似乎又在低声耳语：“它的名字叫‘幸运’。‘幸运’非常温和，不用害怕它。”她将狗狗的名字“Lucky”读成了“Look-E”。

达尼埃尔跟我们说了声“请慢用”，就回到了柜台后的岗位上。她打开收音机，将低吟歌手的歌声调大，盖住我们狼吞虎咽的声音。我们就像手握宝剑的英雄一样，向这只煎蛋饼发动攻势。达尼埃尔将蛋饼煎得非常完美，还把它折叠起来。吃起来像是新鲜鸡蛋，里面填满了欧芹和口蘑——是罐头口蘑，不过谁在乎呢？不管怎么说，味道好得不可思议。

“我是从邻居那里买的鸡蛋，”达尼埃尔证实了我的猜测，“货真价实。”

那还用说。这是一顿美味佳肴，艾莉森也是这么说的。“鸡在哪里呢？”

“就在隔壁，”达尼埃尔腼腆地说，“也许你们夜里会听到公鸡的叫声。”

“幸运”低眉顺眼地望着我们，嘴里口水直流。它的尾巴像破布拖把一样摇来摆去，节奏跟那座钟的声音及20世纪50年代柔和婉转的乐声保持一致。我们问起这个村子和这家酒店的历史。达尼埃尔说，我们看见的那所位于河边的庄园原来是个修道院，非常古老，建于公元1000年之前，“差不多就是那个时候吧”。从1790年以来，那里就一直属于一个家族。他们很有名气。达尼埃尔的声音变得僵硬。“我就知道这些了。我的婆家在1936年买下这家旅馆。这里没什么变化——除了我公公和丈夫在几年前去世之外，”她停顿片刻，眼睛里拂过一丝阴影，“他们买下这所房子时那座钟就在。它运转了七十年。然后有一天突然停摆了，就那样。跟他们俩去世时一样突然。”

我用力吞下嘴里的食物，脑子里响起童年时代一首难忘的歌谣。当那个老人去世时，钟停了下来，不再摆动……

门上的铃声叮叮当当地响起来，一名顾客趔趔趄趄地走进屋。他摘下头顶的帽子，说了声“Messieurs-Dames”（女士们，先生们），就仿佛他是在一部老电影里露面。这个已经过了退休年龄的男人面颊通红，手里攥着两个空空的酒瓶。达尼埃尔将酒瓶接在酒桶的龙头下灌满散装红酒，又从柜台上扔过去两包烟，为这个男人的钱包减去了十五欧元的重量。等他离开后，她问我们是否想要点咖啡。“给我们来上几杯，”我说，“要劲道大的黑咖啡。”

就跟这家酒店里另外三间客房一样，从我们的房间也看不到风景如画的河谷。窗户下方是泥泞的停车场。房间非常简朴——干干净净，功能齐全，简洁紧凑，是为出差的商人和谨慎的老年度假者设计的。我们用凉水冲洗一通，望着充满诱惑的床铺。但如果我们打算按照原计划，沿着那条3英里长的罗马古道，从屈尔河前往巴佐什城堡（Chateau de Bazoches），并在天黑之前返回的话，那就必须马上动身。

韦兹莱上圣佩尔历史博物馆里的那位“阿斯特吕克”曾经在我们的地图上标出一条细细的直线，经屈尔河畔多梅西的现代公路通向巴佐什城堡。那条线就是阿格里帕路线，当时是连接罗马重镇欧坦与桑斯（Sens）的通衢大道。达尼埃尔指给我们一条捷径。“在阿格里帕路线上，你们的靴子不会沾上泥巴。”她神秘兮兮地说，然后目送我们转过拐角处的斜坡。

我们爬上山坡，穿过生机勃勃的牧场，上面有一些刚刚出生的羊羔和焦急的母羊。小羊羔看起来就像棉拖把，而母羊则像棉花球。它们的咩咩叫声鼓励我们走进雨中。在小山顶上，我们找到了那条高压电线和“阿斯特吕克”说过的岔路。

沿着罗马城外阿庇亚古道（Via Appia Antica）走过的人都知道，大多数古道都有一个共同的特征：它们都是笔直笔直的，而且被偷盗得几近湮没——从铺路石到寺庙、纪念碑和公墓，所有东西都遭到盗窃或破坏。你必须激发自己的想象力，脑海里才会浮现出那些曾经排列在路边但如今已经消失的客栈、要塞、陶制品工场，还有穿着长罩衫的工人和奴隶、肥胖的贵族，以及历经征战且伤痕累累的战士。

走在加高的路面上，我一下子明白了“直尺”和“笔直”的含义。罗马人直指要害。难怪达尼埃尔说这里没有泥巴。这条路路况完好，路面上是压得严严实实的石子，路的两边都有排水沟。显然，朝圣者和商人已经从罗马人手中接管了这条路。现在又由森林工人负责维护这条历史悠久的古道。

在城堡附近茂密的树林里，我们经过一片橡树丛，它们就跟抹大拉的马利亚一样古老，树冠蓬乱的母树高耸于空中。用粗凿巨石修建的围墙已经倒塌，上面布满苔藓。城堡的后方赫然耸立着一棵栗树，就跟加州红杉一样粗壮。我试了试，但根本无法用双臂将其合抱。

“是圣马丁还是奥丁的树？”艾莉森揶揄道。

“是他们俩的，”我说，“而且还是恺撒的。是棵三位一体的树！”

这里也许曾经是个重要的集市，但阿格里帕路线如今成了通往主要景点巴佐什城堡的偏僻小路。这座中世纪的城堡及其附属的一座带有山墙的18世纪庄园，被一辆辆装满游客的旅游大巴包围起来。我们买好门票，端详全景平台上生长的一棵三百五十岁的黎巴嫩柏树。跟我们刚刚看见的那些大树相比，它就像一棵小树苗。从平台上可以看见巴佐什棱角分明的村庄教堂。朝圣者曾经将此作为圣雅各大道上的第一站或最后一站。

梯形的巴佐什要塞炮楼耸峙，是军事工程师巴斯蒂安·勒普雷斯特雷·德·沃邦侯爵（Marquis Sébastien Le Prestre de Vauban）最爱的住所。我们得知，沃邦侯爵出生于1633年。对历史学家而言，这座城堡是个世俗的朝圣地，经过修复，里面装满了各个历史时期的文物、挂毯、地图以及一些书籍——有的是这位精力充沛的杰出天才撰写的，有的是别人敬献给他的。从大厅里那幅注视着我们的肖像画看，沃邦是个身材魁梧的人，有 双蓝色的眼睛。他的目光充满探询，也就是说，他似乎在问那些抬头望着他的人们：为什么这项工作仍未完成。哪项工作？唉，显然就是让法国现代化的工作了，这是沃邦为之奋斗终生的目标。

我的膝盖就像那些经过修剪的悬铃木树干一样疙里疙瘩，因此我不得不跛着脚，迈着沉重的步伐，跟着艾莉森穿过城堡那些富丽堂皇的大厅，里面有股蜂蜡而非灰尘的气味。我得知，在沃邦长达五十年的职业生涯中，他在自己所说的“le

Héxagone”——象征着法国六边形的领土——上修建或重建了一百座要塞和三十座带城墙的堡垒。作为国王路易十四的陆军元帅，他成为法国历史上到那时为止最成功的将军，也是拿破仑·波拿巴之前最著名的军事英雄。就跟恺撒一样，沃邦一生中的大部分时间都沉浸在政治与宫廷阴谋之中，但他是个深思熟虑的人，拥有自己的人生使命，跟普通的谄臣很不一样。我从城堡的窗户回眺韦兹莱，想知道沃邦怎么能够舍得离开这个地方，然后意识到我们自己也必须离去，除非我们打算在此住宿。

永恒轮回

我们冒着大雨回到屈尔，三个想法在我的脑子里不断重复。其一，虽然所有生命的寿命显然都是有限的，但有些树木似乎能很好地免于死亡的威胁。其二，与之相关，我不由得注意到沃邦的家谱树——在城堡显眼的位置展示——跟我们在罗马古道上再次经过的那些生机勃勃的巨大橡树和栗树多么相似。在沃邦于17世纪末继承城堡之前，那里早就属于他的家族，且直至今日也仍然属于他的后代沙特吕（Chastellux）家族，在某种程度上使得这位伟人永存，继续传递着他的职业和基因遗产。

作为一个流动的混血家庭的产物，我很难想象任何东西都能追根溯源到八百年或更早之前的感觉。更何况，就巴佐什而言，我们很快得知，由于毗邻这条罗马古道，城堡位于一座罗马要塞之上也是再自然不过的事情了。这也解释了它的形状为何是与众不同的梯形。谁知道罗马人又是在什么建筑之上修建其要塞的呢：一个梯形的高卢村庄？

其三，更令人不安的是，我得知沃邦并非路易十四的应声虫，而是一个改革家，一个理想主义的城市规划师和这个古老王朝的批评者。1698年，他私下里写了一本颇有远见的《王国什一税案》（*Projet d'une dixme royale*），呼吁有钱有势的法国贵族和神职人员放弃自己的免税地位，创立比例税制。在旅途中，沃邦目睹农民及挤满贫民窟的城市居民处境悲惨又心怀不满，感到危机四伏。他写道，贪婪与不平等的收入分配威胁着帝国，预见了后来于1789年将路易十六和玛丽·安托瓦内特（Marie Antoinette）送上断头台的那场灾难。他相信，为了人类的利益，应该保持这个国家的地理和政治统一。在沃邦看来，法兰西是罗马的继承者。路易十四是新的恺撒，是一位能够将法兰西的众多民族——从北方说佛兰芒语的人到南方的巴斯克人——凝聚起来的领袖，就像当初恺撒将高卢和北非纳入罗马共和国一样，尽管当时共和国正在走向衰亡。但到了1706年，沃邦这部具有颠覆性的著作被人泄露给了国王。不出所料，路易并未感谢这位忠实的仆人、对其计划表示欢迎，而是对沃邦严词谴责，还将这个满怀怨恨的心碎之人打发回家。这个故事中没有布鲁图斯，而沃邦和恺撒的命运倒颇为相似——

被自己的信任和热爱的人从背后戳了一刀。

沃邦破碎的心如今已不在巴佐什。他的遗体在本村教堂石棺中腐烂一百零二年之后，剩余部分被转移到巴黎的荣军院（Les Invalides）。从1809年以来就一直长眠于一座衣冠冢内的，并不是一具完整的尸体。显然，执念于遗物和人体残骸的习俗在历经启蒙时代和法国大革命之后存留下来，影响到原本反教权的拿破仑·波拿巴，他将这位具有悲剧色彩的沃邦奉为名人，希望他的心就在自己的近旁，在革命后的法兰西帝国首都巴黎保存。

夜幕降临，我们经过那些咩咩叫的“棉花球”和“拖把”返回屈尔。沃邦有没有读过那些古典作家——尤其是恺撒——的作品呢？我很想知道。恺撒曾经以赞赏的笔触描写高卢固若金汤的土木工程，沃邦在一千七百年之后设计用来保卫法国据点的堡垒跟它们非常相似，就仿佛他是按照恺撒在《高卢战记》里的描述修建的。这两个人尽管相隔了十几个世纪，却有很多共同点。虽然恺撒也是一个蛊惑民心的政客和独裁者，但作为一名民粹主义者，他跟沃邦一样，为了让那个垂死的共和国和萌芽中的帝国变成一个更美好、更安全的地方而反对寡头政治。共和国灭亡了，布鲁图斯谋杀了恺撒，但他的背叛徒劳无益。数世纪之后，当罗马滑向古典时代晚期的无政府状态时，很多评论者都将帝国的衰亡毫无差别地归罪于日耳曼部落、帝国贪婪的富豪和纳税系统。在帝国的实力被削弱之前，恺撒曾试图改革纳税系统，以免急剧拉大的收入差距、不断采用战争和经济征服手段的需要以及超前的军工复合体，将帝国逼到毫无退路的境地。这些问题听起来跟当代的多么相似啊，真让人绝望。

自然，历史并没有重复，个人经历显然也不会重演。那样未免太轻而易举了。因此，忘掉尼采和他的“永恒轮回说”吧。不过，当我一边走路，一边思索着我们目前在经济上的一团混乱和我们那天文数字般的收入差距时，脑子里却不由自主地浮现出19世纪法国智者阿方斯·卡尔（Alphonse Karr）的话。那些话似乎比尼采的“永恒轮回”思想更应景。“世界变化越大，”卡尔写道，“其中保持不变的就越多。”

踏进邮政酒店时，我的有声步程计宣布：我们在离开韦兹莱后已经步行了11.33英里（约18.23公里），各自烧掉了1215卡的热量。艾莉森那个老式的无声步程计是德国生产的，上面显示的数字是14英里。不管是哪个数字，我们第一天跋涉的距离都够长了。午后吃的那个蘑菇煎蛋饼已经成了遥远的回忆。

尽管那条罗马古道上没有泥巴，我们却浑身滴水，沾满污泥，进入酒店昏暗的餐厅之前，在门槛边上驻足了片刻。餐厅里坐着一个看起来像是巨型乌龟的人，正在平静地大嚼生菜，啜饮清水，望着窗外的夜色逐渐填满河谷。“晚上好，”乌龟似的家伙说，“你们上午从韦兹莱上圣佩尔爬坡时超过我了。”

她居然还记得我们，我大吃一惊，并为自己以前对这个“乌龟”产生的那些不友好的想法而感到愧疚。与此同时，一种暂时的恐惧感袭上心头。我们已经精疲力竭到几乎说不出话来，只想在这家恍如来自时光隧道的酒店里安安静静地独自度过傍晚。心里的内疚感就像矿泉池的泉水一样汩汩直冒：为什么不利用这个时刻，跟这个孤独笨拙的家伙分享我们的生活呢？

水文学与奶妈

等到那条在奶油里煎好的粉红色屈尔河新鲜鳟鱼端上桌来时，我们已经了解很多关于莫尔旺的知识了。我们的就餐同伴来自勃艮第北部的欧塞尔（Auxerre）。她在巴黎生活了十年，然后就离开了她所说的那个“晦暗之城”[1]，再没回去过，也从不想念它。我们不禁对她为何如此厌恶巴黎而感到迷惑，不过，当她滔滔不绝地倾吐自己对莫尔旺的满腔激情时，这个疑问也就不言自明了。作为一名热切的徒步者，她对莫尔旺那些罕有阳光照射且常常一片阴暗的小径了如指掌。“我带着手电筒、食物、煤气炉、水和帐篷，”她透过豁牙侃侃而谈，“在莫尔旺，你永远不知道自己会在哪里找到供给或床铺。”

这番话让我想起自己十几岁时在荒野里的跋涉，即使法国没有响尾蛇和熊，我也绝不想在这里重复那种经历。

---

① 晦暗之城（The City of Blight），是对巴黎别称“光之城”即“The City of Light”的讽刺。——译者注

“乌龟”非常健谈，她对莫尔旺了解之深，堪比百科全书。难以想象的是，一个看起来如此边缘化、如此粗野的人，其实也受过非常良好的教育，而且口若悬河。夜色渐浓，奔腾的水流声越发响亮，我们听着她平静低沉的声音，慢慢享用接下来的几道菜。在我们狼吞虎咽地吃着奶酪和餐后甜点时，关于我们在随后十天内将要走过的这个地区，她给我们上了一堂浓缩的地理政治学、人口统计学、自然、经济学和文化史课程。

莫尔旺并非一条山脊，而是一座花岗岩高原，从阿瓦隆（Avallon）向南延伸45英里后，在贝弗雷上圣莱热（Saint-Léger-sous-Beuvray）戛然而止。“乌龟”大嚼着一片面包说，侵蚀和地质“活动”使得这片高原有群山连绵的感觉。莫尔旺的群峰近3000英尺（约914米），当然没有喜马拉雅那么高。但由于它们耸立在一条条峡谷和山谷之上，因此风景雄伟奇绝。

她评论说，莫尔旺一直都偏远、贫困且人口稀少。19世纪，巴黎的大多数奶妈都是莫尔旺人，从屈尔这样的地方被驱赶到那座糟糕的大城市，她们鼓胀的乳房里满是奶水，但自己的孩子却吃不起母乳。这些奶妈也在莫尔旺的家里哺育巴黎孩子，这样的农场婴儿绰号叫“小巴黎人”。随着木材和矿产资源的枯竭，到了20世纪，与世界潮流相反，莫尔旺的经济实际上是恶化了。1970年，为了促进旅游业的发展，阻止人口外流，政府将整个不景气的地区划为公园。结果出人意料。

“这里的永久性居民变得更少了，”“乌龟”指出，“而度假别墅和非定居的外国人却很多。你会看到，莫尔旺拥有全法国比例最高的第二住所。”

与此同时，她也建议我们做好准备，因为那些小径就与不时溢满河水的河床差不多。莫尔旺拥有另一个值得怀疑的纪录：它是法国降水最多的地区，平均每隔一天就会下雨或下雪。“这也是凯尔特人喜欢这里的原因，”她咧嘴一笑，现在又像一个南瓜灯了，“这里有充足的淡水，到处都有圣泉，还有修建定居点和防御工事的木头。”她举起自己的水杯，指指我们桌上的葡萄酒。“你知道，他们是不种葡萄的——罗马人将葡萄酒带到这里。高卢人从此一蹶不振。用一个装满希腊、伊特拉斯坎或罗马葡萄酒的双耳细颈陶瓶，你就可以买到一个高卢奴隶。甚至德鲁伊派也无法抵抗这种诱惑。为了葡萄酒，他们互相奴役和贩卖对方。凯尔特人有一种遗传的酗酒倾向。”

我并非第一次听到这样的说法，不幸的是，在我看来，这不无道理。不过，对于自己的祖先，一个法国人居然如此坦率直言，丝毫不担心自己政治不正确，这倒是有些与众不同。

那位腼腆的酒店老板娘靠着门柱。她说自己的很多顾客实际上都是滥饮的酒徒。说到人口统计学，这家酒店的名称“邮政酒店”就很能说明问题。它很快就会变得毫无意义了，因为街对面的邮局即将关闭。自从1961年她从附近的莫尔旺地区圣安德烈（Saint-André-en-Morvan）来到这里后，屈尔的农场数量就从五十座急剧减少到只剩两座。“过去它们都是自给自足的农场，农产品质量很好，”她解释说，“现在取代它们是大型的绵羊和奶牛饲养场，工厂化的农场，而且还能获得补贴。”

悲哀的是，她并未看出其中的讽刺意味。酒店名称中的“Poste”所指并非邮政，而是一度遍布欧洲大陆的邮车客栈。它们已经消失。如今邮局也在消失，那些得名于此的老式小酒店命名不当，亦将步其后尘。

达尼埃尔还告诉我们本地光明圣母名称的来源，它源自流水。丰沛的雨水渗入由已分解的花岗岩形成的土壤，汇聚成众多溪流，造就了屈尔河和约讷河，二者都是塞纳河的主要支流。从一百五十年前开始，巴黎的当权者就开始修建水库和水电站，以此控制塞纳河并给首都提供电能，将莫尔旺的资源用于那些遥不可及的城里人。竖立那尊圣母像就是为了纪念一座变电站，变电站就隐藏在我们明早将要翻越的那座山下的隧道里。

“竖立光明圣母像也是为了用她神奇的力量保护这个地区免遭洪灾，”“乌龟”讽刺地咧嘴一笑，补充道，“如果你相信这种无稽之谈的话。”

“很多人相信。”达尼埃尔说。

“哦，除了这个，他们还相信其他的很多荒唐事，”“乌龟”平静地说，丝毫没有嘲讽的意思，“这里的每个人都在寻找什么——例如圣徒的遗骨和其实跟德鲁伊派毫无关系的神圣支墓石（dolmens），还有方位与磁场都很适合修建寺院的山顶。光是环境清幽安静还不够，不适合他们。”她耸耸肩，微笑着说：“人人都各有所求。”

朝圣者的进步

一只趾高气扬的公鸡充当了我们早上6点的闹钟。房间里没有空间让我们俩像往常一样晨练，于是我们吱吱嘎嘎地转动僵硬的关节，到室外去伸伸胳膊腿，探索这个村子。

教堂大门紧闭，但教堂的院子是开放的。这里的坟墓似乎维护得很好。其中一座坟墓的碑文讲到一个生活于1911年至1992年之间的女人，她曾经赢得“法兰西家庭金奖”。那说明因第一次世界大战人口减少而实施的人口策略直到今天仍在悄然延续。埋葬于此的这位母亲生了很多孩子，获得了政府的津贴，并因为她堪称模范的繁殖力而受到奖励。她娘家的姓氏跟目前村里最重要的那片地产的所有者相同，我们得知，这个家族如今并不是很招人喜爱。

村里有座方尖碑形的战争纪念碑，上面刻的名字包括几十个“一战”士兵、三个“二战”士兵，还有一个被流放的人——很可能是犹太人或者被送进死亡集中营的“不良分子”。每个法国村庄都有一座类似的纪念碑，通常都是方尖石碑，这种古老的石碑是权力的象征，在法国，也象征世俗政府。上面的碑文同样讲述了1914年至1918年的杀戮故事，那场杀戮导致法国于1940年崩溃、投降，并被纳粹占领。“二战”是“一战”的延续。别的且不论，所谓的“世界大战”至少对军火生意来说堪称“伟大”。

并非所有法国人都会向德军投降并与之合作。抵抗运动在这里找到了庇护之所，那就是莫尔旺难以穿越的黑森林，1944年，这片森林恰好位于撤退的纳粹与安全的德国之间。

当我们坐下来享用自己卑微的早餐时，酒店餐室里的那座老爷钟敲了八下，但它不止敲了一次，也不是两次，而是敲了三次。“它总是提前半个小时，”达尼埃尔打消了我们的疑虑，“如果它准时敲钟，我反倒会担心。”我们大口大口地吃起来，痛饮淡淡的咖啡。我舍不得离开，但出于很多原因，又为我们能够再次开始徒步而感到兴高采烈。

门外，那位不动声色的“乌龟”在等待我们。“我们会在马里尼教堂（Marigny 1’English）再见面吗？”艾莉森充满希望地问道，她说的那个村子位于南边的几个山谷之外。

“乌龟”摇摇头。“我很可能走不了那么远，”她斟酌着自己说的话，“我的时间不紧。在马里尼之后，我和你们走的路线就不同了。”她又露出那个南瓜灯似的微笑：“你们有没有带上水和午餐？”

我们带了水。但屈尔没有购买食物的地方。“午餐？”艾莉森若有所思地重复道。

“我太太并不真的需要吃东西，”我说，“她就像鹿角蕨一样耐饿。另外，地形图指南说莫尔旺的圣安德烈有家咖啡馆。顺着这条路走两个小时就能到。我们不会有事的。”

“乌龟”露出更加灿烂的微笑，跟我们握握手，然后就迈着笨重的步伐进去吃早餐了。

从那座粉红色的磨坊逆流而上，屈尔河一分为二，围绕一座座长着白杨和桦树的小岛流淌。我吸了一口芬芳的空气，想起达尼埃尔跟我们告别时说的话。当时我向她打听我们下一个目的地马里尼教堂的信息，从这里南行10英里即到，距离她出生的那个村子6英里。“我从没去过马里尼，”她向往地说，仿佛那是世界上最自然不过的事情，“我甚至从没有翻过那座小山，回到位于圣安德烈的娘家。”

对我来说，这似乎令人惊讶。是因为她缺乏好奇心吗？显然达尼埃尔不是个懒人。也许她只是不喜欢走路，要么就是没有时间，或者是感觉没有必要。

我们有时间进行这次徒步，虽然它可能会让我们破产。时间，作为日历上的一个个日子，表现为一次次预约、一封封电子邮件和一通通电话，已经开始融化，就像萨尔瓦多·达利画中的怀表一样。

我想起自己这些年碰到的其他众多依恋故土的欧洲人，这些人一直待在老家，与山谷对面的村庄几乎老死不相往来，更别提山脊另一侧的村庄了。我们之间是多么地不同啊，不管在这里生活多久，我都绝不会变得跟他们一样，至少不会像他们这样依恋故土。我已经从旧金山一路飞到圣地亚哥、纽约市，飞到普罗旺斯和波士顿，又从那里飞到米兰和罗马，然后才在过去的二十五年里定居巴黎，我不在乎永恒。而现在，我在这里再次上路，就像谚语里说的那只双壳扇贝一样快乐。[1]

“堂驴诃德”

曲曲弯弯的小径顺着切入山坡的腰果形水库向上延伸，穿过松软的林地。水从溢洪道奔流而下，又从脚下的泉眼涌出。在小村纳尔博瓦（Narbois），一户人家的男主人正在修剪篱笆，看到我们走来，似乎大吃一惊。他说这个村子有十五个居民、三条恶狗、二百三十七头奶牛、一对精力旺盛的蠢驴，以及——我们能够看出来——满目的美景。

我们顺势滑下山坡，迎头碰上那两头驴——正在干好事，被我们当场拿获。公驴一看见我们，便从母驴背上跳了下来，露出满口发黄的长牙，它使出浑身解数想把我们吓跑。“春光无限的驴子。”说着，我就用数码录音笔录下了它的嘶叫，然后将声音回放出来，以为它会觉得有趣。但这头驴却发了狂，顺着路边围栏飞奔而来，又跳又叫，眼珠翻滚，鼻孔泛起泡沫。

“我的天，”看到它想咬我，我大叫起来，“别犯傻啦！”

---

① 扇贝的比喻暗指英谚“as happy as a clam (at high tide)”，意为“像（涨潮时的）蚌一样快乐”。——译者注

“这太残忍了。”艾莉森强忍住笑责备我。我不知道她指的到底是什么：是我用音频播放器戏弄驴子？还是我打断了两头驴子的激情拥抱。

“哦，把你黏糊糊的牙龈挪开。”我开玩笑道，然后又把录音播放了一遍，我们俩都为这荒唐的逗乐笑得直不起腰来。“等我们以后感到疲惫或焦虑，”我一边擦掉眼角的泪水一边说，“我就有秘密武器了：堂驴诃德。”

巴黎女人伸出援手

也许是因为下雨，也许是想让徒步者不知所措，小径上的路标突然消失了。我们四处张望，想弄清楚方向。走进那个位于高处的村子圣安德烈时，我们注意到有人故意破坏了几个竖立在交叉路口的石头十字路标。

爬到盘曲的台阶顶部，我们便进入了莫尔旺的村落，也就是刚踏上旅程时遇到的那位“阿斯特吕克”所说的“具有典型莫尔旺特色”的地方，也确实是我们不得不见识的特色。雨渐渐停了，火辣辣的阳光炙烤着大地。村里的咖啡馆兼百货店旁也有一个歪歪倒倒的十字。大门紧闭。我把手掬成杯形大声呼唤。一个年轻人从隔壁的建筑里伸出脑袋。“关门了，”他说，“老板也只好离开啦。”说完就关上窗户。我追喊着他。他犹豫不决地重新出现了。“不行，你在这里根本找不到咖啡或食物。”这一次他猛地拉下百叶窗，“砰”的一声关上窗户。门的后面传来插上插销的声音。

好，真够友善的。

“指南说广场上有饮用水。”我叹了口气。我们开始爬坡。“现在来盘点一下我们的储备。我们还有一些能量棒和高档巧克力。”我大声说道。艾莉森正在拍摄她今天的第三百四十五张照片。她似乎无动于衷，真是一棵会走路的鹿角蕨，只需空气和水即可。可是现在我们的水喝光了。

一座石头框架的中世纪教堂紧贴着小山顶。教堂的开放式门厅与众不同，跟韦兹莱那座教堂里带屋顶的封闭式门廊是同一类型。抹着灰泥的墙壁上粗略雕刻着教堂的影像，仿佛出自很久以前想描绘自己村庄教堂的朝圣者或学童笔下。铁栏杆将我们挡在外面。我们通过栏杆窥视着里面空无一物的中殿。从前，在糟糕的旧时代，农夫和农奴是不得进入乡村礼拜场所的。他们不得不站在门厅里或门廊上，以免他们沾满泥巴的木底鞋和不净的灵魂污染里面由领主们营造出的神圣气氛。

“这次我真想点支蜡烛。”艾莉森说。

这如同一声温和的警铃。蜡烛？我更关心水和食物。

爬上教堂后面的一片牧场，我们看到一头孤零零的奶牛正在吃草。广场上喷泉流淌，旁边的一块牌子上写着“不可饮用”几个字。我又想起“阿斯特吕克”的话。“Ah，Saint-André-en-Morvan，plus Morvan que ça et tu meurs.”意思是：

如果碰到比圣安德烈更有莫尔旺特色的地方，你们就死定了。

“我们可以没有食物，”我嘟嘟囔囔地说，“但我们必须找到水。”我一边在一所所房子中间搜索着，一边想，他们已经拉起吊桥。

“他们害怕我们。”艾莉森顽皮地说。

诚然，我能够理解别人看到我就落荒而逃的原因——乌黑的头发，脸上永远胡子拉碴，戴着一顶卡车司机的帽子和一副巨大的黑色登山护目镜。可是艾莉森有什么可怕的？就凭她的满头银发、胸前晃晃悠悠的相机和时时泛起的微笑，她或许会吓着一只老鼠，但怎么会吓到法国人呢？

我看见一个来不及逃跑的女村民，于是靠在花园的围墙上，伸出我们的水壶，试图让自己的表情和声音都显得温和一些。“我们是朝圣者，”我恳求道，“咖啡馆关门了，我们既没有食物也没有水，请帮帮忙，给我们的水壶灌满水好吗？”

那个女人的脸顿时红得跟个金香苹果似的——就连我这种近乎失明的人也能看出来。“谁在外面？”屋里传来担忧的询问声。接着一个男人走了出来，瞪大眼睛望着我们——两个不速之客。

“他们是朝圣者，咖啡馆关门了。”那个女人说。“这种事很常见。”那个男人一脸挖苦地抬头看着我们。“等一下，”他说，“我们会给你们一些水的。”当那个女人从门口消失后，他站在外面放哨。她很快提着瓶子回来。在那之前，那个男人已经告诉我们，他们的老家是这个村子，但他是在大城市长大的。他解释说，因为昔日的奶妈及其被抛下的亲生儿女，巴黎和莫尔旺是通过一条脐带联系起来的——其实就是重复“乌龟”说的话。在20世纪，大多数莫尔旺移民都在“光之城”找到了工作，但并未完全脱离自己的村庄。“人们不习惯在淡季接待访客，”他略带歉意地说，“他们并不是吝啬，只是害羞。”

“而且对人缺乏信任，”她的妻子哼着鼻子说道，“我老家不是莫尔旺，在这里很不习惯。谁都不跟别人说话。听说巴黎人在这里不太受欢迎？”她瞥了我们一眼。“我有半根冷藏的法棍面包，”她似乎突然想起来，“还有一些奶酪。你们只能将就吃一点。周围几英里什么吃的都没有。再不会有人给你们任何东西。”

然后这个精力充沛的“巴黎女人”给我们端来了面包、奶酪以及更多的水——我已经把她刚刚给我们的那瓶水喝个精光。我们感激不尽，向他们挥挥手准备离开。但那个男人还在滔滔不绝。他说这个社区只剩下三百人，这个村子的整个行政管辖区有5平方英里，换句话说，面积广阔。他说他的母亲住在附近的老年之家。因为交通拥堵，从巴黎开车到这里需要三个小时。他还给我们详细介绍了若干捷径及在路上可以停下来购买东西的几个地方。

“能跟人说说话可真好，”说着，他勉强挤出一个微笑结束了自己的故事，“我们一到这里，就陷入彻底的孤独。”

我们再次对这对夫妇表示感谢，然后向南走去，边走边高声讨论偏僻与贫穷的问题。从前，莫尔旺靠着奶妈及其弃儿幸存下来，现在它已经退休歇业，这里只剩下刚被哺育长大的人和行将就木的人。从这对老人的外表看，他们仍然充满活力。这个村子有他们俩可真是幸运。

德鲁伊派与飞鱼

在一个因侵蚀形成的山谷底部，清澈的萨鲁瓦河（Le Saloir）流水潺潺。我们顺着一座人行木桥过河而去。两岸巨石嶙峋，苔藓遍布，树木茂密，嫩芽初绽。对于古代高卢人的祭司阶层德鲁伊派来说，这是一个完美的修行之所。如今的德鲁伊派在哪里呢？他们是在驾驶农用车，抑或是生活在巴黎并在莫尔旺拥有度假别墅？

据说，印象派先驱画家让-巴蒂斯特-卡米耶·柯罗（Jean-Baptiste-Camille Corot）曾从萨鲁瓦河及其残破的磨坊中获得灵感，并在河岸上作画。这里美得令我们不忍离去。我注视着波光粼粼的河水卷起的一个个旋涡，不由得产生一种眩晕下坠的感觉，就像盯着电脑屏幕看得太久那样，而我的眼疾更是加剧了这种感觉。远离膝上电脑、互联网和新编程方式是多么令人欣喜啊。

小河南边的一段上坡路很滑，路边一棵长满蓬乱地衣的树木上挂着一块牌子。艾莉森仰头大声读道：“农庄民宿，到纪念碑右转，500米即到。”那座“纪念碑”肯定是纪念两次世界大战亡者的方尖石碑，在法国，这是不言自明的事情。

“到民宿去吃午餐，或者喝喝咖啡。”我兴高采烈地说。

到了山脊，我们看见了奇怪的东西。在一段才锯断不久的树干上画着一个黑色十字。丝丝缕缕的绳线装饰着一棵巨大杉树低处的树枝，附近还有用石头堆成的三角形石堆。“是德鲁伊派还是撒旦信徒？”我说出自己的疑惑，又查看了一下步程计，然后在地图上做了个记号。

艾莉森耸耸肩：“很可能是些无聊的小孩子弄的。”

“很有可能，”我重复道，“但如果是？”

“如果是什么？你认为他们是新德鲁伊派？那么你母亲和她那些疯疯癫癫的朋友呢？他们并不是什么危险人物。”

确实如此。精神失常并不总意味着乡巴佬式的暴力。我们加快步伐，走了5英里后，步程计用合成的世界英语报出路程。我低头看了看自己的靴子，发现路上居然有条肚子朝上的死鱼。在这样一个偏僻的地方，在干燥的陆地上。居然有条鱼？我审视了一眼低沉的云层，说道：“天上飞下来一条鳟鱼。”艾莉森假装没听见。“假蝇飞钓出错了？”

我们又走了几百码，进入屈尔河畔沙斯泰吕（Chastellux-sur-Cure）后，见到一座洗衣房。泉水流入一个水池，过去女人们就在这里洗衣服。我正要伸手捧水喝，却看到水里有群鱼儿。谜团解开了。这些古时的“洗衣机”也是鳟鱼的产卵繁殖地。

在鱼儿溯流飞跃的河谷对面约半英里的地方，沙斯泰吕城堡尖塔耸峙。根据我们带地形图的徒步指南，沙斯泰吕至少从公元1116年起就有这座城堡了，它现在仍然属于巴佐什（Bazoches）城堡所有者的近亲。从古至今，这个根基牢固且枝繁叶茂的家族中最有名的成员就是沃邦侯爵。而他们在近古时代还有一位名叫弗朗索瓦-让·德·沙斯泰吕（François-Jean de Chastellux，1734—1788年）的祖先，曾经参加美国的独立战争。他甚至写了本回忆录讲述自己在美洲的旅行。这本早已绝版的书，在18世纪中期被托克维尔（Alexis-Charles-Henri Clérel de Tocqueville）那本长盛不衰的《论美国的民主》（*Democracy in America*）取代。后者有时不切实际：我忍不住怀疑，在托克维尔的时代，选票卡上将落未落的孔屑是否会影响票数计算？最高法院是否可用金钱收买？不过如今这一切也属于古代历史了。我更愿意考虑永恒性与有限性的问题——以及午餐。

沙斯泰吕城堡拥有锯齿形垛口，仿佛直接出自迪士尼的幻想，看起来完好无损。我们不禁怀疑它是否像韦兹莱及法国的上百座其他古迹一样，都已被“维奥莱-勒迪克化”——这位不知疲倦的建筑师是路易·菲利普国王和后来的拿破仑三世及其热心的皇后欧仁妮的朋友，很多古建筑经他修复后，都变得面目全非，让人认不出来。如果没有维奥莱-勒迪克（Viollet-Le-Duc），沃尔特·迪士尼该怎么办呢？不管你是否喜欢这个法国人浪漫主义的过度修复，你都不得不承认，他就跟沃邦一样，是一个不屈不挠的文化保护者。法国现在有谁能达到哪怕他一半的高度吗？艾莉森说出自己的疑惑。随后的寂静让我听不到任何声音。

我们望着那座城堡。“与其出身高贵且威权赫赫，倒不如出身低微但幸运十足，”我忍不住说了句，“想象一下，拥有一大堆到处透风的建筑，还得允许陌生人在你的起居室里闲逛。而你只有这样才能获得减税和津贴。”

事实上，我宁愿住在一座改建后的谷仓里，开一辆锈迹斑斑的老铲车，也不愿拥有一座城堡和一辆劳斯莱斯。我从来都不喜欢拥有此类奢华的东西：对我而言，拥有肿胀双脚上那双靴子，还有我的毛线衫、雨衣和毯形披风，就足矣。那块毯形披风至关重要。虽然已经是4月，天气却跟但丁笔下炼狱（*Inferno*）的深处一样寒冷，并且还潮湿多风，而现在，我们俩都已饥肠辘辘。

来到那个农庄民宿，我们其实没指望有人接电话或开门。也确实没人这么做。我们怀着阴郁的满足感，盯着自己那份微不足道的巴黎野餐，然后开始大吃，以前从来没觉得解冻后的卡门培尔干酪如此美味。至于餐后甜点，我们用瑞士三角巧克力加法棍面包做了三明治。虽然在雨中哆哆嗦嗦，我们却感到自由自在，无拘无束，为自己是个流落他乡的漫游者而高兴。在这个近乎完美的世界，一切都很好。只有一个小小的不足：没有咖啡。我开始感到头疼。

光明与黑暗，以及渴求咖啡因的大脑

地处高原，莫尔旺当然会让人感觉山多得有点不寻常。我们上坡下坡，翻过一道道山脊，跨过一道道干涸的河床。终于登上高于其他地方并和“莫尔旺大步道”交叉的小山时，我们才知道下方的是哪片水泊。新月湖（The Lac du Crescent）是一座庞大的水库，据文字介绍，它容纳了1400万立方米的水。对我及其他不了解上百万立方米是何概念的人来说，这个数字毫无意义。但我其实应该很熟悉这个新月湖。它不仅为巴黎发电，而且稳定了塞纳河的水流，确保这条河夏季不会干涸，冬季不会流出被列入联合国教科文组织世界遗产名录的河岸，流进我们的地下室，泛滥成灾。它还为我们提供饮水。

新月湖的状况让我忧心忡忡。这个水库水位很低，差不多快空了。而现在正处于雨季。难道后现代的世界末日已经在夜里偷偷接近我们，而地下水位也降低到无法复原的地步了？我们还没有迎来潮湿多雨的转折点吗？更有可能的是，我们又将陷入干旱时期和热浪之中。2003年的热浪害死了三万欧洲人，对农业和林业造成了严重破坏。我们又将迎来酷热夏季的前景让我想起气候变化，将我虚弱的大脑引向SUV汽车、京都和我的家乡——也就是加州。我的一些家庭成员拥有SUV汽车。我热爱自己这个怪诞的家庭，但不爱他们那些耗油量巨大的汽车。

因为没喝咖啡，我们感觉脑子越来越昏昏沉沉，于是决定在这个能够俯瞰浑浊水库及其周围绿色山坡全景的地方休息一下。在朋友们中间，我有时将艾莉森称为自己的“导盲妻”。因为我的视力很差，她负责读书给我听。大体上，我是脱线先生那样的人物，类似于詹姆斯·瑟伯（James Thurber）作品中那个走路跌跌撞撞的眼镜男。我们在草地上铺开毯形披风，掏出那本恺撒的书，拿起水壶痛饮。我想知道里面装的水是否来自新月湖，下面上千万立方米的水是否比我们先到达我们在巴黎的水槽。艾莉森提醒我说，巴黎的水流经我们的水龙头时，已经被平均五个生活在上游的人的肾脏过滤过。她一边在脑子里想着这个浇灭干渴的念头，一边在《高卢战记》中找到我们上次中断的地方，开始大声朗读。恺撒提醒我们，在公元前58年，赫尔维西人（Helvetii，又译厄尔维几人）——一个居住在今瑞士境内的日耳曼-凯尔特部落——翻山进入高卢，寻找更丰美的牧场。他们加入其他强盗部落，大肆抢劫当地的凯尔特人，包括埃杜伊人。埃杜伊人是“罗马人的朋友”，他们恰好生活在勃艮第的这个地区。这些温和的凯尔特受害者在其酋长杜诺列克斯（Dumnorix）的领导下，邀请恺撒来赶走那些侵略者——反正恺撒是这么说的。

“当赫尔维西人面对罗马军队的冲锋再也招架不住时，他们只好撤退……”艾莉森读道。

我注视着周围的乡村风景，脑子里浮现出从阳光明媚的牧场和绿树成荫的树林里穿过的一道道灌木树篱。在这个水库建成之前，在高卢的原始森林被高效率的惠好公司（Weyerhaeuser）砍倒之前，恺撒及其军团早就从这里策马而过。那是一幅层次分明且复杂丰富的古老景象。你读得越多，质疑得越多，你就越发意识到莫尔旺传奇的基础，最底层是冲突、饥饿、流血和噩梦般的生存。

"从赫尔维西人营地里找到的一些档案被送到恺撒那里，"艾莉森继续读道，"那是所有移民的花名册。"

"恺撒指出，所有处于战斗年龄的男子，加上女人、儿童和老人的总人数是三十六万八千人，包括二十六万三千名赫尔维西人、三万六千名图林吉人（Tulingi）、一万四千名拉多比契人（Latovici）、两万三千名劳拉契人（Rauraci）和三万两千名波伊人（Boii）……而从高卢撤退回家后的人口普查显示，他们的总人数只剩下十一万。"

我要求艾莉森把这段话重读了一遍。然后用三十六万八千减去十一万，得出战死和被俘者为二十五万八千人。仅仅一次战役就有这么多？即使实际数字可能更小，即使其中只有十分之一的人战死疆场，那也仍然是一场难以想象的大残杀。

这向我揭示了两个问题。首先，我以前从不知道尸体数字在古代有这么重要，想知道罗马人是否给那些有家人阵亡的家庭送信。恺撒没有提到罗马人及其雇佣军的死亡人数，只提到敌军的这些数字。

第二个问题是，恺撒也将自己的军队外包给雇佣军首领，并且羞于展示或谈论阵亡者的尸袋。而这些都跟现代战争和公共关系颇为相似，不免让我感觉怪诞。

不过，让我们回到赫尔维西人——也就是现代的瑞士人——和历史上一个特别具有讽刺意味的事件上来，我突然想到，作为恺撒的继承者，一贯正确的教皇及追随他的那些君权神授的帝王们，恰恰也是由瑞士卫兵提供保护的。

艾莉森又阅读了几页，但天上又下起雨来，把书都淋湿了。我们刚收拾好上路，一架“幻影”战斗机就出现了，如同地平线上的一支飞镖，朝着我们呼啸而来，黑色的剪影划破乌云密布的灰色天空。几秒钟之内就飞到我们头顶上空约一百码高的地方。我本能地蹲下身子。它喷出的灼热气流似乎要把我的头发烧焦了。噼噼啪啪的嘶哑轰鸣声震耳欲聋。“我的老天，”我不假思索地说，“幸亏我们不是迷信的人。”

“迷信？你以为会有谁在听你说话吗？”

当然不是。没有谁在观察或监听我们。那些“幻影”战斗机只是在做低空飞行练习。法国人每天都会训练，炫耀一下他们的肌肉，摆动那些“投石器”，一只眼睛盯着军火市场，另一只眼睛盯着华盛顿特区的那个现代歌利亚。恰恰因为莫尔旺人口稀少，才没人抱怨这些低空飞行的战斗机；如果他们抱怨，情况会更糟！太糟了，但那又能怎样呢？

在接下来的一个小时里，我对周围平缓的林地风景几乎视而不见。难以置信，在这个风光秀丽的穷乡僻壤，游客们如此渴望到此一游，但这里的原住民却经历了数千年的悲惨生活。

他们拥有的是一份血泪遗产。他们抚养的孩子在1914年至1918年的世界大战中成百上千地死去，成为炮灰。而在此之前的漫长岁月里，他们的凯尔特祖先哺育的孩子则成为枪矛靶子——即恺撒描述的战士与苦力——被送上战场，任由无情的德鲁伊派和猎头的部落酋长们屠戮。那个时代的战争规则是在敌人占领你的村子之前将它烧毁。要么烧掉村子投入战斗，要么在实力强大的军队到来之前逃跑。少数人掉队了。留在后面的那些人会遭受骇人听闻的折磨，包括毁容，被活生生地穿到烤肉叉上，或者沦为新来者的奴隶。而这些新来的统治者要么是敌对的部落，要么是罗马人，相比之下，罗马人倒更仁慈一些。

我们越过一条现代堤道，停下来欣赏新月湖碧蓝的湖水，它的水位低得令人担忧。然后，我们找到那条通往马里尼的泥土公路，开始爬坡。这条路看起来笔直得可疑，就像那条通往巴佐什的罗马古道一样直。恺撒是否曾骑马经过这里？我一直都沉迷于恺撒和罗马吗？如果真是这样，原因何在？答案似乎显而易见。这不仅是因为我拥有罗马人的基因，还有童年时代在罗马度过的那段无忧无虑的生活。我对他们的着迷还产生于罗马帝国与当代美国之间那些令人不安的相似之处。

从恺撒那本书的字里行间看来，这位征服者的行为举止更像当代的俄国人、西西里黑手党或非洲军阀。罗马人想要的是补充兵力和财力——纳入税收的保护费，他们称之为“纳贡”。如果你老老实实纳贡并尊重罗马的法律——包括向诸神及后来那位神圣的皇帝举行礼仪性献祭——那么一切都会平安无事。

不管你是金发碧眼还是黑发棕肤，都无关紧要：做到这些，你就是罗马的朋友或公民。罗马会让你变得文明，教你学习拉丁语，拉直你的道路并铺设路面，为你提供一座新的万神殿，教你用粗凿方石修建各种建筑。恺撒及其部下并非伪善的人，他们不把这个过程称为“传播民主”，而是称之为“罗马化”。

甜蜜家园罗马帝国

我们逐渐意识到，这条笔直的道路几乎没有尽头，当我们步履蹒跚地向前跋涉时，我想起《圣经》里有关朝圣的隐喻及由恺撒和沃邦逐渐完善起来的土木工程学和军事工程学。这两个概念是有联系的。这种笔直而狭窄的道路对罗马的商业与军事征服都至为关键。一条条直线型的道路与被东西向干道（decumanus）和南北向干道（cardo；英文中的“cardinal points”即“基本方位”就来源于此）分成四块的一座座用粗凿方石修建的城市，一同体现了正直、公正与正确的客观关联。凯尔特人开辟的道路和林间小路与罗马人的笔直大道截然不同，凯尔特小道蜿蜒曲折，彼此交织，就像他们在阴暗潮湿的树木丛生之处修建的树篱和那些随意分布的木头房子一样。罗马人崇拜光明，凯尔特人崇拜阴暗。据恺撒说，凯尔特人最强大的神灵叫“狄斯”（Dis），乃是黑夜之神。甚至连他们计算时间的单位都不是日，而是夜。

我脑海深处又浮现出另一个想法。天主教会充满秩序井然且等级分明的罗马精神。随着这个帝国的分崩离析，教皇接管了皇帝的权力——而后者也被称为“最高祭司”（Pontifex Maximus），即凡人与诸神之间半人半神的“沟通者”，那正是英文中祭司一词“pontiff”的本来含义。从罗马崩溃直至法国大革命，君权神授的天主教国王们统治了法国一千多年，他们都是恺撒的继承者，并且跟梵蒂冈一起，继续承担着祭司的沟通工作。

那么，法国大革命的革命者及其继承者（即现在那些好战的世俗论者）的头脑中是否也被灌注了凯尔特人的精神——也就是前罗马时代和前天主教时代那种阴暗曲折的无政府精神？

也许吧。

艾莉森正在为今天的第五百一十六张照片取景，我回头看了一眼被她摄入相机的景色。难怪！我心里想。难怪疯狂的法国民族主义者既热忱地接受原住民的理想事业，也接受制度化的反美主义。美国即新罗马帝国。他们就是这样看待我们的。

在客居巴黎的二十多年里，不管我碰到的法国人属于哪个政治派系，都很少会对单个美国人表现出强烈的厌恶感。某些法国人憎恶美国及其所代表的东西。为什么呢？非常简单：在无政府主义的高卢人的后裔看来，“新罗马帝国”前途光明，傲慢无礼，咄咄逼人，还有什么比他们遥远的统治更令人憎恶的呢？在世界的其余地区，人们并不熟悉法国漫长而血腥的历史，但通过它，仍带有凯尔特部落特征的法国人看到的美国人，却是改宗变节、克己禁欲而又有钱有势的好战分子——他们那些霓虹灯闪烁的网格状城市，他们那些笔直的洲际公路，以及他们那些主张寡头政治的跨国公司，全都散发出一股近古时代的腐烂气息。

美国即“新罗马帝国”，它和它那个军工业发达的新黑手党帝国都将势力扩张到了整个世界。这就是法国人眼中的美国吗？

我头痛得很，得喝点咖啡。

我们拖着沉重的步伐，顺着那条据说建于古罗马时代的笔直道路，继续往山坡上爬，同时脑子里飞快地闪过更多念头。我的太阳穴和眼睛都疼起来。我是个瘾君子，对咖啡因上瘾。回想起“乌龟”在餐厅里说的话，我忽然意识到，我们跟罗马人还有一个相似之处：他们把葡萄酒当作WMD——大规模麻醉性武器（Weapons of Mass Drunkenness）来使用，只需一个装满葡萄酒的双耳陶罐，你就能买到一个凯尔特奴隶；在更加晚近的时代，我们也曾用致幻毒品和处方药达到同样的效果。显然，黑手党就是我们。我们从手持冲锋枪的人摇身一变，成为合法的生意人。我们从事制药、防御、快餐、娱乐、赌博等多种行业，成为到处开设公司的无数美国化身，部分有益，部分可疑，还有一部分显然非常危险。

每走一步，我的太阳穴都抽痛得越发厉害。幸运的是，在我用更多古怪的想法把自己搞得困惑不安之前，我瞥见了马里尼教堂的尖顶。我脑子里那些因疲劳而产生的妄想式激昂词句逐渐消退。等我们放下背包并洗漱一通之后，那位轻声细语的民宿老板就会为我们端上咖啡，然后一切都会恢复正常。无人知道也无人倾听我刚才那些想法。这里没有军工联合企业，民主与表达的自由也不会受到买卖人的侵犯，而我真的很想念谷歌。不幸的是，这个民宿既没有电脑，也不能上网。我没法下载或上传自己录下的声音——屈尔河的激流冲刷石头的声音、韦兹莱的钟声、鸟鸣声、牛叫声、“幻影”战斗机的轰鸣声，以及“堂驴诃德”的刺耳叫声与磨牙声。

新乡村现状体验

“我们是新农夫。”民宿老板说。他又高又瘦，头发乌黑，四十几岁的模样。跟我们在皮耶尔-佩尔蒂伊碰到的那个人一样，他也叫菲利普，而且显然是从一次严重的身体创伤中活了下来。不知道为什么，他的下半张脸大部分都被切除了。菲利普跟妻子阿梅勒于2000年离开巴黎，在乡村环境中重整旗鼓，跟我们前面碰到的那位“乌龟”的经历颇为相似。“比城市生活更健康，更健全。”他轻轻地补充道，同时倒出更多的咖啡。

在巴黎，阿梅勒曾经是一名经理。而菲利普则属于出版界——在从前大名鼎鼎而如今已经倒闭的巴黎大学出版社当编辑。难怪在这座被他们改建成民宿的百年老屋里有那么多高品质的书。木地板闪闪发亮，朴素的当代家具布置真的让人觉得很舒服。一个安放在基座上的佛陀头像似乎正在倾听我们的交谈。我琢磨着，这两口子是否也跟我们以前遇到的那位菲利普一样具有灵性倾向？他们是否曾追求开悟并发现了德鲁伊派或者佛陀那些大大小小的法轮？

我不敢提出自己的疑问，担心我们的谈话会在水晶球、占星术和德鲁伊派的世界，以及用新时代的方法解决中年危机的话题中结束。因此，一等到艾莉森跟阿梅勒抱着新生婴儿消失在厨房里，我就静静地向菲利普问起当地居民的情况，想知道他们是否欢迎他的到来。他耸耸肩。“对他们来说我们是外来者。”马里尼是个面积广阔的社区，共有三百四十二名居民。不过，菲利普和阿梅勒跟另外六个新乡村主义的巴黎殖民者交上了朋友，后者也在这个村子购买了一些破败的地产并加以修复。“镇长是个好人，”他补充道，“他在巴黎生活多年，能够理解我们。”

镇长能够理解的这种“新”现象——新乡村主义者、新自然爱好者、新朝圣者和新退休者，他们一起为法国这些废弃的地区重新注入生机。“我们都跟你差不多，”菲利普大胆地说道，“需要重新充电，让自己重整旗鼓，不一定是出于宗教原因，而是因为感觉不可抗拒地需要在乡村环境中重新给自己注入活力。”他扭过头去，毫无必要地试图隐藏脸上被毁容的那部分。我觉得他非常可怜，但阻止了自己流露出怜悯的表情。他似乎已经重获健康，他有一位可爱的太太、一个新生的儿子和一座漂亮的房子，而且他的气色也很好。他不需要我的可怜。

“你不会是碰巧皈依了佛教吧？”我指指那个头像，“我听说勃艮第有个重要的佛教社区。”菲利普超然而平静的乐观主义让我想起加州的两个儿时朋友。他们曾经在灿烂的阳光下过着寻欢作乐和追逐美女的生活，后来却分别成为佛教徒和教友派信徒。

菲利普再次耸耸肩。“我也说不准。到了人生的某个阶段，你就会开始寻求答案，改变自己。有时这种变化已经太晚。对我来说，或许是时机恰好。”他暂停片刻，望着默默点头的我——他的话听起来似曾相识。“我也拿不准自己是否承认轮回的故事，而且难以想象佛祖为了我们以原初的模样降临尘世。这听起来跟救世主基督很像，不是吗？”

我点点头。我以前也想到过这种相似之处，但我确实对这方面知之甚少，还无法做出比较。佛教比基督教早诞生大约五百年。基督徒不仅吸收了犹太教和异端中的成分，而且也借鉴了其他宗教，这也是有可能的。“我曾经花了很长的时间研究武士道，”我向他吐露实情，“我做过冥想，练过瑜伽，还听我们的空手道大师谈论过一些非常晦涩难解的主题，但什么都没有坚持下来。”

事实上，当艾莉森和我练空手道和瑜伽时，我的膝盖疼得让我受不了，疼痛淹没了其他的一切。我与生俱来的怀疑主义一直促使我远离精神进化——如果真有这种事情的话。

“听起来你或许也在寻求什么，”他说，“尽管你似乎没有意识到，而且很可能也不愿承认，这倒也没事。我过去就那样，是个理性主义者，一个标准的巴黎世俗主义知识分子。厌恶宗教是件时髦的事情，而且我们有大量充分的理由这么做。我对灵性嗤之以鼻，更倾向于哲学与伦理学。有时你需要到处逛逛。这种漫游看似漫无目标，其实并非如此。没有什么会被浪费，没有什么是漫无目标的，也没有什么是无中生有的。”

我们俩沉默了整整一分钟。“我想我明白你的意思。”我开口道，心里充满恐惧和意想不到的迫切感，就像在皮耶尔-佩尔蒂伊碰到另一位菲利普时那样，我再次感觉自己热切地需要与人交谈。自从大概二十五年前离开湾区以来，我就再也无法习惯过分情感化的忏悔室了，而且在任何情况下都讨厌这么做，却从来都不惮于剖析“灵性”——不管它到底为何物。“这就跟酗酒和肥胖症一样，”我终于说了出来，“总是有原因的，尽管被隐藏起来。”

“事事都有原因，不管是个人问题还是在更广的范围内，从酗酒到战争和恐怖主义。我们全都会有面对愚昧的烦恼。你瞧，对我来说，无神论是很轻松的事情——你不相信神和教会，那也没什么，世界上大多数人信奉的都不是同一个上帝，而教会在倒退，退化，烧死异端，相信神迹，等等。但接着你就会问自己，你真是个死硬的无神论者吗？是那种货真价实的科学无神论者，能够自信满满地说出‘一切都从原始的海洋，从虚

上图：巴黎克吕尼博物馆外立面上的扇贝

下图：朝圣路线上的箭头和扇贝标志

上图：通往勃艮第巴佐什的罗马大道

下图：勃艮第的马里尼附近，边缘镶嵌着树篱的小道

勃艮第韦兹莱附近的葡萄园

勃艮第朝圣路线上的路标

勃艮第朝圣路线沿途的石墙

勃艮第朝圣路线沿途的沙罗莱奶牛、猪和山羊

上图：勃艮第，系着蓝色绳结的木栅栏

下图：勃艮第，晾晒奶酪的红色盒子

勃艮第莫尔旺地区的树枝和灰色天空

勃艮第比布拉克特的高卢城墙

勃艮第科多尔的葡萄园

上图：勃艮第梅尔居雷，从前的花园和葡萄园

下图：勃艮第巴佐什城堡的沃邦花坛

上图：勃艮第马里尼村的教堂广场

下图：勃艮第沙尼镇广场上，1991年由理查德·塞拉创作的“圣埃卢瓦的八角柱”

勃艮第默尔索街角的红色消火栓

（本页及右页）勃艮第科多尔，俯瞰葡萄园的三座蓝色圣母雕像

勃艮第索恩-卢瓦尔省，春天的森林
如同一座绿色的大教堂

无开始’，并且信仰虚无吗？这倒也有可能。但如果你能向自己解释虚无从何而来，这一切又是如何来自虚无的，那我就祝你走运了，”他张开双臂，“我拿不准科学是否真的能够声称自己了解一切。科学知道自己有局限性。”

厨房里传来阿梅勒的呼唤，将我们带回现实。菲利普艰难地挤出一个微笑，举起手托着下巴，悄声说他必须去帮忙准备晚餐了。今晚他们要招待一大群客人。

活着的圣徒

站在我们位于楼上的房间里，我拉开窗帘，望着外面的倾盆大雨。薄雾笼罩着那座庞大的教堂钟楼。它高耸于众多屋顶之上，是村里最宏大的建筑。教堂里的钟是否会整夜按时响起，就像在屈尔那样，一次次地将我们吵醒？在巴黎，我们寓所附近圣保罗教堂的钟声每半小时敲一次，每周七天，天天如此，每天二十四小时，从不停歇。它怎么能够如此扰民却不受追究？为什么宗教与灵性在法国成为这样的禁忌主题？我不明白。而在我生活过的其他所有地方，人们都不会过于夸张地处理信仰问题。例如，在意大利，每个人都是有名无实的罗马天主教徒，并且就像地中海里的凤尾鱼一样悠游其中。而大多数美国人都像穿一件舒适的弹力慢跑运动服一样弹性地对待自己的信仰——除非是敏感的基督教权利问题。法国人却不同。我认识的那些虔诚的基督教徒——更别提犹太教徒、伊斯兰教信徒、万物有灵论者、佛教徒和其他人——在承认自己的信仰时都会小心翼翼，有时甚至偷偷摸摸，以新教徒尤甚。宗教迫害在他们身上打下烙印。法国大革命的反教权主义遗产幸存下来，对世俗共和国的崇拜取代了宗教。法国人必须首先向共和国效忠，而不是向神效忠——不管这个神或诸神及其先知叫什么。荒谬的是，这并没有阻止教堂的钟声在凌晨3点敲响，也没能阻止圣诞节、复活节和耶稣升天节成为节日。现在我想起来，差不多所有法国人的名字都来自圣徒之名，往往构成令人吃惊的跨性别组合，如男孩叫让-玛利（Jean-Marie），女孩叫玛利-皮埃尔（Marie-Pierre）。直到20世纪90年代末，法国法律实际上都禁止人们使用除《圣经·旧约》人物或圣徒之外的人名。而且直到今天也不准人们招摇地佩戴或者在公共办公室、医院或学校展示宗教象征物，包括十字架。在我看来，这种安排一直都像一种文明化的梦呓，一种虽不完美但却实用的妥协，使得基督教和共和制的中央集权式世俗主义得以发扬。在法国，被编入法典的不是宗教自由，而是不受宗教影响的自由。虽然在16世纪和17世纪，在法国的新教徒和天主教徒之间爆发过激烈的宗教战争，但在现代，至少任何类似于北爱尔兰危机之类的麻烦得以成功地避免。可是为什么这种妥协不再生效了呢？

显然，对世俗共和国的崇拜没有预料到全球化或五百万穆斯林的到来。他们中有些人希望女性穆斯林在公共学校戴头巾——而这是被法律严格禁止的，而且差不多所有法国人都不赞成；还有一些人则宣誓效忠于激进的伊斯兰教派。看到数千名决不妥协的伊斯兰教徒让原本文明的法国人变得气量褊狭、仇外，走向种族主义和令人憎恶的民族主义，我不禁为此感到遗憾。在我看来，大多数法国人想要的似乎不是种族或宗教方面的紧张局势，而是按照肥皂剧或真人秀明星的名字给自己孩子命名的自由，像穿戴时尚服饰一样佩戴宗教象征物，从政府补贴的世俗教育中获益，早早退休，以及购买SUV汽车——在一个油价高达每加仑10美元的国家，这是人们梦寐以求的物质主义的终极象征。

就仿佛受到了感应巫术的召唤，这时我看到一辆巨大的SUV汽车在这家民宿门前停下，从车里钻出来三个孩子、两名成人和六件行李。

上路吧，雅克！

雨停了。我们把行李留在民宿，顺着马里尼空无一人的寂静街道走去，而我还在回想自己与菲利普之间的交谈。居然在20英里之内就碰到两个热情的菲利普，我很高兴这不是小说，否则连我自己都不敢相信。

马里尼似乎成为我心理状态的客观对应物。半个村子待售，另外半个村子窗户紧闭。两家杂货店都已关门大吉。咖啡馆也不再营业。一阵寒风刮过两栋庄园大宅，其中一座被重建成19世纪新哥特式的狂野风格。在主广场上，貌似古怪木匠铺的一扇门上伸出几个马头雕塑和灯笼。门上钉着一块牌子，上面写着：

> 告居民书：对于那些忙着工作的人，再没有比游手好闲之徒的出现更讨厌的了。
>
> 克劳德

“幸运的人，”我说，“如果他的生活中再没有比絮絮叨叨的退休老人更令人讨厌的。不管怎样，说明这个村子里有人居住。”

马里尼的市政厅就在我们住的那家民宿附近，占据了一座不起眼的建筑。门上没有门铃，我们的到访让镇长让-克劳德·雅基诺（Jean-Claude Jacquinot）先生大吃一惊。艾莉森从布告栏里贴的一张纸上辨认出他的姓名。镇长扭动庞大的身躯站了起来。“来这里的人可不多。”说着，他跟我们握握手。既然我们住在那家民宿，看起来像是无害的良民，他就从一个深深的口袋里掏出教堂的钥匙递给我们。

我曾经从一本历史书中读到，“Jacquinot”这个姓氏在法语中指的是到过圣地亚哥–孔波斯特拉的朝圣者。我很想知道，这位镇长的祖先是何时完成这一创举的呢？镇长是虔诚信徒还是共和派？说到这里，我又想到，英文中“Jack”一词的多种变体是否源自“Saint Jacques”（圣雅克，即圣雅各）？曾经有数百万的英国人跨过海峡，穿过法国，前往西班牙的那座圣殿朝圣。我们英文中有“man-jack”（同“man”，人）、“jack of all trades”（万事通、多面手）、“jack of hearts”（红桃杰克）和“you’re in the groove，Jackson”（英国流行音乐家博比·瓦伦蒂诺［Bobby Valentino］于1990年发行的一张专辑），还有“hit the road Jack，and don’t you come back no more no more no more no more.”（上路吧，杰克。永远永远永远永远都别再回来。）后者来自蓝调音乐家珀西·梅菲尔德（Percy Mayfield）在1960年创作的一首歌曲《上路吧，杰克》。“Jack”是英文中最常见的名字，也是很多姓氏的一部分，我一直认为它是“John”（约翰）的昵称，或者，也有可能源自圣约翰的兄弟大雅各。

教堂的空气里飘浮着灰尘，令人窒息。破烂的忏悔室上罩着蜘蛛网。我扫视了一下四周。耳堂里有两架坏掉的管风琴，有一些琴键已经缺失；这让我想起“乌龟”的豁牙。壁纸剥落，就像秋叶一样飘落到撒满灰尘的地面上。用铅条加固的窗户上有些窗格豁然大开。这里没有圣雅各的痕迹，但马里尼却跨立于这条朝圣路线上。我站在竖立于墙上的一尊圣女贞德雕像下方，这是19世纪天主教复兴时期为这位少女战士塑造的众多廉价而俗艳的形象之一。贞德的宝剑闪闪发光。就跟屠龙勇士圣米迦勒及被称为“摩尔人克星”的圣雅各一样，她也是一位教会的斗士。在15世纪，贞德将占领法国的英国人赶走，正如圣雅各在中世纪将摩尔人赶出了西班牙。圣雅各经常被描绘成身穿扇贝盔甲的模样，而他得到“摩尔人克星”的绰号，则是因为西欧基督徒恰好跟占领伊比利亚半岛的穆斯林打了七百年的仗。那场早已被人遗忘的战争持续不断，被称为“收复失地运动”。雅各仍然是西班牙的守护神，而西班牙人也仍然在抵抗以非法移民和恐怖主义形式出现的伊斯兰教。我一直觉得“战士圣徒”在政治方面令人倒胃，不过，话又说回来，不管你喜欢与否，教会就像所有权力机构一样，或许都需要一支军队来保护它。

“一场需要复兴的复兴运动。”我评论道，努力不让自己显得轻浮无礼。艾莉森没听见我在说什么。她下定决心要点一支蜡烛，此刻正挨个搜寻每个壁龛找蜡烛呢。但这里根本就没有蜡烛可点。

密特朗的妄想症：葬我于比布拉克特

马里尼教堂镇的雅基诺镇长告诉我们，他在巴黎度过了自己成年后的生活，最近才退休和搬家。“我是个电气工程师。”他说。他是否了解那座水库？为什么几个月来不断下雨而水位却那么低？我很想知道。“不不不——这不是因为天气变化，”

他咯咯地笑着说，“而是因为漂流。每当下游的屈尔河上有激浪漂流或划船比赛时，我们就会放水，放大量的水。”

艾莉森和我交换了一个眼神。“这不是有些浪费吗？”

“这对旅游业有利，”雅基诺回答，宽阔的肩膀朝着他那双大耳朵耸了耸，脸稍微有点发红，“而且，当水库的水位真的降低之后，你们还可以一饱眼福，看看水库底部那座中世纪的石桥。”

雅基诺像个兴奋的男孩一样站了起来，把有关这座水库的一些可耻的秘密告诉了我们。这里的水下不仅有时候会冒出来一座拱桥——就像一头尼斯湖怪兽一样——而且里面还有一座被淹没的农庄。

“那还是20世纪30年代的事情，”雅基诺说，显得越来越亲密，“他们炸掉了山谷里一切有可能干扰船运的东西。有个老家伙拒绝离开。他躲藏在自己的农场里面。消防员划着小船过去，将他从干草棚里拉了出来。我见过一些照片。七十年后的今天，他的房子仍在那里，就在湖底。”

镇长又补充说，这个固执农夫的家人就住在附近。他们能从自己的房子注视他们的“水下农场”。镇长变得更欢快了，他取出一些古老而详细的勘测地图，铺开在桌子上，指出那座水下桥梁的准确位置，告诉我们更多有关水力发电的事情。“那个农庄里的家伙，他是个典型的莫尔旺人，”镇长专门解释道，“你挺住，你坚持下去。这里一直是个粉红色的左翼地区——凯尔特人首先侵入这里，然后是新教徒和法国大革命的革命者。

那正是‘二战’期间抵抗运动能在此幸存下来的原因。村民和农夫要么跑到树林里去加入他们，要么在家里帮助他们，想方设法地抗击纳粹。那也是密特朗从这里起家的原因。”

我们知道镇长说的是那位颇有争议性的法国社会党前总统弗朗索瓦·莫里斯·阿德里安·马利·密特朗（François Maurice Adrien Marie Mitterrand），绰号“斯芬克斯”。他本来是个保守主义的贵族和通敌卖国的维希政府的成员，后来却改变立场，在恰当的时候加入抵抗运动，作为占领时期的英雄脱颖而出，成为议员，然后又当上希农堡（Chateau Chinon）的市长，那是莫尔旺最大的城市之一。甚至在成为法国总统之后，他也仍然是希农堡的市长，并通过这种巧妙的方式，保持了他与法国抵抗运动的联系——不管那种联系多么微不足道——因为抵抗运动就是在这个地区达到鼎盛的。

我意识到，这也解释了为何某些城镇和村子到处都贴着密特朗的名字，为何密特朗分别在圣布里松（Saint-Brisson）和贝弗雷山的比布拉克特创立了抵抗运动博物馆和凯尔特文明博物馆。在这位民族主义者和社会党人看来，它们都是法国身份的有力象征。而我们将在随后的日子造访这两个地方。

“说到这儿，”镇长补充道，“抵抗运动的神话和密特朗担任希农堡市长的职位也是他能够合法地埋葬在比布拉克特的原因。”雅基诺郑重其事地稍作停顿，又接着说：“你们都很熟悉比布拉克特吧？就是那座失陷的高卢城市。维钦托利就是在那里召集各部落，计划跟恺撒做最后一次殊死搏斗的。跟你们的卡斯特将军很像。”镇长说，在法国，你有权将坟墓修在自家后院、花园或自己拥有的任何土地上。于是，密特朗就像妄想症发作一样，要求巴黎的中央政府从勃艮第地方当局手中买下高卢人神圣的贝弗雷山的山顶，然后他再卖给自己一片位于比布拉克特山顶上的土地，就在英勇的维钦托利为抵抗恺撒而慷慨陈词的地方附近。

“你是不是开玩笑啊？”我忍不住问道。

“哦，不，这可不是玩笑。你瞧，一旦拥有了那上面的一块土地，总统就有权给自己修建一座坟墓。他想在一处高卢圣地永垂不朽。”

精彩。这是一个很棒的密特朗的故事，也为法国那么多意味深长、不可理喻的事情加上了一个注脚。

我问镇长是否认为密特朗把自己想象成了维钦托利的化身。雅基诺摆弄着那串钥匙，然后回答说：“谁知道呢？他的阴谋没有得逞。人们拼命表示反对，结果密特朗就被埋葬在他故乡的小城雅纳克（Jarnac）。”他顿了顿，咧嘴坏坏地一笑说：“你们知道‘coup de Jarnac’是什么意思吗？你们读过《三个火枪手》吧？在剑术中，‘Jarnac’指的是一个犯规的动作。”他朝着我的小腿做了个向下刺戳的动作。

我意识到，这就是英语里的“low blow”[1]。

---

① 卑鄙勾当，在拳击中指击打对方腰部以下的部位。——译者注

俄国凯尔特人和流浪的罗马人

在我们住的民宿里面，一本古老的精装书正从书架上向外张望，它有一个动人的标题：*Histoire de Bourgogne*（《勃艮第历史》）。估计它讲述的不是黑皮诺葡萄酒的历史，而是勃艮第地区的历史。我把它取了出来，准备在餐前小憩片刻。卧室下垂的帷幔外，是不远处马里尼教堂高耸的尖顶。我把枕头拍得鼓起来，半眯着疲倦的眼睛。

这本书是20世纪50年代由一个名叫夏尔·科莫（Charles Commeaux）的人写的，讲述了勃艮第的早期历史，也就是恺撒到来之前的那个时期。其中说到一波波的游牧猎人兼战士，他们大约在公元前500年从东方席卷而来——反正作者是这么说的——他们的祖先在公元前1200年至公元前800年之间的某个时期离开了今天的俄国。向西方进军，年轻的野蛮人！这些所谓的"凯尔特人"很快就开始剥削高卢那些快乐的原住民，后者属于更古老的哈尔施塔特文明（Halstatt Civilization）[①]，其居民以农耕为基础，定居且爱好和平，但听起来也不是很有法国特色。好战的俄国凯尔特人的犯罪手法跟他们之后那些残

① 奥地利小镇哈尔施塔特位于上奥地利州萨尔茨卡默古特地区，拥有代表史前文明的古墓遗迹和欧洲最古老的盐矿。一般公认，这座小镇是欧洲铁器时代的发祥地。——译者注

酷的罗马人及更往后、更“野蛮”的日耳曼部落非常相似。事实上，凭借凯尔特人的砍头活埋、烧杀淫掠以及严重的卫生问题，他们听起来比恺撒恶劣得多，跟匈奴王阿提拉（Attila）倒是不相上下。至于恺撒本人——根据这本书的描述——尽管他的头发日渐稀疏，但他的表现与其说是卑鄙，不如说是凶猛。恺撒的眼睛是什么颜色呢？我眨眨眼，试图回忆我见过的彩绘雕像。眼前的书页逐渐模糊。我又眨了眨眼。

但我看见的不是恺撒的眼睛，而是他的鼻子，一个橡皮泥鼻子，我的食指在外面，拇指塞进鼻孔，捏着塑模的黏土。我的手显得很年轻。手的前端是因关节炎而变得指节突出的手指，在轻轻推挤和对准方向。在我捏挤和磨平时，我母亲的指头将这件拙劣的作品推倒，用粗犷、自信的动作重新塑造它。“你过于专注细节，”她温和地说，“先大致塑造出他的面部特征，然后再回来做细节。”

她的地窖工作室里排列着一本本翻开的艺术史书籍。恺撒胸像的黑白照片填满了那些沾着干黏土的书页，为了让它们一直翻开，每一页都用晒衣夹夹住了。然后是我站在拉丁语课堂上，沾着黏土的手握着一只晒衣夹和那尊胸像，正对老师说话：“这是我的期末课外作业，做好了。我们先用黏土塑模，在上面抹上凡士林，做成一个双件黏土模型，然后将‘铸模石’倒在里面。是的，女士，这是我做的第一个头像，女士，不，它不完美，我再也不会尝试了，呃，是的，我母亲辅导我了，是的，她也辅导我的拉丁语，但她是意大利人，她的发音方式跟你的不同，所以你不喜欢我。鼻子和耳朵的细节过于突出，女士，下巴不太像，我同意，额头也确实像猴子额头，是的，女士。”拉丁文老师尼尔森小姐对着我的恺撒噘起嘴，我朗读西塞罗的作品时她也是这个表情。尼尔森小姐用她那种黏糊糊的南方口音，将西塞罗读成“Sissero”，她翻来覆去地推着她那个扁平鼻子上的眼镜。她用糖浆似的路易斯安那口音，将恺撒的“v”读成“wimpy”里的“w”，“wheny”“weedy”“wiki”……她还威胁说，如果我在她的古典拉丁语课上不抛弃那种粗俗的“教堂拉丁语”，就会判我不及格。我用“Veni”“vid”“vici”回敬她。尽管让我不及格好了，尽管——

“醒醒，”艾莉森轻轻推着我，小声说道，“该吃饭了。他们都在楼下等着呢。”

结交朋友

法文中的“chambre d'hôtes”就是我们说的提供膳宿的民宿。但由于这里还提供晚餐，因此还会加上一个词儿“table d'hôtes”（提供晚餐的民宿）。在美语和英语中已不再有对应的词。我们旧时的旅馆和客栈肯定很像一个“chambre d'hôtes-table d'hôtes”——住在屋主家里，在顺其自然的好客气氛中，所有房客都围坐在餐桌旁吃饭。这其实就是家常便饭：你永远想不到自己会遇到谁，吃到什么美味。

菲利普和阿梅勒说过晚餐有混合沙拉、烤猪肉和自制水果派。让人意外的是，他们俩没和我们吃饭，餐桌旁没有空位了，更急迫的是，他们四个月大的宝宝维克多（Victor）也哭着要吃晚餐。

“Victory（大获全胜）。”菲利普开玩笑说，眼睛下面有疲劳留下的眼袋。

就餐者身份各异——来自世界各地。其中包括一对说话直言不讳并从事高科技行业的瑞士夫妇和他们的三个孩子，还有一位个子虽小但爱说话的法国计算机科学家和他体型庞大且嗓门也大的台湾太太及其声音洪亮的儿女。这对法台合璧的夫妇就是我早先看到的那辆SUV汽车的骄傲主人。我们的所有就餐同伴都聪明而好奇，而成年人在经过黑皮诺的润滑后尤其如此。

闲聊逐渐转向更严肃的政治和宗教话题——两个都是禁忌话题。瑞士人说他有一些朋友曾徒步到孔波斯特拉朝圣。“不是出于宗教原因，而是为了看看他们是否应该结婚生子。如果他们能在几个月的徒步中相处融洽，那他们就能同甘共苦地经历任何人生风暴。”

“据说非常累人，”那位瑞士太太插话说，同时打量了我们一眼，就跟打量培养皿里的样本似的，“非常累。除此之外，你们还希望从中获得什么？”

艾莉森扭过头去，给另一位客人斟葡萄酒。我对这个瑞士女人的商业主义本性感到吃惊，但又不想表现得无礼。我记得一个朝圣者在巴黎教给我的一句话，大意是：“你需要三个星期适应朝圣，第一周是让自己的腿适应，第二周是让自己的心理适应，第三周是让自己的精神适应。”我们才仅仅徒步几天，虽然我已经跟两位菲利普分享过自己内心最深处的秘密，却不想在这个固执的瑞士女人面前受审。“我也说不准我们期望从中获得什么；我们只是希望遇到一些惊喜，”我终于说了一句话，自我辩护的口气比我预想的更强烈，“只是想获得一点思考的时间和空间，恢复健康的体型，对我来说就足矣；如果除此之外还有别的收获，那就太棒了。”

法国计算机天才扬了扬自己轻盈的手指，说他很高兴自己是个唯物主义者、科学家和信仰技术的人。“要将我们自己从过去制造的混乱中拯救出来，这是唯一能让我们真正依赖的东西。”他的脸因为葡萄酒而微微泛红，在让我们摆脱圣地亚哥-孔波斯特拉的话题之后，他又针对法国周期性发生的罢工发表了专题演讲。他那位来自台北的太太提供了一点浓缩的台湾历史，听起来跟法国的历史惊人地相似。

最后，当我们的就餐同伴们确立起自己的知识分子背景，又将孩子们打发到起居室去玩耍后，他们再次将注意力转向我们。他们强烈的好奇心不容忽视。我们讲述了自己在巴黎的自由职业生涯，算是为他们提供了少量“止痛剂”，然后大致介绍了一下我们与众不同的徒步路线，这让他们全都感到惊讶不已，于是又重新触发了宗教与科学的问题。跟其他所有人一样在传统路线上徒步更轻松，这我同意，但它不是我们追求的目标。那个法国人衷心地支持非宗教的徒步，接着又对哲学问题夸夸其谈片刻。“不可否认，技术并非总能解决问题。例如，汽车貌似给了我们自由，”他说，“但它也破坏了社交，使得一个个村子变得空荡荡的，就跟这个村子一样，并且毁掉了那个小小的外省商业阶层。因为人人都驾车到附近城市市郊的购物广场买东西。”

“就等着沃尔玛加大马力吧，”那名瑞士男子尖刻地说道，“我们在美国生活了两年。那里有很多巨大的教堂和远程福音传道士，但不再有工会，不再有节日，而纳税人却要为众多的公司提供津贴。”

全球的基督教化和沃尔玛化为大家提供了充足的谈资。而我不管自己多么赞同其他客人的观点，都拒绝对他们随声附和。这不仅仅涉及我想保持积极心态的渴望或者那个瑞士男人布道似的消极语气，而且也因为徒步、吃吃喝喝和交谈让我感到眩晕。等苹果派端上桌来之后，我就急不可耐地盼望着吃完就上床睡觉。可是，我的餐伴们却不想放走他们俘获的这个美国听众，他必须为美国梦的破灭负责。那位理性的法国人将闪亮的眼睛转向我：“恕我冒昧，请问你是怎么来到法国的呢？”

“你太客气了，”我说，“但这事说来话长，而现在已经过了我们上床睡觉的时间。”经历了漫长的一天之后，这个故事面临被加上一个维基百科式尾声的威胁。

“呃，我们都不急，”他抓住我不放，“现在还早。除非你跟我们讲讲你们自己，否则我们就不放你走；这是chambres

d'hôtes的传统。"

既然艾莉森一如往常地拒绝那些必然会被盘根究底的问题，既然他们不放我们走，我就只好硬着头皮迎战，解释说我是旧金山本地人，小时候在罗马生活，从加州大学伯克利分校和布朗大学获得政治学和意大利文学的学位后，于20世纪80年代初搬回罗马，又从那里前往米兰。过了两年，在经历了一次破裂的婚姻之后，我北上来到巴黎重整旗鼓。就在那时，我遇到了艾莉森。我会继续做个客居的巴黎人。"其余的就不便告知了。"我总结说。

"那么你呢？"脸蛋粉红的瑞士男人转向艾莉森说。我不禁想起赫尔维西人和教皇的瑞士警卫。这对瑞士夫妻很可能是那场可怕战役的幸存者后裔——不过，我们所有人都可能是。

艾莉森仍然默默不语，就跟往常成为人们关注的焦点时一样难受。作为驻外领事人员的孩子，她恰好在巴黎出生，长大——后来曾在安卡拉、卡拉奇、华盛顿特区和罗马生活，然后再次来到巴黎。你永远不知道她会选择哪个地方作为自己的出生地。有时她说自己来自小石城，那是她父亲的出生地。有时她说自己来自蒙特利尔，她母亲出生于那里。有时她又说自己来自旧金山。但她从不说自己来自巴黎。那是因为，她虽然拥有法国国籍和护照，而且在法国生活了几十年，但法国人仍然视她为外国人。于是，她明智地将自己视为一个没有民族背景的人。"我来自阿肯色州。"她终于说了一句，然后便巧妙地将话题一转，跟大家告别，准备上床睡觉。

法律何在？

从马里尼南行数英里，我们的第一站是屈尔河河谷一个名叫克罗泰富（Crottefou）的小村，村名的意思是“疯狂的粪便”——可能是马粪、牛粪或疯狗粪。幸好，我们欣赏过的那些经过修复的房屋跟这个地名没什么联系。远处传来链锯的呜咽声，而且越来越近，那声音当然不是来自链锯，而是来自轻型越野摩托车。几辆摩托车以能摔断脖子般的速度飞驰而过。我默默地祝愿这些骑手真的摔断脖子，马上。这可不是朝圣者应该有的仁慈想法。

村子的布告栏上贴着一份请愿书。当地人要求地方长官禁止轻型摩托车之类的越野车辆在GR-13步道——也就是我们的世俗朝圣路线——上行驶。据说上述车辆在步道上到处扔垃圾，骚扰居民，这种情况持续好几年了。

在将这个村子一分为二的那条双车道公路的南边，我们找到另一个布告牌。上面贴着地方长官的回复，大意是：人们的愿望已经得到满足。从此以后，克罗泰富将禁止越野车辆行驶。

我感到的兴高采烈跟村民们当前的问题相比微不足道。但我对制造噪声和废气且野蛮而毫无意义的越野车辆的厌恶，却是发自内心的，尤其是在骑手喜欢破坏公用土地上那些历史悠久的步道时，与之相反，他们不会在回收的垃圾、有毒的垃圾场、散布着集束炸弹的战场和废弃的煤矿周围骑车，其实这些地方才是摩托车运动的理想环境。

在一条可爱的溪流南岸，我们又看到前几天就熟悉了的那种星星似的野花，遍布在嫩芽初绽的树苗、古老的橡树和长满苔藓的嶙峋巨石的周围——正是瑞普·凡·温克尔（Rip van Winkle）[①]偏爱的地方。这里美不胜收，我对着眼前的美景眨巴着眼睛，试图将它们摄入自己的脑海之中。

在我离开巴黎之前，一位摄影师朋友鲁斯曾发给我一封电子邮件，向我传授了将美景嵌入视觉的秘籍。我还将他的话打印出来，贴在自己的口袋日记本里。现在我把它拿出来重新阅读一遍。“在特别美丽的地方，”他写道，“我会运用一种巧妙的办法，将眼前的景色印入大脑中。注视着这一幕风景，闭上眼睛，试着在脑海中将它重建起来。你会发现大脑中的影像有很多缺失。再次睁开眼睛，弥补你漏掉的地方……各种细节，如地平线与谷仓的交叉之处、前景中的景物……不断反复，直到你能够在闭上双眼后将这幅景色勾勒出来为止。这样你就会永远记住它。我至今仍然记得自己在新西兰一家酒店阳台上看到的风景及布拉格的一处街角。”

站在这片迷人的小树林里，我试着将那些苔藓、树木、照耀着曲折古道的清晨阳光嵌入脑海。这是一项艰巨的工作。幸

① 这部与主人公同名的短篇小说，是小说家、历史学家华盛顿·欧文（Washington Irving，1783—1859年）的名篇。——译者注

好我还记得鲁斯提出的替代方法，“让艾莉森拍张照片”。

根本用不着“让她”拍照片。别说疯狂的马儿了，就算那些疯狂的摩托车也无法阻止她拍上几千张照片。况且，她还有一副出了名的傲骨，从不理睬要求她拍照的人。

继续溯流而上，小径变成一条名叫“抗德游击队员路”（rue des Maquisards）的公路。它穿过一座岛屿，岛屿属于梅内弗里耶岛－拉绍姆勒纳尔（Les Iles Menéfrier-La Chaume aux Renards）村。村子里有一座献给法国抵抗运动的纪念碑，上面挂着牌子：“1944年，两千名韦尔纳伊游击队的爱国者曾在此为自由而战。”

那样一个直截了当的句子下隐藏着丰富的历史。在那场战争期间，每支抵抗部队都以“某某游击队”为名。那个“某某”往往是其领袖的代号，或者一个秘密地点。那些战士彼此以“maquisard”（马基团的一员）相称，指的是他们来自科西嘉腹地“le maquis”（马基），法国那些类似于罗宾汉或“比利小子”的绿林好汉曾经躲藏在那里繁茂的地中海灌木丛中。

这里没有令人愉快的灌木丛。这里是德鲁伊派的地盘——阴暗、潮湿、喜怒无常，然而，有悖常情的是，我发现德鲁伊派几乎跟古罗马人一样迷人，他们设法创造出了一套错综复杂的准宗教教条，将自己确定为凡人与诸神之间的媒介，并让其他社会阶层对他们保持服从和恐惧。他们似乎很好地体现了消极的力量、迷信的强力、散布谣言的丰硕成果等等。因此，就像恺撒一样，一旦你将那一层原始的表面擦掉，就会发现他们具有惊人的现代性。现在，人们仍然能够感觉到他们令人毛骨悚然的存在，附着在小溪里那些吸饱水的木头上、长满苔藓的树木上、覆盖着地衣且被灌木丛遮挡的巨石上。我感到不寒而栗。我就是无法理解，为什么21世纪的人会接受复活的德鲁伊派崇拜，并打算成为一个“新德鲁伊派信徒”。然而，在整个法国及从前属于凯尔特人的其余地方，就有数百乃至数千名德鲁伊派的学徒。他们举行各种德鲁伊派的节日、德鲁伊派的夏令营、德鲁伊派合唱会，可能还有德鲁伊派的烧烤野餐。这种现象说明有人不顾一切地寻求与神或诸神的“灵性”交流，这源于一种为生命寻求解释、解决办法和理由的深切需要。或许那就是我们的共同之处，我们不同于其他动物的终极特征。我们必须找到一种解释，不管它多么的不完美或荒谬。

拉绍姆勒纳尔是高卢人曾经屈服于德鲁伊派权杖的地方，是反纳粹的游击队员躲避纳粹的地方，如今却变成一个不算太好的青年旅舍。更糟糕的是，它的咖啡馆关门了。不过幸好我们也并没指望在这里喝上咖啡。德鲁伊派从不喝这玩意儿。

青年旅舍对面的小径上竖着的一个牌子，上面写着：越野轻型摩托车和三轮摩托车禁止在GR-13步道的这个路段行驶。拦在小径上的铁链强调了这条禁令。我们再次听到远处传来二冲程发动机的呜咽声。就像在克罗泰富一样，这里的人也加入了抗争。我不由得感觉得意扬扬。当我们朝山坡上跋涉时，我陷入德鲁伊式的易怒情绪中，开始将枯木拉到路上，目的是减缓下一波非法越野摩托车的速度。我的手被泥巴弄得黑乎乎的，手掌也被毛刺扎伤了。在小山顶上，我心满意足地回头张望。简直就跟德鲁伊派的工作一样完美，没准更好，跟河狸的大坝不相上下。现在，各种树枝和枯木挡住了小径。我想象摩托车手不得不减缓速度，停下车，跳下来清除路障，至少在那宝贵的片刻，让他们反思一下他们沉迷于其中的那种破坏生态的行为。我满意地退步而行。但我的太阳穴一阵刺痛，眼睛也比往常疼得更厉害了。我心里充满了正当的义愤和我对摩托车手的愤怒，而愤怒让我的心情很不愉快，身体也感觉不舒服。

“少喝咖啡，少发怒，”我一边自言自语，一边加快步伐追赶艾莉森，“并且少像德鲁伊派那样胡言乱语。”她正在拍摄那些苔藓与地衣的照片，似乎其乐无穷。她回头瞥了一眼，又看了看我在山坡下面的“手工活儿”，让我惊讶的是，她居然表示赞同。

我们继续坚持不懈地跋涉，再走个五六英里，我们才能到达今晚住宿的目的地蒙塔尔桥（Pont du Montal），我已经在那里订好房间。但首先我们必须越过另一座山谷，到达老丹镇（Le Vieux Dun）。

往昔就在眼前

根据我们的地形图指南，当恺撒纵马而过时，位于山顶上的小村丹镇就已经非常古老。它那些隐遁的居民似乎世世代代都保留着那场入侵留下的记忆。村里的狗狂吠着。乖戾的村民将自己封锁起来。不等我们走到跟前，他们就关闭了百叶窗和大门。这是勃艮第的本性吗？我无法掩饰自己的失望。我们一直期望获得截然不同的待遇。为了活跃气氛，我告诉艾莉森，也许马里尼那位水利工程师说错了，也许这里真的发生了旱灾，因此他们不希望给我们的水壶重新灌满水。幸好我从昨晚那家民宿多带了一瓶水，外加若干果汁。尽管我们可能会忍受几个小时的干渴之苦，却不会因为这些不友好的当地人而被渴死。

有些评论者将法国人恐惧、多疑的本性以及他们对过去的病态依恋，都归结于那次弑君——君权神授的路易十六被砍头。这种理论认为，通过杀死上帝在人间的代表，并用断头台的刀刃破坏教会和贵族统治，法国也就失去了自己安身立命的基础——他们切断了自己的主根。拿破仑一世和三世在19世纪重归帝制及法国此后创立温情主义的中央集权统治，都不过是为重新扎根而做的一些不完善的努力。

那倒也不是没有可能。大众心理学有时会击中要害。不过，法国人的恐惧及由此产生的小小好斗行为或者那种病态的腼腆，也可以追溯到酋长维钦托利时代及高卢人在比布拉克特和阿雷西亚遭遇的彻底失败，或者追溯到英勇的罗兰在巴斯克人手中遭遇的杀戮——后来人们（出于政治和宗教方面的动机）把这件事归罪于无辜的摩尔人。在这个国家生活了二十多年后，我认为，不管这种令人不快的法国特征产生于何处，它就是固执难除，而法国人自己现在也已经承认并将它描述成“消极的崇古”（negative passéisme）——沉迷于过去，害怕未来。这个粗朴的老丹镇看起来就像是崇古思想的化身。

“Dun”是一个来自印欧语系里的词语，在拉丁语和凯尔特语中都有，通常指的是小山、筑有防御工事的高地，或者，还有一种更轻松的猜测认为，它就跟“sand dune”（沙丘）里的那个“dune”是一样的。法国有数十个带有“dun”的地名，其中最著名的是凡尔登（Verdun）。

我们曾在资料中读到，老丹镇有一座凯尔特-罗马时代的要塞。但不管它位于何处，现在反正不在我们的视野范围内。我们到处搜寻它的踪迹，但很快就放弃了。没有本地人的帮助，我们迷失了方向。我们也放弃了补充饮水的企图。我们朝着村子的东边走去，找到一个难以置信的野餐地点，一片荆棘丛生的墓地，环绕着一座废弃的礼拜堂。出于一种谨小慎微的尊重，艾莉森在落座之前，小心翼翼地选择了一块墓主姓名已被磨灭的墓石当座位。她拥有一种令人钦佩的能力，不管我们走到哪里，都可以对当地人的可恶之处视而不见，并且宽宏大量地避免将历史与现实草率地联系起来。“你的想象力过于发达了，”说着，她递给我一根胡萝卜，“只管吃你的午餐吧。”

公正VS.浪漫

从老丹镇通往林中小村博纳尔（Bonaré）的路有几英里长，一些高高的粗凿方石从路两侧的矮树丛中冒出来。它们是罗马人的铺路石吗？我们迷惑不解。有些上面没准儿还有铭文，我心里想，试图走近了细看。但也很可能没有，法国的大多数古代墓石和里程碑都早已被拖到地方博物馆里，放在那些落满灰尘的展厅内，几乎没人去看。让它们留在原来的地方，留在路边，让它们成为令人怀旧的纪念碑，勾引人们回忆起那长满苔藓的神秘往昔，这会不会更好？

我知道，那只是一种浪漫的想法，其基础是认为敏感的文明人都有公民意识的一种臆断。换言之，那纯粹是无稽之谈，是浪漫主义的痛苦的客观对应物——理性与希望之间永恒的矛盾。欧洲到处都有一些留在原处的历史遗迹，它们遭到盗窃或破坏——往往二者兼有，或者被人以进步的名义拆掉。每一个敏感的浪漫主义者对面都有十个具有相反倾向且麻木不仁的粗野畜生。

这条小径的一段上撒落着越野摩托留下的垃圾，小径在另一座幽暗迷人的林中深谷与屈尔河再度交会。我们看见上游河畔风景特别优美的地方有一座民宿，在那里，河水从四面八方飞流直下。我闭上眼睛，集中注意力。但却无法召唤出潘神、马利亚，也无法运用我朋友鲁斯·施莱普曼的视觉记忆方法。原因很简单，三辆轻型摩托车停在几辆带比利时牌照的SUV汽车所拉的拖车上。我怒气冲冲，虽然周围苍翠欲滴，心里却怒火直冒，感觉往哪里看都是一片通红。

我们往上游又走了¼英里，便到了蒙塔尔桥——这是一座位于十字路口的桥，也是我们今天的目的地。在这家小小的汽车旅馆蒙塔尔小屋的入口处，一块软木板上贴着“极限越野旅游”的广告招贴。附近的丹莱普拉塞（Dun-les-Places）有一家经营这种活动的公司。走到哪里都无法避开那些从事汽车运动的人。

一个蓝眼睛的荷兰人将我们领到自己的房间。他又高又瘦，说他名叫胡布·布罗克斯特曼（Huub Broxterman），重复了好几遍，我们才勉强正确地叫出他的名字来。胡布年纪不大就已退休，于2002年买下这座汽车旅馆。他的目标客户是荷兰人和比利时人。“美国人还不知道莫尔旺呢。”他亲切地说道。

在我们临河的房间里，听起来就好像床后面就有一道瀑布似的。通过敞开的门，我们望着屈尔河白浪滔天，泡沫飞溅。我开玩笑说，上游的水坝肯定在放水供人玩漂流。我话音刚落，一只皮筏子就出现了，上面坐着几个尖叫的小孩，跌跌撞撞地翻过一块块石头。跟在后面的是另一只皮筏子，然后是一条独木舟和一只皮划艇。这一次，皮划艇上的乘客是非洲人。我听见一声尖叫，“扑通”一声，然后是有人在水中挣扎的声音，于是便从房间冲向河边，去拉一个十几岁的男孩出来。他犹豫着，试图靠自己从水里钻出来，但最终还是接受了我的帮助。他用警惕的目光盯着我，就仿佛他预计我会踢他一脚似的。我问他有没有受伤。他摇摇头，有点发窘，然后就一语不发地跛着脚朝下游走去。

后来，在餐室里，胡布跟我们解释说，有时，一些穷人家的孩子——他们来自巴黎那些阴郁的郊区——会被带到莫尔旺来体验“荒野”。这是个很棒的主意，我承认，但也大声说出了自己的疑惑：大多数欧洲人是怎样对待真正的荒野的？也就是美洲和非洲的荒野，在那里，人是食物链上的潜在环节。我从未在旧大陆上见过一处真正的荒野之地。结果我发现，胡布也没见过。

维钦托利、密特朗与冯·施蒂尔普纳格尔

莫尔旺公园的总部位于圣布里松一个宽敞的农庄围场里，这个山村距离蒙塔尔桥大约4英里。稍事休息后，我们搭顺风车抵达那里。高耸入云的古树矗立在一个经过园艺设计的院子里，树荫下有一尊成年男子的胸像，被塑造得像个罗马帝国的皇帝。他的名字叫保罗·弗朗丹（Paul Flandin），是法国公园联合会的创立者兼会员，并且从1970年成立莫尔旺公园以来就一直担任主管，直到于1992年离开。我们以前在屈尔见过也听

说过弗朗丹的名字，现在则对那尊胸像下埋藏着多少政治秘密和地产交易感到好奇。

一座两层楼的建筑外面，另一块碑铭告诉参观者：在1983年6月26日，弗朗索瓦·密特朗总统为抵抗运动博物馆举行了奠基仪式。我们跨进这座简朴且没有明显特色的建筑。建筑底层简要地展示了莫尔旺从凯尔特时代至今的历史，帮助参观者在脑子里将维钦托利与其他法国战斗英雄逐渐联系起来。这是宣传吗？也许吧。

尽管我在法国待了这么多年，可是，当我拼读“Vercingétorix”时却仍然有些笨嘴拙舌。我手里握着数码录音笔，问售票处一位和善的女人是否介意为我提供准确的读音。她虽然吃惊，但还是欣然同意了，将“Vercingétorix”重复了三遍。我一边上楼去看博物馆二楼的展览，一边重复这个名字。“Vercingétorix”“Vercingétorix”“Ver-cin-gé-to-rix”，它听起来跟密特朗的名字毫无相似之处。

从展出的一份文档中，我很快了解到，在普法战争——两次世界大战的前奏——期间的1870年，意大利复兴运动的自由战士朱塞帕·加里波第（Giuseppe Garibaldi）曾骑马到莫尔旺南部边缘的欧坦拯救法国人。加里波第这个故事是恺撒传奇中一个罕为人知的小插曲，一名友好的意大利人试图从德国手中将法国拯救出来。他当然失败了。顺着楼梯再往上走几步，就可清楚地看到法国这次灾难性的惨败造成了什么必然的附带结果。在那里，一份1939年9月2日的原版《总动员令》冲着外面展示，让我产生不祥的预感。这可不是一件愉快的事情。

在一个展柜里，一些发黄的档案、照片和地图两侧摆着一副德国飞行员的手套和纳粹的传单——是为了挫伤法国人的士气而制作的。一些怀旧的物品讲述了法国崩溃、沦陷和抵抗运动兴起的故事。沦陷区与“自由法国”之间的界线穿越勃艮第南部。我们顺着公路走就会越过这条线。我们还会穿过六座“殉难村庄”，它们在纳粹针对抵抗运动的报复性偷袭中遭到了灭顶之灾。我读到它们的名单：丹莱普拉塞、蒙特索克（Montsauche）、普朗舍（Planchez）、阿诺斯特（Anost）、格吕（Glux）。明天、后天和大后天……我一边查看我们的行进计划，一边自言自语。

一些秘密报纸，如创立于1941年的巴士底日的《法国防卫报》（*Défense de la France*），试图揭穿德国宣传的谎言。那些勇敢的历史学家也是如此。在一个树脂玻璃柜上，非常显眼地展示了一句引自17世纪法国哲学家布莱瑟·帕斯卡（Blaise Pascal）的名言，是在法国沦陷时期重新印刷的，看起来十分切题：“Je ne crois que les histoires dont les témoins se feraient égorger.”意思是“我只相信目击者冒死讲述的故事。”

从恺撒的《高卢战记》到今天，胜利者的正义都与胜利者的历史版本相伴。我想知道，如果戈培尔和希特勒获胜，他们书写的“二战”将是什么样子？幸运的是，有时好人会获胜。但有时谁也不会获胜，输的是整个世界；而有时，好人则会变成坏人。

一份由纳粹占领者写给法国公民的告示吸引了我的目光。

上面的签名是“二级上将冯·施蒂尔普纳格尔”。

冯·施蒂尔普纳格尔（Von Stülpnagel）？我们终于相遇了。

这个姓氏的优雅如何解释？我父亲作为战时的吉普车司机、密码编制员以及后来的通讯记者，有时会在极度失望中脱口而出：“看在老天的分儿上，别像施蒂尔普纳格尔一样！”

我一直想知道施蒂尔普纳格尔是什么。现在我知道了，而且也看到了他那些行动造成的结果：死亡、破坏、种族屠杀。

在一些发条收音机、战地电话和破破烂烂的电报密码本中间，有一些美军用降落伞空投物资的照片。1944年，英国皇家空军和美国空军经常空投一些装满通信工具、炸药、破坏手册、枪支和急救包的密封铁桶，以帮助法国抵抗运动及加入他们的美国战略情报局（OSS）小分队。

展出的这些老式铁桶看起来就像拉长的庞大丙烷罐。另外一些照片展示了在“洪兹沃斯行动”（Operation Houndsworth）中空投的大炮和吉普车。我注视着那辆吉普车。它看起来跟我父亲在战争中驾驶的吉普车一模一样。不过，它们可不就是全都一样吗？

在一张1944年9月摄于欧坦的照片中，成群的抵抗运动战士和市民聚集在一辆美式反坦克装甲车周围，庆祝这座城市解放。我盯着那张照片，不明白为何法国人在经历了纳粹的占领后，他们自己还会继续占领印度支那和阿尔及利亚，并在20世纪50年代和60年代的殖民战争中试图继续控制它们。我想知道是什么错误的决定将我们卷入越南、伊拉克和阿富汗，不是作为好人，而是作为遭人痛恨的占领者。在离开博物馆之前，艾莉森看到另一张照片，是在蒙塔尔桥上拍的，从理论上说，蒙塔尔桥就位于我们住的酒店对面。照片上有一辆被抵抗运动战士卸掉履带的德式坦克，让纳粹的火车脱轨、炸毁电站和设陷阱捕捉坦克，都是抵抗运动擅长的那种打一枪就跑的行动。

“看出什么没有？”艾莉森问。

我思考了一分钟。“看出来了：没有蒙塔尔小屋，我们住的旅馆不在上面。”

荷兰式勃艮第蜗牛

“那会儿这个旅馆还没修建呢。”那天晚上，当我们跟胡布说起抵抗运动博物馆内那张在这里拍摄的照片时，他解释道。餐室的后墙上装饰着小屋从20世纪40年代和50年代以来的黑白照片。“它建于1948年。”他用指关节轻轻敲击着餐室墙壁，自豪地说。

河边的激流、林中的环境，甚至多节的松木室内装饰、老式的桌椅，似乎从20世纪40年代以来就从未改变，跟那些老印刷品相对应。我很高兴外面没有纳粹的坦克。酒吧区的那些穿着皮衣的越野摩托车骑手一根接一根地抽着烟，他们的出现虽然带来一些问题，但跟纳粹相比却是小巫见大巫。

我们询问胡布的背景。他告诉我们说，他恰好及时地从一个管理人员的职位上退休。他过去的工作是确保作者和艺术家在其版权作品被使用时获得版税。“版权”，多么古怪的概念啊。买下蒙塔尔小屋后，胡布就加入了另外两千个荷兰移民家庭的大军，自2000年以来，他们陆陆续续从拥挤的荷兰迁入广阔的莫尔旺。现在，总共有大约八千个荷兰家庭，约两万人——这个数字还在不断增加——生活在勃艮第。他们的人数往往超过那些繁殖力较弱的法国本地人，而这些法国人有可能是维钦托利或那位本地酋长——经证实，他的名字叫杜诺列克斯——的后裔。

胡布雇了一位年轻的法国人当厨师。勃艮第蜗牛放在松软的油酥面点上，在荷兰语中被称为“*slakken à la Bourgogne*”，这个名字虽然听起来令人畏缩，但事实证明它们味道鲜美。

这个荷兰人解释了他为何选择在莫尔旺定居，这跟我们从别处听到或读到的说法相吻合。荷兰的人口密度约为每平方公里四百人——属于世界上人口密度最高的地区之一。而在莫尔旺，每平方公里只有11个人——属于欧洲人口密度最低的一个地区，跟喜马拉雅山的人口密度相当。讽刺的是，当荷兰限制入境移民时，也将数量前所未有的本国人送到国外——送到勃艮第这样的地方。这里的非欧洲人极少，地产价格相对较低，而且有西部偏远地区那样随心所欲的气氛——按照欧洲的标准看。它当然不能跟美国的蒙大拿州或得克萨斯州相比。官僚作风随处可见。胡布解释说这个公园被分成一百零五个社区，每个社区都由一名镇长管理，而居民总数却只有三万七千人。

“那也是他们来到这里的原因，”胡布说，指的是那群越野摩托车骑手，“荷兰和大部分北欧国家都禁止在步道上骑摩托车，于是他们就来到这里。互联网上有广告：到莫尔旺来，你可以随心所欲，没人会逮捕你，这里完全开放，人烟稀少。”他耸耸肩，但也承认自己的大部分生意都来自这种人。

“没人抱怨？”

“哦，他们当然抱怨。怨声载道。然而，尽管这是地方公园，尽管GR-13步道是穿越整个国家的欧洲朝圣步道，但每个镇长都得对社区里越野车辆的使用做出裁决，”胡布朝四周看了一眼，然后压低声音说，“你可以想象由此造成的混乱，这里如此具有法国特色。有九成的人都反对摩托车手的侵入。而那一成支持这项运动的人则声称这对生意有利，相信我，这确实对生意有利。再过几年这种情况就会结束，他们打算在法国宣布这是不合法的，我对此无所谓。”我不希望让自己血压升高，因此只是说了句“我理解”。这就像一次小规模的占领卷土重来，而此刻我却对一个荷兰的通敌卖国者表示赞同。像胡布这样一个讨人喜欢、端庄体面、有学问的人也被迫顺从了。

“维希冷汤”之于密特朗

回忆，回忆……也许我只是粗心大意。在弗朗索瓦·密特朗总统修建的抵抗运动博物馆里，我没见到任何地方提到密特朗的代号是“莫兰”（Morland），也没有任何细节提到莫兰参加抵抗运动之前在通敌卖国的维希政府中扮演了什么角色。或许，希望博物馆里有这些资料是不公平的，它毕竟不是介绍密特朗的博物馆，是吧？

这似乎是有据可查的事实，而且在法国媒体和弗朗索瓦·密特朗的传记中都有广泛报道：在1943年，他曾秘密离开法国，很可能是得到了抵抗运动和“自由法国”（Free French）的帮助，目的是在伦敦跟夏尔·戴高乐（Charles de Gaulle）见面。戴高乐讨厌密特朗，怀疑后者有什么隐秘动机。戴高乐希望对四分五裂的抵抗运动发号施令，他明白法国那种难以驾驭的宗族意识在历史上是一大弱点。据说，作为回应，密特朗声称起义者是不可能接受中央命令的。左右两派之间的政治裂痕太大，起义者能够提供的最佳妥协协议就是，游击队对反共和亲共好战主义都绝不容忍。

据说，在密特朗离开伦敦后，戴高乐大发雷霆，喊叫着说了句类似于“应该除掉那家伙”的话。

这两个人的敌对状态持续到战后。戴高乐仍然不信任密特朗，而那时后者已从维希时代一个拥有贵族血统的天主教徒摇身一变而成为抵抗运动英雄，又在20世纪40年代末成为崭露头角的社会主义代言人。事实上，密特朗的社会主义不过是战前那种旧式的父权式中央集权制，只是外面包裹了一层粉红色的外衣罢了，但这个国家要在多年之后，在他于1981年成为总统并像君主一样统治这个国家长达十四年之后，才会发现这一点。这种说法过于简单化，我凝视着餐室落地窗外的森林，不得不这样提醒自己。法国的政治是一个幽深、阴暗、盘根错节的树林，里面满是诡计多端、冷嘲热讽的野兽。弗朗索瓦·密特朗于1996年去世，最离奇的是，在他去世十来年后，他仍然被视为英雄，在莫尔旺尤其如此。当我们下楼去睡觉时，我心里在想，或许，他是个真正的英雄，而他的支持者知道某些我们不知道的内情，宁死也要支持他。

老天爷，四轮摩托？

当黎明用粉红色的手指拨弄着我们，艾莉森宣布她下定决心要去看看丹莱普拉塞（简称“丹”）——该地区的殉难村庄之一。吃早餐时，胡布说它距离我们的路线只有800米。这意味着往返各半英里，要在我们原计划已经相当漫长的徒步旅程中额外增加一英里。但我也非常好奇，于是我们原路返回，绕道而往。为了避开主要公路，我们选择了一条通往西南方的土路。过了半个小时，步行了一英里半后，我们终于发现了那个村子。一团嗡嗡叫的灰尘在我们和村子之间腾空而起，听起来像是一群受到惊扰的蜜蜂。那里根本没有蜜蜂，只有一些四轮摩托。它们的发动机轰鸣着。既然我们不在朝圣路线上，我也就无权反对它们。我们站在路旁。当它们经过时，我觉得自己认出了头天从皮筏子上跌入屈尔河的那个满眼警觉的黑人少年。骑手们戴着头盔，我也拿不太准。

“你看到他们经过时开得多么慢了吗？”艾莉森问道，试图让我冷静下来，“其中一个甚至还挥了挥手。”

“二战”期间，当纳粹飞行员在从人们头顶上飞过时，其中有一些很可能也会在他们的炸弹欢快地落向地面时微笑着挥手致意呢。如果毕加索当时在这里，他会再画出一幅《格尔尼卡》。

从1944年6月26日至28日，整整三天，德国空军和纳粹武装的纵队接连轰炸、炮击和焚烧了丹。盟军刚在诺曼底登陆。这些事情之间有无形的联系。在为登陆做准备时，抵抗运动和盟军“特别部队”加紧了在莫尔旺的进攻。而他们的每一次进攻，都会引来纳粹的报复。

战后，骄傲而固执的法国人将丹这样的殉难村庄重建起来，过了这么多年之后，你仍然能够感觉到当时的恐怖气氛：它们外表丑陋，鬼气森森。

胡布曾提到，已故的达尼埃尔·密特朗（Danielle Mitterrand）——前总统的遗孀，据说是一位真正的抵抗运动战士，在克吕尼出生并长大——每年都会到圣布里松和丹莱普拉塞朝圣。达尼埃尔每年摆放花环的那座纪念碑上，列出了在纳粹这次可怕进攻中死去的那些人的姓名。纪念碑的前面是一座19世纪的巨大教堂，用花岗岩砌成。而纪念碑的后面是一个已经有些风化的雕刻十字架，矗立在一块粗凿方石上——很可能是一块被回收利用的史前立石。附近耸立着两座方尖石碑。这一堆雕刻的石头建筑似乎囊括了大约四千年的历史——以及杀戮。

广场上空荡荡的，那座教堂里也空无一人，这让人感觉它特别大。当我在回廊四处走动，寻找圣雅各的标志时，周围回荡着我的足音。我没找到任何标志。不过，艾莉森终于能够点一支蜡烛了，但我不知道她为什么点和为谁点。

在进入小镇的主要公路上，两个气球鼓鼓囊囊，色彩艳丽，悬挂着标语，飘浮在高空中，随着微风轻轻摇摆，看起来就像巨大的安全套，它们在为一家日本摩托车制造商和刺激的四轮摩托短途旅行做广告。这就是从丹的灰烬里飞出的凤凰。

火腿三明治和铁丝网

我们今晚在塞东湖（Lac des Settons）的一个酒店过夜，正午时分，在前往那里的途中，我们爬上一座轮廓鲜明的山，艾莉森这时顺着一条伐木公路绕道而行，而一个十几岁的男孩正骑着自己的坐骑在那条路上跟人比赛。“咔嚓，嗞——”他被凝固在了赛璐珞胶片和像素中。这个地方风景不算美。伐木地区很少有美的。太阳灼热得不合情理，晒得这片狼藉的林地和一排排对称排列的北美黄杉树桩水汽腾腾。

在那些树桩和布满车辙印的伐木公路之外，我们偶然发现一个庇护所：杜布勒伊护林员住所（la Maison forestière du Breuil）。它的两侧排列着观景台、雾气朦胧的水塘和用高高的铁丝网包围起来的养鹿场。这个围栏看起来就像放错了地方的宠物动物园，里面居住着六头温顺疲倦的梅花鹿，其中一头有一双蓝眼睛。它们的目光跟随着我们。这头鹿就像狗一样舔舐自己的皮毛，似乎在问我们到底瞪着眼睛看什么。而我也在问同样的问题，想知道这个所谓的“公园”除了商业砍伐区、越野车辆和一些处境悲惨的圈养动物之外还有什么。

幸好这条小径盘山而下，通往郁郁葱葱的河谷。我们在一座被激流包围的小岛上找到一个梦幻般的野餐地点。这里长着如地毯般厚实的苔藓。高高的杉树疏密不一，上面挂着胡须似的地衣，让它们显得威严尊贵。根据我们的勘测地图，这个地方叫荆棘港（Port des épines）。这名字听起来似曾相识。我查看了野餐包，发现我们在丹购买的瓶装水上贴着“荆棘矿泉水”的商标。但这条小溪的名字不是“荆棘”，而是“维格南”（Vignan），难怪没有矿泉水灌装厂。

周围的环境让我想起加州的小约塞米蒂公园，我曾经于1975年背包到那里旅行。但彼时彼地与此时此地之间的主要差别，除了我以前乌黑的头发已经变得斑白之外，似乎就是这里没有熊出没了。这里的河岸上也矗立着一个前凯尔特时代的庞大支墓石。支墓石是一块用稍微小点的石头支撑的水平石板——石板的长度就跟一辆小型汽车的差不多。就跟那些男根状的对应物——竖石纪念碑（menhirs）和立石——一样，支墓石也在史前时代发挥了某种不为人知的神圣功能。这块石头没有被鲜血玷污。它选址不错，完好无损，看起来有些令人生疑，但它很可能就是货真价实的文物。

或许是因为阳光与疲劳的缘故。我们俩都大笑起来。因为我们脑海里都浮现出一幕滑稽的景象：公园护林员和一队阿斯特吕克似的家伙靠人力推动这些巨大的石板。这让我们哈哈大笑。难道他们是想创造出一个德鲁伊派主题公园？

我们的高兴并不持久。当我们攀登随后那座小山时，那帮从我们身边呼啸而过的越野摩托车手似乎因为咖啡因而孤注一掷。我试图通过深呼吸让自己平静下来，但二冲程润滑油的臭气产生了干扰。臭气散去之后，我们才再次闻到刚刚被砍伐过的森林和生机勃勃的杉树的气味。

这些摩托车手似乎随处可见。在我们继续南行几英里后，古卢（Gouloux）镇附近的一块田地里站着一位面颊发青的老农，穿着一件破旧的正装夹克，看到我们走近，他摘下帽子回应我们的问候。他解释说，就跟这个地区的大部分居民一样，他也已经退休。他是出来照看牛群的，现在它们名义上属于他的儿子。“法律规定，我不能在退休后养它们，否则就会扣除我的部分退休金。”他平静地说。

在和我们交谈的间隙，他不时与那些牛说话，它们是涅夫勒牛（Nivernais），又名沙罗莱牛（Charolais）。他说，到底选择哪个名称取决于你到底是涅夫勒省（Nièvre）的本地人——他指指脚下的土地，还是沙罗莱地区的人——他抬起手，指了指层峦叠嶂的南方。这些牛的正式名称成为这个两省交界地区争论的焦点。“于是我就将它们称为‘race blanche’（白种牛）。”他颇为贤明地说。

奇怪的是，他的白种牛有一半都是棕色的。“它们是杂交的，不是故意要让它们杂交，只是顺其自然而已。”他说。他似乎有点脸红，但这很难辨别，因为他脸上的胡须根根直立，而脸又被太阳晒得黝黑。他又补充说，这个品种总是要过上几年才能繁殖出纯种牛，白色的皮毛就像一棵果树或葡萄的根状茎，它们早晚会恢复其野生的出身。

“看到骑摩托车的经过没有？”他问道，友好的态度为之一变。“我真想在小路上装个铁丝网，让那些……”他克制住自己，以免说出更激烈的话，“当你老了之后，你就无法一下子摆脱他们了。因此你只能站在那里，希望他们放慢速度。”我跟他说，我会考虑在头盔那么高的地方巧妙地布置一些钢琴丝或结实的渔线。老农似乎有些吃惊。“搞破坏？”他眼睛一闪，接着本能地蹲下身体，扫视了一眼四周。然后他摇摇头，站起身来。“不行，这有可能会伤到徒步者或小孩子。”他很干脆地向我们点头告别，重新戴上帽子，跟他那些棕白色的牛说话去了。

我们又顺着小径走了半英里，然后便来到一条双车道的公路上。那里停着几辆汽车，车牌是比利时的，后面的拖车上载着四轮摩托。我不由得想到，正是这样一些人刺激了燃油上瘾症，他们或许会很不明智地迫使西方走向战争的地缘政治。显然，今天可不是做灵性思考的最佳日子。

在这个停车场的边缘，太阳照射着一块史前巨石风格的纪念碑，但并非常见的那种献给两次世界大战死难者的纪念碑。它建于1995年，目的是纪念当地一位名叫加布里埃尔·莱热（Gabriel Léger）的军团士兵，他是1845年在阿尔及利亚发生的西迪-卜拉欣（Sidi-Brahim）战役中幸存下来的十五名法国人之一。法国就是在那时侵入阿尔及利亚并建立起殖民地的，直至20世纪60年代才结束其殖民统治。显然，为这个纪念碑付钱的是这个人的家人和以前的“轻装步骑兵”，也就是在阿尔及利亚战争中战斗的法国陆军。

“在大约一百六十年后还记得莱热先生，真感人。”我评论道，“你不会认为这跟国民阵线有任何关系，是吧？”艾莉森的眉毛似乎不由自主地往额头上一扬。有些经历过阿尔及利亚战争的极右翼老兵——其中有很多都跟一个叫“国民阵线”（National Front）的政党有联系——成为法国反移民的种族主义的政治急先锋。“确实非常感人，”她表示赞成，“我们还是继续往前走吧？这个地方让我感觉毛骨悚然。”

在阿尔及利亚战争中，只有三万法国人死亡。而在战争中死去的大约三十六万名阿尔及利亚裔法国士兵及无数的阿尔及利亚自由战士和平民，却罕有提及。法国有三万五千个社区，每个都有一座方尖碑状的纪念碑，这意味着，在每块纪念这场殖民战争的方尖石碑上，“真正的法国人”平均不到一人，法国尚未准备好正视那场战争。它是法国版的越南战争加伊拉克战争，这场恶劣丑陋的战争还将继续撕裂这个国家，直到法国人承认他们以殖民国家的名义制造了众多恐怖事件。

我们继续徒步大约半个小时，然后在古卢的主街上看到一只跟奶牛差不多大的木底鞋，它让我们停留了片刻。这只木鞋是闻名于世的“Musée de la saboterie”（木鞋博物馆）的标志，我天真地以为这是“museum of sabotage”（破坏运动博物馆）：毕竟，这里是法国抵抗运动的核心地区。结果，我们发现它是一个展示各种老式工具的工场和一个出售木鞋的精品店。我们窥视了一眼里面迷人的展品，我忍不住抱着恶毒的失望情绪说道：“我推测，如果你将一只木鞋扔进这个工场，它会让所有机器减缓速度。”

自然，周围没人向我们出售门票。这又是一个半废弃的沉闷村庄。我们取了一份宣传册，继续徒步。但我们走得很慢。我很快意识到自己为何如此疲惫。由于早上绕道前往迷人的丹莱普拉塞，我们给自己今天的路线增加了3英里的路程。

我拖着自己爬上一座小山，在一个阴凉的小树林里停了下来。树林后面的牧场上有一头牛和两个水槽。“我们可以在这里把水壶装满。”我说。然后，我恍然大悟。我站在那里，指着水槽。它们看起来很像我们在抵抗运动博物馆里看到的那种带降落伞的供给罐。这两个水槽是用喷枪将供给罐切开制成的。我忍不住好奇，在树林里，有多少这样的供给罐正在生锈腐烂啊，有些里面说不定仍然装着炸药、枪支或口香糖、安全套、斯帕姆午餐肉罐头和香烟呢。

过了几个小时，在经历两次迷路之后，我们终于钻出这片幽深阴暗的森林，趔趔趄趄地经过一个迷你高尔夫球场，跛着脚朝山下的塞东湖走去。尽管有四轮摩托的骚扰，但这仍然是最可爱而漫长的一天，现在看来，我们的努力很值得。

我脑子里立刻冒出三个不可思议的念头。首先，这个湖看起来像个真正的湖泊而不是水库。其次，脚踏车、帆船和老式的汽船已经过时，将这一幕景色的边上镶嵌上湖畔咖啡馆，就变成了一幅印象主义油画，我可没料到自己会在莫尔旺碰到雷诺阿。最后，这个地方看起来像是筑有花岗岩城墙的防御城市，一端耸立着一座城堡，中间有一座瞭望塔。它看起来比高耸入云的杉树更高，比航空母舰更长。我不由得想出一句双关语："我会受到诅咒的。"[①]

我已经从昨晚住的旅馆提前打电话给我们今晚要住的酒店要求指路。按照对方的指示，我们穿过堤道，寻找其位置。走到半路上，我们看到一个十字架和一尊圣母像的旁边有一块已经风化的牌子，它告诉那些有兴趣了解详情的人：这座大坝是在1858年5月15日完工的。那正是第二帝国的鼎盛期，当时统治法国的是拿破仑三世。难怪这里用粗凿花岗岩铺砌堤道，还有雅致的铁艺制品、巴黎风格的灯柱，而且整个地方显得处处细致入微。同样产生于第二帝国的手艺也让巴黎的一座座公

① 原文中的"damned"与"dam"即大坝音形相近。——译者注

园成为首都迷人的休憩之所。这里似乎只缺少一座玩具火车站了。我不禁想知道蒸汽机车是否曾喷出白烟，顺着湖泊行驶，雷诺阿及其同伴是否曾带着画架与颜料来到这里，就在我们住的酒店里作画。如果我们能找到自己的酒店就好了。经过八个小时上坡下坡的跋涉，我们已经精疲力竭。我们俩都找不到那家难以捉摸的莫尔旺格丽朗酒店的丝毫踪迹，而本地人也跟往常一样不愿伸出援手。我们打了两通求助的电话，而另一端传来气喘吁吁的声音，在它的指示下，我们两次回到大坝上。脚下的花岗岩开始失去魅力。在打了第三个电话之后，我们才意识到，尽管我们用好几种语言跟他们说我们来自北边，但酒店的一个老板以为我们是从南边过来的，而另一个则以为我们来自东边。夕阳西下，当我们步行离开波光粼粼的湖滩时，心情变得更加阴沉。我们原本指望住在湖畔的一个房间里。

我们顺着主要公路走去，最终在远离湖泊的地方找到了那家酒店。前台似乎没人照管。我们大声呼唤，同样无人应答。于是我们放下背包，在里面探索了一番。它拥有新巴洛克式和新时代风格的饰面，感觉像是法国版的维多利亚时代客栈。休息厅里装饰着一些小摆设，放着破旧、曾很时髦的折中主义家具，还有一个用电视机外壳改造的佛龛。屋里正播放着巴西的花花公子音乐，跟它紫红色、紫色、粉红色和猩红色的色彩主题倒也相配。随着我的迷惑与疲劳逐渐消退，我开始大致明白过来我们为何会受到错误的指引。这里很可能隐藏着魔术师的水晶球和磁铁，就算指南针在这里也找不着北。

就在这时，我们的两个东道主从后面的一个房间里钻了出来，打扮得像是从夏威夷归来刚下飞机的度假者。他们满脸堆笑。现在正是春天。我们打断了某种私密的事情，难怪电话里传来喘息声。

我们那个破旧的房间被布置成丁香似的淡紫色，闻起来有股薰衣草的香气，或者反过来。我打开窗户，新鲜空气和飞湍急流的声音扑面而来。在我们下方，摆脱水库束缚的屈尔河顺着一条溢洪道从大坝里喷射而出，穿过树林，流进一个池塘，然后继续流向我们在巴黎的水槽。这不是我想象中的湖畔酒店，我们住在哪里其实无关紧要，我开始喜欢上这个地方了。

在昏暗的花园里，我喝了一杯冰啤酒——这是我今年喝的第一杯——同时很不明智地消灭了一袋奶酪松糕。我从来没吃过这么美味的垃圾食品。于是又各点了一份，趁着艾莉森还没有出来阻止我，赶紧大吃大喝。我知道这样做非常恶劣，我决心立刻回到正道上来。

天气热得不合时宜。对此酒店老板克莱尔·吉拉尔评价道："Quand avril se met en fureur, il est le pire des laboureurs."（狂暴四月天，不利于耕作。）——很可能是引自一本当地的年鉴。这当然是个狂暴的四月天，远比这个季节的正常天气热很多，很可能对植物生长不利。那才是他那句说法的要点。这个不期而至的炎热天气对改善我的个人卫生或着装毫无益处，这些衣服变得更加皱皱巴巴、土里土气。

宾虚、越橘和德内夫勒小姐

当我们在自己的薰衣草房间里休息时，艾莉森给我读当地的报纸。现在才4月中旬，但著名导演罗伯特·侯赛因（Robert Hossein）计划于9月在巴黎那个巨型足球体育馆—法兰西体育馆举行的《宾虚》（*Ben Hur*）首映式已经预售出十五万张票。

难道法国也像我一样，总是沉迷于奴役、古老的宿敌和罗马帝国？我感到好奇。

走廊里的海报在为本地区的各种景点和户外活动做广告，从爬树和“挂树”（tree-draping）——管它是什么活动——开始。其他的包括彩弹射击挑战、在带有扇贝标志的圣雅各朝圣路线上徒步、漂流、史前公园、四轮或两轮摩托车越野、在欧坦举行的夏季风笛音乐节和在贝弗雷上圣莱热举行的手风琴音乐节。欧坦还在它的罗马圆形剧场里举行高卢-罗马历史秀，有战车驭手参加，还包括一场辉煌壮观的声光秀。又是罗马？

墙上贴的另一张海报则宣布，塞东湖距……罗马……1054公里，而到巴黎却只有210公里。罗马帝国的精神或许依然存在，但永恒之城罗马与光之城巴黎却让人感觉相距数百万英里，至少我对它们俩都不怀念。

到楼下吃晚餐时，我们了解了很多事情。首先，塞东湖地区以出产木材而闻名，它们曾经被扎成木筏，从这里漂向巴黎。据说这个地区也拥有很棒的牛肉和野生越橘——这种浆果生长在树林里，生长在伐木工人干完活儿后留下的残枝败叶中。我们对酒店老板不是本地老居民而是巴黎新农夫的怀疑也得到证实。克莱尔和法比安是赶潮流的漂泊者，于2003年在此停泊。法比安原来是一家杂志的创意主管，克莱尔是一名公司顾问。她现在是一位自学成才且热情得令人吃惊的大厨，只是有点儿过分雕琢。他们之所以能够轻松融入易怒的莫尔旺，秘密就在于克莱尔的童年，她曾经跟祖父母一起在这个湖泊和附近的欧坦生活。在厌倦了大城市生活的沉重压力后，他们本来希望开一家民宿，结果却碰到这座废弃的酒店，一个产生于19世纪中期的建筑大杂烩。就像那个湖泊，这家酒店也拥有一段充满波折的历史。

正如我们怀疑的那样，塞东湖是第二帝国时期的“荒野”，与巴黎那些19世纪五六十年代的公园相对应。这需要我们的酒店老板做进一步的解释。

克莱尔告诉我们，有好几十年，一种被称为“Tacots”的蒸汽小火车将这个湖泊跟巴黎连接起来。它们从这里载着奶妈们北上，然后载着她们的乳儿及各种游客回来。塞东是典型的第二帝国度假胜地——完全是人工建造的，但又修建得那么巧夺天工，会把你吸引住，没准还会让你喜欢这里甚于真正的大自然。它那些实用主义的创造者把这个湖设想成为巴黎修建的一个水库、一个伐木区和一个度假地点。到现在，经过一个半世纪的人类定居，它变得重新接近自然。在20世纪90年代，一场大扫除、一个全新的下水道系统和对摩托艇的取缔，令湖里的水质恢复到19世纪的水平。

这个消息让人感到安心。我们的巴黎饮用水在下游等待着我们。与此同时，我也点了一瓶从圣培露进口的矿泉水，虽然我借口需要喝点带气泡的饮料让自己快乐起来，但这对于地产地销运动和环保却不是个好选择。这些气泡帮助我们度过等待晚餐的漫长时间，边喝边聊让我获得了少量历史知识。

有好几十年，这个酒店都属于三个来自巴黎的未婚姐妹，她们被当地人称为“德内夫勒小姐”——是对“老处女德内夫勒姐妹”的礼貌称呼。她们具有“艺术倾向”，克莱尔解释说，其中一个是蒙马特尔的职业画家，餐室里那幅天真的风景壁画很可能就是她画的。战争期间，三姐妹在此避难并为抵抗运动提供帮助。她们还将西班牙内战的难民和犹太人藏在阁楼里，就在那些椽子下面。这个酒店是分阶段建成的。它是一个由众多走廊和房间构成的迷宫，紧凑且很容易让人迷失方向。由于设计不周的增建，部分阁楼根本无法进入，有几间密室从未被纳粹发现。

那天晚上，我们在摇篮曲般的湍急流水声中入睡。很高兴得知这家酒店就像外面的湖泊一样重获新生。至少这一次，重获新生的故事让我心里充满喜悦。

狂热街舞

当黎明的手指拨弄湖水时，我们正顺着西岸向南行，前往位于南方约15英里处的偏远之地，入住那里的一家地方青年旅舍。万籁俱寂，质朴宜人，可爱得有种不真实的感觉。湖上波光粼粼，鸭鹅欢叫，湖边一座别墅的园丁开始用落叶清扫机和燃油动力的树篱修剪机工作。正如我们在路途中多次留意到的，寂静的麻烦在于，它非常脆弱，一不小心就会被打破，而且会很快被人遗忘。它在城市无处容身。一旦失去，就没人知道它听起来像什么。然而，正如那首《寂静的声音》里唱的那样，寂静自有其声，那是一种浑圆、振荡的三维之声。

我开始觉得，我的个人朝圣不过就是追寻寂静。

屈尔河是塞东湖的主要水源。不过，当我们顺着湖边步行时，我们也发现很多小溪从山上流下，注入湖中。我们穿过一片湿软的地方，有一刻，我以为自己看到了由这个地区臭名昭著的野生河狸啃咬、堆积而成的工事。它们不仅修筑堤坝，而且还啃食木屋、电线杆，以及其他任何可供其利齿啃咬的木制品。

如果你停下来仔细思索，你会发现这个湖泊本身及莫尔旺的其他水库，其实都是河狸工作的成果。难怪凯尔特人崇拜河狸女神比布拉克蒂（Bibractis）。她肯定是个牙尖嘴利的迷人少女，能够用强劲的门牙把树放倒，并用她的尾巴控制河流走向。

每一种文明都需要水，而在凯尔特人这种依赖木头提供燃料、防御和房屋的文明中，雇用一只河狸提供保护不失为一个办法。

一片片可爱的草地边缘长着野水仙花，伴随我们从林间小路爬上山坡，经过小村拉谢斯（La Chaise），朝山顶的“眼帘”民宿（l’Huis Prunelle）前进，我们在那里为今晚预订了上下床铺位。我们在一个十字路口找到了预料之中的十字架，顺着它的指示前往所谓的“Gîte communal”（市政民宿）。据我们所知，这个旅舍是方圆几英里内唯一的住处。

“你有没有听到什么？”艾莉森问。

我竖起耳朵。好像是“咚咚咚”的声音。电子乐？帮派说唱乐？“哦，老天。”我叹了口气。

在山顶上等待我们的那一幕超现实主义场景，让我们俩都大吃一惊。在那家旅舍的院子里，一部内置扬声器正在轰鸣。三个巨大的屁股随着具有催眠魔力的音乐节奏轻轻抖动、跳跃、转圈、摇摆。这些臀部属于三个身体壮硕且容光焕发的少女，她们的祖先可能不是维钦托利，而是示巴女王。

七双徒步靴顺着旅舍院子里一口水井井台的边缘排列。耀眼的绿色草坪上铺着一张毯子，上面坐着一个女人，身材比那几个女孩略微纤瘦，已经成年，三十岁左右。她把双手放到嘴边，拢成杯状，大声呼喊。音乐的音量被调低，这处避难之所的经理随着喊声出现，是个几乎还处于青春期的法国青年，他的面颊上冒出乱七八糟的胡子茬，没有哪个设计师敢承认这是自己的手笔。

我们的宿舍房间提供了军队风格的上下床、一张书桌和窗外的美丽风景。内置扬声器再次轰鸣起来。“这个房间只有你们俩，”经理大声吼道，“还有一家人住在隔壁屋。那群孩子住在淋浴室的另一侧。晚上会很安静的——没有音乐。”

我们将这里斯巴达风格的简朴住宿设施巡视一通。一位非裔法国少年正在忙着用橡胶拖布弄干淋浴室的地板。他看起来有些眼熟，但我记不得在哪里见过这张面孔了。

“是克雷格，”我过了几秒钟才想起来，“我在洛杉矶的侄子。那孩子跟他的表情一模一样。”

艾莉森似乎不太确信。“有可能吧，”她有一搭没一搭地说道，“真正让我吃惊的是那个女孩，那群跳舞的女孩中的一个。她看起来很像你的外甥女蒂娜。蒂娜也喜欢听那种音乐，身材跟她也很像。”不得不承认，在一个如此遥远的地方找到家的感觉，让我感到五味杂陈。

我们回到外面，几个跳舞的人已经停下来。两个男孩站在近旁，显得尴尬而笨拙。其中一个就像沙罗莱牛——或者涅夫勒牛——一样苍白，而另外一个则像几个跳舞的女孩一样黑。我们向他们点头致意。我忍不住看了一眼站在三人组中间的那个女孩。她确实跟曾经的问题少女蒂娜长得惊人地相似。蒂娜是我姐姐的女儿，如今已经成年，变得彻底讨人喜欢起来。我想知道，这个女孩的舌头上是否也像蒂娜过去那样戴着舌钉，是否也狼吞虎咽地吃垃圾食品，并且开一辆SUV汽车。很可能没有。这孩子还没到领驾照的年龄。这个多民族、多种族的群体似乎准确地反映了现代法国的现实。某些民族主义的法国人或许会以为自己是维钦托利的后裔，但实际上，这个国家现在已变成一个蛋白乳酪酥或什锦沙拉似的多民族国家，跟美国非常相似。

现在才半下午，但我突然想到这里缺少了什么东西，它稍后会给我们带来麻烦。“不，这里没有餐厅。”经理摸着一个皱皱巴巴的烟盒说。“那些没带食物的人通常到普朗舍去吃饭。”他指了指方向。“顺着那条公路走4公里就到。”那样的话，往返就是8公里。为我们意外增加了一大段路程。

我们一起走进他的办公室，找到一幅详细的勘测地图，在上面寻找一条前往普朗舍吃饭的小路。“你们可以走捷径，顺着那条罗马大道走，”他用鼓励的语气说，“我会给餐厅打电话，看他们是否开门。”他真是太好了。而且，是的，附近有一条罗马大道，在地图上作为“Voie romaine”清清楚楚地标了出来。它有一部分路段通往那家餐厅。

这个烟瘾很大的经理其实是个殷切的徒步者。他已经二十四岁，当了十年的面包师学徒，然后改头换面。“这里不再有面包店了。”他咳嗽着说。我在他的地图上追寻屈尔河的河道，直到它在一个蓝色的瀑布标志下消失。这是它的源头，也就是河源吗？“屈尔河的源头要从这里朝相反方向走上一两公里。”他证实。然后他啰里啰唆地回忆起来，告诉我们怎样到达这个神圣的河源。“肯定是气候变化导致的，”他猜测道，“在我小时候，这里的水齐腰深。”

“你是说五年前？”

他的脸一红。“在十年到十五年前，你都能在河里游泳。可现在……”“这是什么？”我敲着地图。

“是比布拉克特至阿雷西亚步道，”他说，“你听说过维钦托利吗？”

“维钦托利？”

不知怎么回事，我的地图上没有这位高卢勇士的路线，于是经理将他的地图复印了一份。根据他的提议，如果我们从屈尔河发源地走那条高卢大道，只需稍微绕道几英里就可回到GR-13步道。“你们能够顺着高卢人的脚印走。”他眨眨眼补充道。

河狸、枇杷和维—钦—托—利

坐在毯子上的女人叫西尔维，她说她来自象牙海岸的一个小村子。在她二十七岁的人生中，有一半的时间都是在法国度过的，现在是个“éducatrice spéciale”（特教教师），挽救失足青少年的特教工作者。我们看到的那六个随着内置扬声器跳舞的孩子就由她负责。他们来自巴黎东南边一个“问题”住宅区，那里叫“枇杷城”（La Cité des Néfliers）。

“有点稀里糊涂，但本质上都不错，”西尔维说，“女孩们下周要表演街舞，所以她们就在这里排练。”

那个看起来像我外甥女的女孩砰的一声跳到那些靴子旁边的井台上。她问我们在这里做什么。

“徒步穿越法国。”我说。

“你们在徒步？为什么不开车或者坐长途汽车？”

西尔维笑了：“他们是朝圣者。”

“什么是‘朝圣者’？”

我给她看了我们的地图和地形图指南，跟她解释朝圣者是做什么的。“从这里，”我说，“到这里。”我开始跟她说起恺撒、维钦托利、圣雅各和朝圣者路线。她睁大眼睛。“你们简直是疯了，”她脱口而出，爆发出一阵大笑，“你们不觉得自己做这个太老了吗？”

不可思议的是，她说话的声音也像蒂娜，她们俩的声调一模一样。

我们被她的话逗乐了，她说得对，步行穿越法国是有点儿疯狂，而且我也意识到，作为比她年长三十几岁的人，我们跟她相比简直就是化石。

“你们今天走了多远？”她问。

我给她看了地图和上面的塞东湖。她嘴里发出反向的口哨声，也就是向嘴里吸气时打呼哨，这只有法国人才做得到。

“你想跟我们一起徒步到屈尔河源头去吗？”我在地图上向她指指点点，“那里有一条高卢古道——就在这里。经理说路程只有2公里，往返只有4公里。小菜一碟。”

女孩睁大眼睛："你们还要继续徒步？不会吧。徒步？"

"今晚我们还得再徒步4公里去吃晚餐，单程4公里。"

她大笑着跳起来，叫来她那两个跳舞的同伴。"他们俩发疯了，"她说，"我是开玩笑的，当然。"她冲着老师眨巴眨巴眼睛。

我的坐骨神经一阵发麻。这就是蒂娜，是她的幽灵。当我打电话跟蒂娜说起我们的徒步时，她也发出同样的腔调，使用同样顽皮嘲弄的语气。这孩子会不会是蒂娜那个早已去世的父亲阿尔伯特·奥茨（Albert Oates）——绰号"独眼巨人"——的一个远房亲戚？那个哈勒姆的恶棍在旧金山的黑什伯里（Haight-Ashbury）混得不错，娶了一个心地善良却脑子糊涂的中产阶级姑娘，她肤如凝脂，拥有一种受到误导的社会正义感。"独眼巨人"阿尔伯特是"黑豹党"成员，因为酗酒而身体浮肿，又因为街头斗殴而浑身伤疤，戴着一副厚如瓶底的眼镜，这似乎放大了他愤怒的眼睛并让它们融为一体。我永远都无法理解，我那位明智、漂亮的姐姐看中了他哪点？但她一有能力，就鼓起勇气，明智地带着几个孩子离开了他。当"独眼巨人"年仅三十五岁就因为心搏停止而倒下、死去后，我高兴得跳起了快步舞。幸好所有这一切都是陈年旧事了。

我叹了口气，望着几个女孩跳舞，她们全都微笑着，出言不逊。她们会在枇杷城为自己创造出什么样的未来？不管肤色如何，一个心里充满恐惧与痛恨的人都很难正常成长。

一个小时之后，我们仍然在跟西尔维和女孩们交谈。男孩们在院子对面挤在一起，注视着我们，偷听我们说话。那个原先待在楼上淋浴室里的男孩出现了。他轻轻地招手示意。现在我认出他来了。他就是我从河里拉出来的那个孩子，也是我们在丹莱普拉塞碰到的那群戴着头盔，骑着讨厌的四轮摩托的孩子之一。我也向他挥了挥手。

“是的，我们玩了漂流和四轮摩托。”另一个跳舞的女孩证实了我的猜测。她说她的梦想是成为空姐。

“不过我们最喜欢的是那些奶牛。”第三个女孩说。

西尔维解释说，这些孩子以前从未见过奶牛，或者马，以及田野。尽管出生在距离巴黎市中心仅几分钟路程的枇杷城，他们却从未踏出自己的居住区一步，对光之城巴黎同样陌生。我问第一个女孩知不知道“néflier”是什么。她摇摇头，另外几个也是同样。我大声问对面的几个男孩。他们耸耸肩。

“这是一种外表可笑的果树，”我说，“它结的果实很小，橘黄色，里面大部分都是果核。我们在加利福尼亚把它称为‘loquat’。英国人称它为‘medlar’。”

他们没有一个知道自己的居住区叫枇杷城，一个令人丧气的发现。

“唯一的解决办法就是将这些居住区推倒重来，”西尔维说，“问题不是出在金钱或种族主义上，而是出在种族隔离上。”西尔维声称自己从未遇到过歧视或种族主义。当她和她的父母到达法国时，他们几乎不会说法语。但他们已经融入这个国家，在这里学习，找到工作，过得很幸福。她认为自己是法国人，不需要在这个词前加连字符。“青少年犯罪的问题纯粹是个别的，”她补充道，“那些地方的大多数孩子都很正常。他们仅仅认为自己不是法国人而已，但我可以告诉你们，他们也不是非洲人。尽管他们来自贫困家庭，却认为生活是现成的，毫不费力。”她耸耸肩。“依我之见，政府最差劲的措施是在20世纪90年代中期废除征兵。也正是从那个时候起，骚乱和各种宗教激进主义派别开始出现，这是巧合吗？在此之前，人们被迫混居，彼此摩肩接踵，一起工作。”

我转向蒂娜的“幽灵”。她听得很专注。“你是法国人吗？”我问道。她做了个鬼脸，但没有回答。“我有法国护照，”我拿自己打比方，“但我的法语发音存在问题。你能教我拼读一个很难发音的法国名字吗？似乎只有法国人才能正确地将它读出来。”我拿出自己的数码录音笔。“那个名字像是‘Vercingét’——‘Vércint’——”

“Vercingétorix？”她问道，轻轻松松地说出那位高卢勇士的名字。她喋喋不休地简要介绍了高卢人的历史，再次强调她认为我疯了，然后用毫无瑕疵的法语大声读起来：“Vercingétorix”“Vercingé-torix”“Ver-cin-gé-to-rix——”我将她的录音回放出来，把大家都逗笑了，然后又回放了抵抗运动博物馆那个女人的录音，以及在莫尔旺的圣安德烈附近碰到的那头驴子的叫声。

“你通过了测试，”我说，“你是正宗的法国人。”

我们又听了几次，孩子们笑得在地上打滚，重复着“Vercingétorix”“Vercingé-tor-ix”“Jules César”——

永恒之泉

多年以前——在遥远的20世纪90年代——当这位年轻的面包师还是孩子时，屈尔河从这些小山中间汩汩地冒出来，翻腾着流入塞东湖，至少他是这么说的。我想去看看作为我们在巴黎的自来水源头的那个间歇泉。我想找到水中仙女、河狸女神，找到一枚大奖章、毛茸茸的猛犸象的象牙，或者一只象牙号角。我们只需额外徒步几英里，就可抵达屈尔河的源头。

顺着青年旅舍后面一条孤零零的土路徒步时，我们迷路了，最后终于碰到不知第几个路边的十字架。这个十字架是用木头而非石头或铁做的，上面还挖出一个小神龛，里面放着一尊塑料的圣母小雕像，用一张铁丝格栅作为保护。圣母像的后面是一片湿软的林地。“终于到这里了。”我高兴地说道。这个林子叫屈尔树林（Le Bois de Cure），我们走的这条小路钻进树林里，就像扔进水里的刀子一样。

半个小时后，我们停下来研究那份复印的勘测地图。到现在，我们原本应该站在屈尔河源头齐腰深的水中。但我们又漫游了整整二十分钟才找到伐木公路上那个指向密林的小小木头路牌。

那条因为恺撒的《高卢战记》而著名的高卢古道就位于屈尔河传说中的源头另一边。这听起来合情合理。维钦托利和他那些无畏的勇士需要一口泉眼。但这里没有流水的迹象。我蹦跳着滑入灌木丛。在沟壑的底部，一条涓涓细流缓缓涌出。屈尔河是一条裂缝，是落叶覆盖的森林地面上的一个洞。我冲洗了一下自己的手指，跟我们在巴黎的自来水说了声“再见”，然后忍不住四处张望，寻找还愿祭品，它们应该是献给那位眸清似水的泉水女神比布拉克蒂的。

“也许再流远一点，水就有齐腰深了，”当我们徒步返回旅舍时，我充满希望地说道，“水位肯定下降了，就像我的足弓一样。”

四月的圣诞节

由于旅舍不提供食物，那天傍晚，我们只好饥肠辘辘地迈着骨头咯吱作响的双腿跋涉数英里，穿过罗马古道上香气四溢的圣诞树种植园，从“眼帘”民宿前往普朗舍吃晚餐。塑料花盆里齐膝高的针叶树树苗点缀着一座座山丘。随着夜幕的降临，我担心我们不得不在看到的第一家咖啡馆坐下来，吃点用法棍面包夹火腿做的三明治，然后在黑暗中摸索着回去。这自然是因为我忘记带上手电筒。为此，我觉得自己不仅愚蠢，而且不负责任。

到晚上7点，我们发现自己站在了弗朗索瓦·密特朗大道上，就在那个沉睡的“殉难”村庄普朗舍正中央。它也曾遭到纳粹破坏，是后来匆忙重建起来的。湖区驿站餐厅兼酒店出现在我们面前。是海市蜃楼吗？我们敲掉靴子上的泥巴，整理好凌乱的衣服，并成功地找到一名女服务员。现在吃晚餐还太早了，她望着我们说。莫尔旺不是这名女服务员的故乡，她似乎很高兴用英语替换她蹩脚的法语，说她的家在伊斯坦布尔，那里的确让人觉得遥不可及。

整个餐厅只有我们俩。这样更好，我们脱掉外套，身上散发出麝香味。这里看起来像个真正的外省美食餐厅，有浆过的灰色和蓝色桌布、放在银烛台上的蓝色蜡烛和巨大的葡萄酒杯。整洁的女服务员正忙得团团转。她说，这家店已经转手，新老板是个听起来神神秘秘的巴黎人，名叫菲利普·莫里奈（Philippe Morinay）。又一个菲利普？

餐厅给我们供应了一些可口的小吃，以防我们饿晕，不过我们很快就真正地狼吞虎咽起来，这一直是我擅长的，只是为了减肥而发誓放弃了。不过，我告诉自己，在每天徒步20英里后，我根本不需要节食，于是点了烤羊排加烤洋葱、韭葱苗和胡萝卜，以及一个高热量的松软土豆砂锅。艾莉森选择的整只烤乳鸽刚端上来没多久，就被她吃得一干二净。法棍面包三明治就就更不在话下了。

当我们享用形似布丁的巧克力融浆蛋糕（*fondants au chocolat*）当餐后甜点时，一群比利时人来了，他们已经用蛇麻啤酒润过嗓子，浑身酒味。恺撒曾与比利其人（Belgae）发生小冲突，那些凶猛的凯尔特人就是我们这群餐伴的祖先。两千年前，比利其人曾经拔剑出鞘，从日耳曼出发，横扫荷兰、比利时和法兰西，身后拖着一车车的女人、孩子，一路恐吓劫掠，最终接管了当地，并与当地人融合。如今，他们说着勉强过得去的法语，开着豪华汽车，带着鼓鼓的钱包，潇潇洒洒地到来。每个人似乎都很愉快。

我看了看钟，已经是晚上8点30分，对大多数欧洲人来说，正是开始吃晚餐的时间。我们听说弗朗索瓦·密特朗在他定期到勃艮第来做抵抗运动朝圣时，曾多次在此停留。从女服务员口中，我们得知密特朗彬彬有礼，事事正确——这是巧妙的法式轻描淡写，在需要说“很棒”时，用它表达“将就”的意思。但随着我们步程计上的漫长里程拖得我眼皮耷拉，我集中注意力的时间长度开始缩短。

衣冠楚楚，晒得黝黑，轻松自如，店主莫里奈先生审视了一眼餐厅。他在楼上有三十间客房，他不明白我们为何要住在沉闷的地方青年旅舍里。我跟他解释说我们以前并不知道他的酒店。当他得知我们没带手电筒而且已经步行了20英里后，便殷勤地提出开车送我们回去。那段路步行过去十分漫长，但驾车却很短，很快就到。

在路上，莫里奈闯劲十足，把车子开到100多码的速度，一边还说个不停，解开一个困扰了我整个傍晚的谜团：一个光彩夺目的家伙和一家拥有蓝色蜡烛的餐厅，在普朗舍这样一个与世隔绝的村子做什么？“跟德鲁伊派或灵性无关，是吧？”我问道。他哈哈大笑，说自己也是厌倦了巴黎地区的压力。莫尔旺的魅力及游人如织的塞东湖和帕内西埃湖激起了他的商业意识和对帆船的热爱。

这是一个令人失望的消息。又一个都市难民。“你搬到山里来玩帆船？”当汽车滑过一个拐弯时，我紧紧抓住扶手。“这里看起来像圣诞树天堂，而不像法国的里维埃尔。”

“这是欧洲活生生的圣诞树之都，”莫里奈再次哈哈大笑，“从10月底到圣诞前夜，这条路挤满卡车。这些种植园向四面八方延伸。他们都是二十四小时工作。”他指着外面的手电筒光——现在天黑了——和一辆运设备的货车。

我眨眨眼，想起圣诞老人和罗马大道，想起罗马帝国时期一队队运送牡蛎的驿马只需四天就将异国的双壳贝类从布列塔尼运到罗马。我们徒步穿过莫尔旺花的时间都比这长很多。那么，将一棵树从普朗舍运抵巴黎要多久呢？几个小时就能到，菲利普骄傲地说。德鲁伊派的雄奇森林被改造成一座苗木种植园。我克制住了自己对此表示担忧的欲望，至少，它仍然算某种森林。

就像变魔术一般，汽车戛然而止，黑洞洞的旅舍一下子安安静静地出现在我们面前。我们爬上架子床，一觉睡到天将破晓才被犬吠声唤醒。“真搞不懂，”我揉着眼睛说，“昨晚我居然梦见珍珠、角斗士和弗朗索瓦·密特朗。”

夏洛克，这是苏格拉底

在跟那些孩子们拥抱、握手道别并答应与他们在枇杷城——我们对这个地方产生了出人意料的兴趣——再见之后，我们离开了“眼帘”青年旅舍，徒步前往阿诺斯特。途中又向笼子里的那尊圣母和屈尔河的源头致敬，然后循着维钦托利在公元前52年逃离恺撒时经过的那条从比布拉克特至阿雷西亚的高卢小径走去。清晨的阳光扫过北美黄杉的树梢，空气里有股柠檬和香料的气味。我们今天有很远的路要走，但我期盼着亲身体验少许高卢-罗马历史。如今，高卢人那条古老的大道被称为波特隆伐木公路（Route Forestière des Potrons），看起来跟其他伐木公路没有差别，生长着高大树木的路段显得迷人，而其他路段则是脏兮兮的。路上没有献给维钦托利或恺撒的纪念碑，路标也少得可怜。要欣赏这条路，你需要怀着历史意识，带上一份详细的地图，还要对定期采伐的林业充满热爱。

我们通过阅读得知，在古代，这片海拔超过700米的树林里原本生长着结实的山毛榉。低处则是混生的山毛榉、橡树和白蜡树。但在过去的一个世纪，北美黄杉取而代之。勃艮第人称之为“Les Doog-lass”，它们就像谚语里说的杂草一样疯狂生长。若是疏密不一地长在自然环境中，它们本是些高大挺拔的树木；而在商业性的林场里，它们排列得整整齐齐，挤得密不透风，显得阴暗而险恶，进入其中，感觉就像置身于废弃的工厂或公路地下通道。

我们充满期待地爬上马丁山，希望找到维钦托利的某些踪迹，结果却看到一堆堆刚刚砍伐下来的杉树，有些树干粗细跟啤酒桶差不多，看起来仿佛有好几百岁。被砍去树枝之后，它们的模样就像搁浅的鲸。我坐在一根树干上，等待着艾莉森，也等着自己开悟。为了打发时间，我数了数这棵树的年轮，突然感觉自己很老了。

不可能！我喃喃自语。我又重新数了一遍，难以置信，我居然比这棵树大五岁。难怪这种树会胜出。要让一棵山毛榉长这么大，需要两倍的时间——一个世纪或更多。想到活上一百岁，我心里充满恐惧。这意味着我才活了一半。当但丁在《炼狱》中写到自己在“生命之旅的半中间”迷失于一个幽深的森林里时，他说的是三十或三十五岁，正是14世纪初陷入中年危机的年纪。而我们现在穿越勃艮第之旅甚至还没走到一半的路程呢，我思索着。尽管我们的徒步与但丁的不同，不是为了观看那些被打进炼狱的人遭受的折磨，或了解对上帝的恐惧到底意味着什么。那位诗人在自己的旅途中逐渐变化，结果变得比过去更好了。而他的敌人却被他安置在一层层的地狱中。我是否也在变化，或者仍在地狱中游荡？

艾莉森在一百码外向我招手。我看得出来，她是在发出预警。早先，我们俩都听到了越野摩托车的轰鸣声。现在我明白了。她招手的意思是她会用相机捕捉到摩托车手们的影像。我让自己回忆起那些来自枇杷城的孩子，以此压制自己的怒火。不，我告诉自己，我可不希望他们的脑袋被钢琴丝割落。

没过多久，四辆摩托车便从我们身边呼啸而过，掀起阵阵石子和泥土。其中一辆玩了个车身竖立的把戏，就像韦兹莱那个骑四轮摩托的男孩那样，让自己的坐骑后轮着地竖立起来。

他们很善于疏导自己的睾酮，不是吗？所有四名骑手都穿着昂贵的真皮紧身衣裤，戴着闪烁的彩色头盔，上面有巨大的公司标识——我们这个时代的纹章学。

四周恢复了宁静，南行一英里后，我们来到一片看似——很可能也确实是——蛮荒之地的中央，遇到一个野猪饲养场。它跟我们前天看到的养鹿场很像，只是我们在这里没看到任何动物，只看到它们留下的各种痕迹——被磨得发光的树干和用长牙挖出的一条条土沟。一个箭头标志指向一条通往"苏格拉底游击队"的伐木公路。我们辨认出在圣布里松那座密特朗的抵抗运动博物馆里看到的名称。

在这个偏僻又偏僻之所，两条未铺设路面的伐木公路交叉处矗立着一座残留的纪念碑，献给两千名曾经驻扎于此的抵抗运动战士。这里没有苏格拉底游击队的军营和物质遗迹。我怀疑这些抵抗运动战士是否还有人活在世上。

我们凭借那幅勘测地图行走在这些没有标志的林间小路上，再次穿过比布拉克特至阿雷西亚小径，在一个风景如画的山坡上重回GR-13世俗步道，这里覆盖着本地的山毛榉落叶林，它们的树枝就要发芽了。从另一处源泉里流出一条名叫谢纳莱特（Chênelet）的小溪，我们顺着它逐渐增大的水流下山，看到它与其他溪流融汇，形成一条迷人的小河。

我们南边是个山谷，对面的山坡上有似乎被人用绿色颜料写出的几个大写字母"NAUDET"。我们俩都不明白这个词是什么意思。我们正琢磨着这条神秘的信息时，看到一名法国年轻人扛着马笼头，吹着口哨走来。

“Naudet？”他笑了起来。“你不是第一个提出这个问题的人。这是阿诺斯特一个林场老板的姓氏，那个村子就在这条路的拐弯处，”他指了指那里，“仔细瞧瞧，你会发现这些字母不是画上去的，而是用两种不同的杉树构成的，一种构成了背景，另一种构成那些字母。”这反映了一种强烈的自恋情绪，我差点加上这句。

望着“NAUDET”，我想起贝尼托·墨索里尼也曾用树来自我宣传、自我夸耀。在20世纪30年代的意大利亚平宁半岛上，墨索里尼的追随者砍倒一些松树，拼写出“D–U–X”几个字母，在拉丁文里是“Duce”的意思，即“勇敢无畏的领袖”。墨索里尼或许算得上无畏，但绝非永恒。1945年，意大利的抵抗运动战士在米兰用绳子绑住他的脚跟，将他吊起来，向他射出八百发铅弹。然而，“DUX”几个大字仍然在亚平宁的山坡上清晰可见，那些树木受到法西斯狂热分子的维护。

我陷入沉思，在古老的欧洲，有些东西很难彻底消除。法西斯主义就是其中之一，另外一样是抽烟。尽管出现了禁烟运动和法律，人们却用各种巧妙的方式歪曲和打破这些法规。就这样又跋涉了一英里多点儿，我们到了阿诺斯特村，而我们预订的陡斜主街旁那家夏洛克·福尔摩斯酒馆兼酒店的房间的钥匙，就隐藏在一团悬浮于酒馆柜台上的蓝灰色烟雾中。那个吸着“高卢人”香烟、吞云吐雾的酒吧男招待是个身材瘦长的年轻人，而他并不像福尔摩斯或华生那样目光深邃。当他把钥匙递给我们时，他告诉我们，这家酒店、酒吧、比萨店、西餐厅兼民宿，以及阿诺斯特其他大多数产业的拥有者从英格兰引入了夏洛克·福尔摩斯酒馆。

这个小镇最重要的家族居然是夏洛克·福尔摩斯的崇拜者，这似乎是显而易见的事情。就像阿诺斯特几乎所有还记得"二战"的其他老人一样，他们对穿着英国皇家空军和美国空军军装的盎格鲁-撒克逊人心怀感激，因为这些空中天使曾经用降落伞向抵抗运动战士空投物资。

我们的房间似乎是在19世纪90年代布置的。按照法国标准，它宽敞、舒适得不同寻常。在外面的主街上，拖拉机拉着一车车厩肥"突突"地从酒店门前驶过。现在是清扫畜栏的季节，显然奶牛们一直在忙着制造厩肥。

在我们过了几天的荒野生活后，弹丸之地的阿诺斯特感觉就像真正的城镇。它拥有一座教堂和公墓、两个迷你市场、一家邮局、若干餐厅和旅馆，还有一家每周开放两次的电影院。站在那些倾斜街道的每一块石头上，都可看到倾斜的屋顶及周围森林密布的山坡和"NAUDET"构成的风景。

我们在杂货铺里采购了一些巧克力、糖果、水果、"邦迪"创可贴和几瓶水，然后考虑造访那座教堂。我们的地形图指南说，这座地标建筑的一部分可追溯到12世纪，但我们有充分的理由怀疑它的地底下埋藏着某些更古老的东西。当我们在教堂的一条条过道里探头探脑地张望时，我们看到两尊真人大小的雕像，一个是身穿盔甲、手握宝剑的骑士，另一个是他那位身穿笔直长袍的配偶。根据一个牌子上的文字，他们俩原来就是吉哈尔·德·鲁西永及其尊贵的夫人贝尔特，韦兹莱的创立者。

他们在这里做什么呢？这块牌子提醒参观者，吉哈尔和贝尔特在9世纪末去世。这意味着这座教堂——或者说它的一部分——有1100年的历史。

这个消息令人不安，但它本来不应该让我感到惊讶的。如果我的计算没有错误，我原本会意识到吉哈尔的年纪比罗兰小了一个世纪，因此不可能像《罗兰之歌》里说的那样，跟后者一起于778年在朗塞瓦尔死去。这也意味着我背包里那块骨头不可能属于那位高贵的韦兹莱创立者。吉哈尔在世时从未到过阿诺斯特以北的地区。

“那块骨头呢？”艾莉森带着鳄鱼那样不怀好意的微笑问道。

“好消息是我们正走在他们走过的道路上，是真正的朝圣之路，而不是韦兹莱那些狂热分子为朝圣者编造的‘旅游’朝圣路。”我反驳道。

“这不公平，”艾莉森说，“他们告诉我们，所有道路都是朝圣路线。不管你要去哪里，重要的是出发并到达那个地方。从历史的角度说，这条路或许比他们那条更名正言顺，仅此而已。每个人都知道，一千多年来，朝圣者一直都要经过阿诺斯特。”

“每个人？真的吗？我们是不是应该给我在洛杉矶的哥哥打个电话，问他是否知道？”

阿诺斯特，闻名于世？在成为一个殉难村庄和法国抵抗运动的中心之前，阿诺斯特从16世纪中期到19世纪末在法国作为莫尔旺的“galvachers and flotteurs de bois”之都而闻名，这个词组指的是伐木工人和撑木排的人——前者带着公牛，将树木从森林里拖到河床或通往湖泊的人工水渠上，后者则将原木扎成筏子，让它们顺水而下，漂往巴黎。他们的人数多达数千，在差不多四百年里，为首都供应木柴。然而，就像目前那些将西伯利亚和亚马孙砍伐殆尽的现代跨国伐木公司一样，那些莫尔旺的伐木工也把自己砍伐得失了业。他们造成的环境破坏肯定触目惊心。他们那种砍伐拖拽的伐木手艺有一个副产品，那就是形形色色的保罗·班扬[①]式的人物，他们都曾生活在阿诺斯特。

这也正是我们希望造访伐木工之家（Maison des Galvachers）博物馆的原因。博物馆矗立在献给苏格拉底游击队的纪念碑后面，是镇上的主要景点。夜幕开始降临，我们匆忙踏入这座建筑，恰逢一群老人走了出来。他们中有个人站了出来，自我介绍说她叫米歇尔·德穆兰（Michelle Desmoulin），是阿诺斯特的镇长，并且道歉说博物馆现在已经关闭。我们问她，是否可以给我们任何有关阿诺斯特伐木工人和苏格拉底游击队的文字资料。

“我能给你们更好的资料，”她说，“碰巧，我可以让你们见见一位仍然在世的反纳粹游击队队员。他曾经在山上跟抵抗运动战士一起作战。”她将我们介绍给一位相貌英俊、身材

① 保罗·班扬（Paul Bunyan），美国民间传说中的伐木巨人，拥有超人的力量和机智。——译者注

挺拔的绅士，八十多岁，有一双蓝眼睛，名叫罗贝尔·迪克勒（Robert Ducreux）。

天哪！这位简直就跟华生医生一模一样，连那顶软呢帽都像。但是越仔细打量迪克勒，就会越觉得他不像华生，而像让·迦本（Jean Gabin）扮演的梅格雷探长，或者《乱世忠魂》（*From Here to Eternity*）里的伯特·兰开斯特（Burt Lancaster）。真不明白，好莱坞为何没有在战后输入像罗伯特·迪克勒这样英俊、威严的人。

最终，我们让欧洲重获新生

在1914年至1918年的第一次世界大战中，阿诺斯特近五分之一的男性居民都战死疆场。其中就包括罗贝尔·迪克勒的父亲。1940年，当纳粹占领法国后，年轻的迪克勒就像其他数千人一样，面临选择：要么卖国投敌，要么被流放到一个德国劳动营，要么加入抵抗运动。那时候，很多法国家庭四分五裂，一个儿子屈服于纳粹统治者，另一个却宁死不屈。

“那是战争，”迪克勒告诉我们，“你不得不如此。”他对自己的勇气轻描淡写。

我们向他询问苏格拉底游击队的事情，还有山坡上那个秘密营地。“苏格拉底”是乔治·莱顿（Georges Leyton）的代号，他是法国林业部的官员。1944年2月，莱顿钻进阿诺斯特西北方的群山之中。他的副手也是林业部的官员，叫马塞尔·热伊（Marel Gey），此人了解林中的每一条小路。在同情抵抗运动的本地人帮助下，苏格拉底游击队的成员在距离最近的公路好几英里远的地方建立了一个营地。在那个时候，只有少数几条柏油路穿过莫尔旺。

“你们在树林里看到的纪念碑是纳粹来搜寻我们时停车的地方，”迪克勒带着嘲弄的微笑解释道，“我们看得见他们，他们却看不见我们。他们从未找到营地。”现在只有少数人还记得抵抗运动营地在什么地方。“我们应该将它保存下来，”镇长一边四处忙碌着，一边评论说，“这是个lieu de mémoire——一个具有历史意义的地方。”

迪克勒轻轻说道：“那里什么都没有留下。”

我们似乎交谈了很长的时间，迪克勒的太太索朗热也加入谈话。她还记得纳粹怎样闯入一个个农庄，例如她跟自己的父母居住的农庄。纳粹盗窃物品，杀掉牲畜，更恶劣的是，还用被单将那些血淋淋的肉包起来。他们还会杀死和严刑拷打任何涉嫌帮助游击队的人。做这些事情的并非只有他们，维希资助的法国准军事组织保安队（Milice）有一个特别分支，叫“机动保安预备队”（Gardes Mobiles de Réserve），简称“GMR”，跟德国盖世太保密切合作。他们追踪“开小差的人”——也就是拒绝卖国投敌并到德国服劳役的法国人——以及游击队队员。伏击并严刑拷打，直至杀死游击队队员马塞尔·热伊的就是GMR。“热伊什么都没讲，”迪克勒一脸坚定地说，“他没有带领他们找到我们的营地。”

对迪克勒和他的太太来说，这个村子的每一条街道和林间小路上的每一个拐弯，都仍然留着记忆的痕迹。在小镇上面那片长满野花的田地里，纳粹开枪杀死了十七岁的弗朗索瓦·巴德旺和他十八岁的朋友安德烈·费弗。两个男孩是被送到阿诺斯特来“度假”的，目的是避开北方的交战区。

在对面的农庄里，一名十六岁的女孩于盖特·帕罕被杀死了。“就在你们住的酒店——现在的夏洛克·福尔摩斯酒馆——的阳台上，他们在那里乱枪扫射，”镇长说，“于盖特当时正透过她父母农庄的窗户看着外面……”

迪克勒解释了苏格拉底游击队的抵抗运动战友们是怎样工作的。他说，他们只能在远离居民区的地方攻击纳粹的运输队、基础设施和火车，否则附近的居民就会立即遭到毁灭性的报复，因此游击队队员经常转移。在夜里，他们会在林中步行数英里，顺着猎人走过的小道及地图上没有标明的土路跋涉。招募新兵的办法非常慎重，候选人会设法从城镇和村庄里的地下工作者那里获得口头指引。这些“间谍”被称为“Indicateurs”，因为他们会向通过审查的新兵暗示找到游击队的路线。后来，在法语口语中，“Indicateurs”逐渐被用来指警方的眼线或告密者。每个游击队队员每周都要值几次夜班。他们两人一组，在营地周边方圆2平方公里的区域内站岗放哨。

“那是最危险的工作，”迪克勒回忆说，“你又累又饿，昏昏欲睡，但又不得不保持警惕。你要扛着一挺重机枪等待纳粹的卡车开过来。为了取暖，我们将自己包裹在旧降落伞里。”他停顿片刻，若有所思。“盟军的飞机有时会飞得很低。当他们听到我们的农庄或村子受到攻击时，就会倾斜机翼致敬。”他再次停顿，双目炯炯有神。“我们很高兴在1914年和1940年都有美国站在我们这边，”迪克勒静静地补充道，“能遇到那些曾在太平洋战斗的美国人的孩子，我感到非常荣幸。”

我们也不知道他是从哪里冒出太平洋这个念头的，但却无心纠正他的错误。我父亲曾在意大利作战，艾莉森的父亲曾在大西洋作战。这没有关系，正如迪克勒所言，那是战争，而且，我猜我们的父亲就像他一样，感觉自己不得不签字应征。我忍不住想知道，当年轻的德国游客在每一个法国村子看到战争和抵抗运动纪念碑，看到他们那些纳粹祖先残酷暴行的这些证据时，他们会有何感想？

“这是我们争论的一个焦点，”镇长回答，“有些人认为我们应该去掉‘德国人’的字样，而换上‘纳粹’，因为犯下那些暴行的是纳粹而非德国人。”“我们心里并没有怨恨，”迪克勒说，“几年前，我太太和我曾到德国各地旅行，发现那里的人非常好客。那些日子已经结束。我们从充满仇恨的战争中让欧洲重获新生。”

我还有最后一个问题。弗朗索瓦·密特朗是怎么回事？他是从一个叛国投敌的特务改过自新的吗？还是一个真正的自由战士？迪克勒看起来不以为然。他重新戴上自己的软呢帽，说道，“En politique, y'a àboire et à manger”——字面意思是“在政治里头可以捞到吃的喝的”。我认为这句话的意思是，每个政客都要把自己的猪嘴伸到猪槽里吃食，他的行动取决于政治分肥和权力的考量。“密特朗本来走错了路，但他随后看到了大势所趋的正确方向，”迪克勒继续说道，“他及时改变了道路，而且还娶了达尼埃尔，一个正宗的抵抗运动战士——une vraie maquisarde——她曾经在克吕尼战斗。”

密特朗与一位货真价实的勃艮第抵抗运动人物的婚姻，到底是出自爱情和神启，还是出自这个狡猾的斯芬克斯的其他精心算计的动机，历史很可能永远也弄不清楚。类似地，弗朗索瓦·密特朗为何一辈子都忠实于战争恶棍，如勒内·布斯凯——他是个臭名昭著的保安队军官和战犯，但有好几十年都逃脱了锒铛入狱的命运——这也必定成为一个无法解答的谜团。有太多的东西仍然依赖于密特朗留下的政治遗产，有太多活跃的法国政客、官僚和政治评论员都在这个斯芬克斯的阴影下谋生。更不可思议的是，尽管很多人破坏性地揭露了他的过去，密特朗却仍然被数百万法国人——包括法国现任总统弗朗索瓦·奥朗德——视为英雄。

让雨下吧

人人都知道亨利·孔泰（Henri Contet）出生于1904年，

并写了那些由伊迪丝·琵雅芙（Edith Piaf）和伊夫·蒙当（Yves Montand）[1]吟唱的歌曲。不过，就算是音乐迷，也没几个知道我们那天傍晚了解到的事情。孔泰曾经生活在阿诺斯特的教堂和肉铺对面的一座两层楼的卑微住所里。

阿诺斯特居民中另一位货真价实的名人是弗朗西斯·普朗（Francis Poulenc）。他的奶娘来自这里，或许为了寻找幼年时的甜蜜滋味，进入晚年后，他每年夏天都回到这里来。村里一所住宅上的铭牌还说，普朗的音乐在莫尔旺“受到那些野生树木的启发”。从一个荒谬的角度看，这么说也算不离谱，只是在这里，“野生”意味着被数千年的文明与砍伐驯化。

普朗是一个堕落的天主教徒，他对自己的信仰感觉不适。据说他在罗卡马杜尔（Rocamadour）那位黑圣母的神龛下重新发现了上帝，在阿诺斯特时也保持着自己的信仰。是那些野生树木、雨水，还是这个地方的古迹，让他重回教会的怀抱？也许教区教堂里虔诚的吉哈尔和贝尔特的雕像，或偶尔从普朗窗下经过的朝圣者也产生了一定的影响？更有可能的是，这种重新确立的友好关系产生于普朗接近人生尽头的年纪及很多同样并不完美的人心里隐藏的意识：生命即将结束，让自己成为森林里的肥料，听起来不像是一个很有希望的人生前景。接受神的牧养，进入星光灿烂的天堂怎么也好过一抔堆肥。

---

① 琵雅芙和蒙当都是法国当代的著名歌手。琵雅芙逝世时，法国人为她举行了国葬，电影《玫瑰人生》即以她的人生经历为原型。蒙当由琵雅芙发掘，尤善于演唱“香颂”（chanson）。——译者注

阿诺斯特目前的名流居民是那位福斯塔夫[①]式的客栈老板勒内·福尔廷。他和他的太太凯瑟琳似乎拥有镇上的一切，包括我们栖身和即将去吃晚餐的那家酒店兼餐厅。餐厅外墙上挂了一个牌子，告诉急不可耐的顾客，勒内“仍然健健康康地活着，正在休息，是个真正的莫尔旺人”。我们还没有见过勒内的真身，但不知怎么回事，却觉得我们已经认识他。

一打本地的酒徒在“高卢人”蓝灰色的烟雾中手支吧台站着。一张木桌上放着一件礼物。酒吧男招待穿着无尾晚礼服，戴着领结。我们碰巧闯入一个派对了吗？当地人都穿着奇特的服装，这是获得大笔退职金后的告别晚宴，还是乡村庆祝会？这群人里头有些看起来粗鲁无礼，像是伐木工人；而另外一些显然是在度假的白领工人。

当我们进屋时，两个穿着巨型柴郡笑猫服装的人对我们露出微笑。当地人停止交谈，盯着我们直看。我们屏住呼吸，小心翼翼地穿过人群。一旦这些寻欢作乐的人认定我们听不到他们说话后，派对又恢复了正常。我们挑选了离他们最远的一张桌子，靠近一扇窗户，徒劳地试图避开他们吐出的烟雾。酒吧男招待也是我们的服务员。

“你们这里简直就像高卢烤肉野餐会。”我说。

---

① 福斯塔夫（Falstaff）是莎士比亚喜剧中的一个人物，一名年迈而放浪形骸的骑士。意大利剧作家威尔第晚年根据这一成功的人物形象，创作了同名歌剧。——译者注

“没有非吸烟区，亲爱的，”他尖声说道，“这里可不是巴黎。”

在他的左耳垂上，一只巨大的钻石耳环闪烁着光芒，暗示这里跟他说的恰恰相反。他显得敏捷而时髦，穿梭于一张张餐桌之间，似乎将La Galvache误当作一家巴黎的夜总会。我问他，门口那对活泼可爱的大猫是否就是大名鼎鼎的勒内·福尔廷夫妇。

“你是怎么猜到的？”他讥讽道，“福尔廷先生确实看起来有点儿像夏洛克·福尔摩斯，不是吗？”

再没有比我们这位轻快活泼、冷嘲热讽的服务员跟餐厅的那些老主顾和老板之间更鲜明的对比了。这里被装饰成舒适的外省风格，是1970年左右的样式，墙上有壁突式烛台，桌上铺着白色的桌布，跟富含奶油的丰盛食物非常搭配。

“他们要么是本地官僚，要么是木材商人，”我冲着酒吧里那群人点头说道，“这是一次退休庆祝会。”

“也许其中一位是诺代先生，”艾莉森猜测道，“这绝对是生日庆祝会。”

他们喝完了自己杯中易于挥发的开胃酒，从吧台挪到餐厅里，转向一瓶瓶来自勃艮第科多尔省（Côte d’Or）著名的沃斯恩罗马内埃（Vosne-Romanée）葡萄园的陈酿。没有一分钱会被浪费掉。最后，那个过生日的寿星站起来，打开一张卡片，让我们惊讶的是，他居然朗读起夏尔·波德莱尔的一首诗。“古老的巴黎已经逝去，”他引用诗句说，“人心虽然易变，却远不如一座城市的脸变化得快……”

这就仿佛是南达科他州的一个卡车司机，突然引用了瓦尔特·惠特曼的一句诗，定会让加里森·谢勒[①]感觉宾至如归。

这么说，这个寿星来自巴黎，或者曾经在那里工作，然后退休来到莫尔旺？我看得出来，他们会让我们一直猜下去。

当我们跟服务员要几瓶矿泉水时，他做了个鬼脸，端来一大罐阿诺斯特最好的水，来自本地的一个泉眼。"我不能说我们供应的其他东西都是最好的，但这水不错。"他讥讽道。然后他指出，这里过去有太多的好东西——阿诺斯特以前的年降水量是1500毫米，是法国最湿润的地方之一。"这里以前天天下雨，但现在每两三天才下一次，简直都没什么雨了。"在过去的十年中，这里的降水量减少了一半。他宣称："我们正面临着变成一个普通地方的危险，就跟其他所有地方一样。实际上是变成一片沙漠。"

木材与青绿色内衣

今天将是漫长而颇有挑战性的一天。我们已经在贝弗雷山附近一个叫克罗莫兰（Crot Morin）的地方预订了一个房间，

① 加里森·谢勒（Garrison Keillor）是知名的美国当代作家、编剧、配音演员及演员。代表作有*Guy Noir*、*Lake Wobegon Days*和*Leaving Home*，并长期主持一档以他的名字命名的广播节目。——译者注

贝弗雷山是高卢人那座“失陷之城”比布拉克特的原址。估计我们将徒步十小时左右。

从阿诺斯特南行一小时后，艾莉森在比西（Bussy）附近看到一堆值得古根海姆或惠特尼美术馆收藏的木头——堪称一件地景作品。她停下来，小心翼翼地给这个由原木和引火柴构成的木头堆儿拍照。她刚举起自己的相机，一座农宅里就冒出一个半眯着眼睛的伐木工。他托着下巴，大声说出自己的疑惑：哪个正常人会将他刚刚劈好、很快就要烧掉的柴火凝固在照片中？

我们借此机会从他口中了解林业的内幕。我们已经在莫尔旺公园总部听说了一个官方版本，又在各种报纸和指南上读过大量有关环境问题的文章。而这里却有人民的心声。北美黄杉平均只需三十年就可“成熟”，这位伐木工说，因此它取代了其他商业木材物种，更别提那些原生树木了。另外三种欧洲杉树及某些阔叶林逃过一劫。国家森林办公室管理全法国私有和公共森林，将一块块林地拍卖给大型木材公司“采伐”。现在几乎没什么小型伐木公司幸存下来。而那些大公司带着最现代化的设备进来，就跟他们在西伯利亚和亚马孙使用的一样：那些高高耸立的机器是专门设计的，能够以令人钦佩的速度夹住、锯断、举起、砍削和堆垛原木。带有内置起重机的巨型拖车将原木抓起来，堆成一个个“平台”。这种设备的性质解释了为何皆伐取代了传统的间伐。依据传统的伐木工人及其古老的小链锯、拖拉机和本地锯木厂已经过时。

那对自由贸易很有好处，我评论道，然而，正如我们从莫尔旺公园官员那里听说的那样，这些巨型机械重新塑造了林间公路和土地，同时导致土壤板结和侵蚀。一条条小河被淤泥堵塞，从小龙虾到鳟鱼和度假的游泳者都很难在里面游动，很可能对我们在巴黎的饮水水质也没有什么好处。

我想知道保罗·班扬式的劈砍、拖拉和漂流是否破坏性更小。这位伐木工耸耸肩。“难以想象还有什么比现在的情况更糟的了，”他欢快地说，“我把这称为灾难。”

我们继续朝着下一个小村阿塞（Athez）走去，它的读音是“Ahthay”，听起来跟法语中的“athée”（无神论者）差不多，这让我感到安慰。

接下来的这条山脊覆盖着众多长满苔藓的树木和巨石。我们在山顶上停下来野餐：从阿诺斯特的面包店里购买的法棍面包，为了换换口味，艾莉森还买了一种不同寻常的猪舌头肉冻做三明治馅料。这些舌头先被放在调料里炖熟，然后切开，放在肉冻里保存——看起来就像死掉的蛞蝓，或者泡在防腐液里的圣徒器官。“像火舌，”我说，对艾莉森的选择感到迷惑，“我曾在罗马那些更好的教堂里见过这些陈列在圣骨匣里的东西。”我补充道：“一直想知道它们吃起来是什么味道。”艾莉森的眼珠翻滚了几下。我忍住没再说，不过她并没有对我瞪眼或严词训斥。

在一棵山毛榉稀疏的树荫下，我们坐在两块石头上，正准备品尝这些舌头，突然空气中传来什么东西被撕裂的声音。“又一架‘幻影’？”我问道，同时抬头张望。不，那声音不是来自战斗机，而是来自艾莉森的高科技徒步长裤。它迸裂开来，顺着裤缝撕裂了，既壮观又出人意料：艾莉森的腿连皮带肉露了出来。她那条青绿色的内裤似乎正在撕裂的裤子下面尖叫。

“我的体重肯定增加了。”她说，扭动着身子，试图想办法加以弥补。她没带多余的长裤，而我多余的裤子对她来说又太大了。

“至少我们在这里不大可能碰到一大群人。”她说。可是她话音刚落，两个徒步者就出现了。

“别站起来。”我低声说道。

那两个小伙子气喘吁吁，挥手致意，都没停下来说声“你们好！”。我们得知，除非不得已，否则停下来聊天不符合法国人的习惯。这显得很没有男子气概。维钦托利从不沉湎于跟陌生人瞎聊。

他们刚一消失，我们便对着那些美味的猪舌头大快朵颐，它们至少比牛舌头更细嫩，而且味道好得多。我忍不住盯着艾莉森那条青绿色的内裤。

“从凯马特买的，”她说，“在圣罗莎，就在那家医院附近。还记得吗？”

我怎么会忘记？她是在造访加州时购买的，选择了最鲜艳的色彩和最时髦的设计，主要是因为她的侄女告诉她别再穿“老奶奶式的内衣裤”了。

“现在杰西卡会说些什么呢？”艾莉森笑道。

我想起凯马特那家商店和收银台上那位一丝不苟的女人，

她看了一眼那条内裤，问我们是否愿意自己扫描我们购买的东西。“我们正在指导顾客学会自助付款，”那个女人说，“这个过程非常简单。”

我们按照她的指导操作，三个人心里都明白她这个工作会让她和她的工友失业，而且视频监控器捕捉到了她的微笑和她拘谨的手势。

坐在大石头上，手里握着我们的猪舌头三明治，我现在想起凯马特那位女收银员战战兢兢的殷勤和她那些法国同行大胆的直率——这些骄傲而易怒的工作人员受到工会的保护，后者会为了诸如减少强制性的退休津贴、削减医疗保健之类的事情，以及那些具有破坏性的带薪休假和其他毫无必要的东西——我们美国人已经明智地取消了那些东西——而奋斗。尽管有全球化，但法国和美国却相去甚远。可是，欧洲这些与“福利国家”紧密结合的大倒退还能支撑多久呢？没有任何类似于全球经济危机和衰退之类的事情，将他们从自己的不幸中解救出来。

过犹不及

在莫尔旺的鲁西永（Roussillon-en-Morvan）附近，出现了另一条罗马大道——这次是从欧坦至奥尔良那条。我们本来没计划经这条路徒步前往我们在克罗莫兰的民宿。在这个村子旁，跟那条笔直道路交叉的是另一条长途步道“莫尔旺大步道”，也就是我们在屈尔碰到的那个乌龟似的女人走的路线。

不知怎么回事，尽管我们阅读地图的技巧出类拔萃，却拐了两次而非一次弯，结果便来到鲁西永主广场上一个开满阳伞花儿的露台上。艾莉森飞快地坐下，以免被人看见她撕破的裤子。在我们周围，一座座破旧的房子和经过多次重建的庄园互相支撑着。

当我们啜饮自己的意大利浓咖啡时，突然在不经意间有了个新发现。在大约一千两百年前，莫尔旺的鲁西永正是吉哈尔·德·鲁西永的家，我们现在已经熟悉这位虔诚的韦兹莱奠基者和基督教骑士了，《罗兰之歌》的作者把他写进这部传奇，让他在比利牛斯山跟勇敢的罗兰及其他法国贵族一起死去。其实罗兰与他根本不是一个时代的人，查理曼就更别提了——到那时，查理曼如果活着，已经有两百岁，白胡子都老长老长了。但跟罗兰不同，查理曼并没有在朗塞瓦尔死去，而且关于他的生平也有大量的档案文献。法国历史就算平铺直叙也够让人混淆的了。而当它那些编年史作者出于政治目的而胡编乱造时，它就完全变得一团混乱，让人无所适从。

这一次，为我们服务的客栈老板非常友好，用劲道十足的咖啡为我们续杯时，他很高兴地证实了这些罕为人知的信息存在错误的事实。“吉哈尔·德·鲁西永那时还没出生呢，”他指出，“你决不能在传说中寻找线性逻辑。”

又一个受过高等教育的外省人！客栈老板也证实了我们关于他的猜测：他是一位新农夫，一名重整旗鼓的巴黎人，比普通乡下人更熟悉《罗兰之歌》。他和他的合伙人最近才搬到这个村子，希望利用莫尔旺美丽的自然风光，过一种半退休的生活。

“我们想离开那座大城市，”他继续说道，“我们以为自己会有充足的时间去徒步，但我们忙得焦头烂额。”他一边气喘吁吁地说出这一通话，一边擦擦额头。餐厅里传来呼唤他的声音。他匆匆忙忙地离开了，我们再也没见到他。

另一位顾客也在伞下躲避这出人意料的炎炎烈日，她承认自己也是新近脱离都市文明并重获新生的难民。她也比自己预想的更繁忙，不得不每天驾车长途奔波。“在乡村地区，每样东西都铺展开来，”她说，就仿佛那是一个新发现，“当你决定离开城市时，有很多事情都没有考虑到。”我们脑子里回响着这些明智的话，血液里流淌着咖啡，终于弄清自己遭遇了什么问题。由于缺乏咖啡因，我们一直在错误的GR路线——也就是“乌龟”走的那条路——上漫游。现在我们虽然并未完全迷路，但在地图上找不着北了。

“是那条路。”艾莉森一手指着南边，一手将裤缝捏在一起说。

“对，”我略带怀疑地表示赞成，“我的意思是左边。”我打开自己的数码录音笔，为我们回放了一阵“堂驴诃德”的叫声，然后趔趔趄趄地向前走去，同时发出在身体疲惫时才会发出的驴叫似的笑声。

背　痛

在通往欧坦的那条现代主路上，我们在酒店兼餐厅康什客栈（Auberge de la Canche）门前停下，这是我们今天第三次问路了。艾莉森待在外面，以免被人看见她撕裂的裤子和青绿色的内裤。我说："我觉得我们迷路了。"那名服务员反驳道："你们没有迷路，你们在这里，已经被找到！"

在餐厅的那间老式餐室里，我们周围的餐桌上传来憋在喉咙里的笑声。这是从前那些法国猎人聚在一起大吃大喝的地方：从双耳陶瓶里倒出葡萄酒痛饮，大嚼蘸有维钦托利调味酱的野猪肉。"下一次你们会特意到这里来，而不是因为走错路才进来。"那名服务员说。又是一阵笑声，仿佛是从一只罐头盒里发出来的。

为什么我感觉他以前对别人说过这些话？

经过更多善意的逗笑后，我再次要求这个年轻人指点我们回到地图中标明的路线上。"最好换张地图，"他挖苦说，"我们没在这张地图上。"

最后，他和他的父亲、弟弟、妹妹，以及几位就餐者挨个告诉我们要穿过那条公路，并且要确保我们不会被撞倒，因为"那些汽车会用这周围的徒步者做土豆泥肉馅饼"。在公路的另一侧，我们会找到另一条小径，比我们原计划要走的那条路况更好，风景更美。“所以我说你们没有迷路，”他说，“你们很走运，仍然在正确的道路上。它顺着康什河峡谷（Canche River Gorge）延伸，那是法国最美的河流！”

虽然疑虑重重，但我们还是横穿了那条公路，在路肩上走了大约一百码。为了掩盖自己的内裤，艾莉森只好横着走。公路上的车不是很多，但他们都像喜欢玩斗鸡的高卢战车一样呼啸而过。那名服务员及其家人和几个就餐者站在门口望着，要么是想确保我们安全地找到小路的起点，要么是希望看见我们变成土豆泥肉馅饼。

这是一个充满偶然发现的日子。这条小路蜿蜒伸入峡谷，越过康什河白沫飞溅的激流，顺着小河的东岸延伸。这里的风景就像屈尔河那么美，但更富于戏剧性，有点约塞米蒂迷你版的感觉。虽然里面有座小型电站，还有一根像毛毛虫一样爬过山坡的巨大钢管，却丝毫没有减损这个地方的美，可能是因为它让我想起自己热爱的内华达山脉里淘金热时代遗留的废弃矿山吧。我们在那家餐厅里遇到的朋友们似乎说的是真话。

越过那根巨大的管子之后，小径就跟这条河流平行了，来来回回地穿来穿去。覆盖着条状苔藓的峭壁由小瀑布切割而成，长着地衣的巨石和长须髯髯的树木高高耸立，水流淙淙如催眠曲，河水流过石头、树木和沙滩，带领我们进入峡谷更深处。麻烦的是，小径在那里向前延伸一英里半之后消失了。当我们费力地试图爬上山时，那些罕有徒步靴走过的山坡在我们脚底塌陷，我摔了个跟头，膝盖扭伤，背部也“咔嗒”地响了一声。

“没事，”我撒了个谎，从地上爬起来，“我可以到那家民宿去弄个人工膝关节。”虽然脚在靴子里又闷又热，起了水泡，又被石子磨伤，膝盖也疼痛难忍，我却决心把这一切痛苦及其他阻止我获得启迪的障碍抛在脑后，只字不提。然而，当我拖着身体继续前进，一边默默地告诫自己“我觉得我能行，我觉得我能行”时，我也知道我自己的d小调殉难曲从此开始了。

小牛牛，继续跛着走

我们连滚带爬地登上峡谷顶上那条弯曲如花体字的柏油路，朝我们希望的正确方向走去。我们俩都没带指南针。如果我们走运，能碰上什么人，还可以问问克鲁瓦塞特（La Croisette）、弗兰山（Le Haut Folin）或贝弗雷山的方向，根据这三个参考点形成的三角，找到我们的民宿。我们是不可能遇到什么人了，这对艾莉森倒是挺合适的，因为她的裤子又撕裂了六英寸，露出了她修长匀称的大腿。

“我们到现在徒步多久了？”我咬紧牙关，委婉地问道，“大约六天了吧？你有没有注意到什么？”

“我注意到无数的事情，”艾莉森说，“比如说，你现在跛着脚，还眉头紧蹙。”

“不是那个。我的意思是，我今天突然想起两件特别的事情。首先，我们连一个别的朝圣者都没见到，一个都没有。我还以为能像显摆一枚荣誉徽章那样挥舞我的扇贝壳呢。其次，当我们进入村子时，人们不再看到我们就跑。他们似乎更友好了，或者，更准确地说，不那么不友好了。”

“你不再朝他们伸出你的水壶，或者跟他们讨要吃的了，”艾莉森说，“不过我赞成你的说法。我想我们已经进入索恩-卢瓦尔省。”

她指的是勃艮第最南边的那个省，它从阿诺斯特向南延伸至马孔（Macon），恰好是这个国家面积最大且人口密度最小的地区。有趣的是，索恩-卢瓦尔省跟中世纪说的沙罗莱地区重合，也就是那种随处可见的巨大白奶牛的故乡。沙罗莱也跟高卢古老的埃杜伊部落的领地差不多完全重合。根据恺撒的说法，比布拉克特的城堡，也就是那座位于贝弗雷山上的“失陷之城”，是埃杜伊最重要的防御要塞。按照箭头的指示，它很可能位于我们现在所在地点以南15英里处。但对于我们这样在蜿蜒的世俗GR步道上徒步的现代朝圣者来说，要到达比布拉克特，仍然需要一天半的艰难跋涉。

萍水相逢的旅客

制造假消息是很多政府的专长，包括我们自己的政府。我们想知道谁——是法国人还是纳粹分子——该为那些地名莫名其妙的路牌负责，如“莫里斯游击队”（Maquis Maurice），指的是一个不易被发现的抵抗运动营地；还有“国王森林”（Bois du Roi），似乎有两个，中间相距几英里，被两道山脊和一座山谷隔开。难道这些路牌是莫里斯的玩笑？是莫里斯游击队的莫里斯？难道这是战时遗迹，是为了误导占领者而设的？

我们徒步经过一棵孤零零的巨杉，它在克鲁瓦塞特看起来很不协调，这个空荡荡的山中庇护所位于一个十字路口，村里百叶窗紧闭。根据路牌，顺着一条弯曲的柏油路就可到达小村克罗莫兰及我们的民宿。“柏油路”是关键词。考虑到我们的关节和脊椎骨的状态，以及那些马路杀手构成的危险，我们不想走这条公路。在松软的土路上走了10英里，尤其还像我这样在康什河峡谷扭伤了膝盖和背部，沥青路就显得特别难走。我几乎都难以挪步了。

夕阳西下。我们把赌注押在一条残破的农场大路上。它看起来风景很美，很老，是罗马大道的风格，偶尔还有一堆长满苔藓的石板，很可能是用来铺路的。我们周围陡斜的山坡上是一片片牧场和林地，它们转移了我的注意力，让我的不适感有所缓解。在这个山谷的底部，我们慢吞吞地走进克罗莫兰，立刻感觉到这里浓郁的古代色彩。车辙交错的公路、一座座石头房子和作为背景的林地仿佛直接出自《高卢战记》——倒不是恺撒沉溺于描绘的那种游记。山谷的西边高耸着莫尔旺最高的花岗岩山峰弗兰山。另外几座覆盖着森林的山脉有着“浑圆似乳房的侧影”，它们排列在西南偏南方，构成碗状。早已失陷的比布拉克特就在那些群山里的某个地方，我们一路阅读的这本书就是恺撒在那里口述而成的。我朝着暮色深处眨眨眼。为什么我会想起乳房似的侧影？原因很简单：河狸女神比布拉克蒂似乎就舒展四肢、赤身裸体地躺在山脊上，西边橘黄色的天空映衬着她的腹部和胸部。

如果有什么活人住在克罗莫兰，他们肯定在我们走近村子时四散而去了。早些时候将莫里斯游击队隐藏起来的那些提供错误信息的官员显然也到过这里，顺手撤掉了各种路标。夜色渐浓，我们顺着树叶浓密的山谷走去，看到一对徒步者从对面走来，不禁欣喜若狂。

“有缘相逢，不亦乐乎。”我尽可能大声地对他们说着英语。那两个人的年纪似乎跟我们差不多，也同样热得汗流浃背，穿着破旧的裤子，因为关节磨损而步履蹒跚。我伸出手去，问他们是否知道那家民宿在哪里。

“我们正要向你们提出同样的问题呢。”那个男的说，疲惫、瘦削但英俊的脸上露出讥讽的神情。

我们做过自我介绍，又跟乔治和贝尔纳黛特握握手，然后不约而同地决定派出一位代表，去敲一扇村民的门。艾莉森暗示自己的裤子撕破了，于是贝尔纳黛特便自告奋勇。在惊恐的本地人看来，一个女人构成的威胁要小些。

这个策略奏效了。一名老农从门后出现，一脸迷惑地抬了抬他褪色的帽子，从他的农舍里伸出一根食指指了指方向，然后就砰的一声关上了门。

在正确的方向指引下，我们找到了河畔花园民宿（Gîte des Fleurs-La Rivière），我们过夜的地方。这座房子看起来就像法国版的瑞士小木屋。正如这家民宿的名字所示，它位于一个切花苗圃里面，坐落在靠近河岸的地方。小河水量虽少却很活泼。民宿的花园被打理得井井有条，果然是出自园丁的手下。房子勉强还算干净，那位迎接我们的年轻女士用腼腆的女高音说话。我们将靴子放在前厅，而艾莉森则在别人看见她穿的那条凯马特内裤之前溜到楼上去换裤子。

我们的男女主人奥利维耶和弗洛朗丝是克罗莫兰本地人，彬彬有礼但寡言少语。跟其他居民不同，客栈老板不能在看到陌生人时逃之夭夭。经过一番劝诱，他们承认自己曾经是青梅竹马的恋人——邻家女孩和男孩——现在继续经营家族的生意。要让他们俩说话可不容易。我猜那是因为他们不想刺探别人的事情，也厌倦了向乏味的旅行者讲述自己的人生故事。一抓到机会，奥利维耶就不见了踪影，弗洛朗丝也去给烤肉涂油了，把客人扔在一旁，让他们互相结识。晚餐将在晚上7点30分准时开始。

当我们在花园里四处刺探时，另一位四十多岁的客人加入进来。他叫德尼，职业是音乐家。他确认自己是巴黎人，但并不认为自己肯定是维钦托利或恺撒的后裔。德尼独自一人在莫尔旺漫游，没有特定的路线，也没有地图，他是个喜欢沉思的人。乔治和贝尔纳黛特说自己是农业技师，为自己来自勃艮第北部一个小城而自豪。他们曾经在亚洲和非洲工作，尽管贝尔纳黛特因为一次车祸导致的肢体障碍而身体虚弱，一只胳膊和肩膀完全没有力气，背部也很脆弱，但他们俩却是热切的徒步者。

“你走遍全世界，最后却发现自己的后院就跟尼泊尔或埃塞俄比亚一样美丽。”乔治说着，愉快地叹了口气。

“而且也同样充满魔力。”贝尔纳黛特补充道。我们简要地说起比布拉克特、恺撒和这个地区积淀的深厚历史，说起它吸引了形形色色货真价实的历史学家，也吸引了新时代的德鲁伊派信徒，后者形迹古怪，往往抱有极端右翼的政治立场。那三位徒步者都是阿斯特吕克漫画书的拥趸，很乐意对着我的数码录音笔说出“Vercingétorix”这个词。“但我不会去看任何一部阿斯特吕克电影，”乔治匆忙补充了一句，“那些漫画书充满智慧，不留情面，很有幽默感：它们的作者是一位乌克兰裔波兰人和一个意大利人，绝不是新法西斯分子。而根据这套漫画书改编的电影却是民粹主义的垃圾。”

“要看好的法国电影，你必须动作快点，”德尼讽刺地说，“平均每部片子的档期只有两周。你能够随心所欲地挑选民粹主义的垃圾电影或好莱坞的轰动大片——它们不断循环。”

我们跛着脚去吃晚餐，很快就谈得热火朝天——关于悲观主义、崇古思想以及蛊惑人心的弱智民粹主义、美国、恺撒、伊拉克和阿富汗、咖啡和茶道、伊泊斯干酪[1]，还有巴黎过去那些出售马肉的肉铺门口作为标志的镀金马头雕像。我们一边享受烤猪排、沙拉和自制馅饼，一边天南海北地侃大山。那句罗马谚语放在这里似乎再恰当不过了："围坐餐桌边，永远不会老。"时光仿佛凝固在肉冻中，就像我们那天早些时候吃的猪舌头野餐一样。

在人生之中，当你有一肚子话要说却又没有时间倾诉的时候，与人结交似乎是迫不及待的事情，因为魔咒会打破，而你或许再也不会碰到那个人了。一夜情、夏日的浪漫邂逅以及在一家孤零零的法国民宿里不期而遇的陌生人，都具有类似的炽烈。

从乔治口中，我们了解到勃艮第出类拔萃的伊泊斯干酪的简史，它气味浓烈，外面有一层橘黄色的硬壳。乔治说起它的起源、衰落及最近的复兴。他刚出版了一本有关这个主题的参考书。贝尔纳黛特告诉我们，在埃塞俄比亚，咖啡豆的壳是不会被浪费掉的。当地人用牛奶加盐把它煮沸，就能制作成一种有效的万能药。乔治说，日本有茶道，但埃塞俄比亚家庭的咖啡仪式分为四个阶段，要持续半个小时。

当我们大口吞吃着家常兔肉砂锅，痛饮可口的勃艮第红酒——来自附近夏隆内丘（Côte Chalonnaise）的葡萄园——时，说起埃塞俄比亚和尼泊尔显得有些怪异。于是德尼跟我们介绍了传统的法国声乐，然后剖析了那些让法国作曲家、歌手和歌曲作

---

① 伊伯斯干酪（Époissede Bourgogne），出产于法国勃艮第大区科多尔省的一种著名洗浸奶酪，用当地产的Marc de Bourgogne白兰地在成熟期向洗浸而成。据说是拿破仑的至爱芝士。——译者注

者获得认可的拜占庭技法。他指出，现在的资助更少了。法国政府对艺术的支持在弗朗索瓦·密特朗统治时代达到巅峰。这位前总统或许有着复杂的过去，但他为法国文化做了很多事情。最近欧盟对各种津贴的限制给艺术界带来一系列的打击。当然，还有全球化及因盗版和互联网导致的版税减少。德尼承认，自己的下一个动作可能是离开自己的录音棚，它目前位于一家经过改造的铸造厂内，那里以前是用电镀给马头雕像镀金的地方。

我不由得想起马和轻便马车怎样被汽车取而代之，马肉怎样被汉堡包取而代之。蒙塔尔小屋那个荷兰人以前的职业是为作者和艺术家收集和分发版税，他幸好及时退休了。从前那些确定无疑的事情已经成为过去，就跟维钦托利和恺撒一样死掉了。或许它们从来就不是什么确定无疑的事情。

我等到一个谈话的间歇，问道："你们是否认为我们的徒步是漫无目标的漫游？当你们出来徒步时，心里想的是什么？你们为什么要徒步？"

德尼在座位上动了动，又给自己倒了一杯葡萄酒。他看起来局促不安。"天晚了，"他说，"我明天早餐之前就得离开。"我们握手道别，大家不过是萍水相逢的"朝圣者"罢了。在他离开后，贝尔纳黛特和乔治说他们觉得徒步的时候很快乐，这也让他们跟大自然和宇宙保持和谐，帮助他们保持健康。"我绝不会说这漫无目标，"贝尔纳黛特坦承，"你能够以一百万种不同的方式在自己生活中找到灵性维度。有些人通过冥想或祈祷，我们则通过徒步。只要奏效，什么都行……"

有声步程计

那晚艾莉森把枕头拍得蓬蓬松松的，大声朗读《高卢战记》。我们已经读到书中一个关键地点，奇怪的是，它恰好跟我们现在的地理位置重合。艾莉森提醒我，维钦托利要求参与反抗恺撒的高卢部落将人质送到他那里。在古代世界，扣押人质都是非常普遍的现象。

他命令整支骑兵——共有一万五千人——都立马集中到比布拉克特……艾莉森朗读道，发音清晰。她停顿片刻，指着天窗和紧挨着我们南边的群山，好让我明白我们恰好置身于那个地方——也就是这里。当恺撒看到这支骑兵陷入困境……他就指挥部分步兵向前推进……击退了部分敌军，将他们追杀到一条河边，造成对方严重的伤亡，而维钦托利的步兵就驻扎在那里……

"一条河，"我问道，"你觉得就是这条河？"

艾莉森睁大了眼睛。"有可能。"她小声回答。

我躺在床上，听着恺撒的叙述和我们敞开的天窗外传来的潺潺流水声，忍不住陷入沉思。这本书中描述的很多血腥事件都发生在我们周围的群山和山谷中，没准就在克罗莫兰，就在此地。这所房子说不定就建在一个战场上，或者是高卢的一个圣地，德鲁伊派信徒会通过夺取另一条生命来平息神的愤怒，这是一种受人喜爱的娱乐。"我们最好睡觉，"我说，"把那场杀戮留到明天再说吧，别忘了提醒我给你讲讲我十几岁时做的恺撒胸像。”

艾莉森关掉灯。但我们俩整晚都辗转难眠。当我们清晨醒来时，艾莉森说她梦见了罗马士兵，听到他们在花园里行军。我梦见了维钦托利、密特朗和纳粹的酷刑刑吏，并且在噩梦中栩栩如生地再现了我跟自己以前那位拉丁文老师尼尔森小姐的争执，关于西塞罗该读成“Cicero”还是“Sissero”，关于“wheny”“weedy”“wiki”，她黏糊糊的南方口音破坏了发音，在几十年之后，也仍然让我满怀厌恶。

在起床之前，我奢侈地舒展开身体，听到鸟鸣、牛叫和潺潺的流水声，感觉如释重负。清冷的空气吹进来，有股来自隔壁花圃的新鲜花香。我望着窗外民宿后面的小河。里面并没有血流成河，四周也看不到尼尔森小姐的身影。

在我们下楼吃早餐之前，勇往直前的德尼已经离开，没能享用装在大碗里的牛奶咖啡及弗洛朗丝烤得热腾腾的自制黄油面包和三种果酱——气味浓郁的绿番茄酱、醇厚的香蕉-大黄酱、酸酸的白色醋栗酱。

考虑到我疼痛的后背和膝盖，我们今天不用走太远倒也是好事。我们计划尽可能靠近比布拉克特，然后明天一早徒步前往那里。根据乔治和贝尔纳黛特的推荐，我们改变了路线，顺着“莫尔旺大步道”——也就是“乌龟”走的路线——徒步，计划在格朗地区格吕村（Glux-en-Glenne）停留。乔治说他们头天在那里的一家由荷兰人开的咖啡馆吃的午餐。如果我们走这条路，就不需要叫弗洛朗丝给我们准备野餐食品了，这意味着为我们减掉几磅的负重，没准还能避免再吃一个法棍面包夹火腿三明治。到这时，我的体重已经减轻不少。裤子变得宽松起来，老是往下滑。我们理应享受一顿美味丰盛的午餐。

我们的新路线蜿蜒穿过这个山谷，跨过这条小河，从国王森林边缘绕过去。我们发现那是一片茂密的森林，是由勃艮第公爵们在1477年交给法国国王的。这个年代不够古老，无法勾起我们的兴趣。何必去搜寻仅有五百多年历史的遗物呢？

我的脖子开始像膝盖那么疼，现在我知道原因了。自从离开咸水泉以来，我一直埋头在小道上仔细搜寻新石器时代的小雕像、陶器碎片、箭头、硬币、骨头以及往昔时代的其他象征物。回想起自己无数的内心独白和外在交谈，我想知道，加州洛杉矶、盐湖城和圣罗莎的那些零售商场在两千年后会变成什么样子。会有朝圣者拖着步子走过长着一簇簇植物的柏油路，去寻找阿尔比餐厅和肯德基快餐店的遗迹吗？将来的勘测地图上会不会标明“古老的5号州际公路”部分路段，以及从前被称为“垃圾大院”的汽车墓地？

我弯腰细细查看一块看起来像是新石器时代石质工具的石头，但最后认定它只是一块普通石头，跟新石器什么的毫无关系。

我们在风景优美的地方绕过几座农庄，那里有几条拴着链子的巴斯克维尔猎犬[1]又蹿又跳地狂吠。世界各地的乡村贫民

---

[1]《巴斯克维尔的猎犬》（*Hound of the Baskervilles*）是柯南·道尔的《福尔摩斯探案集》中的一篇。——译者注

窟都是一个模样。被链子拴住的狗、在地里生锈的农用车辆、破烂的儿童玩偶、烧掉一半的柴火堆、大声哭喊的婴儿和疲惫的母亲，以及纱门后面阴沉着脸且没刮胡须的父亲，都是其中必不可少的组成部分。我很高兴狩猎季节已经结束，而且法国没有全国步枪射击运动协会（NRA）。

小径平稳地爬升，在进入格朗地区格吕时绕过一个盆地。这个地名到底该怎么发音呢？巴黎人和本地人是否为那个不发音的“x”争论不休？有没有人不惮麻烦地把那组双辅音读出声来？但周围无人可问。这里的位置和风景都很棒，就像恺撒的坟墓一样安静。其实我们很清楚恺撒是在罗马遭到谋杀并埋葬在那里的，维钦托利也是同样。在比布拉克特和阿雷西亚陷落六年后，恺撒拖着身被枷锁的维钦托利来到“永恒之城”，让他在欢呼的人群面前游街示众。后来，恺撒将这位英勇的高卢人在可怕的马梅尔丁监狱（Mamertine Prison）勒死，一个世纪之后，圣彼得也曾被囚禁在同一座监狱里，至少书上是这么说的。以暴制暴——这条简练的格言至今也仍然正确。

恺撒和维钦托利或许没在这里倒下死去，但我们从阅读中知道，有无数不太重要的罗马人和凯尔特人曾用自己的尸骨，替格朗地区格吕的绿色田野施肥。比布拉克特至阿雷西亚的步道穿过格吕，那条罗马古道兼朝圣路线也是如此。因为靠近比布拉克特，这个村子得到了一大笔拨款，用以修建欧洲考古中心。这个超现代的考古研究中心位于密特朗总统任期内建成的一座漂亮的极简主义建筑中，里面有成群的欧盟考古学家，在分析每年从比布拉克特出土的数千件文物。

我们并没有真正指望在这里找到任何午餐。这里仍然属于莫尔旺。因此，当我们发现那家供应午餐的Petite Auberge（小客栈）——由这个地区两万名荷兰人中的一位经营——没有开门时，也并不感到惊讶。“可是乔治和贝尔纳黛特……”我开始说道。

“别忘记‘乌龟’的话。”艾莉森回答。

“走了这么远，我饿死了，”我说，试着克服我的失望情绪，“我想知道，当我们像罗马步兵一样冲上那座小山时，我们烧掉了多少热量。”我伸手去摸我的有声步程计兼热量计。它今天上午变得无声无息起来。我最后一次听到它的声音是在几英里之前的那个乡村贫民窟里。我徒劳地全身上下搜索了一遍。“这个步程计将成为未来那些考古学家的发现。”我宣布。

“真倒霉，”艾莉森忸忸怩怩地说，她其实喜不自禁，“要不你戴上我这个吧？它不会说话，但实际上可能比你那个更准确。”

我摇摇头。自从第一次听到那个有声步程计发声以来，艾莉森就很讨厌它。少了一样需要挂在心头的玩意儿了，我安慰自己。我们需要知道自己走了多少路程、时间或者积累或烧掉了多少热量吗？我想不停地徒步，不想不停地说话，也不想听一个机器谈论徒步。既然没有电子邮件和笔记本电脑我也能活下来，那么没有这个步程计我也能够凑合。“还有一件事，”我产生了一个小小的顿悟，于是说道，“我注意到，虽然自己在日光下度过了更多时间，眼睛却不像以前那么疼了。”

艾莉森露出微笑，这回是真诚的。“你也有两天没有抱怨自已因缺乏咖啡因而头痛了。”

我很高兴她用了“抱怨”这个词。它正确地展示了我完美无瑕的性格。她不知道的是，我扭伤的膝盖已经肿得像个金香苹果，而我的脊椎骨就像我们经过的众多带电的牛场围栏那样“噼啪”作响。我从来没有抱怨。这种疼痛的好处是，一种不适会赶走另一种。眼睛不疼了，膝盖和后背又疼起来。隐忍的斯多葛主义是继续前进的最好方法。

尽管迄今为止我们只进过寥寥几所教堂，也只点过一支蜡烛，这次朝圣却似乎以意想不到的方式让我们获益。首先，我感觉自己的反教权主义倾向明显减弱，发现了在阴暗寂静的教堂中休息是多么愉悦，而阅读恺撒的著作则让我想起罗马帝国为何慢慢衰亡，并逐渐被基督教统治系统取代——后者的残酷性至少偶尔会弱于前者。现在，我正走在获得启迪与自知之明的道路上，我想知道自己以后是否会变得克制一些。

踮脚穿过郁金香

由于改变了路线，结果我们发现自己位于小村安韦尔（Anverse）的民宿比预想的更近，距格朗地区格吕仅一英里半。当我们走近村子时，一只猎狼犬站在单车道的公路中间，而它的西边是我们能够找到午餐的唯一机会。“乖狗狗。”我讨好它说。它那双恶狠狠的大眼睛一直跟随着我们。这时一只脾气暴躁的杂种狗龇牙咧嘴地冲了出来，虽然个头较小，看起来却比猎狼犬更危险。这是令人熟悉的乡村欢迎仪式。我举起自己的数码录音笔想到，这可能是它咬碎我的手之前录下的最后一段录音了。当我们被它咬断胳膊、腿时，巡警会听到我们的哭叫。

艾莉森温和地对两只狗儿说话。这一刻，她似乎拥有了圣方济各（Saint Francis）那种与动物交流的能力。这两只野兽退了回去，安静下来，望着我们走过。“它们能够感觉到人的恐惧。”她说，听起来玄妙费解。对于我这种在旧金山黑什伯里地区那些邪恶的杂种狗们中间长大的混血儿，这种说法并不陌生。我一声不吭地向前走去。

向西经过几座房屋之后，我们停下来，望着一个脾气乖戾的农夫驾驶一辆老爷拖拉机。他们以相同的节奏气喘吁吁，在位于斜坡上的一个厨房花园里翻土。当拖拉机转到靠近路边的位置时，我招招手。农夫关掉引擎，坐在那里，粗鲁地瞪着我们，一语不发。“我们在寻找那家民宿。”我解释道，说出这个显而易见的事实。他朝着一块路牌猛地伸出拇指。那块牌子很大，除非你是瞎子，否则不会看不到它。我只是半个瞎子，但我又累又饿，注意力不够集中。“非常抱歉，”我忍不住语带讥讽地说，“肯定老是有人在这里跟你说话。至少一个月有一次，哈？顺便问一句，那台拖拉机有多老了？”

“1953年生产的，”他脱口而出，身体前倾，“美国货。”他停下来咧嘴一笑。“没有电子仪表，一直都能使。”然后重新启动引擎，举起手敬了个礼。一股柴油尾气从他头顶上升起。

从公路上看着贝弗雷山映衬着我们入住的民宿——它有个亲切名字，叫“约讷河之源”（Aux Sources de l’Yonne）——这一幕景色真是美不胜收，尽管不出所料地遭到那个农夫的怠慢，我仍然高高兴兴。这家民宿位于一座修复过的农庄里，感觉就像是人们从荷兰平坦的郁金香地里切下一块，然后穿着橡胶靴子将它硬装到凯尔特人层峦叠嶂的土地上。它的旁边有个迷你露营地。据说很多荷兰人都热爱拖车、野营挂车和帐篷，在法国，他们习惯于随车拖上自己度假或者在国外度过整整一辈子所需的每样东西，并因此而闻名，其中包括食物、家具和管道。愤世嫉俗的人和心怀不满的法国商人把这归因于他们的节俭倾向，但我确信这是返祖现象，可追溯到那些法兰克-日耳曼-斯堪的纳维亚游牧部落坐着篷车卷土而来，在我们现在称为“低地国家”的沼泽地定居的时代。我把自己获得的顿悟告诉了艾莉森。

“我的老天，”她说道，“你能别再说自己喜爱的那些歪理吗？荷兰人很吝啬，仅此而已，这让法国人疯狂，因为法国人也很小气，当他们发现荷兰人比他们还小气，就觉得讨厌。”

一如往常，她总是对的。但我在十分钟内就受到两次怠慢，这未免有些过分。我生着闷气，和她一起走近那座农庄。

五颜六色的绣球花和郁金香将带有露台的后院、地面游泳池及多节的松树垫木装扮得美丽怡人。我们在这里找到主人夫妇若西和奥克·拉吉威格（Josje and Hauke Lageweg）。一群金发碧眼的孩子、金发碧眼的父母和金发碧眼的姻亲将他们俩包围起来，所有人的名字我都是听过即忘，而且无论怎样都无法正确地发音。我们比民宿正常的入住时间早了几个小时到达。艾莉森和我交替用法语和英语专门表达了歉意，这对荷兰夫妇能够流利地说这两种语言。我询问能否分享他们的面包，因为在步行能够到达的范围，虽然不是完全没有就餐地点，但的确是非常少，而我们自己又没带食物。

“你们的意思是想吃点午餐？”若西问道。她说话直来直去，粗率而平静，但我能够理解。天气热得不同寻常。她有自己的姻亲们要照顾，而她的孩子们也回家来过复活节了。谁能想到两个朝圣者会在午餐时间冒出来呢？这家人慷慨地邀请我们分享他们俭朴的饮食，一盘小汉堡包和奶酪三明治，再加几杯牛奶，就让我们恍如置身于荷兰。后来我们才发现，若西是个职业导游，经常在比布拉克特工作，那里有该地区的主要景点。她也证实了我们早先听说的莫尔旺人烟稀少的魅力，这是理解荷兰人在最近这些年“入侵”该地区的一个要素。而另一个要素则是——或者说过去是——价格：长期以来，跟北欧相比，勃艮第的房地产一直都很便宜。自然，成千上万荷兰人、瑞士人、比利时人、丹麦人和英国人的到来抬高了房价。不过，拉吉威格家族是在20世纪90年代买下这座破败的农庄的，对他们这样的人来说，这张门票的价格低得离谱。

这个家庭明智地选择了这个风景更加优美的地点种植他们的郁金香，不论站在哪个位置，都能看见对面的一座座小山和一条条河谷。“不，我没找到任何值钱的硬币或雕像。”若西不等我发问就自己说道。接着又同样主动地补充说，这家民宿的名字来自约讷河源头的那些泉水，它是塞纳河最大的支流。她还指出，我们正站在大西洋水系与地中海水系的分水岭上。约讷河和塞纳河形成于这座山的北边，最终注入大西洋。而在这座山的南边，在山谷对面毗邻的贝弗雷山上，一条条溪流流入索恩河（Saône），并与罗讷河（Rhône）交汇，朝着地中海滚滚奔腾。这里当然是个圣地。

"那还用说？"我们随声附和。

"那股泉水就在那里，"若西以专业导游的精确给我们指明了方向，"看到那些狗没有？它们不咬人。到那边向左拐，爬到那座山顶上就能找到。"

我们明白她的意思，于是高高兴兴地离开这里，急不可待地冲向又一片湿软的山巅草地——并到那里继续阅读恺撒的著作。于是我们把《高卢战记》装进口袋，又借了几本有关当地历史的书，然后便一身轻松地原路返回，朝那只猎狼犬和那只杂种狗走去。

瞧啊，约讷河就在那里，还有卢比孔河

山顶有一片平地，长满不知名的野花和一种看起来像开着黄花的水田芥似的植物。仿佛有人将约讷河——或许还有所有法国境内以这种方式发源的河流——的瀑布关掉了，让它变成涓涓细流。

这座山比我们想象的更陡、更高。原来它的名字叫普赫内利山（Mont Prenéley），海拔855米，是莫尔旺地区仅次于弗兰山的第二高峰。这使得它比贝弗雷山高出几个山头，后者看似触手可及，但与普赫内利山的直线距离仍然有5英里。

我们找到一处树荫，便在一汪水坑边躺下，它将很快变成汹涌奔腾的约讷河。

“虽然看起来不像，但这里确实是一条主要河流的源头，对吧？”艾莉森肯定地点点头，“这里也是地中海－大西洋分水岭上的一个圣地，不是吗？它位于一个比贝弗雷山更高的山头上。是否可以推断，这里也会有一座失落之城呢？”

“也许他们还没找到它吧，”艾莉森飞快地翻着她拿的那本历史书说道，“所以才叫失落之城。”

她简直是个活生生的谷歌搜索引擎，几分钟之内就对关键的几页作了分析，跟我分享了她对普赫内利山和约讷河源泉的准确报告。

在考古挖掘期间，这里挖出了三座古代神庙，艾莉森总结道，还发现了很多还愿供奉品——从青铜耳朵到别针、搭扣，什么都有。那些搭扣是著名的回形针状“别针”，用来系扣束腰外衣和托加袍的。在这里及莫尔旺其他类似的泉眼，都有本地女性前来朝圣，舀出处女泉洒在乳房上，祈祷她们能分泌充足的乳汁。古怪的是，这种祈乳仪式一直延续到20世纪。

艾莉森抬起眉毛说：“显然男性会将泉水洒到祭司们身上，确保收获季节天气晴好。”

我很想说洒水增大阴茎，但还是忍住了，而是说了句："那样完全是颠倒了角色。那些异教徒们很可能厌倦了往自己身上泼洒圣水，于是，作为报复，他们每过一段时间就往祭司身上洒水。"

"你还记得阿诺斯特那座教堂吗？"

"我怎么能忘记吉哈尔和贝尔特·德·鲁西永呢，还有我那块无用的骨头？"

"这本书上说阿诺斯特过去有一尊童贞女马利亚的木头雕像。打开教堂大门的时候，你却发现里面有一尊比较小的耶稣雕像。过去孕妇会带着一块尿布到那里朝圣，确保自己以后轻松分娩。"那尊马利亚的雕像已经从阿诺斯特搬走，现在被重新放置在欧坦的地方历史博物馆里了，顺着这条路走四天就可到达。

我们躺在一棵散发出香气的杉树下，从这里看不到三座神庙的踪迹。我想知道它们是否也被拆掉送到地方历史博物馆去了。这本书没有详细说明它们是前高卢时代、高卢时代或罗马时代，还是原始基督教时代的神庙。在原有建筑之上为自己的神灵修建庙宇是普遍的做法。史前时代的生殖女神隐藏在自己的圣地之中，摇身一变，成为身体柔韧的水泽仙女林芙——或者一只大理石扇贝里的维纳斯——被安置在后来变成教堂的异教神庙内。类似地，这些异教"偶像"也被法国人所说的"Bonnes Dames"——即童贞女马利亚、圣母和基督教的圣徒[①]

① 童贞女马利亚（Virgin Mary）指处女马利亚受圣灵感应而怀孕，圣母（Madonnas）指马利亚肉身、灵魂同升天国的化身，与后文基督教的"圣徒"三者都是同指。

取代。在法国大革命期间，童贞女马利亚又摇身一变，成为玛利安（Marianne），即今天的法兰西共和国的化身。如今，我们有电影明星、体育明星和CEO来崇拜，远程福音传道士、伟哥和整形手术也取代了泉水和祭司——而那些死不悔改的物质主义者，也拥有作为消费主义圣殿的购物广场。

“我们要看看恺撒是怎么说的吗？”艾莉森委婉地问道。她把书翻到第六部，开始阅读“高卢人的风俗习惯……”我闭上眼睛，感觉时光仿佛倒转了。

作为一个民族，高卢人极端迷信……尤利乌斯·恺撒写道。他举了个例子，当高卢人患上重病或者面临战争的时候，他们就会雇用德鲁伊人—祭司阶级——来用活人献祭。他们相信，要挽救一个人的生命，最好的方式就是夺去另一条生命来平息神的愤怒。

“你昨晚不是读过这部分了吗？”

“我只是试探试探你是不是醒着。”

“下面有那么多死去的武士，谁睡得着啊？你给我读的那些柳编巨型偶像是怎么回事呀？”

艾莉森找到那个词条，把它读完了。这些用柳条编的巨型“焚偶”的四肢里通常会装满活人，然后放到火上，将他们烧死。

“非常文明。”我评论道。

情况已经有所好转。艾莉森现在以恺撒的风格宣布道。丈夫有权决定妻子的生死……当一个出身高贵的家长去世……如果他死时的情况可疑，他们就会严刑拷问他的遗孀，就跟我们拷问奴隶一样；如果她的罪行得以确立，就会把她交给熊熊烈火，让她受尽折磨而死……艾莉森停顿片刻，发表评论："我可拿不准自己是不是愿意生活在那个时代。"

"拿不准而已？"

"哦，这里还讲到了服侍主人的奴仆是怎样获得报偿的"……受到主人喜爱的奴隶和家臣会跟主人一起被烧掉……"这里还有一些非常现代的东西，"她补充道，"有关出版自由。"地方官员会禁止传播他们认为最好保守秘密的事情，而只公布那些他们认为适于公布的东西……

"世界变化越大，"我叹了口气，"它们听起来就跟现代战争和公关越相像，只是被烧死的人少了些。"我站起来伸伸腰。"我们去探索一下山顶吧。说不定会找到一座神庙呢。"

"你不想听听英勇的食人习俗？还有德鲁伊派及其黑暗之神蒂斯？我们还没有读到日耳曼人的风俗习惯呢，跟他们相比，高卢人简直算得上和平主义者。"

荷式红酒炖牛肉

不管是谁找到了普赫内利山上那些埋藏的神庙，后来的掩藏工作都做得很好。一条公路顺着阶地轮廓线延伸，两侧绿树成荫，还有很多石头。我们在这条路上走了好几英里，穿过一片片迷人的林地。我们毫不怀疑这些阶地是草木丛生的荒地，而非高卢的防御工事。一点儿都不怀疑，差不多吧。途中，除了等着我们回去的巨大猎狼犬和杂种狗，我们没看见任何神秘生物——不论是死的还是活的。这一次，两条狗都懒得叫了。

中午吃了那些迷你三明治之后，我现在吃得下任何东西——只要不是那种把人肉放在柳编偶像里烤成的高卢特色菜。踏进那家民宿，我们闻到从厨房飘来的香味——或许是某种文火慢炖的焖菜。要么是酒焖仔鸡（coq au vin），要么是……“你怎么猜到的？”奥克问道。为了烹制这道红酒炖牛肉（boeuf bourguignon），他已经辛辛苦苦地忙活了半个小时，通常这道菜需要半天时间才能做好，但在荷兰显然不是这样。

这个家庭的内亲、外亲，加上我们俩，挤在一张长长的木头餐桌旁。大家一边讨论郁金香，一边喝着牛奶、吃着炖牛肉。不等我们明白过来，我们已经从黑甜一梦中醒来，在黎明时又回到餐桌边吃早餐了。这一次主厨的是若西。她将新鲜烤就的发酵面包送到这群饥肠辘辘的人面前。它看起来跟我们最近在其他民宿见过的面包块相似得可疑。

“是用机器烤的，”她承认，“你将配料放进去，按一下开关，然后就得。”离这里最近的面包店也非常遥远，她解释说。这已经变成老生常谈。“我觉得如今家家都有面包机了，”她总结说，“它或许会让最后的几家面包店关门大吉。我不喜欢那样，但也无计可施。”

当我们狼吞虎咽地吃面包时，另一位过夜的客人出现了。她没跟我们一起吃晚餐。她说她也会在今天晚些时候去比布拉克特和凯尔特文明博物馆，不过她是驾车而非徒步前往。“我到克莱蒙-费朗（Clermont-Ferrand）附近的一家新博物馆当馆长，”她解释说，“我也到全国各地参观类似主题的博物馆，了解一下什么该做，什么不该做。”

这家未来的博物馆专门展示高卢-罗马陶制品，也就是公元前2世纪到墨洛温王朝时期——公元500年左右——的陶器。“维钦托利是来自那儿吗？”我问道——克莱蒙-费朗这名字听起来耳熟，“也就是生产米其林轮胎的地方。”

“确实如此。”那位馆长说：“人人都以为维钦托利来自比布拉克特，但他其实是阿维尔尼酋长。法国中南部的奥弗涅地区就来自这个部落的名称。那家博物馆就位于日尔戈维亚，离米其林轮胎厂不远。你听说过日尔戈维亚吗？”

当然听说过。维钦托利曾在日尔戈维亚（Gergovia）击败罗马人，这是恺撒在征服高卢过程中遇到的最大挫折。“在高卢人获胜的地方建立一个博物馆多棒啊。”我评论道，米其林指南肯定会竭尽全力地促成这项事业。

这位腼腆的馆长告诉我们，在日尔戈维亚找到了数吨重的奠基石和陶器碎片，她似乎为遥远过去中的另一个篇章得以重见天日而感到兴奋。伴随着阿雷西亚和比布拉克特的坏消息，这个新的胜利遗址将成为高卢古代史三部分中的一个主要部分。

准备告别时，我脑子里又冒出“崇古”这个词来。这家新博物馆是法国沉迷于往昔的另一个表现吗？抑或是一项合情合理的科学工作，目的是把过去当作理解当前及未来的一种工具？“你们没有发现任何双面门神坚纽斯的雕像，是吧？”

那位馆长停下来想了想，然后摇摇头。“为什么你这么问？”

“这是我自己的一个愚蠢理论——关于同时回顾过去与展望未来。”

我一边费力地穿上靴子，一边反思自己为何这些年来逐渐认为法国渗透了一种“坚纽斯文化”，就像那个古老的双面门神一样，这个国家总设法同时向后和向前看。对我们而言，今天是没机会往后看的。今天是另一种类型的“登陆日”——前往比布拉克特朝圣的日子。

春天的脚步近了

肚子里装满新鲜的酵母菌，我们兴高采烈从普赫内利山与贝弗雷山之间那些乳峰状群山出发了。这是个天气和煦且微风徐徐的早晨。当我们在闪耀的山毛榉树下行走时，它们的叶片已经像小狗的耳朵一样展开。泥土散发出朴实的花香味——那是葡萄汁、苔藓、蜂蜜和护根草的香气。

“这是第一个真正的春日。”艾莉森叹息道。

确实如此，虽然没有写在日历上，但空气和泥土中都弥漫着春日的气息。我们能够看见春天舒展开来，能够从脚底下感觉到它，新生命降临，温柔而又强劲，树液升高，万物都从沉睡中苏醒。

在贝弗雷山脚那条公路的一个十字路口上，一对法国徒步者坐在那个必不可少的十字架下面，似乎在跟自己的靴子和脚上的水泡搏斗。艾莉森貌似很高兴看到自己有机会扮演弗洛朗丝·南丁格尔的角色，问他们是否需要创可贴、消毒剂、鞋带或其他任何东西。“我样样东西都带着，而且有充足的备用品。”她提出。那两个人茫然地瞪着她，脸上是高卢人混杂着迷惑、怀疑和轻蔑的典型表情，似乎在说：“哦，老天，一个外国的好心人。”“不，”那个男的咕哝道，“我们不需要任何东西。”他的伙伴只是瞪着，就像一只被吓得目瞪口呆的鹅。

“别客气呀，”我说，“很高兴跟你们说话，祝你们今天开开心心。”

我们的计划——其实是我强加给艾莉森的计划——是从山脚往东走，顺着那条古老的高卢小径前往凯尔特文明博物馆，到那里很快看上一眼，然后登上山巅，那里不仅是比布拉克蒂的圣地，而且出于我个人的一些模糊的原因，也是我的圣地。艾莉森接受了这个计划，不过她对重访这个博物馆表示了怀疑。我们曾经在2004年因公参观其展览，待了几个小时，但离开时并未产生什么深刻印象。

“等着瞧吧，”我辩护道，“现在我们已经读过恺撒的书，并且徒步穿越了高卢，这一次你会好好欣赏的。”

雪兔与熔炉

又长又矮的凯尔特文明博物馆是一座千层饼似的建筑，用石头、金属和玻璃建造而成，隐藏在一片山毛榉小树林中，从外面几乎看不见。我们摆脱了人群，在背包接受了检查之后，找到了博物馆的咖啡馆。它没有开门。为什么要在复活节开门呢？需要为那么多人提供服务，那可得多干很多活儿。

一群老年人在看一台液晶电视上的视频。我们对其中使用的特效感到惊奇。公元前18000年，在贝弗雷山周围的大草原上，狂风吹袭，冰天雪地，雪兔蹦蹦跳跳，猛犸象悠闲漫步。这是确凿无疑的气候变化。接下来的一系列镜头展示了恺撒到来之前欣欣向荣的比布拉克特，还有铁锤敲打金属的愉快声音。这个铁器时代后期的遗址看起来跟现代的韦兹莱惊人地相似，是一个漂亮的特纳[1]文化山城，带防御工事，快乐的工匠和商人在里面熙来攘往——理想的高卢小城堡。影片中接下来出现的是荒废的比布拉克特，人们都迁往奥古斯都·恺撒建立的新城欧坦了。然后从屏幕上闪过来自基督教时代早期的形象、公元7世纪在这座神圣小山顶上修建的圣马丁礼拜堂及八个世纪

① 特纳（La Tène）是瑞士境内的一处考古学遗址，以它命名的特纳文化在铁器时代后期达到鼎盛。——译者注

之后的一座女修道院。树木逐渐围拢，古代比布拉克特的所有痕迹都消失了……直到19世纪，当时，一名由葡萄酒商改行的考古学家雅克-加布里埃尔·布利奥（Jacques-Gabriel Bulliot）确认，比布拉克特的幽灵就躺在贝弗雷山顶上。

“比你记得更清楚，不是吗？”我充满希望地问道。艾莉森有些犹疑。

一幅展示埃杜伊部落领地的地图证实，它跟当代的莫尔旺外加索恩-卢瓦尔省重合，从一个名叫普雷吉尔贝尔（Prégilbert）的村子一直延伸到马孔。艾莉森想起自己以前的一个想法，转向我问道：“你在制订我们的徒步计划时，是不是已经知道我们从头到尾都在穿过‘埃杜伊人之地’？”

“不知道。”我撒谎说。

她说的是“埃杜伊人之地”（Aedui Land）吗？这个词听起来不错，就像一个游乐园的名称。

更多的视频、地图和图表——以及与该地区有关的大约六十个部落的名单——讲述了神秘的凯尔特人到来，并在今天的瑞士、德国、意大利和法国一带迁徙的故事。新移民取代了更古老的居民，也就是被称为“哈尔施塔特文明”的成员，我们在马里尼教堂的时候读过后者的故事。数世纪以来，众多不同的凯尔特部落在欧洲各地修建了一座座依山而建的城堡要塞，它们中的多数在设计上都非常相似。在奴役了本地人之后，这些部落又继续彼此杀戮和奴役，方便时跟罗马或日耳曼部落结盟。这听起来很有文明化的现代的气息。

这部纪录片的两侧有一排排展柜，里面装着复原的人工制品或仿制品。考古学家会对此感到极度兴奋。显然埃杜伊人是些急躁的权贵，他们长着老茧的脚跟下有很多臣服的民族。"Aedui"一词在古凯尔特语里的意思是"火人"，这很好地补充了河狸女神比布拉克蒂的水元素。埃杜伊武士蓄有农奴，怀疑主义者恺撒在注解中将这些农奴跟罗马的奴隶相提并论，因为二者有很多相似之处：都生活在悲惨的处境中，拥有奴隶身份，而且很容易被处理——即遭受折磨与杀戮。

埃杜伊人种植豆类与谷物，猎捕兔子，驯养家猪、绵羊和山羊作为食物，并且将它们加工成羊毛衣服和腌肉，跟生铁、银子、金子、锡和精工制作的金属制品一起出口到罗马。有块写着说明的牌子解释说，直至今日，附近一些村庄的名字，如维拉普尔坎（Villapourcain）和普雷波尔谢（Préporché），都让人回想起埃杜伊人对猪肉制品的喜爱[1]。

"可是在阿斯特吕克漫画书里，"我无法掩饰自己的震惊，指出，"他们总是烤野猪而非家猪，喝啤酒而非葡萄酒。"

"布列塔尼没有葡萄酒，"艾莉森说，"阿斯特吕克来自那里。"

"这无疑是个微不足道的细节。"

当恺撒袭击比布拉克特时，担任部落酋长的是杜诺列克斯，这个人可能有五英尺高，就像他那些武士同胞一样勇敢无

① pourceau和porc在法语中都是猪的意思。——译者注

畏，擅长用一把精心打造的短剑，将别人的脑袋从肩膀上割下来。我们欣赏了博物馆里展出的杜诺列克斯蜡像——他手上还晃晃悠悠地提着一颗被割掉的敌人脑袋——然后很快穿过其他展区，又停下来细细查看一枚古老的别针，跟我们在韦兹莱上圣佩尔考古学博物馆里看到的那一枚相似，我们那位长得活像阿斯特吕克的导游曾对它引以为傲。我忍不住好奇，英语中的“fib”（瞎话，无伤大雅的谎言）是否就来自别针“fibula”一词呢？它的意思是将某种直的东西扭弯，成为另一种形状。

“博物馆就是这样，”我停下来，最后看了一眼一些破碎的陶器，评论道，“我们是否该为恺撒获胜而高兴呢？”

失而复得

我们带着困惑走出博物馆。有关比布拉克特的唯一文字记录由坏人——也就是获胜的罗马人——写就。关于这个传说中的遗址，从它的年代和规模，到其名字的起源及它消亡的原因，有很多地方都很可疑。同样，关于凯尔特人及他们的种族划分，以及认为凯尔特“文明”遍布欧洲的说法，也给怀疑留下很大的空间，还有一些说法与之相反，例如，有人认为他们是一些总在打仗的半游牧部落，来源混杂而神秘。

据说在贝弗雷山顶上找到了数千件物品，但这个博物馆的藏品似乎主要包括一些档案及一些往往在比布拉克特之外的遗址出土的破碎废弃物。我们想知道卢浮宫或圣日耳曼昂莱（Saint Germain-en-Laye）那座古代文物博物馆是否将这里发现的重要物品拿走了。

我们听到一种传闻，说贝弗雷山顶上那些高耸入云的老山毛榉树很快会被砍掉大约一半。据说它们妨碍了考古。研究者声称，这些废墟被植被覆盖时，就不可能对这座失落之城的城市规划形成连贯的印象。从前居住在这里的是些农夫、金属制造工和商人——至少人们是这么认为的。为了修建自己的小城堡，并用木板加固的双层城墙将它围起来，他们砍掉了山顶的森林，因为他们需要大约500英亩[①]的成熟树林用作建材。比布拉克特现在的占地面积差不多就是500英亩，这也就不足为奇了。

经过修订的估算数据把这里在恺撒时代的人口提高到大约两万。现代欧坦——由奥古斯都而非尤利乌斯·恺撒建立——的居民人数为一万七千。换言之，按照古代的标准，比布拉克特算个非常大的城市了，很可能在恺撒到来之前就已经罗马化。这里的主要活动之一是冶金。其土壤仍然表现出受过重金属污染的明显痕迹。为了给自己的锻铁炉和铸造车间提供燃料，高卢人需要木材和水，这里的泉水不只用于祭祀，而且也用于工业。看起来，这个地方在公元1世纪遭到废弃，是因为附近的资源变得稀少，发展工业很不划算。他们的砍伐让自己

① 1英亩约为4047平方米。——编者注

失去工作，而且也污染了自己的环境。

关于别针与法兰克人

我们总是好奇，充满求知欲，于是登记加入一个导览旅游团。等待旅游团露面时，我和艾莉森互相询问对方是否看到听到这个那个。这毕竟是我们第二次造访此地，但我们却几乎跟以前一样困惑。博物馆里居然没有任何地方提到，英勇的维钦托利切断那些拒绝跟他一起反抗罗马的人的四肢，折磨并杀掉他们，这是不是很怪异？还有柳编大师德鲁伊派组织的人肉烧烤仪式？他们也处理火葬问题，并在华氏451度（约为摄氏230度）的高温中焚毁各种文字记录。

有意思，这些展览哪一处提到了英勇无畏的食人习俗？根据我的回忆，作为维钦托利的同伴，阿维尔尼部落酋长克里多耶德斯（Critognatus）曾在阿雷西亚对被围困的人慷慨陈词，建议他们效仿祖先，“吃掉那些因年纪太老或太小而无法参加战斗的人来维持生存”。至少尤利乌斯·恺撒是这么说的。我们或许只是没有在那些展柜和蜡像中看到那句引文吧。

我们在恺撒著作中读到过仪式性的扣留人质，奴隶制，用酷刑折磨妻子的习俗，以及把谋杀当作“正义”，等等，博物馆内肯定有什么地方讨论过这些事情吧？但我们不可能连这个也遗漏掉。

我突然觉得奇怪，因为就连瑞士-凯尔特之赫尔维西和日耳曼侵略者的暴力、残酷和军事技巧也没有被提到。根据恺撒的说法，正是这些暴行促使惊恐的埃杜伊人——他们毕竟是“罗马的朋友”——向恺撒求助。他们确实曾要求恺撒提供帮助，不是吗？或许没有。谁知道呢？反正你从博物馆的展览中猜不出来。恺撒是彻头彻尾的恶棍。

漫步离开时，我们俩都感觉比布拉克特的凯尔特文明博物馆不过是凯尔特微妙宣传的花饰，是用相当艺术性的手法扭曲的一只黄金别针。凯尔特人不仅是罗马之前的一种伟大而古老的文明，他们也以一种连贯的文明化方式，从民族、文化和语言方面，经由法国腹地，将意大利北部跟西班牙、葡萄牙与低地国家联系起来——如今它们都是欧盟的核心成员。

不知怎么回事，在这个博物馆用碎石、锈铁、视频、地图和蜡像构成的豪华展出中，不列颠和爱尔兰的凯尔特人受到冷落，甚至比那位矮个子的本地酋长杜诺列克斯受到的冷落更甚。这两个说英语的国家不值一提——尽管它们过去和现在都保持了凯尔特人的激情，这一点在恺撒的时代就众所周知。为了引用我们那本破破烂烂的《高卢战记》，我从艾莉森的背包里将它掏了出来，飞快地翻到我记不太清的那一页。“据信，德鲁伊信条的存在是在不列颠被发现并随后传播到高卢的，”恺撒写道，“甚至到今天，那些想深入研究它的人往往也会为此前往不列颠。”

显然，如果他们是法国人，并且带有政治议程——比如说，如果想在坚实的法德基础上建立欧盟，从而将与之对立、顽固抵抗、背信弃义的北爱尔兰和大不列颠联合王国边缘化——那他们就不会为此去不列颠。哪怕这些盎格鲁人及其过于庞大的美国后裔曾经像恺撒那样，不止一次地将法兰克-凯尔特后裔的法国从日耳曼游牧部落手中解救出来。

历史被精心装饰的别针扎出了血——为了将过去拔高和神话化，或者为了安慰身陷困境的当下，历史被重塑、扭曲和镀金。就这个案例来说，其中的微妙之处似乎妙不可言，不亚于法国战后那种曲里拐弯的做法——洗刷法国在沦陷期扮演的角色，也为维希扮演的那个据说必不可少，甚至是仁慈的角色辩护。这是在给法德之间肮脏的过去消毒而作的一次精妙练习吗？那上面写满了弗朗索瓦·密特朗的名字。

瓦砾加碎砖，辛苦又麻烦

怎样以高于恺撒或号称“摧毁异教者”的圣马丁的效率破坏贝弗雷山的高卢魔法？很简单：砍掉那些树木，让阳光照进来。露出埋藏的地基，挖掘圣泉。忠实地重建废墟，重新竖起一道道城墙，将比布拉克特变成一座凯尔特主题公园。当然，是以科学的名义。

当我们跟随一名正式导游和她率领的旅游团，顺着陡峭盘曲的道路，登上这个亚特兰蒂斯式的高卢内陆遗迹的主城门时，伴随我们的就是上述不太友好的想法。导游大约五十多岁，头发染成红色，冷漠、乖张，缺乏幽默感，声音干哑，手握烟卷，吞云吐雾，一字不漏地背诵这个遗址的历史，在关键地点短暂停留，复述我们已经读到或者在视频上看到的东西。路边巨大的全天候说明牌上重复了同样的信息，带有绘图和建筑透视图，外加来自《高卢战记》法文版和拉丁文版的精选引文。

我们这个旅游团有好几十人。我们拖着步子往前走着，每个人显然都被迷住了，享受着洒落的阳光及那些奇形怪状的古树树荫下的林间空地。据导游说，这些山毛榉树低处的树枝曾经被编成辫子，组成边缘的树篱。它们有些看起来像曲木椅子，有些像长着树叶的躺椅。尽管以前来过这里，我却感觉自己是用新的目光打量比布拉克特，这双新的眼睛镶嵌在一个新人的眼眶里。首先，从我们上次造访这里至今，我已经减掉五十磅的体重，虽然膝盖和背部有毛病，步行上坡时仍觉一身轻松。当我们经过重建的城墙时，我的脉搏变快了。导游停下来阅读恺撒对这种令人难忘的建筑技艺的描述，它被用来修建所谓的“murus gallicus”，也就是用木头、石头、铁棍和泥土构筑的壁垒。恺撒说无论火攻、挖地道还是用投石器轰击，这种城墙都“坚不可摧”。正是依靠恺撒一步接一步的详细说明，考古学家们才辨认出城墙的遗迹，并重新修建起一座城门，它看起来很像将河狸的堤坝垂直竖立起来。有没有其他人听出导游口气中的讽刺？坚不可摧的城墙居然被摧毁了，甚至双层壁垒最终也毫无用处，就像恺撒时代的一条“马其诺线”？

“女士们、先生们，如果你们越过我的肩膀眺望远方，就会看到欧坦。”导游例行公事地拖长音调说道。她解释说，欧坦到这里的直线距离是30公里左右，那里的海拔更低，与比布拉克特相比更靠近葡萄园和索恩河——它流入罗讷河，并朝着地中海奔腾，“跟罗马直接联系起来”。又是罗马。我眯缝着眼睛。任何视力正常的人都会看到，奥古斯都·恺撒那座带有城墙的伟大城市远远地在下方的地平线上铺展开来，很可能也会理解离开偏僻、多风的比布拉克特而重新定居于欧坦的地形学和地缘政治逻辑。“高卢最老、最大的古罗马式城镇广场在这里，”导游挥挥胳膊说，“最近的考古挖掘证明了这一点。”这个令人吃惊的事实让一些历史学家苦恼，因为这意味着比布拉克特在尤利乌斯·恺撒到来之前就已彻底罗马化，也让这个侵略和征服高卢的人显得不那么坏了。一处早期罗马遗迹的发现强调了各种逐渐积累的证据，说明高卢人在此前的几个世纪里，通过商业和探索，从更先进的地中海文化中借鉴了很多。

导游挥了一下自己的香烟，长驱直入地说起一个用粗凿方石砌成的杏状水池的神秘用途及最新的各种推测，打断了我的思绪。水池位于这个铁器时代定居点的主要街道上，从它完美的几何形状看，显然只有希腊人、伊特拉斯坎人或罗马人才能将其设计和修建起来。“它形如阴门，”导游解释说，“用于生殖仪式。”

哇，那不就是通常特意分派给抹大拉的马利亚的形状吗？

几名游客偷偷笑起来，说出几句惊人的俏皮话。有人问起他们在互联网上读到的信息——据说这里有个德鲁伊派的神学院，这个高等学术机构拥有四万名德鲁伊派学生，据说在公元4世纪被一群群基督教狂热分子破坏了。导游身上散发出怀疑主义和尼古丁的气味，说她不了解这种说法，认为古代世界的任何学校都不可能拥有那么多的学生。“网上有很多未经证实的无稽之谈。”她反驳道，旅游团里大多数人都笑起来，抱怨互联网作为信息来源是多么不靠谱。

艾莉森和我感觉跟这群人格格不入，便溜到树荫下，把导游和那些满是灰尘的考古学挖掘抛在身后。我们听说了很多有关集体酗酒和卖掉高卢奴隶换葡萄酒的故事，听说考古学家已经找到了数千个双耳陶瓶、别针和车栓等等，知道这个占地面积庞大的遗址目前只挖掘出约五分之一。天知道这些植被下面还埋藏着多少吨古代的珍宝和垃圾。而这些植被很快就会消失了。

这些树啊，这些树，我思索着，仰望它们扭曲的枝干和椭圆形的树叶，又停下来触摸一根粗壮树干那伤痕累累的灰色树皮。你们中的大多数将很快消失——为了科学。

我们放下背包，坐在山顶上神圣的山毛榉树林里，竭力控制住自己和对方的情绪。虽然走了那么远，但我和艾莉森脚上都没起泡。我脱下靴子和臭烘烘的短袜，将双脚泡进比布拉克特的一眼泉水中，离圣马丁那座重建的礼拜堂最近的那一眼。这种礼拜堂是来自19世纪的假货，但那有什么要紧？那位“摧毁异教者”曾经将德鲁伊派的圣树编织起来，将这个地点围住，是吧？而现在，考古学家们却计划砍掉这些树。温暖的水藻黏糊糊地从我的脚趾间滑过。蚊子很快飞到我们身上。

我不明白，这个地点为什么弄得我头昏脑涨？是因为永恒？因为喷涌的泉水和嗡嗡飞舞的昆虫？因为温暖的山毛榉树叶和去年秋天落下、盖住根部的山毛榉坚果的香气？或者，因为我知道有善男信女来到这里，崇拜某种神灵或圣物，恳求、哭泣、喜悦、献祭，而对人生有限并非不可避免抱着一线希望？如果这地方跟咸水泉一样古老，那就是延续了三四千年的希望。我闭上眼睛，一种幸福感油然而生，那是一种无以言表的深深的幸福感。

尽收眼底的风景

自大狂总统弗朗索瓦·密特朗或许有一些缺点，但他也拥有良好的品位，他买下了贝弗雷山圆圆的山顶。经过他希望埋葬自己的那片林地时，我们不禁对他的厚颜无耻感到钦佩。在一片位于林间空地的斜坡草地上，立着一块方位牌，上面标出了若干方位基点、距离，还有一幅手绘的全景图。我们上一次就曾站在这里欣赏景色，那时我没意识到自己患有肝炎。当时我产生了强烈的错觉，确信自己看到了比利牛斯山，决心徒步翻越那座山脉。也正是在这里，我发誓要改变自己的生活，还要徒步穿越这个国家。现在，我可以证实当时自己看到的其实是莫尔旺南部边缘的一些坡度和缓的山脉。那里有螺旋状的公路和教堂的尖顶，但没有白雪覆盖的比利牛斯山，也没有那座阴郁的西班牙修道院，也就是查理曼和罗兰跟摩尔人作战的地方。

“我那时精神错乱，”我说，“糟透了。”“但你那个徒步穿越的主意是对的。”艾莉森喃喃而语。

到现在为止，我们一直是顺着GR-13步道越野徒步路线走，它属于通往西班牙的跨欧E-4步道的一部分——E-4是多条正式的圣雅各朝圣大道中的一条。从这里，这条步道将继续朝着西南偏南方向延伸。我们那条特立独行的路线则顺着另一条GR-131步道向东南方延伸。它经过贝弗雷上圣莱热和欧坦，然后向东通往科多尔和夏隆内丘的葡萄园，再向南稍微下降，抵达克吕尼。虽然欧坦和克吕尼早就是从马孔到巴黎那条罗马古道上的朝圣地点，但不知为何，它们却未能被现代圣雅各朝圣大道的主要支线串起来。我们不在乎这个。就像弗兰克·西纳特拉（Frank Sinatra）一样，我们按照我的方式，或者说我们的方式——徒步，因为艾莉森终于对这次徒步冒险表示了赞同。

“只需再走两个月就行了，”我嘲讽地说道，“准备好了吗？”

艾莉森做了个继续前行的手势。我们越过一条小径——据说它标出了想象中比布拉克特的城墙南段，穿过一片杉树林，走下山坡，进入一片片牧场，在一条别针状的弯路上两度折回，向北通往一条狭窄的河谷。在这里，古老的高卢-罗马大道与一条清澈、悦耳的溪流平行。周围的环境如此迷人，让我们仿佛在铁器时代的幻梦中飘浮了大约4英里，到了宁静的贝弗雷上圣莱热边缘才回到现实。一只乳白色的牛犊颤颤巍巍地站在那里望着我们，试图发出“哞哞”的叫声。

我们向两个十二三岁的女孩询问，到哪里才能找到莫尔旺酒店。“你们走错路了。”年长的露西说。她捧着一个本地版香槟，即勃艮第气泡酒（Cremant de Bourgogne）的酒瓶，里面装着牛奶。她说话时靠在木头围栏上，告诉我们这只牛犊名叫亚历山大，建议我们倒回去，顺着那条主路进村。“亚历山大的妈妈在产仔时死了，”另一个女孩朱丽叶说，她将那个瓶子上下颠倒，塞进牛犊嘴里，“它觉得我们是它的妈妈。”

莫尔旺酒店破旧的吧台上也放着一瓶勃艮第气泡酒——这一瓶冰镇过，里面满是气泡。我们的靴子上粘着泥巴，背包歪向一侧，望着老板给两个带有凹槽的玻璃杯倒满这种气泡酒，端着它们穿过这家老式的咖啡厅——它也兼做酒店门厅——送到另外两位就餐者跟前，而他们坐在同样老式的餐厅里。“老式”似乎可用来形容这里的一切。现在恰好是晚上7点15分，大多数法国人喝开胃酒的时间。而我们也该去冲个澡，换一身汗臭味不太浓的衣服了。

莫尔旺酒店虽然材料有限，却修复得漂漂亮亮，是另一个仿佛来自时光隧道——虽然并未直抵比布拉克特时代，却也足够古老——的典型产物。一位19世纪末的度假者若是登上那架木头旋梯，把上过蜡的木地板踩得嘎吱作响，也会觉得无拘无束。我们的房间被一个木头大衣橱和一张桌子填满。里面只有一扇宽阔的窗户，俯瞰村里那个历尽沧桑的三角形主广场。

“发作型嗜睡症。”

“我困得都差点睁不开眼睛了。”

“我说的是这个村子。”

幸运的是，就像我们一路上投宿的很多客栈一样，这里的餐厅最近也宣布禁烟了。和蔼可亲的老板埃里克·马齐埃一头黑发，看起来像个胖乎乎的罗马贵族，神似塞涅卡（Seneca）而非尤利乌斯·恺撒。当他和太太劳蕾特领着我们穿过一棵棵盆栽棕榈，来到我们铺着白色桌布的餐桌前时，他告诉我们，他们一直在努力强制施行这条禁烟法规。我们刚一落座，埃里克就去跟一个脾气暴躁的女人搭话，要求她要么熄灭自己的“高卢人”香烟，要么到外面去吸。那女人被尼古丁呛得一阵咳嗽，说了一连串的风凉话，说严格禁烟让生活变得毫无乐趣。埃里克反唇相讥，说起黑肺病、被动吸烟导致的癌症，以及对就餐同伴的尊重。最终，这个吞云吐雾的蝗虫愤怒地跳到外面去了。与此同时，仍然向吸烟者开放的酒吧区则弥漫着刺激的烟雾，表明了若是要求当地人投票，他们会如何选择。

我们后来发现，一位来自比布拉克特博物馆的高卢-罗马食品专家帮助埃里克和劳蕾特，创造出了一份以恺撒时代美食为特色的菜单，只是没人知道维钦托利喜欢吃什么。这些美食听起来像是若干法国经典菜的祖先。“把那些古老的菜端上来。”我说。尽管这份高卢-罗马菜单上没有做鞋的皮革，但我已经饥不择食到连凉鞋也吃得下。我们给圆滚滚的蜗牛加上调料，它们又名“escargots”（食用蜗牛），是被放到腌渍卷心菜里烹制的。我们认定蜗牛和泡菜在一起也不坏，尤其当你是一只刺猬或饥肠辘辘的百夫长时，或者像我们这样徒步了大约十个小时之后。用牛肉、羔羊肉和猪肉慢慢炖熟的焖菜，尝起来很像我们在另一座罗马城市斯特拉斯堡附近吃过的阿尔萨斯炖肉锅（Baeckeoffe）。新鲜的山羊奶酪撒上切碎的细香葱，简直就跟直接出自拉丁文作家科鲁迈拉[①]的小册子似的，从古罗马时代以来，它至少给过去两千年的餐桌增光添彩。原因很简单：它美味可口。那只核桃蛋糕也是同样——如果菜单没有破，就别修补它。

我忍不住询问脾气温和的埃里克来自哪里。他那张和善的圆脸容光焕发。“来自罗马？”他笑了起来，摇摇下巴。“不是，我来自巴黎郊区。那里的生活简直太疯狂了。”当我问他和劳蕾特是否已融入当地人时，他耸耸肩。“我猜大概需要七年吧。他们不爱说话，又很保守。我们还需要再花两年才能融进去。”

老爷车拉力赛和碳足迹

黎明时的毛毛雨让贝弗雷上圣莱热崩塌的瓦屋顶更显残

---

① 卢修斯·J.M.科鲁迈拉（Lucius Junius Moderatus Columella）是古罗马帝国一位非常主要的作家，生平不详。他的作品主要反映了罗马时代的农耕生活，代表作《论农业》（*Res rustice*）保存完整，流传至今。——译者注

破，也让它充满生气的街道更显弯曲，恍如一个出自童话的古老村庄。高卢、罗马和中世纪的朝圣之路曾穿过它的主广场，现在也仍然如此，不过如今道路都铺上了沥青。在19世纪中后期，第二帝国和“Belle Époque”（美好年代）的度假者曾到这里呼吸新鲜空气，他们都已随风飘逝。故事结束了吗？

我们在当地的杂货铺购买了补给品，又数过战争纪念碑上阵亡士兵的名字，然后默默地站在那座经过多次重建的教堂里，注视着一个漂亮的十字架。它上面雕刻着葡萄藤和生命树的花纹，诉说着古代的信念、无知和贫困。外面传来大功率引擎很不协调的隆隆声，震撼着周围的彩窗。

我们已经看到公告，老爷车越野拉力赛将在前往贝弗雷山的途中经过这个村子。在那条高卢－罗马公路上，古董玛莎拉蒂呼啸而过，在一辆辆法拉利、凯旋、奥斯汀·马丁和摩根汽车中间摁着喇叭，引擎的皮带发出咔嗒声。我想知道它们到目前为止已经碾死多少只鸡。本地的酒徒在主广场里抱着一瓶葡萄酒轮流痛饮，冲着驾驶员大喊大叫。就在我们打算飞奔穿过公路时，我看见一辆1966年版的野马牌敞篷车。它里里外外都是白的，而我以前那辆则是通体黑色。除此之外，这两辆车完全一样。我辨别出轮胎的“嚓嚓”声——早期的野马汽车功率过大，车体重量分布不均。它们没法在路上平稳行驶。刹那间，我感觉皮肤刺痛，仿佛自己又回到了少年时代，被太阳晒得黝黑，没头没脑，而人生就像一条阳关大道——但那不过是一厢情愿的曲解。如果我没记错的话，在我年轻时，旧金山的大雾比阳光更多，我认识的人思维敏捷，往往非常聪明，而金门大桥、海湾大桥以及海岸上大部分风景如画的公路早就出现交通拥堵了。加州梦恰恰就是那样，即使在20世纪60年代和70年代就已如此。如今回想起来，那个时代总是笼罩在怀旧的玫瑰色雾霭中。

“你收集过这样的汽车，是吧？”艾莉森问，“能给我解释一下它们有什么魅力吗？”我知道她并不想让自己显得吹毛求疵。作为晕车一族和一个爱大自然甚于汽车的人，她就是无法理解那些还在玩儿玩具汽车的成年男女。

我摇摇头，没法跟她解释，再也解释不了啦！这种毫无生气的运动让我露出微笑。有人爱跳舞，我心里想，有人喜欢在“泰坦尼克号”的甲板上驾车。诚然，徒步穿越法国也是一桩相当愚蠢、自私的事情，但这么做至少很安静，而且不会造成污染。“有些人就是要歪着长，”我若有所思地说，“就像贝弗雷山背后的那些树一样。”

在一个苹果花盛开的小树林里，一些穿着厚底鞋和喇叭裤的幽灵跟我一起走过一群正在大嚼蒲公英的奶牛，我耳朵里响着20世纪70年代的歌曲。或许那就是我们迷失方向、顺着一条土路朝着正南方前进的原因。路标上说它是“Voie Celte”——凯尔特大道，而非罗马古道。从路牌看，它通往一个名叫阿鲁（Arroux）的小镇。

“阿鲁？那不是恺撒的军队与赫尔维西人作战的地方吗？”艾莉森问道。她停下脚步，取出《高卢战记》。“六个罗马军团，”

她读着一条脚注宣布，很高兴自己还记得那个地名，“那差不多有三万人，与三十七万赫尔维西人战斗——包括供给车队和士兵的家人。在阿鲁河河谷里，那场大屠杀就发生在这附近。”

你不得不惊叹。有些人喜欢汽车拉力赛，有些人喜欢看火车，或者探索古道，一路上还把那些不靠谱的路牌钉好。这条路显然通往那个战场，也就是当代城镇阿鲁河畔土伦（Toulon-sur-Arroux）所在的地方。这说明本地人要么对待历史非常严肃，要么沉迷于凯尔特人和罗马人。“受够了崇古思想，”我说，“已经过了吃野餐的时间啦。”

老栗树、指错路和罐头牛肉

艾莉森拂掉裤子上的杉树皮屑，指着东南方：“依我说该往那边走。”我们用艾莉森的毯形披风马马虎虎地盖住一棵刚锯下的原木，坐在上面，用我的风衣挡着小雨，狼吞虎咽地吃掉了自己的三明治。那条看似辉煌的凯尔特大道不知怎么变成一条落满残枝败叶的伐木公路，泥泞的车辙在春雨中闪着微光。林间空地上的一堆特别高的树干显得不太潮湿，也许是因为边材防水。

“好吧，”我仍然半信半疑地说，但已经不再饥饿，“就往那边走。”

伐木破坏了路标，又增加了一些额外的冤枉路。我从勘测地图上看出事情会变得更错综复杂。我们打算前往一个偏僻的农庄民宿——沙萨尼农庄（Ferme de la Chassagne），可是一旦偏离了GR-131步道——而我们恰好是这么做的——就没有路直接通向那里了。过了一个小时，我们又走了几英里，突然被一群在木头里建筑了蜂巢的蜜蜂蜇得回过神来。"这条路肯定通往某个地方，"我一边奔跑着拍打驱赶那些好战的蜜蜂，一边惊慌失措、傻头傻脑地说，"我的意思是，养蜂人肯定是从什么地方来到这里的，对吧？"

"把当初马里尼教堂那位菲利普的话意译出来，"艾莉森开玩笑说，"一切都从来处来，不可能无中生有。"

我正要问她怎么知道菲利普说的话——因为她当时待在厨房里——但我们俩都突然停下脚步，而蜜蜂仍然对我们紧追不舍。就算是脱线先生也能看见高耸于我们面前的巨大树干和粗壮的树枝。"圣马丁的树。"我半开玩笑半认真地说。这棵老栗树还没有长出叶子，它甚至比我们在巴佐什城堡附近看到的那些高耸于细长杉树之上的栗树还大，根部缠绕着倾颓的石墙。恺撒的战车很可能在经过时曾将它擦伤。我想到加州的红杉，便伸开双臂，徒劳地试图将这棵老树合抱起来。意大利和希腊有橄榄树，但法国却拥有人类——或者蜜蜂——已知最令人吃惊的巨大栗树。我拍掉一只试图隔着雨衣蜇我的蜜蜂。不知为什么，我突然觉得自己跟这些庞然大物之间有着某种深切的亲密关系，于是将自己的头靠在它潮湿、粗糙的树皮上。这棵栗树曾经见证多少事情，我大声说出自己的疑惑，感觉自己堕入一口永恒之井中。如果它能够说话，它会说些什么？

“你都变成跟树拥抱的人了，”艾莉森笑着说，“就像我们在红杉树林里见过的那些‘地球优先！’（Earth-Firsters!）分子。接下来你就要生活在一座建在树枝间的平台上，并且崇拜潘神了。”

“没准儿会更糟。”我说。提到我母亲，又回忆起我们跟一群真诚的“地球优先！”分子度过的时光，令我感到有些刺痛。当时这些人正在加州的洪堡县水源保护区为挽救那些古老的红杉而战斗，而我虽然崇拜他们的勇气，却认为他们是极端主义的狂热分子。现在，我开始理解他们那种孤注一掷的信念了，不过我仍然没有宽恕给树钉上钉子或其他形式的致命破坏活动。正如钢琴丝无法阻止那些越野摩托骑手，钢钉也无法阻止佐治亚太平洋公司或惠好公司砍树。这场战斗必须在别处展开——在法院里，在大街上，在学校里，在那些到大商店排队购物的消费者的心里和头脑里。

我们迷了路，但并非毫无希望，在这棵栗树下逗留了一会儿，然后顺着一条长着青苔的盘曲小道向西走去，经过一个隐藏的磨坊贮水池，来到一簇石头房子跟前，其中一座最近经过了花费不菲的翻修。如果我在地图上没有看错，这个村子应该叫波德德（Boudédé）。狗儿就像往常那样狂吠起来。一根烟囱里冒出炊烟。我们大叫了几声。

“是的，你们是在波德德，”一个身材矮小但长相英俊的男人迈步走进院子时说道，他伸出胡子拉碴的脸，满怀疑虑地瞥了我们一眼，“你们是怎么来到这里的？从那条主路？”

除了提到那些蜂巢和那棵巨大的栗树，我们也说不清自己从哪里来。

“还有一棵更大的树呢。”他说，用一个丢东西似的手势指指西边。他的一举一动都很像詹姆斯·迪恩（James Dean）在《无因的反抗》（*Rebel Without a Cause*）里的样子。“它们是非常明显的路标。”这个活像迪恩的家伙补充道，被我们的注视搞得更加狐疑。我明白过来，他是把我们当作好战的环保主义者了。“没人会把它们砍掉的。”他又加了一句。这些树至少有五百岁了，他声称，但这算不得什么。五百年？波德德和比布拉克特都老得无法形容，他说，顿时变得像韦兹莱上圣佩尔那个“阿斯特吕克”那么骄傲。

我问他是不是那些古代高卢人的后裔，还请他把“Vercingétorix”一词拼读一遍。“我在收集词语。”我一边装傻，一边解释道。

这个人似乎有点儿怀疑，但最终还是答应对我的录音笔说句话。“我是杜诺列克斯的后裔，”他想让我们知道，同时像枪手那样把腿向外一撇，“维钦托利是阿维尔尼人，不是埃杜伊人，他根本不是来自这个地区。”

长得像迪恩的杜诺列克斯后裔费劲地看着我们的地图，很快就放弃了在上面给我们定位的企图，波德德似乎覆盖了整个山谷和周围的山丘。他朝着茂密潮湿的森林挥挥手，叫我们回到那棵老栗树所在的地方，直接穿过那些蜂巢，朝着东南偏南方向走。“你们可能必须翻过几道栅栏，但最终会到达那座农庄的，”他哈哈大笑，“当心那些公牛。注意下面。”

“注意下面？”当我们向东走去时，艾莉森问道，“他这是什么意思？”

有些历史学家声称，高卢人发明了将活着的山毛榉树枝变成坚不可摧的树篱——有时也叫“活栅栏”——的手艺。不管最先栽种勃艮第树篱的是谁，这些障碍都令人心生畏惧。我们顺着那位长得像迪恩的杜诺列克斯后裔指的方向，越过小山、溪谷和栅栏，来到一个被牧场包围的德鲁伊遗址，其中点缀着一些巨石。“现在怎么办？”我从树篱上瞪着那些深及膝盖的污泥问道。在那片布满蒲公英的牧场上，一群巨大的白色牛科动物看到了我们。“你看到下面有什么？”

艾莉森顿时脸色苍白。那头牛的下面不是晃晃悠悠的乳房。那是一头公牛！

我们原路返回，按照顺时针的方向沿着一条土路环绕村子一周。一小时后，我们踏进一个农家院，它比我见过的所有其他庭院都更泥泞、更肮脏。“救命！”我大叫着，希望这个贫民窟不是我们的民宿。“Au secours！（法语：救命！）这是什么地方？”

“你们是美国人？”不久后，一个头发斑白的老人蹒跚地钻出来，走向我们，这样问道，“我有五十年没见到美国人了！OK，OK！”他把这个词读成了“oh-keye”。

在我们能够说出话来之前，这个人先让他那条狂吠的狗安静下来，然后拖着脚绕过一辆生锈的雪铁龙，跟我们握握手，并抓住艾莉森的右上臂不放。他没有留意我们的询问及我们显然疲惫不堪、迷失方向的状态，却打算跟我们讲讲那场战争、那些美国人以及他们是怎样赶走德国人的。他不停地说着，不时在句子里插入“oh-keye”“oh-keye”。他解释说，自己当时才十九岁，而现在他已经八十多岁。他记得一切，一切。

OK先生用笛子似的男高音说着话，同时死皮赖脸地缠着艾莉森。她脸色苍白。这个怪老头用那只长着老茧的咸猪手在她身上摸来摸去，就像给奶牛挤奶似的。他在揩她的油。那条狗又跳又叫，被一根细细的链子拴着。“哦，我们喜欢corned boeuf，我们喜欢它，okay。”他现在用非常浓重的口音唱起来，我们几乎听不懂他在唱些什么。

corned boeuf？我恍然大悟。他的意思是“canned corned beef”——咸牛肉罐头——军队配给。

“它很好，oh-keye，我们肚子饿，我们把它称为猴子肉。那些士兵的工具箱里还有别的东西……”他眨眨眼，舔舔嘴唇，“猴子肉和两个安全套，就在那里，跟牛肉罐头放在一起！以防万一。你知道那些美国人待在这里时有多少漂亮的小老婆吗？”他咧嘴一笑，露出自己的假牙。“然后他们就离开了，他们回到美国，回到自己真正的老婆身边去了。”

艾莉森最终借口说自己想拍照片，摆脱了这个老头。我向他靠近，却拿不准该怎样平息这件事情。我意识到，这个农夫是个典型的老流氓，一个好色之徒，但又太老、太脆弱，不堪一击。“那个牧师，”当他得知我们是在沿着朝圣路线徒步之后，又说了起来，“那个牧师要负责十七个社区，你知道他有多少女人吗？我告诉你们，他有三个。一个牧师！有三个女朋友！他不得不为所有三个女人效劳，我发誓他是那么做的，而且做得很棒。可是我却在这里，一个鳏夫，根本没有女人。”

我们设法在他讲的淫秽故事之间榨出足够的信息，确认我们距离自己入住的民宿还有半英里，而它位于波德德的另一个部分。显然这个村子绵延了好几英里。为了让这个农夫离艾莉森远点儿，我让他对着我的数码录音笔说话。“corned boeuf,”他说了好几遍，大笑起来，“我们把它称为‘le singe’，就是猴子肉，它是装在罐头里的……”

当我和艾莉森退出这个农家院时，那人还拖着脚步跟在我们后面，告诉我们他被圣母马利亚救过两次，都是在车祸当中；还说只要我们是信徒，不管身在何处，只要呼唤她的名字，就会平安无事。“做爱是一种祈祷形式。”他用双手拢成杯状放在嘴上大喊道，听起来就像来自费里尼影片中的一个人物。当我们顺着一条夹在巨石之间的弯弯曲曲的柏油路爬坡时，我转身看了一眼。怪老头还在那里咧嘴笑着挥手。

“你觉得他在战争期间做过什么？”

“追女人，”我说，“吃猴子肉。”

上图：阿列省的土路和云朵

下图：阿列省朝圣路线上装饰着扇贝的路标

上图：阿列省的罗谢居德礼拜堂

中图：阿列省朝圣路线上松树林里的巨石

下图：奥布拉克朝圣路线上的花岗岩石桥

上图：阿韦龙省孔屈埃的圣福瓦修道院

中图：阿韦龙省孔屈埃，堆着小石块并镶嵌扇贝的巨石上竖着一个木头十字架

下图：阿韦龙省孔屈埃，墨洛温王朝的石棺

上图：奥布拉克的花岗岩巨石

中图：奥布拉克，一头牛从石墙后张望

下图：朝圣路线上，嵌入一道石墙的十字架

上图：洛特省，经过修剪的树篱

中图：铁门后，一条狗注视着外面

下图：热尔省，用铁丝绑到栗树上的石头十字架

上图：塔恩-加龙省的埃斯帕莱，灰泥墙上盛开的喇叭花

中图：贝阿恩地区，集市帐篷边的木偶警察和大卫的徒步杖

下图：塔恩-加龙省波默维克，格尔费什核电站

上图：贝阿恩具有乡村抽象主义风格的栅栏与绳结

中图：热尔省孔东的室外舞台和长着瘤结的树

下图：洛特省新布特附近，薄雾中的十字架和涂鸦

贝阿恩地区圣让老丹镇，打结的教堂钟绳

上图：贝阿恩地区，米雷圣母院神龛细部

中左：洛特省，大卫的脚印　中右：南部，比利牛斯地区，我的拐杖

下图：南部，比利牛斯地区，我们的徒步靴粘满泥巴

上图：奥弗涅，雨中的小路

中图：洛特省，策勒河谷中的悬崖小径

下图：洛特省，林中小径

上图：洛特省的“白色凯尔西”

中图：热尔省，通往孔东的小径穿过田野

下图：阿韦龙省的土路

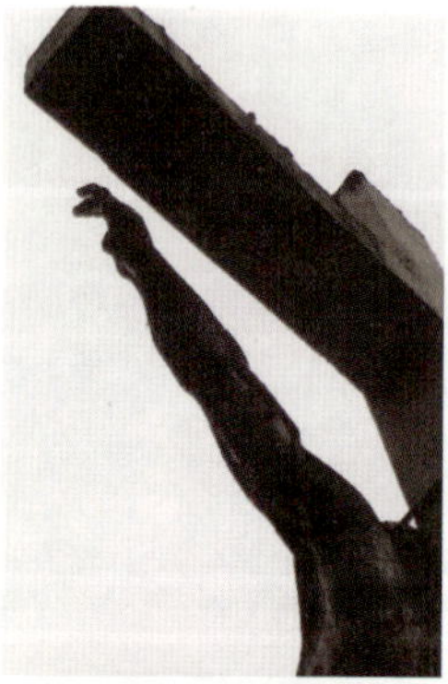

上左：热尔省埃斯克劳克斯圣母院的耶稣受难像　上右：阿韦龙省孔屈埃附近的石头十字架

中左：阿韦龙省戈利纳克附近的石头十字架　中右：热尔省马尔绍拉纳附近的石头十字架

下图：洛特省费塞勒附近的石头十字架

上图：奥布拉克的贝斯河，位于一座桥上的十字架

中图：热尔省诺加罗附近的石头十字架

下图：比利牛斯山罗兰山口下的森林里，纪念一位朝圣者的十字架

（本页及右页）翻越比利牛斯山，进入西班牙

上图：我们下山时，一棵树倒在前往龙塞斯瓦列斯的小路上

中图：龙塞斯瓦列斯修道院的回廊

下图：龙塞斯瓦列斯的朝圣者十字架

王老先生有块地

沙萨尼农庄的壁炉大得足以在上面烤一头牛，或者烤出能够装上好几箱军用配给的“猴子肉”。眼下，燃烧的木头和着一座老爷钟的嘀嗒声和一位古典低吟歌手柔和的颤音噼啪作响。这是伊蒂丝·琵雅芙，还是芭芭拉？厚重的实木家具上放着一堆小装饰品，其中一只彩绘的木头公鸡注视着外面。空气里有股橡木燃烧的气味及蜂蜡、焖菜和咖啡的香味。

我们身上沾满泥巴，不好坐在扶手椅中，因此，尽管我们精疲力竭，却仍然在壁炉边站着，烘烤自己的背，同时打量这个巨大的房间，它有粗壮的屋顶横梁、石砌的墙壁和闪着微光的石板地板。我们的女主人弗朗索瓦丝·戈尔利耶端着热气腾腾的杯子和自制的点心匆匆忙忙地走进来。

“我过几分钟就回来，”她尖声说道，同时依次整理了自己的方格布围裙、眼镜和粉红色的橡胶手套，“该给山羊挤奶了。”她补充一句。我突然恍然大悟，那粉红色的不是手套，而是她的前臂和手，因为劳作和寒冷而变成了鲜艳的粉红色。

我们洗过澡，小睡片刻，又换上自己最好的晚礼服——有点皱皱巴巴的——然后我才镇静下来，发现我们这个位于尖屋顶下的卧室布置得温馨漂亮，宽敞得足以轻松吞下我们在巴黎的公寓。粗壮的柱子和横梁支撑起主教座堂似的屋顶。阳光透过天窗洒进屋里，照亮了书桌、几把放着厚厚软垫的扶手椅及一张巨大的床。我能习惯这里，也许我们应该住上几天，养精蓄锐。

到院子里去找艾莉森之前，我站在朝南的窗下，摊开我们那张勘测地图。从理论上说，阿鲁河畔土伦就位于下面这个河谷的遥远一端，勇敢的赫尔维西人就葬身于此。两条来自阿鲁河的凯尔特大道从波德德边缘经过，朝着比布拉克特攀升。

到目前为止，我们的旅程不像是徒步前往圣地亚哥-孔波斯特拉，而像是从时空上返回古代高卢和罗马。欧洲依旧是条条大路通罗马，它们构成一个向“永恒之城”输送葡萄酒和血液的漏斗，那里头有基督的血液，有奴隶和被俘勇士的血液。从隐喻的角度说，罗马帝国那无数条布满车辙的道路上都流淌着葡萄酒和血液。罗马真的消失了吗？抑或只是变异和演化了？

我走出房子，走进门廊，鸭子和鹅都嘎嘎大叫起来。房子的地基上冒出一块巨石，有人曾经从它上面挖出一只石臼，天知道那是什么时候的事情。弗朗索瓦丝见我盯着那只石臼看，便走到我身边说：“产生于新石器时代，至少有一位考古学家是这么认为的。这所房子建于17世纪。”显然，这个地区隐藏着古代留下的各种印迹。“如果你想看，我让我先生傍晚给你看一张航拍照片，”她说，“你能够看到周围散布着一些罗马别墅的墙壁、道路和地基。”

母牛和牛犊哞哞叫着，驴马嘶鸣，乳猪哼哼，绵羊和山羊也发出咩咩的叫声，争相吸引弗朗索瓦丝的注意。显然它们都很喜欢自己的女主人。牧场上、院子里、畜栏内，似乎到处都是她的宠物，全都干干净净，身体健壮。我脑子里响起一段旋律："这里咯咯叫，那里咯咯叫，到处都在咯咯叫。"[①]我一边在心里默默地唱着，一边听弗朗索瓦丝讲述他们家的故事：她和雅克以及他们那些当时才十几岁的孩子，怎样找到这个已经一半沦为废墟的农场，又在过去十年里将这里的一切重建起来。她以前是医院的管理人员，父母都是农夫。雅克则是一名维修工程师，负责贝弗雷山的房屋和道路维护，他同样出身于农家。他们俩都没有亲手饲养动物的经历。"我们的父母都梦想着让孩子接受良好的教育，我却梦想着重新创造出祖父母的农场。"她微笑着说。那一刻，她俨然就是凯特尔大妈的化身。

戈尔利耶一家以自己的方式回到过去——回到他们年幼时那种自给自足的农庄，那时大型综合农业公司尚未重塑这个世界。对他们而言，这真的是美梦成真，有美如梦境的风景、富含花蜜的花朵、自然成熟的水果、一个菜园和洁净的空气，但也有每周七天、每天二十四小时的责任，也就是说他们没有一天假期。雅克仍然在做一份全职工作。再过几年，他们俩都会有退休金。与此同时，雅克的薪水和民宿的收入则会避免让他们的梦想陷入困境。弗朗索瓦丝说，这个农场是自给自足的。她的家人和我们这样的客人消费掉了它出产的一切农产品。

---

① 歌词来自 *Old MacDonald Had a Farm*，本节标题也化用了这首英语儿歌。——译者注

弗朗索瓦丝忙个不停，我一边跟着她，一边和她聊起各种农业数据。她说，人人都知道，法国每年从欧盟公共农业计划接受大约一百五十亿美元的补助，占欧洲全部农业补助的两成。但法国这一份的八成都落进了占法国农场数量两成的大型综合农业公司手中。自从“二战”结束以来，这些工厂化的农场就将法国变成了仅次于美国的世界第二大农产品出口国。而抵制环保农业实践的也恰恰是这些大型农场，他们用政府的钱购买化肥、杀虫剂和农机，用它们来摧毁树篱，为笼养鸡和用强化方法饲养的其他动物建起各种养殖设施。弗朗索瓦丝耸耸肩，这个动作后面还有很多故事。

我们在院子对面找到艾莉森，她一边揉着自己左小腿，一边跟三个成年人和一个孩子聊天。“这里就像供孩子们玩耍的爱宠动物园，”艾莉森笑着说，“我希望腿上不要肿个大包。”

弗朗索瓦丝皱起眉头，“被牛顶了？”

“公山羊阿尔伯特把她撞了。”一个三十多岁的男人说着跟我握握手。他说他和太太拥有隔壁的农场，是货真价实的勃艮第本地人。当我们问起他的祖先时，他说：“我们更接近维钦托利，而非恺撒。”

“你看起来像撒拉逊人，而不是高卢人。”他们那位胖乎乎的朋友说，这是个来自巴黎的中年人，穿着一身狩猎迷彩服。跟他在一起的男孩大约五六岁，非洲式的波浪形蓬蓬乱发下有一张黑白混血儿的面孔。他露出假笑，有些恼怒，头发上沾着草梗。他们之间对比鲜明，我不知道他是否明白撒拉逊人和高卢人是怎么回事。

我们和这群人说说笑笑，谈起法国的祖先崇拜，从密特朗到我们碰到的那位长得像迪恩的杜诺列克斯后裔，粗略地比较了我们的多种基因遗传，得出结论说我们全都是罗马、高卢和近东的大杂烩混血儿。我心里暗自微笑。我那个大家庭分布在好几个州，要剖析他们的血缘似乎太过复杂。我的一个姐姐和一个兄弟都与非洲裔美国人结婚了，他们一共有五个孩子。而另一个兄弟的五个孩子则是墨西哥裔美国人。我这些黑白混血甥侄为最近两个世纪左右我们家族以苏格兰、法国和意大利为主的血统，又增加了亚裔、拉美裔和非裔血统。而他们也有了自己的孩子。我都不知道孙辈甥侄有多少人，而到目前为止，他们中只有两个是白种人夫妇的后代。“我们就是世界，”我哼唱着，用一首耳熟能详的歌赶走了另一首，“依呀依呀喔……”

从院子到餐桌

“这只牛犊出生时你就在场？”那个女人的语气中混合着急迫、怀疑和内疚。“还有这奶油？来自牛犊的母亲？”到现在她已经吃完自己那份完全不洁净的奶油小牛肉蘑菇焖菜。她吞下一口食物，“可是那些动物，它们就像宠物，它们是那么……可爱。”

本来一直欢快、喧闹的就餐者顿时安静下来。

弗朗索瓦丝镇定自若。“在农场上就是这样的，”她说，“你养牲畜不是为了好玩。”

她的丈夫雅克是个矮胖、爱热闹的人，已经五十好几，他证实餐桌上的所有食物都来自这个农场——橘黄色的新鲜黄油、作为开胃菜的鹅肉馅饼，全都是。甚至那些蘑菇也是从树林里采的。“好吧，这葡萄酒不是我们自酿的，”他笑着，又从一只老式坛子里倒了一杯，看起来活像个现代的酒神巴克斯，“它来自一个朋友在梅尔居雷（Mercurey）的葡萄酒厂。他酿酒时没用硫黄，因此这实际上是有机葡萄酒，开怀畅饮吧！”

我们的餐伴接受了雅克的说法。当这个能言善辩的人给围放在一张正方形巨大餐桌上的十个玻璃杯又重新斟满葡萄酒后，我看得出我们已经渡过那场谴责“你杀死了牛犊”的危机。所有六名付费客人和四名家庭成员都不约而同地松了口气。是的，梦想中的农场生活有令人不快的一面，由屠宰场和屠刀构成。但甚至那位敏感、好奇的比利时女士，虽然对于用母牛的奶烹制小牛的肉心怀疑虑，也允许弗朗索瓦丝给自己添了一份。这是我和这家民宿里的其他客人吃过的最鲜美的小牛肉蘑菇焖菜。我们轮番发出赞叹，有些还含着鳄鱼那样假慈悲的眼泪。鹅肉馅饼也很好吃，但让我感到奇怪的是，居然没人对弗朗索瓦丝在扭断那只鹅的脖子之前是否扮演了鹅妈妈的角色感到怀疑。显然，我们的同情心有等级之分。随着大家交谈的话题变得更加广泛——从布鲁塞尔、圣地亚哥、高卢和罗马，一直到不可避免的美国、阿富汗和伊拉克——我感觉到一阵心痛，希望别人不要总是把我们俩当作我们那个民选政府的使节对待。弗朗索瓦丝的新鲜山羊奶酪将我们挽救出来，它们简直就是人间难得的珍馐佳肴。美味的苹果馅饼没有受到玉米糖浆和任何人造添加剂的污染，有着奶油甜酥饼般薄如雪花的外壳，里面的水果馅仍很坚实。我可不会放弃这样的美味。

那天夜里晚些时候，我回到卧室窗前——从这里可俯瞰恺撒的三万士兵屠戮和俘虏三十七万赫尔维西人的山谷——想起那个比利时女人风度翩翩的丈夫在餐后说的话，声音小得让其他客人都无法听到。"对你们来说肯定很可怕，"他关切地评论道，"华盛顿那个家伙不仅在中东造成浩劫，而且还破坏了你们国家花了几十年才建立起来的良好关系，以及我们在'9·11'后对美国的同情。"

信念让人自由

那个十字架大约40英尺高，其支柱与横梁是用灰色花岗岩做的。风呼呼地吹过，把其他一切声音都盖住了，甚至盖住了下面山谷里那些如同玩具的小汽车、卡车和火车的声音，也盖住了欧坦主教座堂里那些巨钟的钟声。它们悬挂在雄伟的哥特式钟楼上，到这里的直线距离最多1英里。从这个纪念碑似的巨大十字架处远眺，可以看到东南方的低地和毗邻索恩河河谷葡萄园的一连串小山。但吸引我注意力的是刻在纪念碑基座上的一个短句。它用拉丁文和法文凿刻出来，意思是“信念让人自由”。这句话是1944年由欧坦的勒布伦主教（Monseigneur Lebrun）撰写的，为的是向解放这座城市的法国和盟军部队表示感谢。欧坦几乎毫发无损地获得解救。而十字架的奠基石则是一年后的1945年9月埋下的，在克莱蒙的皮盖主教（Monseigneur Piguet）从达豪（Dachau）的死亡集中营返回之后。

我在风中倾斜着身体，脑海里闪过早上离开沙萨尼农庄的情形、位于车辙交错的公路岔口上那棵巨大的栗树以及我们沿途经过的众多古代遗址。艾莉森在阿鲁河奔流的河水下看到一座坍塌的罗马桥梁的残桩，古罗马的百夫长们就从那里开始，陪伴我们一路前行，进入雷兹（Laizy），这个地方如此古老，相比之下，它那座要塞似的中世纪朝圣者教堂及里面那些15世纪的精美油画，看起来仿佛是最近诞生的。从雷兹穿过散发出清香的杉树林，来到我们现在站立的地方，这段上坡路比我们以前走过的都要陡峭，肿胀的脚踝和膝盖一路疼痛不已，因此爬上这里让我很有成就感。森林的中央有个小小的路边十字架，失落在那些对称的木材支架之间，感觉好像是专门为我们竖立的。链锯咆哮，越来越近，这时，一只知更鸟从树枝间窥探着，拍动翅膀飞到十字架上。伐木工人坐着动力强劲的四轮摩托车，从我们身边飞驰而过，疙里疙瘩的宽阔轮胎掀起阵阵泥浆和石子。

同时让我们耗尽又充满精力的，并非这种生理上的考验和风吹雨打，而是沿途经历的所有那些不期而遇——流水般的思绪、万花筒般的风景以及各种气味和声音。

弗朗索瓦丝·戈尔利耶的早餐——是由自制果酱、刚出炉的奶油鸡蛋卷和新鲜的白软干酪组成的丰盛大餐——已经是很久以前的事情。我们徒步了10英里，一路的地形如过山车般起伏跌宕。因此，当艾莉森有条不紊地对着那个花岗岩十字架和下面有城墙的翡翠城构图并拍摄时，我狼吞虎咽地吃掉了我那份馅饼三明治。随着饥饿感的消退，我又重新想起主教刻在十字架上那句含糊的格言“Credentes liberati sunt”——信念让人自由；而它的字面意思是：虔诚信徒是自由的。在他们的那些朋友提供的小小帮助下获得自由。也就是说，这些朋友中包括抵抗运动战士，他们十有八九是共产主义者、无神论者和反教权主义的共和派，而他们对人造乌托邦的信仰显然不同于教会的信仰。我又想起我们在圣布里松抵抗运动博物馆里看见的那些照片，还有我们在阿诺斯特碰到的那位抵抗运动战士罗贝尔·迪克勒说的话。当年的9月中旬，在那些死亡与荣耀并存的日子，他就曾来到欧坦。自由？主教的意思是那些在战场上和集中营里死去的人的自由吗？在他脑海中，那些摆脱了尘世苦难的人真的会飞向天堂而非其他地方？或许，在活着的时候，对精神上的自由生活深信不疑就足够了。那将是莫大的幸福，甚至比无神论还让人感到安慰——直到你问自己：上帝怎么能允许达豪死亡集中营的存在？为什么万能的上帝会玩弄自己创造的这些生命？诱惑他们、戏弄他们、惩罚他们或报偿他们，让他们彼此打得死去活来？归根结底，人类的上帝是怎么回事呢？

我注视着这个高高的十字架，想起我们迄今为止见过的所有十字架。它是一种象征，一种强烈的象征，每次经过时都让我充满敬畏。现在我明白了，拘泥于文字是问题所在，这个想法并非像一道闪电或一声钹响那样突然从天而降，而是静静产生的新发现。正是执迷于字面意思，导致信仰系统失去活力。真的有人相信世界上存在着长翅膀的天使、周身闪光的圣徒，并有一个万能的人形生命从天上望着人间吗？悲哀的是，我知道真有这样的人。而且显然人数众多，就从我自己的家庭成员开始，他们是我热爱、尊敬的人，但我们之间却不再可能心平气和地聊天了，因为他们如此执着于劝人皈依。但与此同时，我又不得不怀疑自己这些年来是否也是按照字面意思反其道而行之，怀疑我一意孤行的饕餮生活和物质主义将我引上旁门左道，通往——通往哪里呢？理解，宽容？

眼中的护城河

该离开山顶，下山进入欧坦城了。我的腿因为疲劳而颤抖，艾莉森则在无情的寒风中哆哆嗦嗦。顺着小道从花岗岩十字架后面经过，我们可将宁静的牧场、主教座堂花边状的尖塔以及一圈巍然高耸的城墙——目的是将敌人挡在城外，而将纳税人留在城内——尽收眼底。欧坦是个典型的墙内市镇。

一个小时后，我们离开了那条山脊小路，进入这座城市北部的郊区。我停下脚步，仰望上方，喘了口气。圣母马利亚摇摇欲坠地矗立在城墙内一座中世纪尖塔顶上，注视着下面的我们顺着从前的护城河行走。位于马利亚和我们之间的是那道城墙，大部分建于中世纪，是在奥古斯都·恺撒的壁垒上修建的，而后者又位于更早的一些乱石堆似的地基、德鲁伊派的石头、石化的恐龙骨骼和远古时代钻出地壳的史前岩石之上。碎裂的赭色石灰岩石块中长出糖芥，开出甜蜜的花朵，跟一圈圈的常春藤和纠缠的野李子争夺空间。

有个开玩笑的人显然把吊桥拉了上去，或者堵住了城门。我们顺着黄色的砖砌护城河逛了半英里，试图进入这座奥兹城，最后终于找到那条铺着鹅卵石的路，它蜿蜒伸入欧坦上城的主广场。圣拉撒路主教座堂那些尖细的哥特式尖顶高耸于广场的中央，一头受惊的白化病豪猪和穿着石灰岩盔甲的骑士们中间有个十字架，骑士的长矛指向天空。

“又是维奥莱-勒迪克干的。”艾莉森说。

在打算造访圣拉撒路之前，我们在一家露天咖啡馆坐下来，在呼啸的寒风中痛饮咖啡。我感觉头晕眼花。到现在，我们已经徒步近13英里，差不多全是又陡又滑的地形，还要迎着寒冷的大风。甚至艾莉森看起来也脸色苍白。望着主教座堂南门上的雕塑，她几乎都没有力气给我详尽地说明那些与之相关的《旧约》和《新约》经文了。我们的桌子正对着教堂大门和一道倾斜的楼梯，但二者之间相距甚远，我只能辨别出一个个风化的石质隆块。

我知道，这些石块都很漂亮，而且在艺术史上具有重要意义。不过，在进入教堂大门之前，我们先穿过大街，到鲁兰博物馆（Musée Rolin）里用那些摇摇欲坠的石化展览款待自己，结果却发现这座博物馆是一个名叫“埃杜伊协会”（Société Eduenne）的组织的总部。它位于一所杂乱的中世纪-文艺复兴风格城市住宅内，里面摆满了石棺和雕像，其中包括一头令人吃惊的三只角公牛和一座非凡的高凸浮雕夏娃，看似装饰艺术风格，其实却产生于九百年前。更别提那位腹中怀着基督的俄罗斯套娃式圣母了——也就是曾经竖立在阿诺斯特那座教堂里的圣母，曾被用于繁殖和分娩仪式。我眯着眼睛，久久地注视着它，试着想象古时有关泌乳与尿布的繁殖仪式。但我精疲力尽，根本无法集中注意力。

我脑子里有那么多层层叠叠的东西要回忆。而且，那个埃杜伊协会到底是怎么回事呢？得名于埃杜伊部落？它的成员怎么可能保持其古老先祖——也就是那些埃杜伊人，他们在近两千年前被迫从比布拉克特迁居欧坦——的德鲁伊式激情不灭？难道所有人都发疯了？德鲁伊派是恶魔，埃杜伊人是泛神论的食人族。这太古怪了，不可能是虚构的。

我们跌跌撞撞地回到那座主教座堂，艾莉森立即让我们站在大门的门楣下方，以便于更好地欣赏那些雕塑。“救命啊。”我低声叫道。抬起头，现在才看出凿刻在门楣那些风化的石头上的《圣经》故事。我的眼睛变得模糊了。在那群风格化的雕塑信徒中，艾莉森看到一个朝圣者的形象。这里毕竟是保存圣拉撒路遗骸的地方，很久以来就是一个与韦兹莱甚至圣地亚哥-孔波斯特拉不相上下的朝圣地。她向我描述那位石头朝圣者，直到我差不多在脑海中勾勒出他的形象，而我的眼睛早已放弃了这个努力。“够了，”我向她乞求，“给我一个凯马特和停车场歇歇吧。”

我因为疲惫而莽莽撞撞，想钻进中殿里躲避外面的寒风和主教座堂外部装饰里的奇迹。我以为自己能在里面打个盹儿，要不然都没法在抵达我们的民宿之前保持站立了。可进去后才感觉到，这就跟踏入一个大得足以吞下一座小城市的冰箱差不多。一根根圆柱在黑暗中巍然耸立，朝着高处渗入室内的自然光线伸展。空中的彩窗玻璃色彩斑斓，仿佛是由拥有舞台造型的人进行的一场西班牙方丹果舞（fandango）表演，并随着尘埃不停地旋转。在地面这一层，那些闪烁的尘埃随着我们被风刮裂的嘴唇里喷出的水汽翩翩起舞。空气中弥漫着新鲜百合和古老熏香的气味。一位老妇人在这片昏暗中独自忙碌，取走灭掉的蜡烛头，掸掉镀银十字架、圣杯和其他神秘物件上的灰尘。艾莉森向她打听主教座堂里的法政牧师是否还接待访客，不等我们回过神来或欣赏楼上珍宝室里那些雕刻的大写字母，一个中年人便静静地从阴影里钻出来，向我们伸出援手。

“我叫雅克。”他轻轻说道。我被这个幽灵似的人物吓得趔趔趄趄地后退几步，瞪着被他攥在左手里的那张软盘。

“你是从西班牙来的吗？”我脱口而出。雅克似乎迷惑不解。我正要解释说自己误以为他是一位圣徒，但回头一想，还是不说的好。“你们要求跟法政牧师格里沃见面，”他用英语解释道，“我的名字是雅克·沃德。”

关于法政牧师和丢失的脑袋

我们几乎没时间跟雅克玩笑，便匆忙穿过主教座堂，顺着一道巨大的石砌螺旋形楼梯，来到法政牧师那个隐藏在中世纪城市住宅里的住处。我们感觉这位引介者是个热情、平静而古怪的信徒，他忧郁的面孔饱经风霜。法政牧师格里沃看起来却跟他相反。我本来以为那是一门“巨炮”[①]，但在欧坦的圣拉撒路主教座堂里，这位大名鼎鼎的法政牧师德尼·格里沃（Denis Grivot）与其说是教会的好战分子，不如说是个享乐主义者。八十七岁高龄的格里沃一生中有六十年都在管理这个非凡的信仰之所。虽然略微驼背，但他的身高似乎有6英尺8英寸（2.07米），比房间里的其他任何人都高出了整整一英尺。

---

① 法政牧师的英文“canon”也是大炮、加农炮的意思。——译者注

“他们还没想出来该怎样摆脱我。”格里沃用带有喘息声的男高音开玩笑说，同时来到光滑的巨大书桌旁，在一把大椅子里坐下，并邀请我们落座。“在1948年，我找到了基督的脑袋，它从教堂门楣上掉落后被人偷走了，”他主动聊了起来，“那时我只是一名教区牧师，还是个年轻人……”

格里沃讲述着自己的故事，那语气就像一名给自己的个人传奇添油加醋的吟游诗人。他停下来调整了一下眼镜，恼怒地扭转身体，寻找着什么。

他长得圆圆胖胖，胡子刮得干干净净，性格温和，虽然已经八十七岁，看起来却仍然像个小男孩。“吕塞特，把门开着，好让约瑟夫进来，”他嘱咐道，“再给我们这两位可怜的旅行者弄点吃的喝的来。”但这与其说是命令，不如说是请求，他的管家吕塞特也知道这一点。她猛吸了一口自己的“高卢人”烟，挤出一个干瘪的微笑，一边回答法政牧师，一边吐出一股青烟。“约瑟夫如果想进来，它完全能够自己把门挠开。”吕塞特默默地跟我们握握手，对法政牧师说道。她的毛孔散发出尼古丁的气味。

“薯条？”格里沃有些愠怒，“我们就没有什么更合适的食物吗？”

“虽然法政牧师格里沃不愿承认，但他其实挺享受垃圾食品的。”吕塞特用烟民的嘶哑女低音说。

“那只是因为我们只有这个可吃。”

吕塞特照顾德尼·格里沃多久了？他们真是很好的一对主

仆。周围都是成排的书架和一本本皮面书卷，在这中规中矩的教堂背景衬托下，他们的动作显得愈加滑稽。这座公寓像洞穴一样，在凹凸不平的墙壁上，有个带小型电子灯光的塑料圣母在闪烁。“是一些待在中国的朋友送的。”吕塞特随着我的目光看过去，解释道。

格里沃在刚才中断的地方继续讲述他的故事。吕塞特走出房间，拿着一瓶来自吕利（Rully）的白葡萄酒重新出现。吕利是位于附近夏隆内丘的一个生产葡萄酒的村子。

“总算送来了！现在我们别再争论了，吕塞特。给我倒酒吧，求你了。请随意饮用。”他停下来，扭头对我们说：“我想要什么，她就偏不给我。她最喜欢这样了。我是喝着葡萄酒长大的，我父亲是吕利一个种植葡萄的人，有九个孩子，我最小。我母亲还作为抚养孩子的模范获得过一枚奖章。刚才我说到哪里了？”

雅克·沃德从书桌对面瞥了他一眼，并对我使了个眼色。“法政牧师，基督的头有多重来着？”

“啊，是的，有20.75公斤重，”法政牧师说，“它被藏在鲁兰博物馆里了，我一看见它就说：‘就是这个脑袋！跟门楣上的其他部分一样，都是吉斯勒贝尔（Gislebertus）在1130年雕刻的！！’我二话不说，爬上去就将它取了下来，藏在我的法衣里面，冲向主教座堂。然后搬出一架9米长的梯子，手里抱着这个雕塑爬了上去，看它到底是不是基督那个被盗的脑袋。梯子晃晃悠悠，我差点儿掉下来。它承受的重量太大。我摇摇欲坠地待在上面，问自己该救这个脑袋还是自己的性命。哦，我是有罪的，万能的主啊！”

幸运的是——对格里沃和这个世界来说——那架梯子没有断掉。他挽救了自己的性命，也救下了那个重达45磅的头。它被重新安放到门楣上原来的地方，回到了基督的肩膀上。几个月后，格里沃向鲁兰博物馆的主管——当时担任该职的也是一位牧师——坦白了自己的偷盗行为。“哦，他真的气疯了。”格里沃说着，得意地笑起来，将杯中的葡萄酒一饮而尽，又用手指抓起几根薯条，塞进他那张温和的大嘴里。“在大革命之前和期间，这座主教座堂里有那么多宝贝都被人偷去卖掉了。夏娃也被挪走，后来才被找到——在一家药店的墙壁后面。想象一下！夏娃啊！我仍然在寻找亚当。”说着，他兴奋地喘了口气，朝着吕塞特抬起眉毛：“我就要弄清真相了。我们会很快找到亚当的。”

猫咪约瑟夫溜了进来，在我们的腿上蹭来蹭去。太阳开始下山，夕阳的余晖倾斜着穿过这间书房，落在那个来自中国且闪闪发光的塑料圣母身上。那瓶吕利葡萄酒已经被喝光，吕塞特退出去再拿一瓶——喝太多了对法政牧师不利，她扬扬得意地说。

就在我昏昏欲睡时，我听见艾莉森向格里沃提出一个颇有争议性的问题，问他是否认为朝圣行为非常自我。毕竟，它看起来像沉溺于自我，显然是漫无目标的漫游。格里沃正在摸索寻找薯条的手指停下来，缩了回去。

“自我？朝圣？不。绝不是。天啊，才不是呢！为什么？这是一种了解你自己的方式，而且也是通过内在知识了解上帝的方式。”

“你独自行走，”雅克·沃德轻轻地说道，“但那并不意味着你的行走是自私的。意外发现的好运也会产生作用。你绝对想不到自己会发现什么。我曾经顺着一条朝圣小路步行和骑马……”我们没有时间思考雅克的话或者询问细节。格里沃插了进来。他渴望再次听到自己的声音。他兴奋地回忆起自己在占领期间骑着自行车从位于大西洋海岸上的布雷斯特（Brest）一路回到欧坦的经历，这是他自己的个人朝圣，又说起自己曾多次乘坐汽车经过圣雅各朝圣大道。“唉，我一直没有时间，顶多只能步行短短的几段路。”他补充道。我问他是否注意到最近这些年朝圣者突然增加。他朝着吕塞特扬起一条眉毛，像一个音调符号，用胖手指指着瓶子。“我们这里没有多少朝圣者，”他说，“过去从索恩河畔沙隆到欧坦有定期的朝圣。”

沙隆（Saône）是索恩河上的一个港口，曾被恺撒带领着的入侵的罗马人用作登陆地点。高卢被纳入帝国的势力范围后，罗马人将葡萄酒装船，沿罗讷河溯流而上，运至索恩河。这些殖民者从马孔和沙隆开始，将高卢人变成“酒神巴克斯的奴隶”。最终，教会取代了那些高卢-罗马总督们。沙隆和欧坦也成为重要的宗教圣地，拥有主教座堂和圣徒遗体。那些罗马大道也变成了朝圣路线。但随着时间的流逝，通往罗马和圣地亚哥-孔波斯特拉的主要路线转向西边，就像现在的高速公路和TGV高铁路线一样，略过了沉睡的欧坦。

“我们再也没有圣徒遗体了，”格里沃厌恶地说，“2002年，盗贼偷走了圣纳泽尔（Saint Nazaire）的圣杯。有一天他们还从图尔尼偷走了圣菲利贝尔的头骨，从索恩河上稍微往南一点就能到达那个地方。第二天他们就来到这里，偷走了我们的圣徒遗体。他们也从韦兹莱偷走了抹大拉的马利亚的遗体。我猜是用于某种邪教的黑魔法仪式。早晚我会抓住元凶的。”格里沃说着，从椅子里站起来，右臂哆哆嗦嗦。“你们知道我会怎么处置他吗？我会切掉他的脑袋，用它代替那些被他偷走的圣徒遗体！”

“法政牧师，别弄得自己太兴奋。”吕塞特严厉地提醒道。“他的血压会变得非常高。”“哈！”法政牧师大叫一声，“那些犯罪分子不知道的是，他们得到的很可能是个假货！活该！是的，几个世纪之前出现了一次混淆。1120年，欧坦的主教艾蒂安·德·巴热下令，从街对面那座原来的主教座堂里把圣拉撒路的头骨搬到这里来，结果却把它跟一个也叫拉撒路的马赛坏蛋的头盖骨搞混了。”

“哦，我的天。”吕塞特叫出声来。

“现在人们真的相信圣徒遗体的威力吗？”我忍不住问道。

“他们信吗？”格里沃停顿片刻，但没过多久就继续说道，“也许吧。他们从前肯定是相信的。”

“有人偷走了它们，”雅克指出，“有人仍然相信它们的威力。”

“当然真正重要的不是那些遗体，”吕塞特提出，“重要的是那些前来敬拜遗体的信徒的意图，他们来祈祷，满怀希望。因此，它到底是拉撒路、纳泽尔，还是其他任何人的遗体，都无关紧要。遗体并不是必需的，只有精神意图和信念才重要。”

“那是自然，”雅克表示赞同，“当然你是正确的。”格里沃耸耸肩，拍了一下那些看不见的蚊蚋。“外面有几百根圣约翰的手指，”说着，他噘起嘴唇，“有数百根。”

当格里沃解释教会在圣徒遗体上保持缄默的原因时，我感觉自己走神了。夕阳西下，这间书房里弥漫着吕塞特喷出的呛人烟雾，这时法政牧师格里沃跟我们详细讲述了他六十年来对这座主教座堂和欧坦历史的研究，讲述了他写过的数十本书，讲述了他在维持教堂学校和唱诗班时发挥的作用。我感觉艾莉森的手指在桌下掐了一下我的大腿，于是便打起精神来。

当雅克送我们顺着法政牧师住处那道蜗牛壳状的楼梯下楼，并带我们来到主教座堂时，天已经黑了。就连寒风也没法让我恢复精神。在我们走进教堂之前，艾莉森指着上面的基督脑袋及她早些时候看到的朝圣者形象。“你看到了一个朝圣者？”雅克问道，“你确定吗？”泛光灯按照预定的时间开启，照亮了主教座堂的外部。在默默地细细审视片刻之后，雅克转向艾莉森，脸上喜形于色。“想想看，这些年来我一直生活在这里，但我从未注意到那个朝圣者。”

我忍不住好奇，想知道那个朝圣者形象在门楣上有多重要，更想知道要过多久我的脑袋才能靠在一个羽毛枕头上休息。雅克·沃德礼貌地剖析了法政牧师的故事。但我什么也听不进去了，我的脑袋已经装得太满。

视而不见

“我无须寻求即可发现”是毕加索说的吗？不过《圣经》肯定说过“你若寻求就必寻见”吧？谁是对的呢？可能两个都对，或者都不对。

黎明时分，当我回忆起雅克·沃德欣喜地在大教堂门楣上发现那个朝圣者形象时，我不禁想到上面那两句话。那个漂亮的门楣他看了不知多少次——但却视而不见，直到善于观察的艾莉森——她碰巧是个朝圣者——出现，以新奇的目光意外发现并辨认出那个刻在石头上的旅伴。

躺在民宿的床上，我挣扎着在黎明的半明半暗中睁开眼睛。我们跟雅克和格里沃的邂逅带来的其他启示还有好几条。首先，别给人生中的一切都过早做好计划，因为并非每件事情都在你的控制之下。其次，有时当你放手时，你会以出人意料的方式成长，遇到一些杰出的人。只需放手，随风飘荡，看看生活会把你带往何处。专业化？当然，是非常好的事情。就专业化的力量而言，格里沃就是一个实例——他六十年的奉献挽救了一所学校，并造就了三十本揭示欧坦秘密的著作。但专业化也意味着牺牲，就像格里沃一样，你会错过更宽广的精彩世界——你会错过徒步前往圣地亚哥-孔波斯特拉和结婚的机会，错过改变人生方向、职业以及历史观、人生观和信仰的机会。

是否还有另一个启示呢？昨晚的第三个也是最后一个启示，证实了我近五十年来观察那些茁壮成长、日渐成熟，又在漫长美满的人生中变得皱纹满面的人得出的结论。这个启示很简单：你越是拥有强大的自我，就越有可能长寿。

一只鸟儿在我们的窗棂上婉转啼鸣。我再次睁开眼睛，望着屋子上方那个主教座堂似的屋顶，想知道我们身在何处。最后我意识到我们昨晚半夜三更才来到一家民宿，此刻正在这座城市的郊外。咖啡和羊角面包的香味飘进我们在楼上的房间。这个屋子很漂亮。昨晚，在跟法政牧师格里沃见面，又意外地跟雅克·沃德夫妇共进晚餐之后，我已经疲惫不堪，都没有注意到我们住的地方有多么富丽堂皇。

在我们早餐前仪式性的伸展锻炼期间，三只燕子飞进我们屋里，围着艾莉森的头部盘旋，然后飞快地回到外面。是个好兆头吗？但愿如此。

当民宿的主人彼得给我们倒咖啡时，他告诉我们他是丹麦人，在改头换面成为客栈老板之前，他一直在阿姆斯特丹当服装设计师。他朴素的品位在这里淡绿色格调的极简主义装饰中闪现，也表现在他收藏的银制品、咖啡瓶和玻璃制品中，它们就像莫兰迪的静物画一样排列着。有人爱画画，有人爱写诗。彼得是个颇有艺术品位的筑巢者。

艾莉森突然离开桌子。她还在因为格里沃的“报复”——多喝了一瓶吕利葡萄酒——而痛苦不堪。她晕晕乎乎地回到我们的房间。我们俩都需要在朝圣旅途中休息一天。

彼得和我端着咖啡杯走进花园，他带我去看一些地基，很可能是墨洛温王朝时期一座修道院留下的。我大声说出自己的疑惑：如果考古学家们决定把彼得的私人乐园搞成个比布拉克特，那会发生什么事情？“哦，老天，”他顿时脸色苍白，“那简直就是噩梦。”看得出来他后悔把自己的秘密告诉我。

比布拉克特的话题把我们拐弯抹角地引向罗马和天主教会。在我们临近中午告别彼得之前，他跟我说起丹麦人对西欧文化、社会民主主义和宗教的看法，以及那个意味深长的词语“野蛮人”（barbarian）的含义。

作为一名地中海异教母亲和一名美籍苏格兰裔无神论父亲的孩子，我从未真正考虑过日耳曼和斯堪的纳维亚的历史、神话，以及它们是怎样为新教和现代社会民主主义奠定基础的。我没有考虑过，对于这些彬彬有礼的维京海盗后代来说，把他们的祖先等同于野蛮是多么无礼的事情。在彼得看来，北欧人不受约束的古老游牧部落传统受到了不公正的判断。这是成王败寇和胜者书写历史的另一个案例。他承认自己的祖先中存在活埋、仪式性的献祭宰杀、酷刑折磨等等做法，但也认为残酷和暴力并非哪个民族的专利。“可是我们在进步，不是吗？我们并没有生活在过去。”

彼得觉得，令人惊讶的是，法国仍然执着于自己的高卢-罗马模式。他的意思是，法国人是线性逻辑的奴隶，屈从于高卢-罗马律法和传统——虽然它们逐渐演变为拿破仑时代和现代法国的律法和传统——及凯尔特的世界观、是非观，还有对称与秩序、归属与排斥的观念。这解释了为何法国人要求用自己的文化同化其他民族，要求他们服从于法国的特色、法国的语言、法国的习俗、法国的模式，以及所谓的“共和主义”价值观：自由、平等、博爱。单是融合还不够。“如果你不接受这一切并抛弃自己的文化、价值观和语言，他们就会痛恨你，”彼得总结说，“我们北欧人、英国人和很多北美人产生于一种截然不同的部落现实，拒绝罗马的诸神和天主教的唯一真神，却喜欢民主的新教。对我们而言，堪称典范的是宽容与融合，而不是同化。谁说他们——也就是罗马人和高卢-罗马人——不是真正的野蛮人呢？”

后来，我故地重游欧坦那座废弃的罗马圆形大剧场——这个扇贝状的建筑是用山坡上凿出的石头逐层砌就的，里面长满杂草，顶上是正在发芽的七叶树——这时突然想起彼得说的话，觉得它们特别中肯。这里曾经是高卢最大的圆形大剧场，可容纳一万两千名观众。现在，这个地方空荡荡的，十分安静，对面那个人工湖里也没有挤满夏季的划艇。但我回忆起几年前，在8月的一个炎热的日子，当艾莉森和我经过欧坦时，恰好碰上圆形大剧场在举行战车比赛。这里尘土飞扬，马儿嘶鸣奔驰。人们挥舞着纸板和塑料长剑。戴着纸头盔的武士和着小圆号的声音厮杀混战。数千名游客和当地人欢呼，喊叫，就仿佛他们在观看一场足球赛，或者在竞技场里看角斗比赛——剧目中包含狮子和基督徒的表演。就跟法国大多数重现历史的演出一样，这其中的庸俗之处显而易见，那些蹩脚的演员说着不知所云的台词，再现的不是历史，而是他们在20世纪60年代看过的那些古装动作片，如《宾虚》（*Ben Hur*）、《斯巴达克斯》（*Spartacus*）或《大力神与蒙古少女》（*Hercules and the Mongol Maidens*）。

现在，独自站在圆形大剧场灰色的石头之间，想起法国对历史的痴迷中隐藏的那种基本的悲喜剧，我暗自发笑。法国人是法国真正的主人吗？压根没有这回事。高卢人曾经是来自东方的狂暴闯入者——本质上与后来的蒙古人并无区别。他们随后又被击败，并被包裹在那个被称为罗马的大杂烩中。作为自诩的高卢-罗马人，他们跟入侵的日耳曼部落、撒拉逊人、西班牙人、英国人和天知道的其他什么民族融合，直至湮没无闻。然而，在过去的两千年里，法国的谋士们却在同时抬高维钦托利和查理曼，自相矛盾地把自己当作罗马的继承者和受害者来宣传，辱骂日耳曼人是侵略者，对外国人普遍加以谴责，尤其是现在的非洲人。法国该拿印度和中国怎么办呢？或许，他们该让维钦托利和恺撒好好安息了，然后作为欧洲人而非法国人继续前进，敞开胸怀拥抱全球化的崭新世界。

不，不，不！我仿佛听见声如洪钟的回答。当我探索欧坦的另一座充满热情的高卢-罗马纪念碑，也就是所谓的“坚纽斯神庙”时，那个声音又在我耳边回响起来。显然，倔强的本地历史学家仍在为这个神庙是献给坚纽斯还是其他神灵的而争论不休；但我一看到它就确信无疑。布满凹孔的墙壁饱经风霜，它们睁大眼睛仰望着一棵巨大的树木，周围则是这个城市西北郊一片翠绿的漫滩。阿鲁河——这条河曾经被赫尔维西人的鲜血染红——从这座神庙和欧坦的城墙之间蜿蜒穿过。那条主要的罗马大道也一度从坚纽斯神庙附近经过，将奥古斯都·恺撒修建的那座山顶防御城市奥古斯托杜努姆（Augusto Dunum）与索恩河畔沙隆、博讷（Beaune）和马孔——这三座城市的古名分别是卡维洛努姆（Cavillonum）、贝勒诺斯（Belenos）和马蒂斯科（Matisco）——连接起来。在路边为双面神坚纽斯修建一座神庙似乎非常合适。他的一双眼睛回望着旅行者已经走过的路，另一双则注视着前方。更别提坚纽斯留着胡须的两张脸上的嘴巴、鼻子和耳朵了。他是个复杂的家伙，同时活在过去和当下。我突然觉得这对他非常相称。忘掉德鲁伊派或大力神吧，他们都是国王路易十四扮演的角色。忘掉朱庇特、墨丘利和马尔斯吧，他们曾经是高卢人喜爱的神灵。坚纽斯是古老欧洲的神灵，坚纽斯就是当代的法国。

第二部

真正的饮料

从博讷到马孔，穿越葡萄酒之乡

我的肉真是可吃的，我的血真是可喝的。

——《约翰福音》6:55

博讷好胃口[1]

“快跳！”我大叫一声，将艾莉森从路上拉了过来。一辆旅游车悄无声息地朝我们驶来，发出尖细刺耳的喇叭声。我眼前仿佛出现一篇头条新闻：

美国朝圣者被树脂玻璃大象旅游车撞死

发自法国博讷，勃艮第的葡萄酒之都

据目击者报告，在距离博讷主宫医院一个街区的地方，美国摄影师艾莉森·哈里斯被一辆拥挤的旅游车撞死。哈里斯长期居住于法国，当时正在一次穿越全国的朝圣途中。据说她当时精疲力尽，注意力分散。事故发生时，她那位同为朝圣者——虽然不太正宗——的丈夫大

---

① 这一节的标题原文为“Beaune Appétit”，与法文中“bon appétit”（祝您好胃口）音形相近。——译者注

卫·唐尼也在场。唐尼证实哈里斯头天曾在欧坦见过一位八十七岁的神职人员，“可能喝了太多的白葡萄酒”。

这篇想象中的新闻稿没有提到的是，在那辆旅游车出现的几小时之前，我们等了半天，才进入我们的酒店，登记入住，冲过澡，小睡了一会儿，便跛着脚来到博讷铺着鹅卵石的街道上。这里感觉就像个勃艮第主题公园，堪称富裕与秩序的典范。

酒神巴克斯的门徒在大约两千年前建立了古城贝勒诺斯。从那以后，博讷就围绕它那些同心圆的街道修建起城墙。这里的街道上装饰着中世纪的教堂、文艺复兴时期的城市住宅和其他地标，其中最著名的是主宫医院（Hôtel-Dieudes Hospices），又名济贫院（Hospices Civils），建于15世纪，兼作葡萄酒厂。这座建筑围绕几个院子修建，带山形墙的屋顶上盖着鲜艳的琉璃瓦。这里是每年11月举行葡萄酒拍卖会的地方，在此期间，众多演员和其他名人会为慈善事业宣传博讷及其葡萄酒。我突然想到一个不同寻常的地方：这样一家机构，长期以来都跟体弱多病者的痛苦联系在一起，现在居然致力于好莱坞式的浮华活动。

沃尔特·迪士尼很可能会喜欢博讷，它将法式主要街道与童话式城堡融为一体，但实际上却是一座真正的城市而非用纸板造的赝品。由于博讷现在明显缺乏一种真实感，它让我们感到更加吃惊。

“咖啡，”艾莉森打了个呵欠，比我抢先一步说出这个词，“我觉得自己今天早上没喝够。”

“承认吧，”我也打了个呵欠，一等到那辆大象旅游车静静地驶过，便抓住她的胳膊，带她穿过大街，“我们昨天过度疲劳，需要休息一下，再启程穿越葡萄之乡。”

艾莉森用柔和的声音说：“你愿意在博讷多待一天吗？”

“在博讷？”我注视着那些逛街的人，他们出声地吮吸着这个季节的第一批冰激凌，窥视着时装精品店的橱窗。街头音乐家在街角演奏。游客们在济贫院及附近一家自封的葡萄酒博物馆排队，那个地方并非真正的博物馆，而是位于圣方济各修道院里的一家品酒中心和葡萄酒商店。在悬挂着标语的街道某处，公共广播系统正在用法语和英语大声播放广告。在一家葡萄酒商店的橱窗里，放着一瓶假的罗曼尼–康帝酒庄葡萄酒，其价签上的数字跟这个星球上大约五十亿居民的年平均收入差不多。

因此，我回答艾莉森说，对处于探寻心境中的我们而言，博讷纯粹是浪费，我们不会在这里多待一天。

咖啡因很快驱散了我们萎靡不振的情绪。艾莉森把我赶到那堵中世纪的城墙上活动活动筋骨，然后钻进洞穴般的博讷圣母教堂去凉快凉快。城里的每座重要建筑似乎都有一块写着日期的标牌，就像陈酿葡萄酒一样。圣母教堂也不例外，它建于12世纪至16世纪，大门上方挂着一条当代的横幅，说这里可让人们破镜重圆。我们俩本能地打量了一下对方。我们需要破镜重圆吗？这次徒步会让我们十九年的婚姻像拉撒路那样复活吗？我感觉到自己的左眉向上一扬。在每天都徒步一整天之后，我们身上没有多少活力来让什么复活了。也许复苏稍后会在我们返回途中发生？或者，没准儿它会像我们旅途中的方方面面一样，以隐喻的方式表现出来？

这座弥漫着熏香气味的哥特式教堂里有一尊著名的黑圣母像，它并非得名于自己的种族，而是因为它是用黑木头雕刻的，而信徒们油腻腻的手指上的污迹让它变得越来越黑。它并没有自己在法国西南部罗卡马杜（Rocamadour）的那个同类有名，据说那尊黑圣母曾让弗朗西斯·普朗重新回归信仰。博讷的圣母也不如罗卡马杜的原始。这里的背景不够戏剧化。我们注视着它，试图将游客和拍照的声音屏蔽在外。一个小摊子上传来叫卖明信片和纪念品的声音。

信息台上的一位虔诚的妇女指引我们观看一处彩窗，上面描绘博讷殉教者圣弗洛斯盖尔（Saint Floscel）的故事。我要求她将这个名字拼写和拼读出来。“弗洛斯盖尔死的时候非常年轻。”她讥讽地说道。我忍不住觉得她的脸看起来就像一只烤过的青苹果一样可怜。“我们有弗洛斯盖尔的下颌骨。”她又补充一句。我的目光顺着她强健的手指朝一个圣骨匣看过去。

“这只下颌骨拥有什么特殊神力吗？”艾莉森真诚地问道。

那女人说她不知道它有什么特殊威力。“崇拜不是为了这个。”她补充道。她的嘴巴在干瘪的皱褶中消失，然后又重新出现了。“这涉及文化、历史和信仰。”“那是当然。”艾莉森表示赞成。“那是当然。”我随声附和道。

是的，我怀着阴沉的满足感回忆起吕塞特和格里沃法政牧师说过的话。圣徒遗体崇拜行业已经演变成一桩囊括历史、文化和大型美食的旅游生意，将博讷这样的地方变成21世纪的朝圣地。它们配备了清楚明白的路牌、全彩明信片、树脂玻璃旅游车和大型声光秀，还在世俗化的礼拜堂里举行品葡萄酒游览活动，易于消费，便于游历。

博讷游览记

当我们迎着清晨的阳光走向博讷丘（Côte de Beaune）时，我不禁自责起来。天气寒冷，但这并非博讷给我留下阵阵寒意的原因。我们在这里过得很愉快。我们见过一位殉教者的下颌骨，后来又在济贫院看到这家医院的捐助人弗朗索瓦·布吕内·德·蒙弗拉尔（François Brunet de Montforard）做过防腐处理的心脏。其建筑也恰如其分地给我们留下深刻印象。以前那栋宿舍修建得就像一艘翻转的木船，屋顶上有精美的装饰性弯梁和十字木。博物馆的多联画屏也让我们真诚地觉得感动和不安。这些绘画在15世纪作为圣坛装饰画开始自己的生命，其中九块画屏上描绘了“最后审判”的场面，由佛兰芒大师罗杰·凡·德·威登（Roger van der Weyden）绘制，它压制了我的不敬。画中的钉子、荆棘、鲜血以及正在实施的酷刑和流淌的眼泪，都有一种奇怪的当代感，通俗易懂，将各种宗教和教派——包括无神论——联合起来。

说得轻松点儿，我们在雪松酒店（l’Hôtel du Cêdre）的舒适房间里睡觉，还享受了一顿丰盛的大餐，包括黄油奶油酱蜗牛和蛙腿、细嫩的春季羔羊肉和熟奶酪，还配了一瓶陈酿葡萄酒。

来到博讷城墙外平淡无奇的郊区，我们停下来，最后看了它一眼。“真是如释重负。”艾莉森说。

“我们是不是有些格格不入？人们都疯了似的希望像我们这样到此游览，我们到底是怎么了？”

“也许我们即将在自己身上发现某些正确的东西。”艾莉森神神秘秘地说。

博讷丘的葡萄园展现在我们面前，树干光秃秃的。我再次觉得自己格格不入。走进那一排排的夏敦埃和黑皮诺葡萄藤之间，我脑子里冒出来的头几个词和形象竟然是“公墓”和“诺曼底登陆”。这么多天来，我第一次在自己的红色风衣里摸索着寻找那只来自犹他海岸的鸟蛤壳。这些葡萄藤排列得整整齐齐，被一些水泥柱支撑着，在我看来，很像是一些疙里疙瘩的黑色基督被钉到了白色的十字架上，正朝着永生——或者说生命终结——前进。到处都有苍白的葡萄藤芽苞挣扎着准备绽开。忘记迪士尼和尼采吧。瓦尔特·惠特曼会说什么？这里看不到一片草叶，连一根杂草都没有。绿色不是希望的色彩吗？或者，它代表了信念或仁慈？我记不得了。我从未真正理解，为何一个感觉敏锐的人需要经过教导才能变成一个仁慈的人？为什么仁慈不会自然产生，无须圣保罗向科林斯人说教？是的，我读过《圣经》，但不是在教堂或主日学校里，而是在加州大学伯克利分校研究政治学的时候读的。

尽管施用了除草剂，但山坡上还是会很快重新焕发出生机，葡萄藤叶子会逐渐展开。考虑到勃艮第地区去教堂做礼拜的人约等于零，对于这个葡萄酒之乡来说，这或许是唯一举足轻重的复苏。

我们的步道上有熟悉的扇贝和其他标志，因此我们无须地图也能辨别方向。根据欧洲议会的说法，我们走的路线是圣雅各大道的一条支线，当地旅游局称之为“顶级葡萄酒之路”（la Route des Grands Crus）。如果这种说法是可信的，那么我们即将踏上“僧侣之路”（la Route des Moines），这跟艾奥瓦州的得梅因毫无关系，而是涉及中世纪的克吕尼和其他生产葡萄酒的勃艮第修道院的僧侣。按照出家修行者的习惯，这些僧侣传播了这种转化葡萄的技艺，表面上是为了提供“真正的饮料”，作为基督之血的圣餐变体。显然，这些僧侣很善于酿造圣礼葡萄酒。但他们及他们的生活方式来了又去了，宗教战争如此，法国那些君权神授的国王如此——据说他们是克洛维和查理曼的后裔，1789年那场毁灭性的大革命也是如此。只有这些葡萄及用它们发酵的果实酿造的饮料幸存下来，丰富了——也许是过度丰富了——勃艮第的生活。

圣母与岩石农庄

野丁香、果树和糖芥从阳光炙烤下的葡萄园里生长出来。葡萄园边缘是用金色石头砌成的围墙，其实是石头染上了泛蓝的硫酸铜的颜色。这些围墙将山坡分割得整整齐齐。三名种植葡萄的工人在一个标着“Premier Cru-Les Vignes Franches”（一级酒庄-法兰斯干红）的地方干活儿。他们已经将一棵老葡萄藤连根拔出，准备种植一棵新的。我忍不住问他们这些根茎来自何处。

“美国。”其中一名工人回答。这是个粗鲁的中年人，他面颊上爆裂的毛细血管如同一幅路线图，泄露了他是多么敬业。“一百多年前，根瘤蚜害死了我们的葡萄藤。法国的所有根茎都是从美国葡萄藤上生长出来的，”他停下来细细打量我们，“啊，是的，所有好东西都来自美国，从根瘤蚜开始。”

我是否觉察到他语带讥讽？尽管他的目标显然是让我们感到不舒服，但这个策略失败了。我无情地回敬他一个微笑。“你是怎么猜出我们来自美国的？我的意思是，勃艮第有没有某种批发葡萄藤的苗圃？难道你们直接从美国购买幼苗？”

我的反讽让他局促不安了吗？他挥舞着那棵老葡萄藤的枝干，告诉我们法国有数十家专业的根茎供应商，大多数都位于普罗旺斯，但其中最大的一家却在萨瓦（Savoie）地区。勃艮第的所有人都从萨瓦购买葡萄苗儿。

与他们告别之后，我们不到一个小时就徒步下山，进入波马特村（Pommard）。这里就是葡萄种植区的村庄模样，低矮的石头房子被阳台包围，旁边有实用的小花园。位于房子后面的葡萄酒厂和仓库十分显眼。空气中弥漫着硫黄的气味。我们在葡萄园里就闻到过这种气味，我开始觉得头痛。有机葡萄种植似乎在这一带不太流行。当地农夫坚持“传统”，而传统意味着20世纪50年代那种化学战争式的园艺技术。

我曾经通过阅读得知，托马斯·杰弗逊的葡萄酒供应商是波马特的某位帕朗先生。到现在，如果这个家族仍在经营这项业务，那么帕朗先生至少是其五世先祖了。在主要广场上那座难看的教堂和喷泉一侧，有一块牌子指向帕朗葡萄酒厂。我们过去敲敲门，又摁摁门铃，却无人应门，这倒也好。我们需要的是咖啡，不是葡萄酒。从波马特村的外表看，这里是不会供应咖啡的。它也确实没有。

迎着凄冷的小风，我们很快来到毗邻的沃尔内（Volnay）。路边停着一辆高科技拖拉机，上面放着一个巨大的桶，里面装着清澈的化学品。“他们的除草工作可干得真不错。”我评论道，感觉嗓子发干，眼睛刺痛。艾莉森说话结结巴巴。她的嘴唇像硫酸铜那样泛着蓝青色。要么是受到葡萄园农药的影响，要么是着了凉，肚子饿了。

仿佛是出于感应奇迹，远方传来博讷的正午汽笛声，一座教堂钟楼上的钟声与它遥相呼应。我的肚子开始咕咕叫，将我的思绪转向找个没受污染的地方去吃午餐。沃尔内小小的广场上有一些经过修剪且没有叶子的树木，地势比周围那一片片喷过化学药剂的葡萄园高一些，似乎是享受我们的奶酪三明治、苹果和水的好地方。天气实在是冷。艾莉森冻得牙齿直打架。隔着几英尺的距离，我都能听到她的臼齿爆裂的声音。

“哎哟！”她惊叫一声。诚然，本地的法棍面包不是那么柔软，但它似乎也没硬到能把牙磕掉的程度。“那个牙医。”她咕哝着，试图将断裂的牙齿从补牙的填充物上取下来。

我们试图找个村民或一个可用的电话亭却告徒劳，于是决定尽快赶往下一个村子奥克塞–迪雷塞（Auxey-Duresses），到那里找个牙医。为了赶紧到达那里，我们将不得不走公路，否则就只好顺着小路爬到山脊上，步行好几个小时。艾莉森认定断掉一颗牙齿不会要了她的命，但飞驰的货车、拖拉机、轿车或旅游大巴却有可能。

越过依偎着山脚的村子和经过整理的葡萄园，我们爬上山顶，发现自己处在一个地中海微气候带中。丁香与扭曲的松树争夺着生存空间。糖芥的花香逐渐取代了杀虫剂的气味，蜿蜒的小道出人意料地通往一座巨大的圣母像脚下。她高高矗立在葡萄园上方的一个基座上，穿着皇家的蓝白色袍子，看起来并不太像法国演员凯瑟琳·德纳芙（Catherine Deneuve）——很久以来，她的肖像都被用作玛利安的原型。灿烂的阳光在圣母的白色披风上发出反光。虽然我拿不太准，但这位葡萄圣母看起来就像在哭泣一般，流出一道道锈迹斑斑的泪痕。旁边的一块牌子说，她是在1871年9月17日被竖立起来保护葡萄园的：

Posuerunt me custodem in vineis, Cant 1.5（他们使我看守葡萄园，摘自《雅歌》1:5[①]）。

那时流行圣徒遗体和崇拜，它们被当作抗击根瘤蚜的武器，那种破坏葡萄的蚜虫改变了这个世界。我翻来覆去地想着这个。“改变世界的蚜虫”，这听起来像一部科幻电影的片名。

尽管根瘤蚜刚出生时看起来像扁虱，但这种纽扣大小的昆虫却像长着翅膀的闪电一样发动进攻。19世纪80年代，在从美洲东海岸往英格兰运输植物标本时，葡萄根瘤蚜（拉丁文学名：*Daktulosphaira vitifoliae*）随着污染了的土壤被无意中带了过来，在短短几十年内，它们爬着、蠕动着、飞行着，传遍了整个欧洲。它非常神秘地越过了英吉利海峡——也许是跟着农产品运输过来的，或者是靠它自己小小的翅膀飞过来的——进入法国、意大利、西班牙、德国和东欧，所到之处，葡萄园悉数被毁。欧洲几乎所有的葡萄种植区都受到影响。

现代的处理方法——包括杀虫剂和对土壤做超热处理——都未能杀死根瘤蚜，它们至今仍非常猖獗。难怪欧洲还会继续使用美国根茎。大自然赋予美国野葡萄一种让根瘤蚜厌恶的滋味。

从山脊上眺望勃艮第起伏连绵的大片葡萄园及它们东边的索恩河河谷，我心里充溢着一种想翱翔天空的非理性欲望。对于那些受根瘤蚜折磨的当地人，飞翔是自然的反应。根瘤蚜的

① 原文如此。应为《雅歌》1:6。——译者注

一代代雌性后代会交替生出翅膀，从一个葡萄园飞到另一个，然后钻进土壤，在里面吸食葡萄藤的根。站在圣母的脚下，我意识到根瘤蚜的简史不只包括这种害虫的科学身份卡，而且还应描述它们的食性及其造成的间接破坏。在勃艮第的两个主要葡萄品种中，根瘤蚜更喜欢黑皮诺还是夏敦埃？或者，就像很多权威认为的那样，它更倾向于西拉、歌海娜，以及罗讷河河谷的其他葡萄品种？说不定它发现波尔多地区的赤霞珠和梅洛葡萄更有吸引力？

关于根瘤蚜对葡萄品种的偏好，没人能给出确定的答案。怀着一种自我伤害的满足感，欧洲的每个葡萄种植社区似乎都宣称自己受到的破坏最大，自己的葡萄是这种害虫的最爱。只有少数寂寂无名并拥有沙地或风化的火山岩土壤的孤立地区得以幸免，无法加入这一迭连声的哀叹。

自然，根瘤蚜导致的破坏远不局限于生物学范围。欧洲葡萄园遭遇的灭顶之灾破坏了经济，刺激了大规模的人口转移，因为破产的农夫、葡萄酒批发商和零售商都收起自己的开塞钻，涌向城市。整个法国西南部都不再种植葡萄，而改种其他作物，例如可以长出松露的橡树。松露蘑菇由此大量出现，它又名佩尔戈尔黑松露，如今正在被全球变暖和不期而至的干旱摧毁。在其他地区——如我们在大约一周前刚刚经过的勃艮第南部的沙罗莱——奶牛场取代了葡萄园。在所有种植葡萄的地方，迷信大获全胜，出现了跟这一尊类似的铸铁圣母像，这些来自天堂的保护神可保护葡萄免遭蚜害。受害虫驱使的天主教复苏随着这些昆虫的翅膀而传播。到这些耸立于葡萄园上的蓝白色圣母像前虔诚地朝圣，变成一种必需的活动——反正我阅读的历史书是这么说的。

我再次抬头仰望。在这尊锈迹斑斑的圣母像的基部，可以看到这样一行字："向圣母像祈求者可获得四十天特赦。"

"神啊！"我捏住帽舌脱下帽子，"由于您是为抗击蚜虫而建的，我拿不准向您祈祷会有什么效果。不过，圣母马利亚啊，如果你真在那里，请保佑我的膝盖、眼睛和我太太的牙齿，并保佑世界太太平平吧。"

艾莉森把相机转向别处。"信则灵。"

"真的吗？"

"那就是所谓的信仰不可捉摸。意念很重要。就跟安慰剂的效果差不多。"

"把这话告诉根瘤蚜去。"

我们在山脊上顺着另一条布满车辙的大道向南跋涉，穿过散发出霉味的黄杨木、松树和甜香的野李子树林，这时，我忍不住对那些根瘤蚜朝圣者的穿着感到好奇。他们是否穿着沉重的皮靴，披着羊毛披风，戴着三角帽，穿着马裤，打着绑腿？他们会拄着长长的棍子支撑自己，赶走狼群吗？我试着想象在19世纪徒步越野的情形，那时没有精确的地图和路标，更别提咖啡馆、酒店和民宿了。在露天的乡村，根瘤蚜朝圣者从一个十字路口前往另一个，因为每个路口都有一个老远就能看见的十字架。要么他们就依靠一个个村子里的尖塔辨别方向。那时没有柏油路，这是好事。根据我现在的经验，对徒步者的膝盖和脚来说，柏油、水泥和石头路面是最容易导致疲劳的。尽管我穿着有鞋垫的橡皮底靴子，但我的膝盖和背部自从我在康什河峡谷滑倒受伤后就一直疼痛难忍。可是我不敢埋怨。我们还有好几百英里要走呢。

“如果圣母马利亚不帮忙，没准玛利安会，”我说，“为了弄清怎样将圣母马利亚的神力转到玛利安身上，你觉得，拿破仑会召开一次红衣主教秘密会议或革命委员会大会吗？”

“你在挖苦。”

“我在开玩笑，”我说，“差不多是吧。”

虽然有人提出异议，但玛利安被视为圣母马利亚的世俗化身却也是事实。但对大多数法国人来说，这是不能开玩笑的，因为他们不是天主教徒就是波拿巴派。对前者来说，拿圣母开玩笑不啻亵渎神灵，而对后者来说，将他们的象征标志跟天主教联系起来不啻于侮辱。

我脑子里想着这一连串无望获胜的念头，注意到我们的小径及脚下备受侵蚀的断崖。我突然明白了法语中“côte”一词的起源。这是法国人对“costa”——亦即海岸——的贬低，在拉丁语和意大利语中，它都含有肋骨和海岸线的意思。博讷丘的悬崖峭壁及其脚下的土地就像棱状海岸线，是种植葡萄的理想地形，除此之外很难种植其他作物。但在这片如同月球表面的荒野中，却冒出来一片片鲜绿色的谷物。我们停下来扫视这一幕景色，不明白为何有人试图在这里种植小麦。作为回应，我脑子里冒出一个熟悉的词语。“津贴。”艾莉森抢先说了出来。

“岩石农场，没有收成，但政府会付钱。这件徒劳无益的事情让葡萄酒生产商再也无法与之竞争了。”

“我那颗臼齿剩下的部分也掉了。”她呻吟了一声，撑住下巴，取出一大块象牙质。

我打起精神，准备应对那种将很快袭来并击败她的疼痛。

大约一小时后，我们进入奥克塞–迪雷塞，这时我们俩都不禁多看了几眼。这里看起来跟波马特和沃尔内惊人地相似，让我们一度担忧自己是否又转了回去。可是没有。这里的主路上有一家名叫“La Cremaillère”的咖啡馆兼餐厅。一个和蔼可亲的女人端着盘子大步穿梭于烟雾缭绕的餐室和安静的酒吧区之间。我们就坐在酒吧区里啜饮意式浓咖啡。

“牙医？”她反问道，然后停下来摇摇头，就仿佛我们要见的是个火星人。“你得回到博讷去，”她说，“这一带没有牙医了。”她递给我们一本电话簿和一部无绳电话，点点头咕哝了一句，对艾莉森的不幸表示同情。通过解释“荒漠化”一词，她似乎也想对我们诉说后根瘤蚜时代乡村生活的核心悲剧。当她说起这个词语时，我脑子里突然冒出20世纪40年代那本有关法国乡村旱灾的名著的主题：巴黎与荒漠化的法国。

今天是周六，现在已经是下午。难怪我们屡次想在自己途经的村子寻找牙医却均告失败。我们谢过这位女招待，付过钱，踏进奥克塞–迪雷塞的主街。“要不要回到博讷去？”我问艾莉森。她摇摇头。“继续往前走！”

波兰蜗牛和蹦跳的老鼠

只要你不管“Meursault”（默尔索）的拼写方式，这个词其实很好发音。幸运的是，这座白垩色城镇的外表跟其名称相去甚远。它充满活力，占地面积广阔，根本不像个村子。顺着它满是灰尘的长长主街，我们来到一个近似于三角形的主广场上，这里有个水花飞溅的喷泉。广场的一边矗立着市政厅，它显然是嫁接到一座中世纪塔身上的，无疑在19世纪中期经过维奥莱-勒迪克的重建。在它的近旁，一座尖尖的帽形的钟楼高耸入云，属于一座庞大的教堂。从教堂的外观看，业余的哥特后期工匠曾多次对它加以重塑。若干特产商店、一家药店和面包店，再加上几家餐厅和酒店，使得这个七巧板似的广场五脏俱全。而在我们过夜的中央酒店，其露天平台因游客而显得生机勃勃。在放下背包，又互相掸去身上的尘土后，我们坐在阳光下等待着，等待着……事实证明，要等很长时间，饮料才会被端上来。因此，我们有时间让自己汗湿的衣服在微风中慢慢被吹干，并研读有关本地历史的资料。

艾莉森在酒店门厅里发现一本指南。她清了清自己焦干的喉咙，为我读起来。市政厅建于1337年，她说。教堂始建于15世纪80年代，但默尔索的历史更为悠久。这个镇子横跨于前高卢时代、高卢时代和罗马时代从索恩河河谷通往比布拉克特的盐铁大道上。我们正坐在从前的一座埃杜伊要塞中央，它在帝国时代被升级成一座罗马营地，又在近古时代经历了僧侣和封建领主的改建。

等到酒店唯一的侍者蹒跚地走过来拿走我们的点菜单，又端着温和的饮料回来时，艾莉森——显然没受牙痛的影响——已经带着我们穿越了数千年的历史。根据撑放在我们桌上的菜单，这家酒店的老板是格扎维埃和马蒂娜·福雷（Xavier and Martine Foret）。福雷先生一听我们是在这里过夜的客人，并且预订了晚餐，立马拂去一脸的冷漠，笑逐颜开。当了四十年的服务员，天天迎客，记账，跑堂，端茶送水，微笑，显然造成一些负面影响。就像大多数骄傲的法国人一样，福雷的面部肌肉很容易紧张。“你问我为什么这里叫‘Meursault’？”他把我的问题大声重复一遍。我要么是傻瓜，要么太无知，因为人人都知道这个词是“rat”（老鼠）和“leap”（跳跃）的讹用——*muris saltus*。“是拉丁文，当然。”他补充一句。

“当然。”我说。

“老鼠跳跃——le saut du rat——就是我们对博讷丘和默尔索之间那条地质学裂缝的称呼。”他挥挥手。

“谢谢您的解释，”我说，“我会忍住不向你打听‘Puligny-Montrachet’（皮利尼-蒙特拉谢）的词源。谁要是告诉我说‘murus altus’在拉丁文中的意思是‘高墙’，或者指出‘salus’也有‘树林覆盖的山坡’或‘多树的牧场’的意思，我会跟他打上一架的。当然，如果有人告诉我，在这个国家几个地形完全不同的地区，‘Meursault’还有其他几种变体，我也会非常高兴地跟他决斗。”

“自作聪明，”等福雷离开后，艾莉森板着脸说，“谁不知道你学过几句拉丁文啊。”

我指着那本指南说：“读读它。我们是人类还是鹦鹉？不用回答。”

解渴之后，我们抬头看了看钟楼上的钟，意识到还要等近三个小时才到晚餐时间。其中一半的时间在淋浴和小憩之间消失了，只给我们留下大约九十分钟再去散散步。晚祷的钟声敲响，艾莉森想先去哪里已是不言自明。我在教堂里的一排排靠背椅之间赶上她。烛光闪烁，阳光通过圆窗照射进来。我回忆起钟楼的高度是五十七米。教堂的中殿没有这般高大雄伟，似乎是由几个地窖构成，并用哥特式拱门支撑起来的。那些工匠很可能是从酿酒行业学到其建筑手艺的。

我感觉疲惫而舒适，便把额头靠在一张木头长椅打过蜡的栏杆上，试图考虑一些重要问题。但我的眼睛不愿闭上，我注意到我们周围那些长椅都贴着一些牌子，上面用水彩笔写着半打姓氏，如帕夫莱（Patriarche）、德苏萨（DeSousa）、罗西尼奥尔（Rossignol）、西莫南（Simonin）、让特（Gente）和卡佩拉（Capella）。它们听起来不像是埃杜伊姓氏。拥有这些姓氏的人更有可能于几千年前来自南方的罗马及罗马帝国其他种植葡萄的地区，那时，用一双耳陶罐的葡萄酒就可买到一个强壮的高卢奴隶。

用褪色的石灰岩砌成的高墙延伸到教堂南边的葡萄园里。当我们漫步探索这些园子时，艾莉森提醒我说，多年来，本地农夫一直能从这里挖掘到一些瓷器和墓碑。我们窥探的一些葡萄园看起来很像带有围墙的花园，苍白的石头散发出午后阳光的温暖。几种在世界上知名度更高的白葡萄酒来自这里，但这一事实并没有我预想的那么令人望而却步。或许是因为我们上午步行穿越了那么多大名鼎鼎的葡萄园，它们颇有裨益地提醒我们，毕竟，我们谈论的是泥土、葡萄藤和发酵的果汁。“Bone white（白色骨头），”我自言自语，想起自己从前在一本葡萄酒百科全书上读过的一首歌谣，“Beaune（博讷）那个Bone，白葡萄酒的白。”我解释说：“最好的白葡萄酒来自博讷丘。黑如夜色。Nuit’s delight。‘Nuit’的意思是黑夜，对吧？因此最好的红葡萄酒来自夜丘（Côte de Nuits）。差不离吧。”

“何苦去记这些东西呢？”

我推开中央酒店的餐室大门，耸耸肩，回答说：“词语就像根瘤蚜一样对我纠缠不休。我猜你宁愿我记点儿尼采的名句？”

这么说并非没有根据，与其说尼采的“永恒轮回”论涉及历史螺旋式的重复，不如说它涉及食物。尼采还说过：“大难不死，必可更强。”我们又回到餐桌旁，在夹钳和双餐叉的武装下，等着蜗牛的到来。“要将它们从厨房赶到这里来确实需要点儿时间。”我讽刺道。餐室里挤满了兴高采烈、声音洪亮的中年德国人和英国人。他们喝着啤酒、热牛奶咖啡和葡萄酒，似乎对点餐和餐饮搭配不以为然，有几个还借着酒兴大呼小叫。

一名自称奥雷丽的年轻女子把我们那份带壳的蜗牛端了上来。她身材丰满，肤色粉红，鼓鼓的眼睛周围布满笑纹。蜗牛在黄油中晃动，上面撒着金黄色的腌蒜粒。“好多啊，”我说，“难怪煮了那么长时间。”

“好多好多。”奥雷丽逗乐说。据她估计，她每周要给客人端上七百只蜗牛。我停顿片刻，然后才狼吞虎咽地吃起来。蜗牛是勃艮第的象征，值得尊敬。我计算着，如果中央酒店每周卖出七百只蜗牛，那么一年就有三万六千四百只，再乘以勃艮第的数百家餐厅——那么法国每年吃掉的蜗牛就不计其数了——那么庞大的数字，就算谷歌也很难获得那么多的广告收入。蜗牛命运堪忧。为了生存，它得爬更远的路。如果你再把因化学毒害和气候变化——蜗牛需要时时保持湿润，最近的干旱会让它们数量骤减——导致的伤亡等因素放到这个公式里，结果就很难预料了。

当奥雷丽端着面包回到我们桌前时，她承认“本地蜗牛供不应求”。事实证明，要擦掉我们那些蒜味蜗牛上的黄油，面包是很不错的海绵。

巨大的需求和有限的供应解释了为何莫尔旺有专门的蜗牛养殖场，奥雷丽补充说，东边的侏罗（Jura）地区及法国的其他地区也有。其实大多数这种养殖场都在东欧，她解释道，它们生意兴隆。

“就跟水管工一样，”奥雷丽不带讽刺地说，“蜗牛和蛙腿也是来自波兰。”

勃艮第野生蜗牛完蛋了。但在描述当地的饮食习惯时，“慢如蜗牛”似乎仍然非常恰当——除非站在炉子后主厨的是荷兰人。我们又等了半个小时，主菜才上来，我们知道中央酒店的厨房将酒焖仔鸡和勃艮第牛肉用文火炖了整整一个下午。反正奥雷丽是这么说的。“关键是要用牛腿肉，”她小声说道，在把我们的菜放到桌上时指了指她自己结实的双腿，“肉铺专门留给我们的。毫无疑问，最好的勃艮第牛肉是用牛腿肉做的，而且要炖上三个小时。”

坚纽斯与全球葡萄园

当我们收拾好自己的野餐、医疗用品、经过按摩的关节和艾莉森那颗消过毒的断牙时，外面阳光明媚，微风徐徐，根据药店门外的温度计显示，气温为摄氏11度。时间恰好是上午9点30分，星期日的早晨。我们的时间感静静地消失了，一个个日子模糊成一片，不辨日月。我琢磨着，或许，这是我们朝着开悟又迈出了一步？

我们顺着一条农夫走的小路攀上“鼠跳”山，那上面还有一座拔去葡萄藤改种小麦的葡萄园。麦梗闪着翡翠绿的微光，这种色彩在游记作家们笔下随处可见，实际上却无处可寻。当我们爬到半山坡时，一座废弃的礼拜堂挡住了去路，它的旁边是一座倒塌的19世纪花园装饰建筑——仿建的罗马废墟。现在它变成真正的废墟了。礼拜堂和装饰建筑位于一眼浑浊的泉水上方，我想它也许是过去给高卢-罗马时代的默尔索供水的水源。这么解释就说得过去了。这里的风景蔚为壮观。我忍不住转过头，回望那个小镇和索恩河河谷，感觉自己就像个现代的坚纽斯。如果我们全都能同时向后和向前看，那该多好啊！

最短的捷径是穿过这些藤本植物，上面撒落着易碎的石灰岩。就跟其他地方一样，没有一片草叶或一根杂草玷污这些山坡。根据我们的勘测地图，这条明显笔直的罗马古道位于一系列人造的山脊上。正前方的路旁有个写着“罗马军营”的路标，消除了我们心头残存的疑虑。黄杨木稠密而低矮，只有大约八英尺高，但它们并未湮没这条古道及那堆坍塌的石灰岩，它们过去曾是环绕这个军营的围墙。我们越过GR-76步道，顺这条印着深深车辙的罗马古道，来到了有一堆巨石的峭壁附近。风呼呼地刮过灌木丛，我突然觉得腰部一阵刺痛。要么是我的膝盖和背部就要变得僵硬起来，要么是那些早已死去的百夫长们正在向我传达某种信息。

“太好了。”我咕哝着，试图赶走这个不期而至的疼痛使者。

“这里肯定非常悲惨，”艾莉森说了句让我吃惊的话，“想象一下，驻扎在这里，跟高卢人和强盗作战，除了树林里的野猪和熊，什么东西都没有，狂风呼啸。到了冬季，这里的雪肯定齐腰深。”

“你描绘出一幅美丽的图画。”虽然阳光明媚，我却浑身发抖。我们可以看到光线照在霉迹斑斑并散发出甜香的黄杨林中。处境悲惨是肯定的。为什么人们能轻松地辨认出过去的悲惨，但对当前的可怕处境视而不见？数以万计当代军官一边在荒凉的地方挨冻或受到炙烤，一边琢磨自己为什么被送上战场。“回想起来……”我刚说了半句便戛然而止，我的眉头悸动起来，“坚纽斯”，我咕哝着，“也许他根本就没那么坏。”

不等艾莉森回答，我们就听见一辆汽车在一条看不见的公路上朝近处驶来的声音。车门“砰”的一声被关上，狗儿狂吠。“我们是不是继续往前走？”她委婉地说道，“这个地方让我觉得——”

“毛骨悚然。”我打断她的话。

我们快步前行，仿佛尤利乌斯·恺撒本人就在后面挥动鞭子追赶我们。不到一个小时，我们就从杂乱的黄杨林中钻了出来，一步一挨地下山，朝佳美村（Gamay）走去。

四处化缘求水

中世纪的佳美城堡孤零零地矗立在一片片葡萄园中。如果你转过头去，塞住耳朵，就不会看到或听到RN6高速公路从这个曾经非常美丽的山谷南缘穿过。你可以忽视视觉甚至听觉污染。但如果你的勃艮第红葡萄酒不是用佳美葡萄酿造的，而是用黑皮诺酿造的，并且，你的村子叫“佳美”，比你的葡萄品种还要古老，那你该怎么办？你很可能会要求巴黎的原产地命名控制局（Appellation d’Origine Contrôlée bureau，AOC）借给你一个附近的AOC名称。佳美附近的村庄是圣阿尔邦（Saint Alban），于是，凭借官僚主义者手中的诡计，佳美的葡萄园便生产出一种贴有“圣阿尔邦AOC”标签的黑皮诺。这很好，非常好，但在吃午餐之前却不妙。

尽管圣阿尔邦那座低矮的中世纪教堂外立面点缀着一种与众不同的贝壳装饰，由排列得颇有艺术性的粗糙散石构成，但这个村子看起来跟波马特、沃尔内、奥克塞-迪雷塞和默尔索惊人地相似，更别提佳美了。我们在勃艮第其他地方都没碰到过这种类型的装饰。在精神上，它让我想起加州1号高速公路上比较好的沙滩汽车旅馆，那里出售红杉雕刻的艺术品。

这个迷人村庄的另一个特色是一处竖着圣母与圣婴耶稣雕塑的喷泉，耶稣小小的手指握着一个球。一块铭牌告诉干渴的路人，从高卢-罗马时代起，这个喷泉里的水就由一条一人高的高架渠供应。不幸的是，现在高架渠里只能渗出涓涓细流了，难怪旁边的牌子上写着“非饮用水”几个大字。就像我们离开博讷以来经过的大多数村子一样，圣阿尔邦没有咖啡馆、餐厅、酒店、杂货店或饮用泉水。我们只得继续前行。

此刻，我们面对的是一个更具挑战性的时刻。这条小径在RN6高速公路的南侧继续向前延伸，但交叉处没有地下通道或天桥。我们在公路北侧等待了几分钟，然后在飞速行驶的轿车和卡车中间猛冲。公路南侧有个加油站，上面的广告写着无铅的98号辛烷汽油每升1.38欧元。我很快计算了一下，每加仑的价格约为10美元，这为徒步提供了一个很好的理由，而且还在身后留下芭蕾舞似的碳足迹。我告诉自己，我们最好在生活中习惯步行。没有汽车或饮用水的生活，看起来是我们共同的未来了，全球大约有四十亿人已经过上这样的生活。

加油站的人关门去吃午饭了，水龙头上没有把手：它们被人拧了下来，以确保干渴的朝圣者不会免费获得一滴水。一辆辆汽车嗖嗖地从我们身边驶过，人们匆匆忙忙地赶去吃午餐，我估计它们的速度高达每小时100英里。我们的喉咙干得冒烟。

“你有没有注意到，我们走的小路现在叫‘僧侣之路’？”艾莉森用嘶哑的声音说。

“我还以为我们从博讷开始就走在僧侣之路上了。难道是GR-76步道？”我们轮流喝着水壶里的最后几滴水。这条小路的名称或标号是什么都无关紧要。这个人说的“葡萄酒之路”可能会是另一个人说的“顶级葡萄酒之路”或“圣雅各大道”，但没有一条向朝圣者提供饮水。

我们顺着之字形路线爬出这个山谷，翻过一道山脊，从另一侧下山，途中停下来吃了一顿又干又少的野餐。这条之字形的下坡路让我想起自由降落的羽毛，由此联想起一对相关的比喻：崎岖的人生之路及我们这趟漫无目标的漫游。改头换面的时间早就过了。就像一根自由降落的羽毛，我首先不得不顺着曲曲弯弯的道路回到现实中来。诚然，这些比喻并不完美。但它们不是一直都不完美吗？对有些人来说，那条通往改变的曲折小路意味着造访一位精神病医生，或者去上一门药物学课程。对另外一些人来说，那或许是一条曲曲弯弯的朝圣之路，一次看似漫无目标的漫游。我们这趟旅行似乎跟很多事情相关，其中没几个与圣雅各有直接联系，但或许我只是没把目光投向正确的地方。我计算着我们已经走了多少天，想知道我是否从肌肉疲惫的生理适应期——朝圣第一周让腿适应——进步到第二周的心理适应期。

沙萨尼－蒙特拉谢（Chassagne-Montrachet）就在我们下方，它的一座座尖塔和酿酒厂的房子排列在盘曲的街道两侧。想起一瓶普通的本地葡萄酒的价格，我心里暗暗发笑，同时渴望痛饮矿泉水，充满活力的矿泉水。我朝着四周张望，正要说点儿什么，艾莉森却不见了。她及时地再度出现，领着我走进一条充满不祥之兆的小巷。“瞧！”她兴奋地说。一扇大门的旁边放着一个折叠起来的长长塑料袋，上面贴着一张手写的纸条：“Bien cuit SVP!”

“意思是‘请好好烤’？”

“面包，”艾莉森说，“他们把面包送来，挂到门上。她希望他们把面包烤透。”

“这可有点儿古怪。我的意思是镇上没有面包店。这很可能也意味着这里没有咖啡馆或其他任何店铺，也没有水。”

“我们可以到教堂里面去歇歇。”

“然后喝里面的圣水？”

教堂大门紧锁。村里的一切都锁得严严实实。我怎么又忘了呢？我们忘记了时间。今天是星期日。“教堂不是在星期日开门吗？难道这是法国的另一个例外？”我问道。

“我想知道的是，我们真的是在一条朝圣大道上吗？”

这个村子看起来跟圣阿尔邦、佳美、默尔索、奥克塞-迪雷塞、沃尔内和波马特惊人地相似。为了考验自己的记忆力，这一次我忍不住把它们的排列顺序颠倒过来。寂静的街道震动起来，然后突然爆发出由重击声、碾磨声和嚎叫声组成的电子乐节奏。艾莉森与我对视了一眼。

“游艺集市？”她用颤抖的声音说道，脸上的表情顿时一变。不等我反应过来阻止她，她已经三步并作两步地跑开，相机在她脖子上摇摇晃晃。

如果没人找乐子，游艺集市并没有多少乐趣可言。这个游艺集市的好处在于，里面没有一个付钱的顾客。闷闷不乐的操作员们坐在那里吸烟，心烦意乱地转动着他们的幸运轮。一堆音箱大声播放着电子说唱乐，当我们堵住耳朵从那里经过时，那些音符的声波真的击打着我们的脸。我意识到那位说唱乐手是在用意大利语演唱。“超现实主义”是我此刻能够想到的唯一词语。我们匆忙穿过，都无法思考，并且惊讶地发现这里没有一个摊位是出售食品或饮水的。尽管渴得要死，我们还是很高兴重新回到了葡萄园里。

波兰人、罗马山和白板理论

伊芙·法热说一口毫无瑕疵的法语，我根本没想到她是波兰人。1960年，十几岁的她从“铁幕”之下溜了出来，毫无准备地来到法国，开始了新的生活。她灿烂如花的笑容、鹅蛋脸、真诚的热情和对生活的热爱暴露了她的身份。伊芙带领我们参观了她位于勒米尼（Remigny）郊外的现代排屋，从沙萨尼-蒙特拉谢往南步行到此约需一个小时。这不是我们期待中的民宿，部分是因为我们没有期待，但也是因为我们见过的其他法式民宿都在一座石头农庄或老式的乡村住宅里。“我不想要vieilles pierres。”伊芙解释说。她用了老屋爱好者通用的一个术语，意思是“老石头房子”。她说自己更喜欢现代的舒适设施。

当我们坐在镶有玻璃的温暖天井里，用巨大的杯子喝咖啡，品尝华夫饼干形状的小点心时，伊芙告诉我们，她最近才从附近索恩河畔沙隆的柯达工厂退休。“数码摄影改变了一切。”她承认。几年前，这家工厂还雇用着一万两千人。现在它正被拆除，为以前的雇员提供“一次尝试新事物的机会”。她容光焕发地说：“我是个不屈不挠的乐观主义者。”

蜿蜒的中央运河（Canal du Centre）在伊芙房子后面的高处缓缓流淌。我们坐在低处的花园里，我抬头仰望。有人正靠在一艘船的栏杆上，毫不费力地从天上滑过。“超现实主义”，我在游艺集市上想起的那个词语又在脑海中冒了出来。它似乎捕捉到了我们离开韦兹莱以后经历的一切的精髓。

“但你们不是驾车，你们在徒步，”伊芙突然拍着手说道，“你们会错过这里的很多精彩之处。请允许我开车带你们去看几个地方。”

盛情难却，而咖啡因和糖又加快了我们体内脉搏的跳动速度，于是我们挤进她那辆最新的紧凑型汽车，向西驶去。从乘客的座位上看出去，中央运河的河岸仿佛换了一副模样。我已经不再习惯看运动中的风景。步行就像静态的照片——深邃、缓慢，如同在冥想。而坐在汽车里就像看电影。

在我们徒步1英里所需的时间内，我们坐车已经驶出20英里，经过了运河边上一连串的村庄。其中一个叫平原圣塞尔南（Saint-Sernin du Plain），村里有座用花岗岩石板修建的高高钟楼。我注意到的只有这么多。过了这个村子，我们就朝山上疾驰而去，然后停好车，跟随伊芙，沿着一条石子儿路前往一座位于山上的圆形大剧场。“罗马山，”她说，“这是我在这一带最喜欢的地方。”

又是罗马？如果这是一本小说，读者完全有理由大叫一声：“哦，当然！”

我们默默地坐下，被罗马山上的圆形大剧场环抱着，仰望天穹。我深感愉快，忍不住对赋予这座小山名字的罗马要塞感到好奇。但我太累了，没有力气攀爬穿过那些带有围栏的牧场，登上山顶。我闭上眼睛，想起罗马，结果没有看到大竞技场，却看到一辆辆小型摩托车在繁忙的街道上行驶，看到一盘盘烤羊肉，以及少年时代的我用手指捏出恺撒的黏土鼻子。又是同样的梦。艾莉森摇摇我的肩膀。我醒过来，跟着她往回走，下山钻进伊芙的汽车里。

圣奈（Santenay）位于我们下方几英里远的地方。它是博讷丘最靠南的一个种植葡萄的村庄，占据了中央运河北岸那些坡度和缓的小山。等我们到达那里时，街道已经笼罩在夜色中。伊芙将我们送到主广场上一家名叫L'Ouillette的餐厅，说她稍后回来接我们。我们发现，这个地方是典型的法国乡村餐厅，庄重的就餐者喜欢他们位于老式点心柜和壁柜之间的舒适扶手椅，会花上几小时的时间品尝丰盛且分量充足的法式经典菜肴。

吃着里脊肉牛排和车轮那么大的奶酪拼盘，我脑海中浮现出了伊芙·法热早些时候对"法国个性"的评论。在驾车带我们前往罗马山时，她跟我们分享了自己的想法。"过时""老古董"和"崇古"这样的词语似乎不仅适用于这家餐厅，而且也适用于我们迄今为止在勃艮第看到的其他大多数东西。然而，伊芙却激烈地反对我的看法，将法国人对待文化和历史的态度定义为"tabula rasa"——这个拉丁词语的意思是"白板"，但也有"彻底的破坏"或"作废"的意思。根据她的理论，罗马人毁掉了高卢人的语言、文化、习俗和城市。然后，野蛮人又摧毁了高卢罗马人的文化和习俗。教会最终抹去异教的最后一丝痕迹，法国大革命擦掉了那个古老政权珍视的一切，从皇室到教权、从宗教艺术和建筑到大众节日和圣徒纪念日。法国史其实是由掠夺、破坏和毁灭构成的一部悲惨黑暗的历史。

乍一看，这种理论跟我自己的冲突——我开始把自己的这种称为"坚纽斯法则"。但我越思索，就越觉得这两种理论是互补的。白板从来都不是一片空白，正如一片可重复使用的CD或DVD，总会带有更早"写入"的痕迹。白板更像是个重叠抄本，一层叠一层，写了又写。当然，法国社会在每个时代都被剧烈的突变所折磨，但从高卢人到未来主义者，它差不多总能在保存者与破坏者、喜欢幽暗林荫小巷和废墟的人跟喜欢高速公路和阳光的人之间平均分割。那也包括当代的"新自由主义者"，他们想将这个高卢婴儿跟全球化洗澡水一起倒掉，模仿英美，破坏法国的"保守主义"传统。创新者与保存者之间的冲突还在继续，这是一场延续了一千年的角力，必定还会一直进行下去。

毕竟，法国拥有TGV高铁、"幻影"战斗机，以及各种极端复杂的高科技装置，外加全世界最先进的医疗技术和科学设备，更别提除美国之外数量最多的核电厂及其先进的核技术了。崇古思想只是这幅画面中的一部分。我们这些向前看的美国人差不多总是失去历史感，并系统性地破坏我们的过去，擅长高科技，并且真正修建起欧洲人想象中的未来主义城市。然而，我们却拥有西方世界最差劲的火车、生锈的桥梁和漏水的堤坝，以及一个产生于18世纪的选举体系，而我们仍然在使用华氏、英寸和盎司这些度量单位——却没人敢说美国人“崇古”。

“这很复杂。”我暗自叹息，累得没有力气算出这个方程式。

“什么很复杂？”艾莉森的餐刀停在一块布里亚-萨瓦兰奶酪富含乳脂的中心上方，它气味浓郁，含有70%的脂肪，是人类已知最甜美多脂的高热量奶酪。

“法国、法国人、美国和历史，那些驱使我们踏上旅程的东西，全都复杂得不行，”我说，“甚至这份奶酪拼盘也是——看看它，里头有数十种奶酪——难怪戴高乐说要统治一个拥有两百种奶酪的国家是不可能之事。”

在离开这家餐厅并与外面的伊芙碰头之前，我顺便去了趟卫生间，感觉到了普罗旺斯的召唤。小便池上方的壁纸上贴着个扇贝标志。我久久地注视着它。它是鼓励朝圣者继续朝圣地亚哥-孔波斯特拉前进，抑或仅仅表示L'Ouillette是个美食朝圣地？我无法确定。回到民宿，伊芙·法热证实方圆几英里内都没有一家快餐店，这说明，至少在食品方面，坚纽斯理论仍然比白板理论更贴切。

被互联网改变的社会

第二天，当我们顺着流速迟缓但绿树成荫的中央运河前进时，陪伴我们的话题是一切相似之物的数字化白板，从网上聊天室和崭露头角的社交媒体，到维基百科、博客、播客，甚至亚马逊购物网上的订单追踪功能，即“我的包裹在哪里”按钮。头天晚上，我们睡得像石头似的。早上，我们边吃早餐边跟伊芙讨论电子时代的个体孤独和青少年文化，我们俩都喝了一夸脱的咖啡和橘子汁，摄入了数千卡热量。伊芙以自己古怪的乐观主义方式，为她心目中被宠坏了的独子家庭而哀叹，为数字时代——这是像素、耳塞与手机的时代，你可以无限制地下载自己想要却未必需要的一切——提供的那个经过消毒的中立、虚拟的现实世界而哀叹。她问道，人与人接触、信仰、希望，以及那种教会孩子无私与利他美德的博爱精神在哪里？在这场电子化的自我满足和放纵中，人们从哪里学习那种知足常乐、不求回报的美德？

作为意识形态时代的难民，伊芙逃离了“铁幕”后面的那个世界，她热爱冒险，喜欢没有补助金的生活和充满激情的亲力亲为，拥有理想主义的开朗个性。电脑和网络的冷漠让她感到厌烦。在她看来，那正是当代法国社会对错误行为模式的奖赏，如消极、恐惧、贪图福利、厌世、玩世不恭、目光短浅或窥阴癖。尽管我们无意刺探她的家庭环境，但伊芙似乎对这个问题有着切身体会。我们不太情愿地对她说的大多数事情表示赞同，但这么一来又感觉自己有技术恐惧症，变得像中年人一样保守。我忍不住想，技术白板也将像其他所有试图将这块板子擦得干干净净的企图一样，只会取得部分成功。那个相似的古老世界总会有些东西坚持不变。例如，并非每个人都会强烈要求采用体外受精，或者下载色情电影。亲身参与的性活动很有可能会在21世纪幸存，就跟食物、葡萄酒以及对理解的追求一样。我们的漫游无法变得数字化，正如我们在马里尼民宿里遇到的那位抱有新佛教思想的菲利普所言，没有什么是漫无目标的。

当我们顺着运河两岸的纤夫小路大步向前迈进时，一艘游艇从水面滑过。我们等了很久，却没有出现什么奇幻魔法。我们没有消极地等待魔法将自己带往别处，而是再次踏上了无情的柏油路，很快就发现我们来到独一无二的沙尼（Chagny），这个朴实的小镇位于中央运河与流速缓慢的索恩河交汇处。今天是五朔节，每个街角都有小贩叫卖铃兰。

沙尼锈迹斑斑的工业在几十年前就已完蛋，留下旅游业、葡萄酒酿造和打折的大型零售店来收拾残局。一片片鳞状的灰泥从看起来非常潮湿的房屋上剥落。小镇位于地势非常平坦的山谷底部。我们走过一些快餐店和散发着尼古丁气味的同注分彩赌场。成群的年轻人跨坐在小型摩托车上抽烟，他们的手机铃声不时响起。

“白板，”我评论道，“越快越好。”

圣埃卢瓦（Saint Éloi）教堂伤痕累累的外立面裂开了，似乎即将倒塌。教堂里面，一位孤零零的风琴师在弹奏着令人难忘的音乐。空气中弥漫着百合花和其他春季香花、切花的芬芳。一个鸟蛤形的圣水器证实，我们确实是在中世纪的圣雅各朝圣路线上，那曾经是从欧坦到索恩河畔沙隆的重要支线。我们现在到比利牛斯的公路距离只有863公里，而走步道则要漫长得多，还需要步行两个月。但这个距离已不再让人望而生畏。

在教堂与一家废弃的殡仪馆之间有个广场，中央矗立着一个看似生锈的垃圾箱。我拿着空塑料瓶和面包袋，拂去风衣上的羊角面包屑，围着它转了一圈，寻找扔垃圾的开口。

“那不是扔垃圾的地方，”一个白发苍苍的老太太从她面对这个“垃圾箱”的花园里向外大叫，“它看起来像垃圾桶，大家都朝它扔番茄，人人都讨厌它，包括我，因为他们把以前立在那里的十字架挪走了——但它是件艺术品。我们想让当局把它搬走，把十字架放回去，但他们就是不肯。”

从这个东西表面的番茄种子、一道道裂痕和涂鸦判断，老太太说得没错。我在旁边的铭牌上读到这件艺术品的标题：“圣埃卢瓦的八角柱”，创作于1991年，艺术家的名字居然是理查德·塞拉（Richard Serra）？肯定哪里出错了。

结果我发现，这件艺术品是弗朗索瓦·密特朗及其文化部长杰克·朗委托制作的，是为了纪念附近勒克鲁佐（Le Creusot）那家停产的钢铁厂。“圣埃卢瓦的八角柱”为实心的钢柱，但并非不锈钢。它的重量为五十七吨，跟路边的十字路标一样高。要产生白板效应并不容易。或许那就是一届接一届的政府不愿将它挪走的原因——虽然本地人对巴黎强加给他们的艺术品深恶痛绝。

我们如释重负，又踢着脚跟走了上万步，才重新回到运河河畔，在那些废弃的工厂中间吃了顿野餐，然后穿过一片点缀着排屋住宅的冲积平原，顺着那条主要的柏油路进入沉睡的吕利（Rully），我们在这里预订了一个过夜的房间。我琢磨，这里村民很有理由遵循着日出而作、日落而息的传统，在葡萄园里劳动一整天后躺下睡觉。但那些年轻人在这个生产葡萄酒的村子里骑着咆哮的越野摩托车，围绕主广场转圈，卷起阵阵尘土，让人无法小睡片刻。

不过，在其他大多数方面，吕利就像法国大部分的乡村一样死气沉沉。肉铺、面包店、杂货店都已关门，更别提教堂了。难道沙尼和索恩河畔沙隆新开的购物广场和折扣店已经让这个小镇上的店铺关门大吉？消费主义的新信仰需要一个新的布道坛，那就是购物广场。我怀着某种正当的愤怒跟艾莉森说起这个，就仿佛我一直过着僧侣那样禁欲的隐修生活，从未在凯马特、好市多这样的超市或亚马逊这样的购物网站上买过东西似的。

“你又提出一个有趣的理论，”艾莉森评论道，“真正的问题在于，今天是五朔节，是节假日，而且现在也是午餐时间。因此你不能从这个偶然的样本中推导出法国乡村已死的结论，或推断出古代高卢人跟罗马和现代消费主义之间的关系。”

我感到一阵面红耳赤，幸好双颊被刮得毛毛糙糙，又被风吹得发红，把这遮掩过去了。她确实知道怎样打击我的自信心。

我有点儿沮丧，因此，尽管我们的酒店有个很难发音的店名“Le Vendangerot”——读起来就像盐水太妃糖的滋味一样古怪，我却很高兴看到它开着门并被客人挤满。

咔嚓作响的楼梯和木地板以及吱吱作响的铰链，说明这是一座前现代的建筑。从20世纪50年代的油地毡到不知何年何月生产的三棱镜，这一切把我们的房间装扮得如同一条时光隧道。这是千层饼式的法国文化的另一个客观投影，是重写本而非白板风格的装饰。一只知更鸟站在窗棂上，透过摆动的蕾丝窗帘望着我们。我们伸开四肢躺下，鸟儿的歌唱和摩托车的引擎声就像催眠曲一般。两个小时后，我们醒来，恢复了活力，准备再去探索一番。

埃杜伊人的高级祭司

熟悉的蓝白色扇贝路标引导我们重新穿过吕利，来到教堂前。如同奇迹一般，这次它居然敞开了大门。前来祈祷的朝圣者很少，整座教堂里就我们俩。这让我想起其他类似的教堂——有好几百座，都是在19世纪为对抗根瘤蚜和工业时代的世俗唯物主义这两大敌人而重建或扩建的。

一张被虫子蛀蚀过的桌子上放着一叠积满灰尘的纸，上面是当地的统计数据。根据编纂者的说法，在1966年，索恩-卢瓦尔省的五百四十一个教区共有五百二十七名牧师，平均年龄五十一岁。到了1987年，这些教区有三百八十八名牧师，平均年龄为六十四岁。而到了2006年，原来的五百四十一个教区合并为五十个，由二百一十三位牧师主持，平均年龄为七十二岁。

同一张桌子上还有一份褪色的剪报，上面是罗兰·明讷哈斯（Rolland Minnerath）先生欢迎新任红衣主教伯努瓦·里维埃（Benoit Rivière）的致辞，希望后者“在埃杜伊人的土地上成为一位快乐、健壮、精力充沛的宗座牧师”。

“埃杜伊人的土地？”艾莉森读出这个句子后问道，“他们的意思是索恩-卢瓦尔和埃杜伊部落？”

我忍不住露出微笑道：“就跟复活节的基督一样，高卢人仍然活着，就在我们中间。埃杜伊人的土地一直延伸至马孔。当地的神职人员仍然会回忆起两千年前一个被恺撒制服的食人异教部落，这有什么可奇怪的呢？记住，尤利乌斯·恺撒是被元老院宣布为‘神灵’的。奥古斯都·恺撒后来被视为神灵，部分原因就在于，时人认为他预示着弥赛亚的到来，而且说不定他自己就是弥赛亚。还记得维吉尔讲的一个小孩子将要出生并开创黄金时代的小故事吗？是谁领着但丁穿过炼狱的？是维吉尔！维吉尔并没有在地狱中最可怕的地方受到惩罚。他在炼狱里，跟古典时代的很多伟大人物及尚未出生的无辜胎儿一起。因为他预言基督将在奥古斯都的伪装下降临人世。”艾莉森眨眨眼睛，叹了口气，等着我一口气把话说完。“那么在《神曲》里，奥古斯都身在何处呢？跟维吉尔一起待在炼狱里？还是在地狱中更热的地方？”

“那很复杂，”我说，“地狱中最可怕的地方是严寒，不是火焰。”

“你真应该去当教授或者政治家，要不就当律师。”

“胡说，”我反驳道，“我是个职业的寓言家，这是一份高尚的职业。别再打断我的思绪，让我说完。在法国神职人员看来，那些神圣的、据说与基督相似的罗马人——他们恰好发明了‘Pontifex Maximus’（最高祭司），亦即‘Pontiff’（教皇）——的致命缺陷是什么？告诉你吧。他们不是高卢人！这完全是骇人听闻。甚至连天主教牧师也受到了民族主义的新德鲁伊思想的影响。”

艾莉森耸耸肩。她环顾教堂四周，很可能是想找一支蜡烛来点。天太热，灰尘太多，不适合讨论德鲁伊式法国天主教和帝国崇拜。不错，这也是个曾经令我担忧的陈腐话题。关于“divi filius”，亦即“神子”奥古斯都——这是他的众多头衔之一，没有什么特别新颖或矛盾的观点。对有些人来说，他显然也是“受膏者”，这让他成为某种类型的先知（messiah），没准儿——天知道——还是救世主弥赛亚。“messiah”一词的意思就是受膏者。受的什么膏，橄榄油还是加有香料的油膏？如果奥古斯都出生在高卢，说不定当地人会给他抹上炼好的河狸脂肪。

我现在欣喜地回忆起来，据说，奥古斯都时代的学者认为他是神灵，不单是因为他与尤利乌斯·恺撒之间存在亲缘关系，而且也因为他是在母亲神秘怀孕后降生的——不是受孕于圣灵，那时圣灵还没出现呢，而是受孕于一个变身为蛇的神。哪个更离奇？蛇至少有生殖器官。在基督还只会发出婴儿的尖叫之前，真正活在人间的神灵奥古斯都就被当作一个奇异的人物，他的命运就是带来黄金时代，并向即将崩溃的罗马共和国分享他作为救世主的“好消息”。那到底是什么好消息，现在仍然不得而知，不过，基督教的阐释会让人猜测，奥古斯都就是基督的先锋，那个吹着号角宣告基督降临的人。至少早期天主教会的一些人是这么认为的，他们就跟梵蒂冈现在的所有者一样可笑，认为奥古斯都或许带来了主提前降临的消息——比他们的时代提前。

说到这儿，我不禁想起“gospel”（福音）一词的意思就是“好消息”，在这里，带来好消息的是一条蛇和一个罗马已婚妇女生的儿子，他就算受到神启也是不知情的。如今这些勃艮第的老牧师，更别提埃杜伊人土地上的红衣主教及其规模日渐萎缩的信众了，怎么能将这些神话、传说或什么东西，跟一种听起来很不正统的德鲁伊派或凯尔特信仰结合起来呢？

我托着下巴，就像连着一台卫星电话似的，在后殿里走来走去。“你的胡思乱想结束了没有？”艾莉森望着我问道，“不是说圣马丁在大约一千七百年前，就在贝弗雷山上让埃杜伊人皈依基督教了吗？这里的神职人员指的会不会是皈依的埃杜伊人，而非猎头的凯尔特人呢？”

我得承认这似乎很有可能。“不管怎么说，这种描述地区的说法很奇怪，”我说，仅仅略微收敛，“他们脑子里想的是古代高卢人！”

“并不是只有他们才这样。”

高塔综合征

在埃杜伊人的土地上，我们度过了一个如黄金时代般美好的下午，了解到很多好消息，并欣赏了这个村子和周围乡村的美丽风景。吕利村从山谷底部向缓坡延伸，与它相接的是一片犬牙交错的陡峭悬崖。顺着柏油路进来，这个村子尖塔高耸的城堡看起来就像是从阿纳海姆（Anaheim）[①]搬来的。周围葡萄园的土壤呈黄褐色，无疑也会让沃尔特·迪士尼喜欢。“这里看着眼熟。”艾莉森说。她说得对。我们曾在几年前驾车旋风式地穿越葡萄酒之乡，并在途中造访吕利。那时，城堡的主人布丽吉特·德·泰尔内女公爵（Countess Brigitte de Ternay）还将我们迎进了那两个带围墙的院子中的第二个。除我们之外，没人参加她引导的那次游览。为了打发时间，她清了清嗓子为我们介绍起来，说已经用原来那些拥有八百年历史的石头为城堡翻盖了屋顶。她承认自己的家族从大约公元1200年第一次盖好那些屋顶之后，就一直拥有这份房产，还补充说下一个花费不菲的项目是给它抹上灰泥。我们觉得未来的一代会给那些百叶窗刷上一层新油漆。多年之后的今天，当我们二度造访时，发

① 阿纳海姆是美国加利福尼亚州南部的城市，以1955年在此建成的迪士尼乐园而著称。——译者注

现百叶窗仍在等待修缮，破破烂烂，像大象耳朵一样在春季的微风中来回拍打。

上流社会在经济上捉襟见肘，影响了很多在路易十六和玛丽·安托瓦内特被砍头之前获得其财产的勃艮第地主。我现在回忆起那位骄傲但和蔼的女公爵曾带我们参观这座破败的城堡，给我们看厨房里那张拥有五百年历史的桌子，上面嵌入了一个隐藏的胡桃夹子。她还向我们展示了一个用皮革做的士兵模型，在那个糟糕的旧时代，它的任务是吓跑任何潜在的进攻者。这两样传家宝都被小心翼翼地保护和保存下来，它们是崇古思想的象征。

不过，由于今天是五朔节，因此城堡不向游客开放。我们围着它转了一圈，然后顺着一条多石的小径登上一处有深深裂隙的悬崖，一边走一边呼吸着黄杨木散发出的温暖气味。林中隐藏着一眼自然泉水，事实证明，那是个理想的蚊子孵化场，就跟比布拉克特的圣马丁泉一样。因此，当我本能地试图在泉水中寻找小雕像和还愿物时，这些带翅膀的保护者将我们赶出了它们的地盘。

“我感觉你就要提出一个将蚊子跟德鲁伊派或水仙女联系起来的理论了，”艾莉森说，“你产生什么启示没有？我们是否仍然处在漫无目标的漫游阶段？”

“漫无目标的漫游……在马里尼的时候你偷听了我跟第一个菲利普之间的谈话，是吧？在波德德那棵巨大的老栗树下你就露馅了，当时你的口误证明了自己作为特务的背叛行为。”

她像一条内疚的鳄鱼一样露出微笑。“我恰好听力敏锐，而你和菲利普说话的声音又很大。”

“那纯粹是瞎说，要么就是撒谎。如果你听到了整个谈话，就该知道结论。根本不存在漫无目标之类的事情。顺便说一句，我喜欢这个结论。我拜访的教堂越多，我们遭遇的德鲁伊派或圣母越多，我就越觉得佛教很有吸引力。”

艾莉森点点头，说：“那也很好，名正言顺。你曾经像嘲笑天主教徒一样嘲笑佛教徒。尽管你可能还没有意识到，但你其实正变得越来越宽容。”

我耸耸肩，让艾莉森帮着我爬上悬崖。她的视力比我好，更容易看到可供抓握的东西，而且她也比我更强壮、更健康。

身在吕利石灰岩绝壁这样旧石器或新石器时代的悬崖上，你会觉得德鲁伊派、恺撒和维钦托利都像后来者。从一个山洞里传来一声吼叫，吓得我们后退几步，赶紧寻找逃跑路线。片刻之后，两个背着泰迪熊背包的孩子匆匆忙忙钻出一个山洞，咆哮着，怒吼着。我们及时地重新跳了出来，吓了他们一跳。他们喜欢艾莉森哑剧似的晕倒动作。等这两个快乐的年轻斗士蹦蹦跳跳地走向父母所在的地方，我们就循着一条小径钻进那个散发出霉味的洞穴。“这是旧石器时代的图画吗？”我问，里面的黑暗让我不知所措。

“我爱你，”艾莉森慢慢说道，“我喜欢性爱。”

“你说什么？我很高兴你仍然充满激情，但……”

“这是那些涂鸦的句子。”她指着一个沾满烛蜡的壁龛。

“是德鲁伊派还是魔鬼的仪式？”我大声说出自己的疑惑。

“魔鬼般的性爱。”艾莉森说。在我们一起生活的三十年里，这可能是她第三次说双关语，我感到有些惊惶。

我们钻了出来，在阳光下眯着眼睛。在我们眼前，那座拥有八百年历史的吕利城堡及其葡萄园和广阔的索恩河河谷一览无余。我本来可以一直注视着它，只是我们渴望到那条位于峭壁之上的新石器时代小路上逛逛。

我们知道这是一条前高卢时代的新石器时代小径，因为在我们的地图上，它通往一个带有星标的地方，上面写着“新石器时代遗址”。虽然铺设了路面的罗马大道很容易识别，但我仍然分不清新石器时代小径、高卢小径和罗马小径之间的区别。经过数千年的风吹雨打，古代变成了碎石和数字构成的一片混沌。但有些地方仍保留了古代的精华，营造出一种电磁场——至少充满怀疑的我是这么认为的。我们又走了一英里左右的上坡路，周围弥漫着神秘的感觉。

但在这个特别的山坡顶上，那种古色古香的氛围被一个围着绵羊圈的铁丝网破坏了，里面有零散的棉拖把似的羊羔。这时我们才看到附近有座微波发射塔，正发出嗡嗡吱吱的声音。

“你刚才是不是说了句有关德鲁伊派和电磁场的话？”艾莉森带着邪恶的满足感问道。我们的角色已经颠倒。现在扮演怀疑主义者的是她。“也许你过于努力地想获得什么开悟了。放松……”“你若寻求就必寻见。”我说，感觉受到了伤害。回去的路上，当我们走到我们在吕利的酒店附近时，我突然停下脚步，读着一个十字路口的街名。圣雅各路？终于看到圣雅各了！在圣雅各路9号的花园里，矗立着一座经过加固的农庄，附带一个礼拜堂。“以前的朝圣者客栈，”我说，“你瞧，我们走的路是对的。”

艾莉森抄起手，叹息道：“到目前为止，这是我听说过的最不同寻常的朝圣路线。这上面什么都有，就是没有朝圣者。”

“也许我们是朝圣者，只是到现在才明白过来。”

艾莉森凝视着我，我不禁觉得那是一个怀疑者才拥有的锐利眼神。

当摩洛哥遇到新西兰

这一次我们不渴了，却饿得要死。但Le Vendangerot的餐室人满为患，有太多的嘴巴同时等着吃东西。有些在这里吃过午餐的人又回到了桌旁，脸上挂着因为大吃大喝流下的汗珠。

老板娘豪爽热情，跟我们说她名叫玛利-劳伦斯·洛利尼（Marie-Laurence Lollini）。这个名字用她雷鸣般响亮的嗓音说出来，听起来就像“洛丽塔钻过面包切片机”。玛利-劳伦斯将一串珍珠项链挂在大多数女人长着脖子的位置。她那位意裔法籍的丈夫阿尔芒就是厨师，正躲藏在厨房里，在那些炖锅中间忙碌。感觉这间餐室像另一部轻歌剧的布景，这一次是奥芬巴赫的《巴黎生活》(*La Vie Parisienne*)。屋里的折中主义装饰就像是用不义之财拼凑的。侍者穿着黑白相间的服装从我们旁边翩翩而过，大声喊出顾客点的菜名，举起盘子，从顾客们头上和那些垂直的装饰元素上端过去。

到晚上9点，我们点的羊肉片终于上桌了。它们裹在一层糕饼壳里，玛利-劳伦斯·洛利尼说上面浇的是用蒜味腊肠做的调味酱。按照勃艮第的标准看，将蒜味腊肠跟羊肉放在一起是彻彻底底的胆大妄为，这当然不是特别的意大利菜式。我疑惑地问阿尔芒·洛利尼是从哪里想出这个点子的。幸好这个菜并没有变得复杂、烦琐，吃起来细嫩鲜美。

“我们不做掺杂的复杂食品。”玛利-劳伦斯说。

“这羊肉是来自镇子上面的那个牧场吗？”艾莉森问，“尝起来这么美味可口。”

玛利-劳伦斯看起来大吃一惊，我觉得她手里的盘子都差点儿被吓掉了。“什么牧场？”她消失在厨房里。等她回来时，她的牙齿和珍珠都闪耀着困窘的光芒。“我不愿让你们失望，不过我先生说这些羊肉来自新西兰。本地羊肉供不应求，价格太高。”她似乎真的手足无措。“你能指望什么呢？有他们那样的政治。法国没有竞争力，法国疯了。我们不单找不到羊肉，甚至连在餐厅里干活儿的人都找不到，没有一个法国人愿意干重活儿。在这个国家工作的所有人都来自其他地方——东欧、拉美、非洲。在我们厨房里工作的不是法国人，而是摩洛哥人。我们法国人不想工作，年轻人更喜欢享受福利，人人都想成为大学毕业生，不流一滴汗就变得富有。那是现实。但我很高兴你们享受自己的晚餐，我希望你们睡个好觉。”

我们说我们一早就得下来吃早餐。我们要徒步前往梅尔居雷和阿鲁斯（Aluze），然后第二天再返回梅尔居雷。玛利说得对，对于朝圣者来说，这的确是条与众不同的路线，但当然不是漫无目标地漫游。

健步如飞的朝圣者及一张人面石

闹钟响了，但我们俩都没有听到。等到我们走出吕利向南而行，从那些照例种植于山坡上的葡萄藤中间登上一道山脊时，太阳已经高高挂在万里无云的天上。我扭转身去，欣赏夏隆内丘那贫瘠得令人吃惊的风景——我一直以为这个地方郁郁葱葱，一片绿色。“阿波罗的马车从空中经过时肯定离地面太近了，”我说，“要不然就是这些葡萄园刚被喷过除草剂。他们对土壤如此小心翼翼，充满敬意，难道你不感到高兴吗？”

面前的景色以一种对生态很不友好的方式显得惊人的美丽——水泥柱和不掺杂一棵杂草的葡萄藤构成荒凉如矿山的风景，和我们在博讷丘看到的差不多。在这里，杀虫剂和除草剂的气味也刺激得我直打喷嚏。“今天早上没有多少蜗牛，”艾莉森报告说，“你有没有看到我看到的东西？”她停下来指着什么。我半眯着眼睛，费了好大劲儿，可还是看不出来她说的什么。“是个徒步者，有可能是朝圣者。”

“徒步者？在哪儿？他胆子好大？切！居然走我们这条路！”我当然是开玩笑，但也感觉被人侵占了地盘。为什么呢？难道我们突然需要与朝圣者为伍？几分钟后，当我们继续爬坡时，那位孤独的徒步者进入了我的视野。他向我们靠拢来。我们穿过一个葡萄园，拐错了弯，进入另一个园子。那名徒步者追上来，在我们回到正路上之前大步走了过去。

“他要在山口超过我们了。”我说。在那道将宽阔的索恩河河谷与梅尔居雷所在的山窝窝分隔开来的山脊顶上，那名徒步者闪到路边，坐在一个高高的石头十字架下。他的包上系着一只扇贝。他用一块印度棉的印花大手帕擦着汗，把一串念珠拨弄得哗哗响。他的目光中有种超脱尘俗的神色。眼睛里有些血丝，隐藏在浓密的眉毛下。他看起来就像是从欧坦那座教堂的门楣上走下来的，握着湿婆的手，却找到了上帝的神性。我在加州的湾区和门多西诺县见过这种人，就是他们将我赶进了好战的无神论唯物主义者的怀抱。

“想打赌吗？我猜他来自加州。”在向他靠近时，我问艾莉森。她用胳膊肘猛地戳我一下，大步走到我前头。“是去圣地亚哥吗？”她问那人，那副令人难以抗拒的微笑在阳光下闪烁着，令人目眩，“我们没怎么见到其他朝圣者。”

“对，”那个朝圣者坐直了身体，“是去圣地亚哥。”我把手拢在耳后，试图听清他在说什么。他的口音当然不是美国的。

"不过我要先去泰泽和克吕尼。"

我一边打量着他，一边在脑子里重复那个僵硬的句式。绝对不是来自加州。他的年纪跟我们相仿，皮肤完全被太阳晒黑了，浓重的体味从十英尺外就能闻到。"你是从德国还是瑞士徒步到这里的？"我问。

"都柏林，"他不假思索地说，"我来自都柏林。"他取出一盒烟，点燃一支，吐出一团烟雾。"那么我先走一步了。"他愉快地宣布。不等我们再说一个词，他就跳起来，将背包和那枚扇贝甩到汗淋淋的身体上，用颤音发出某种类似于"ta-rah"的声音，晃动念珠，大声哼唱起来。

现在我明白了，在意大利语中，表示朝圣者的"Pellegrino"也指怪人。那么多当地人一见我们靠近便望风而逃，是否就因为这个？在一条满是这位都柏林人之类探寻者的朝圣路上徒步前往圣地亚哥-孔波斯特拉，那是什么感觉？我对这种前景感到畏惧，开始筹划出一条避免经过泰泽（Taizé）的路线。泰泽是个促进基督教团结精神的著名社区，位于克吕尼以北大约10英里，是"二战"结束不久后由一名自称"罗杰修士"（Brother Roger）的僧侣创立的。它或许曾经是个鼓舞人心的地方，但在最近几十年，成千上万最真诚的年轻探索者在那里泛滥成灾。他们像戴着扇贝标志一样张扬自己的信念，乱弹木吉他，怀揣一些被翻得破破烂烂且通常用罗马尼亚文和波兰文写的祈祷书。宗教是好东西，但过分虔诚令我不安，尤其是那种总表现得比别人圣洁的人。罗杰修士的名声及我们听说的一些有关泰泽的故事曾经激起我们的好奇心，在这位修士尚在人世且仍在布道时，我们去过那里，但至少我是不会再去了。据说，在罗杰戏剧性地亡故之后，泰泽变得更仪式化，也不如以前开明了。不过我现在没有时间想罗杰修士。太阳升得高高的，梅尔居雷还在山脊上等待我们。

小径的最高处是位于葡萄园上方的一块绝壁，那里矗立着一座风车的废墟。我招招手。但随着我们靠近，那个爱尔兰人却跳过那些残垣断壁，蹦蹦跳跳地离开了。“他比我还怪，”我说，“你要赶到泰泽和克吕尼去，是吗，ta-rah。”我大叫道，望着他甩来甩去的背包在一片飞扬的尘土中消失在我们前面的小道下方。显然，他比我们更没兴趣了解对方。

到正午时分，我们已经来到梅尔居雷主街，坐在金谷酒店阴凉的后花园里啜饮咖啡。村里哪里都没有那名浑身烟臭且难以捉摸的爱尔兰人的踪影。“让他走前面吧，”我说，“他肯定不会跟我们一起从阿格里帕路线徒步前往阿鲁斯。”

酒店的院子舒适宜人，咖啡味道很好，我忍不住盯着花园墙壁上的一个地方看。那上面嵌着一个看似新石器时代石臼的东西，它们在中世纪有时被用作圣水池。酒店所在的建筑是现代的，老板多米尼克·雅耶（Dominique Jayet）说它只有两百年历史。这位温和的绅士跟我们年纪差不多。“酒店或餐厅里都没有任何罗马时代的东西，恐怕楼上也没有，”他说，“但这处地产的确横跨一条小溪，小溪从一个涵洞流经地窖，旁边是阿格里帕古道上的废墟。”他微笑着露出一口令人不安的牙齿，说出一个显而易见的事实。“梅尔居雷得名于墨丘利，古代高卢人最喜欢的神灵。”

“那么，跟罗马人没有丝毫关系？”

“哦，罗马人也崇拜墨丘利，但他的神庙还没有找到。”雅耶再次露出微笑，就像小说里理想的男仆吉夫斯一样超越了自我。

金谷很有名气，那里的餐厅尤其如此，在我罪恶深重的饕餮时代的全盛期，我早就想到这里来享受一顿美餐了。我们在楼上的卧室很迷人，但小得就像是给洋娃娃设计的，我想知道一个标准版的美国人或一个条顿人的后裔怎样在里面转身。门上没有房间号，只有一个名字：“La Lévrière”，意思是“兔子窝”。野味？“味”是“体味”的“味”吗？好吧，我心里想，明白了它的意思，又想起那个体味浓重的爱尔兰人。我飞快地冲了个澡，给我们的水壶装满水，背上我的背包，在门厅里赶上艾莉森。我们会在前往阿鲁斯的路上吃野餐，那儿距离这里大约3英里。

酒店外面，正午的阳光曝晒着阿格里帕步道，让人想起罗马战车和百夫长。从前，这条古代的阳关大道从罗马经里昂穿过高卢，直抵大西洋，以现在的滨海布洛涅（Boulogne-sur-Mer）为终点，那里很可能是牡蛎的产地，运送牡蛎的信使只需四天就可将它们送到罗马的寡头集团成员手中。原来的路基经过梅尔居雷，但现在被埋在一条柏油公路的下面。公路有一部分穿过这个村子，然后再次露出地面，向南一拐，攀上一座小山，被一所中学压住，然后再次消失在葡萄园下面。

我们顺着阿格里帕步道款款而行，拖着身体，冒着酷热爬坡。在那些尘土飞扬的葡萄藤间，我们找到一块翻转的罗马铺路石坐下，取出一个装着苹果、奶酪和薄脆饼干的袋子，然后歪倒在一棵松树的树荫里。“我觉得靴子里掉进一颗罗马鹅卵石。”我说。在把它扔掉之前，我仔细看了看，确保它不是一件还愿祭品或珍贵的小雕像。

午餐后，我们再次顶着火辣辣的太阳向前走，从没听说过5月初有这么热的天。我们的目标是两个山谷之外的那个山顶村庄。前往阿鲁斯的原因有好几个。我们知道它非常古老；其次，我们曾在若干年前驾车经过村子，发现那里的风景特别迷人，并且发誓将来故地重游，好好欣赏那里的景色。

小道穿过草地、松树林和起伏的葡萄园。在一座溪谷的底部，我们跨过小河，开始顺着一段像是罗马古道的道路朝着上面的村子攀登。我脑子里想着阿格里帕，就跟往常一样两眼紧盯着地面，自信好运会冲着我们微笑。这一次真的交好运了。在一条没有铺设路面并撒满尘土的公路路肩上，躺着一张微笑的人面石，正注视着我。我停下来也对它报以微笑。这张脸很脏，被水藻和苔藓染成绿色，呈三角形，大约有一英寸半厚。

“一张脸，”我大叫起来，“我发现了一张脸！”

艾莉森以前听到过这样的叫声。她见过各种石头和骨头，并且也受够了石头和骨头，不再觉得它们有趣。她从我手中接过那张脸，目光里满是狐疑。“你真觉得这是一张脸？”她把它翻转过来，“知道吗？你可能说得对。这就是一张脸。我还以为你开玩笑呢！”

“我的天！”我结结巴巴地说，“你若寻求就必寻见。毕加索错了。它看起来就像那些贴在房屋或教堂上吓跑恶鬼的脸。”尽管背上很疼，我还是跳了段吉格舞，不敢相信自己这么走运。

这张脸是怎么来到一条沟壑底部，躺在满是灰尘的路边的呢？很简单：就算像我一样视力不佳，也能看见一座建筑崩塌的墙壁耸立在附近的黄杨木和野李子树林中。一座废弃的房屋倒塌了。这张脸从它的立面上掉落，滚下山坡。它就躺在这里，几十年，几百年，甚至几千年来，被一辆辆拖拉机和马车碾压，被马儿、山羊、绵羊和人踩踏。然后我来了，四处搜寻。它到底是我们追寻之旅的另一个比喻，还是一张真正的、货真价实的人面石？

艾莉森再次将它翻转说：“就算它不是一个真正的神人同形人面石雕刻，看起来也很像。”

“你这个怀疑论者，”我脱口而出，“不管是不是神人同形，我都会留着它。我会把它拿给专家看的。你等着瞧。”

“就像那块骨头一样？我想你是打算背着它一路穿过法国吧？”“别担心，我会背着它的。我又没让你背任何东西，是吧？我背着水、野餐食品、衣服、急救包、那块骨头，还有这张人面石，好吗？”

艾莉森叹了口气：“我觉得你应该把它交到镇长办公室去。首先，如果它是真的，而你没有上交，你会因为走私文物而坐牢。”

“胡说，它不过就是老建筑上的一块人面石，而且一直被拖拉机碾来碾去。是我让它避免遭到破坏。”艾莉森让步了，我将这块人面石放进背包的底部，然后我们继续前进。

山顶上，三个农夫正在一个平台上聊天和吸烟，那里看起来像是一个新石器时代洞穴的入口。我们朝他们招招手，慢慢走过去，以免吓着他们，并适当地称赞了一下这个村子及其周边环境来软化他们。艾莉森说这里的一切看起来非常古老。

“古老？你才不知道什么叫古老呢！”其中一个人充满骄傲地说道，他的表情让我想起莫尔旺那位活像阿斯特吕克的人和那位长得像迪恩的杜诺列克斯后裔。“阿鲁斯比梅尔居雷更老，比比布拉克特更老，”他补充道，“你们去过比布拉克特吗？”

我们解释了我们去过和打算去哪里，用一根葡萄枝在满是尘土的前院画出我们的路线。他们用怀疑的目光低头瞥着我们。其中一个说他从未在这一带见过朝圣者，另一个说他和他的酿酒商及农夫伙伴们经常发现罗马、高卢和前高卢时代的人工制品。“这里有些人家里好几个屋子都装满那种东西，”他夸耀说，环顾四周，“最近有个大发现——跟它相比，梭鲁特啥都不是。它就跟托塔维尔人一样重要。”

梭鲁特（Solutré）村位于我们路线上的正南方，大约还有一周的路程，我们很熟悉旧石器时代晚期燧石时代的梭鲁特时期。从前，每个人都会在历史书上读到梭鲁特的故事，甚至加州的历史书上也有，我说。谁会忘记马儿被挥舞棍子的史前猎人赶出悬崖的形象呢？但我们对托塔维尔（Tautavel）的考古遗址就不太熟悉了。艾莉森也这么说，农夫们把我们当作无知的外国人，我们俩也傻呵呵地咧嘴笑着。他们似乎很高兴：再没有比自作聪明的外国人更讨厌的了，尤其是美国人。

托塔维尔位于比利牛斯山，他们说，又轮流告诉我们比利牛斯山是什么、在哪里。在遥远的西班牙边境，那是法国南边的一个国家，你们知道吧？也可能不知道，看你们是外国人。在托塔维尔的阿拉贡遗址（Caune de l'Arago）里，发现了一个四十五万年前的直立人头骨。“我们这里发现的也同样重要，”三个人中最健谈的那个说着伸开手臂，“但我不能告诉你更多细节，因为研究和挖掘仍在继续。”他朝着村子正北方的葡萄园含混地挥挥手。

这些人看起来犹豫不决。他们显然渴望告诉我们更多的事情，但似乎又觉得自己已经说得太多。“那么，”我问道，“你们是阿格里帕还是维钦托利的后裔？”

三个农夫一个接一个地抄起手来，哈哈大笑。“当然不是阿格里帕了。”健谈的那个嘟囔道。“是杜诺列克斯，”他说，“维钦托利不是来自这里，更别提比布拉克特或阿莱西亚了。我们只说日尔戈维亚。你知道在日尔戈维亚发生了什么事情吗？”

“当然，”我说，“你们的军队在那里抵抗恺撒，并且差不多把我们的军团彻底消灭了。”

“对。”杜诺列克斯的后裔说，显然有点失望。我并没有他以为的那么无知，“我们本来可以在阿莱西亚击败你们的，如果我们的援军能够赶到，如果那些日耳曼雇佣兵没有倒向恺撒。”

“真是遗憾，”我评论道，“我们本来可以避免两次世界大战的。”“美国本来会不存在的，我的朋友，”他取笑说，“我们本来能够占领罗马。”

“我敢肯定你是对的，”我和蔼地点头说，“不过想想看，如果那样，你们就不会说法语，不会酿造葡萄酒——也不会用餐叉吃饭了。”

半个小时后，我们开够了玩笑，跟他们告别，并祝他们在抵抗全球化和快餐食品的过程中，多多获得日尔戈维亚那样的胜利。当我们走向村里的教堂时，我能够感觉到那块人面石在背包里微笑。

不出所料，教堂关着门。在这个古老的地方，基督教仍然只能算新事物，因此教堂关门也是理所当然的事情。我想把那块人面石交到镇长办公室去，但那座建筑同样大门紧闭。在外面的布告栏上，我看到一张告示，介绍了村里即将举行的活动。这里将很快放映一部纪录片，名为《从罗马桥梁到米约大桥》（*From Roman Bridges to the Bridge of Millau*）。明星建筑师诺曼·福斯特（Norman Foster）设计了米约那座雄伟的吊桥。但那个镇子也是何塞·博韦（José Bové）率领反全球化示威者拆除一家麦当劳餐厅的地方。嗯，我也会那么做的，我心里想。我想知道米约是否有罗马古道，但我知道答案，那里当然有。

我继续阅读，发现当地为庆祝7月14日法国独立日而于7月中旬举行的庆典活动，包括现场音乐会、烧烤野餐和露天电影。

“什么电影？”艾莉森问。

“你猜。”我逗她。她摇摇头。“《阿斯特吕克与维京人》。”

野兔和白兔

我们没能赶上一个非常重要的日子。我们怎么会忘记时间呢？事实上，我差点都记不住今天是星期几了。我们已经徒步了几周？我的脚仿佛变成了黏土，与大地焊接在一起。我的呼吸与空气融为一体。每一步都感觉像冥想，像是用那些我从小就知道的小小痛苦——我的膝盖——熔铸而成的祈祷。除了往常的膝盖和腰背疼痛，我还中了暑，开始琢磨自己是否应该住院治疗。

当我们迈着沉重的脚步踏进金谷酒店的门厅时，一个相貌英俊、衣着考究，接近六十岁的男子正在那里等候我们。“他们来了！”多米尼克·雅耶穿着一双擦得锃亮的黑皮鞋，踮着脚尖轻轻摇摆着说，“两位朝圣者。”

不等我们拍掉身上的灰尘，雅耶就把我们介绍给了贝特朗·德维拉尔，后者是夏密瑞城堡（Chateau de Chamirey）的主人。我一时有些迷惑，然后才想起来，我们在预订房间时曾问到能否造访那座城堡并与酿酒商交谈。显然，我们的愿望对某些人来说就是命令。

“不用着急，”德维拉尔用柔滑的声音说，“要不我过会儿再来？”

为我们？肯定是哪里搞错了。德维拉尔很有钱，而且在酿酒商中很有名气。在他肌肉强健的脖子上可以看到一条静脉，那里面流淌着蓝色的贵族血液。[1]他的运动服和休闲裤裁剪得非常合身。他的容貌就像是法国版的古怪绅士罗伯特·雷德福[2]。我们迈着重重的步伐来到楼上的“兔子窝”，梳洗一番，稍稍去除汗臭，便匆匆下楼，连声道歉。

事实证明，我们那个房间的名字颇有预言性。德维拉尔用一辆敞篷跑车载着我们一路飞奔，造访他那座位于阿格里帕古道南边的葡萄园。来到一个居高临下的位置后，我们下了车，俯瞰周围的全景。这时，三只野兔不知从哪里蹦出来，在思春之情的驱使下，互相追逐着穿过葡萄藤蔓。

在接下来的几小时里，这位声音柔和的德维拉尔带着我们驾车和步行穿过葡萄酒酿酒商们梦想拥有的山坡上的葡萄园，钻进他那座辉煌的洛可可式城堡的地下室。途中，他为我们简要介绍了勃艮第数千年葡萄酒酿造史的精华，从克吕尼修道院的僧侣一直说到现在。

人人都知道，处于鼎盛时期的罗马人并未在勃艮第酿造葡萄酒，而是从更肥沃温暖和更易于栽培葡萄的地中海种植区，用双耳陶瓶装着葡萄酒运到这里来。但随着帝国的瓦解，地中海的资源逐渐枯竭。修道士们开始尝试种植葡萄，了解酿造葡萄酒的方法。谁知道他们花了多长时间——肯定是好几个世

---

① “蓝血”是欧洲贵族正宗血统的标志。——译者注

② 罗伯特·雷德福（Robert Redford），美国当代著名男演员。代表作有《虎豹小霸王》《骗中骗》《了不起的盖茨比》《走出非洲》《大河恋》等等。——译者注

纪——才发现气候、土壤与葡萄品种的正确组合。黑皮诺是那种在凉爽湿润的勃艮第北部生长旺盛的红葡萄，这里的土壤由石灰岩、氧化铁和腐殖土混合而成。佳美葡萄在更温暖的南部风化的花岗岩土壤中生长旺盛。夏敦埃并非一直是主要的白葡萄品种，但它逐渐占据上风，差不多在每个地方都长得很好。

秘密何在？在于索恩河河谷的地况。在一亿五千万年前，它是一个内陆海。一亿两千万年后，也就是三千万年前，它逐渐萎缩。以前顺着海床延伸的悬崖标出了勃艮第最好的葡萄园的边界，被称为“côtes”，因此说它是“海岸线”倒也恰如其分。

勃艮第目前有大约四千六百个葡萄酒酒庄，大多数都很小，全都是从教会在1789年大革命期间被剥夺的大型修道院地产中派生出来的。

我一直想知道勃艮第的葡萄酒是怎样分类的。德维拉尔笑了，只回答了一个词：“很复杂。”历史上的测试方法是看“一个葡萄园是否长期持续生产出优质葡萄”。从这种时间加品质的测试中，产生了传统的特级酒庄和一级酒庄分类方法，其中又有各种气候和地块的差别——精华中的精华。“标准是本地化、忠实度和持续性，”德维拉尔说，“本地化的意思是有特定的地点，忠实度是指忠实于传统和历史，而持续性则是长期保持稳定的品质。”一个个村子要花好几代人的时间树立起自己的声誉。如今，主要的测试标准是地况。凭借科学的土壤分析，谁都可以确定一个葡萄园的土壤潜力。“但土壤只是部分考虑因素，”德维拉尔解释说，“还要考虑朝向问题。在梅尔居雷，西南方的朝向十分理想。在其他地方会有一些变化，不过西南偏南通常都是最好的。”我们站在一个特级酒庄葡萄园里，望着夕阳消失在西边的丘陵后，这时德维拉尔总结说：“三个主要因素是微气候、下层土壤和表层土壤。”下层土壤是关键，他补充说。勃艮第的葡萄园都会变老，土质退化，大多数最好的表层土壤都早就流失了。“葡萄藤的根必须往深处扎，”说着，他伸开手指，向下一戳，“它们就跟我们一样，靠深埋于地下的古老文明生存。”

这让我觉得特别深奥。

后来，德维拉尔告诉我们说他新近丧妻，这解释了他为何表现出热情而讨人喜爱的风度。我们站在一个露台上审视着城堡漂亮的主花园。他说，那些紫杉、草坪和花圃中的花儿都是他太太栽种的。他为了纪念她而保持了它们的原貌，就像一座有生命的神殿，里面显然秩序井然。在花园的围墙外生长着一行行多节的葡萄藤。我又觉得它们看起来像挂在十字架上一般。

多余但必要

世界各地有数以百万计的人赞不绝口地谈论牛奶或苹果汁吗？有学问渊博的美食家为矿泉水撰写长篇累牍的百科全书吗？人们会彼此为了蔓越橘果汁而将对方卖为奴隶吗？葡萄和葡萄酒成为价值数十亿美元的产业，而且还在过去五千年里让人类沉溺于其中不能自拔。是什么造成了这些现象?

在离开梅尔居雷的金谷酒店之前，我意识到自己忘记将昨天剩下的野餐扔掉，于是打开背包。这时，我脑子里突然冒出一个词，它或许就是上述问题的答案。那个词就是发酵。奶酪是发酵的牛奶，结果变得比牛奶更有趣，也更有益。法式苹果白兰地、苹果酒、美式苹果白兰地是发酵的苹果汁。法语中的"Eau de vie"，亦即"生命之水"，指的是任何经过发酵、蒸馏的东西——土豆皮、各种残渣、蔓越橘等等。这种在瓶子里分解、起泡的精灵赐予我们杜松子酒和泡菜，或者应该颠倒过来说，因为是新石器时代的人首先用芜菁和野生的散叶甘蓝制作出泡菜的。任何可吃的东西，一旦从未受刺激的自然状态上升到经过发酵、蒸馏的精华，就在崇拜仪式中变得值得关注了。不知怎么回事，那个酒瓶中的精灵似乎解除了肉体的束缚，让精神状态产生变形。狄俄尼索斯仪式和酒神节就是这么回事，跟今天令人心醉神迷的狂欢派对非常相似。这也是葡萄酒而非水、牛奶或苹果和蔓越橘果汁，能在圣餐变体——亦即基督之血的神圣变形——中扮演主要角色的原因。

5月3日早上，当我们顺着GR-76步道从梅尔居雷前往日夫里（Givry），在一个个葡萄园之间爬上山坡时，陪伴我的就是这些飘浮不定的想法。红白相间的GR步道条纹两侧是欧盟蓝色背景中的黄色扇贝标志，它陪伴我们一直攀登到一个名叫图谢（Touches）的村庄。在那里，一座低矮的罗曼-哥特式教堂及其钟楼标出了这个小村庄的中心位置。这是德维拉尔的家族教堂，我记得他说过。当我注视着那些坚固的古老扶壁和一人高的墓碑时，我忍不住想知道他深爱的妻子是否就埋葬在附近。

这个地点散发出孤独与古老的气氛。这是一个沉重的负担，但也是一种依靠。

出了村子之后，GR-76步道的彩色旗帜就与圣雅各大道的扇贝标志分道扬镳了。我们不知道该走哪条路才好。不过，从我们的地图看，蒙泰居城堡（Chateau de Montaigu）的废墟就在前方GR-76步道上的一片林地里，于是我们很快做出决定。

如果有一个评委会为“倒塌废墟最有气氛奖”提出候选城堡，那么蒙泰居城堡肯定会进入最终候选清单。一座塔矗立在废墟上，空荡荡的窗户如同睁得大大的眼睛，上面悬挂着胳膊般粗细的攀缘植物，而灌木则以不可思议的角度，从护城河与地窖里生长出来，粗凿方石砌成的墙壁高耸于花香四溢的刺槐树之上，坍塌的拱门比我自己扁平足的足弓更弯曲——在蒙泰居等待我们的就是这样一幕场景。在离开梅尔居雷之前，为了打发时间，我们阅读过有关这个历史遗址的介绍。

在15世纪后期的宗教战争中，国王亨利四世命令他的士兵摧毁这个新教堡垒。当我们四处闲逛，欣赏这令人忧郁的混乱城堡时，我们惊讶地发现墙壁上抹有新鲜的灰泥，那些刺槐也经过修剪。显然这个废墟有人维护。他们是想修复这个城堡并让它变成旅游景点？抑或只是避免它进一步倒塌变成废墟？也许在它庞大的地基下面的某个地方，埋藏着备受罗马人和高卢人喜爱的神灵墨丘利那座消失的神庙。也许还是别知道的好。

我想起那块在我背包里咧嘴大笑的人面石，就在罗兰的骨头旁边，被包裹在气泡膜里，我想起菲利普有关原始海洋的话，很高兴生活在撩逗人的不确定性中。我承认自己首先并非无所不知，而且永远不会无所不知。感觉这就像另一个小小的启示，从我们的旅途中获得的意外奖赏。

由此南行1英里，在蒙泰居上圣马丁村（Saint-Martin-sous-Montaigu），我们漫步经过一座房子，仿佛玛士撒拉[①]就曾住在里面。凹凸不平的墙上冒出一块块切割成钩状的石头，跟比布拉克特的建筑工人用来修筑“高卢墙”所用的钩状石头相同——至少看起来是这样。附近的另一座老屋让我停下脚步。我抬起一根指头，等待艾莉森拍完她今天上午的第四百七十八张数字照片。“又怎么了？”她问。我挥舞手指，老屋上装饰的三块人面石正注视着下方的我们，两块一脸怪相，一块露出微笑，跟我包里那块非常相似。“也许它真的是块人面石，”她兴高采烈地说，“让我们把它拿出来比较……”

“算了吧，”说着，我趾高气扬地继续向前走去，“首先，我宁愿不知道确切答案，更重要的是，那块石头在我的背包底部。”

几小时后，我们又走了好几英里，来到一片长着杂乱黄杨木的高地上，这里叫Chaume des Champs Bouton（意思是“长着花蕾的山顶牧场”）。我们看到一个常见的十字架高高矗立在

① 玛士撒拉（Methuselah，又译默突舍拉），《圣经·创世记》中的人物，据说他在世上活了九百六十九年。——译者注

十字路口上方，基座上刻着这样一行字：“在这十字架阴凉处休息的人有福了。”

它的阴影太狭窄，根本无法提供阴凉，但我们还是在附近吃了野餐，回头注视着这个十字架，真的很快乐。后来，艾莉森走近细细审视那个十字架，报告说它是在1810年5月3日竖立起来的，当时正是法国大革命后天主教信仰复苏的困难期。我很高兴我们没有经历那个时代。

“今天是5月3日。”艾莉森睁着她那双蓝色的大眼睛，满怀憧憬地说道。

我恍然大悟。“命运，”我说，“你是在暗示这个纪念碑的修建者在1810年的5月3日就知道，一百九十六年后一个自由思想者和一个抱有不可知论的堕落天主教教徒将出现，并回归这种信仰吗？我或许比以前更宽容、心胸更开阔了，但宽容不等于轻信和迷信，我认为你跟我一样需要喝杯咖啡。”

“宽容并没有遏制你的讽刺。”艾莉森说。

“真感人，不过我只是揶揄，并非讽刺，”我尝试着回忆过去的一百九十六年里世界上发生的众多奇妙和不幸的事情，但很快就耗尽了自己的记忆，“要不就换一种说法，你觉得怎么样？”我问道。“在残破的路上辨认出那块抬头向他微笑的人面石的人有福了，”我拍拍我的背包，然后将它背起来，“或者，在前往日夫里的最后几英里中辨认出世事无常、思索虚无之乐的人有福了。”

圣母与污水处理厂

在我们接近日夫里，前往我们将过夜的“穆兰太太”民宿途中，一丛丛的荚蒾和野李子构成一条散发出花香的隧道，里面回荡着鸟儿的歌唱和蜜蜂嗡嗡飞舞的声音。然后我们将顺着另一条路返回，并重新踏上圣雅各大道。我们走的这条小路显然是另一条罗马古道，不过我们的地图上没有这么标注。它通往一尊高耸于悬崖之上的巨型铸铁圣母像的后方。在圣母像的另一侧，特级酒庄的峭壁逐渐消失，露出一个个葡萄园和一座童话般的小镇，里面有倾斜的瓦屋顶、穹顶和高塔。我宁愿不去留意索恩河这片乱糟糟的冲积平原，上面有交错的铁路线和一条公路。它们是那么遥远，让我几乎无法辨认出来。“又一尊葡萄圣母。”我叹了口气，想起那些顽强的根瘤蚜。在圣母像的底座上，我们发现，作为朝圣者，我们只需高呼三声“万福马利亚”，就有资格获得三百天的全大赦，但如果只在远处呼叫，赦免时间就只有六十天。就跟她的那些姐妹一样，这尊圣母像也流出锈迹斑斑的眼泪。锈蚀从看似坚不可摧的雕像内部已经氧化的核心冒出来，顺着它白色斗篷的褶皱流淌。

为了从高耸的圣母像所在的地方进入日夫里，我们滑到下面多石的罗马古道上，经过茂密而多节的葡萄藤、倾斜的石砌庇护所和一座风车的废墟。日夫里看起来跟梅尔居雷、吕利、圣奈或我们见过的其他酿酒村庄不一样。它是一个真正的迷你小镇，由一位理性的建筑师规划，城门顶上有雕刻的洋葱状屋顶。城里有个巨大的主广场，中央耸立着一座圆形的石头建筑。这座圆形建筑其实是以前的粮食交易大厅，现在则变成葡萄酒信息中心和旅游局，里面有道令人目眩的螺旋形楼梯。附近的一个喷泉水花喷溅，潮湿的鸟蛤壳上长满苔藓。在我们见到的第一家咖啡馆的露台上，我们点了意式特浓咖啡。这里的服务让我想起需要细火慢炖的焖牛肉——需要几小时才能上桌。从负责经营咖啡馆的那些女士们的衣着、说话方式以及她们穿着细高跟鞋大摇大摆的姿态看，与其说她们像山顶上的圣母，不如说像从事其首个职业的抹大拉的马利亚。

“我听说那是世界上最古老的职业。现在我们只需从她们这里弄杯咖啡喝，然后找到‘穆兰太太’就行了。”我尝试从女招待那里获得方位信息，但失败了。没人知道那家民宿的地址，肉铺老板娘和广场对面的面包师也不知道。打过一通电话后，我们才明白“穆兰太太”仍在好几英里之外，位于城外那条通往索恩河畔沙隆的主路上。它竟然不在迷人的日夫里镇上。

用“恐慌”一词还不足以形容我们的反应。我几乎听不懂电话另一端那家民宿里那个女人说的话——她的舌头上就跟夹着一件衣服似的。在地图上细细寻找一番之后，我找到一条经罗马古道——现在有清楚的标识——前往“穆兰太太”的迂回路线。这条路线沿着一条小河延伸，经过市政抽水站。“没有漫无目标的漫游，”我说，“我们将直接前往酒店。”

在距离那个抽水站大约半英里远的地方，我们就闻到它的气味了，也认出那条小河其实是露天污水渠。一台台拖拉机“突突突”地驶过，泥浆飞溅。“辨认出罗马古道顺着污水处理厂延伸的人有福了。”艾莉森说。

“别讽刺了。”我回敬她一句，然后脱下T恤衫，露出生鸡肉似的皮肤。气温大约有摄氏32度，比我们预料中5月初的天气稍微热一点。

意外的好运降临。在污水处理厂的另一侧，这条道路通往一座经过加固的农庄，周围是一条护城河。尽管看起来很像非法侵入，我们还是坚持走了过去。我们的小道在这座房子附近出现一个急转弯。在小道的另一侧，一道低矮、平凡的罗马人行桥横跨一条奔流的清澈小溪。有多少士兵和朝圣者曾顺着这条路行进呢？我惊讶地琢磨着。远处，在一片田野和一条现代公路的对面，就矗立着我们的民宿。

“帕克桶”与无知之福

工棚、油菜地和顺着公路延伸的锈迹斑斑的铁轨可不是什么好兆头。但顺着一条私人车道走去，在高大挺拔、树干斑驳的悬铃木和已经长出嫩叶的七叶树之间，隐藏着一座加固过的庞大磨坊，边上有石砌的围墙。它的立面上攀爬着紫藤，屋顶盖着赤陶瓦，瓦上长着成片的地衣和苔藓。一双艺伎般明亮的眼睛从一道圆窗里窥视着下面的我们。“Bonjour！（法语：你好！）”那双眼睛下面的嘴发出声音，然后改用英语，“我这就下来。”

这个女人介绍说她叫真锅美纪，她的舌头上并没有真的夹着衣服。这个年轻日本女招待动作羞怯，优雅如芭蕾舞，瞥视的目光十分敏锐，她带着我们走进磨坊，又频频送来冷饮和热咖啡。我们问她为何来到这里。她腼腆地回答我们的问题，告诉我们她是怎样从东京的计算机科学家变成日夫里崭露头角的葡萄酒酿酒商的。然后她又轻声细语地说道，葡萄酒涉及传统和仪式，日本有茶道，而法国拥有米其林三星餐厅和举世无双的酒庄葡萄酒。

民宿的经理大步走进屋来，美纪便鞠着躬红着脸闪到一旁。经理说自己叫罗曼，他身材魁梧，有一张地中海地区的面孔，看起来还真像尤利乌斯·恺撒或阿格里帕。在我们上楼去自己的房间之前，罗曼带领我们重新回到外面，顺着磨坊水沟，穿过一片阴凉的小树林转了转。“穆兰太太”建于1380年左右，他向我们介绍这片地产的简史时说。一位生物技术行业的隐遁亿万富翁想探索油菜地在乙醇生产方面的潜力，便买下这份不动产，使得磨坊免于沦为废墟，并将它改建成一家豪华民宿。我开玩笑说，美纪到勃艮第不是为了生产乙醇的。“美纪对油菜花过敏，”罗曼解释道，“这也是她打算尽快继续前进的原因。”还有其他人像她这样来研究葡萄酒，却被这个新情况挫败的吗？艾莉森问。“她就要去酿酒了，”罗曼评论道，“老实说她当女招待有点儿太腼腆，因此去酿酒或许是最好的。我们本以为找个会说英语和日语的人会比较好，结果却发现外国游客想要一个法国老板，即使他的英语很糟，不会说日语，也无所谓。重要的是感觉，要有正宗的外表。”

我们房间的木板屋顶太高，我无法看清细节，而用粗凿方石砌成的壁炉却是我们以前见过的那种——它显然是为用烤肉叉穿着整块牛肋肉烧烤而设计的。在一道可移动的屏风后面隐藏着一个椭圆形的浴缸。我们轮流泡澡，在夕阳西下时洗净尘土钻了出来。那时，罗曼已经打开了若干本地葡萄酒的样品，穿上围裙，烹制了一些类似于咖喱饭菜的食物。那些辛辣的香料是否增添了葡萄酒的滋味似乎并不重要。罗曼对瓢虫和人工采摘的有机葡萄充满热情，赢得了我们的好感，他还描述了一些精明的本地酿酒商专门保存一桶特殊的“帕克桶”果味葡萄酒，来欺骗那位无所不在的美国品酒家罗伯特·帕克（Robert Parker），真是一个有趣而令人吃惊的故事。身形庞大如酒桶的帕克信心满满，漫游于世界各地的葡萄园，品评葡萄酒，造就了一些酿酒商，也毁掉了一些酿酒商。

据罗曼说，“帕克桶”葡萄酒是专为出口生产的，目的是讨好一贯正确的帕克及其拥有健康味觉的味蕾。它们主要出口到美国、英国和德国。同一家酒庄生产的同种陈酿，在法国出售的跟在国外出售的不同，显得更微妙，橡木味更淡。“人们到这里来喝日夫里葡萄酒并且喜欢喝，”罗曼和蔼地说，“他们回到家里，购买他们以为是相同的葡萄酒，然后说：‘唔，为什么总是在当地喝起来味道更好呢？’”他停顿片刻以制造戏剧效果。“是因为葡萄酒不适合长途运输吗？才不是呢！这不单是运输甚至心理的问题，因为它们本来就是不同的葡萄酒。这里的酿酒商学会了怎样讨好帕克先生。消费者愿意相信帕克。帕克有自己的标准。他得到了自己想要的，我们不得不保持他想要的标准。每个人都很满意。”

“每天的松软玩偶”

第二天一大早，美纪就以一名表演茶道的计算机科学家的技巧，安排好我们的早餐，只不过我们喝的是咖啡——好几杯。在通常有关天晴下雨的礼貌寒暄后，我忍不住问她是否真如罗曼说的那样“继续前进”。美纪的脸一下子变得跟她的木莓果酱一样通红。她也认为变化一下是最好的。她将很快去酿酒而非在民宿招待客人。转行是件困难的事情。

按照日本的标准，美纪是个叛逆。她放弃了自己的职业和家庭，离开了那个国家。“现在，我可以问你们一个问题吗？”我们准备好回答有关朝圣和宗教信仰——或缺乏信仰——的常见问题。美纪的问题让我们吃惊。“你们早上做的是什么锻炼？”

艾莉森如释重负地咧嘴一笑。我也同样。我们早上的伸展和肌肉增强运动以瑜伽和冲绳Daruma Taiso（字面意思是“不倒翁体操”）为基础。我们是从一位昭灵流（Shorei-Kan）空手家那里学会的。经过十二年的练习，艾莉森已经达到棕带三段的水平——再经过一次考试就可达到黑带了。我已经通过了黑带考试，但在罹患视神经炎后不得不停止了练习，我很骄傲自己是世界上最糟的黑带一段选手，因为瘀青、咔嚓响的肋骨和松动的牙齿而留下永远性的创伤。“不过我们俩一直都在练习Daruma Taiso。”我结束了解释。

美纪用手掩着嘴，吃吃地笑了。“很不好意思，不过我没听说过这个术语。Daruma Taiso？”

“这不是日语吗？”

“哦，这是日语，”美纪说，“但这个术语讲不通，它的意思是‘每天的松软玩偶’。”她忍不住又吃吃地笑起来，做了个拼布洋娃娃那样的柔软手势。

Daruma Taiso的目标不是增强肌肉，而是让身体变得灵活、敏捷并放松关节，这样就能像合气道那样，将对手的力量扭转过来对付他自己。变形为一个柔软的玩偶或拼布娃娃是很有道理的。美纪点点头。“是的，”她跟我们握握手，躬身说道，“那是一种很有说服力的观点。”

当我们穿过日夫里嫩芽初绽的葡萄园上坡往回走时，我感觉身体僵硬而非柔软，不由得想起日本和法国社会的矛盾性。在日本，成功意味着将灵活性与韧性、坚固性结合起来。从隐喻的角度说，这表现为传统习俗、各种仪式以及以佛教和神道教为主的信仰体系。它或许也解释了为何日本与法国都对各种仪式和习俗充满敬意，例如：在培训与教育方面一丝不苟，工程师、服务生、厨师的专业水准，石头房屋、城堡、葡萄园和酿酒厂建筑的坚固性。当然，日本崇拜美国显而易见的灵活及没有归属的柔软身段所具有的潜在活力，但对法国却敬畏有加。日本人明白，法国就跟日本一样，最害怕失去自己的传统，那是按照数千年的模式，在数世纪之前塑造而成的社会模型。我忍不住想知道，日本是否也有一个与坚纽斯相对应的双面门神，他如今是否也在扭着脖子密切注视着中国和印度。

奔放的勃艮第

也许是因为疲惫，也许是因为得意，或者，也许是因为春天醉人的花香——不管原因何在，反正，当我们徒步穿过山脊小村吕西伊（Russilly）、扬博雷（Jambles）和莫霍耶（Moroges），看着葡萄园在山下铺展开来时，我感到一种类似于跑步的兴奋感。膝盖和背部的疼痛消失了。这就是我期待已久的开悟和精神觉醒的暗示吗？一座座罗曼式教堂、树枝粗壮的老树、狂吠的狗儿和隐遁的本地人，如走马灯般在我的脑海中闪过，融入眼前一览无余、阳光明媚的景色，跟那些如同飘浮于空中的白色奶牛和倾斜的屋顶混合起来。这风景是如此壮观、美丽，令人惊叹，充满魔力。然后，在莫霍耶和比克西（Buxy）之间的某处，就在小径分岔后不久，我一个趔趄，摔倒在一道树篱上。在站起来之前，我瞪着脚上的靴子，发现自己是被一块足球大小的化石绊倒了。它噼啪一声裂开，露出里面的一只鸟蛤，这是数百万年前地中海后退时留下的一只贝壳。我忍不住大笑起来，笑得歇斯底里，然后拍了拍大腿，翻滚过来趴在地上，撑着身体站起来。先是发现一根骨头，然后是人面石，现在是一只鸟蛤。你好，圣雅各！我再次弯下腰，捡起那块化石，感觉自己的脊柱咔嚓作响，差点儿出现痉挛。这块圣雅各的石化标志肯定有三十磅重。艾莉森及时赶上我，看见我正举着化石，擦掉脸上的泪水。她的目光从那块化石转移到我的背包上。“你没事吧？”

“没事，”说着，我小心翼翼地屈膝将化石放回原处，“我以后再回来拿它。不过这是某种启示。”为了确定我是否在开玩笑，她等了很久。“这是从摔倒中获得的格言启示。”说完，我又笑起来。

当我们穿过葡萄园下山时，我仍在咯咯地笑着。我们经过两座布满苔痕的庄园和一簇美如图画的简陋小屋，又从一些新建的成片住房开发项目边缘绕过，最后来到一条半圆形的公路上，中世纪城市比克西以前的护城河就在这里。公路的两侧，悬铃木的新叶刚刚展开。树下有一些杂货店、礼品店和咖啡馆，另有报刊亭、面包店、肉铺和餐厅各一。“那一家！”艾莉森指着几张露天餐桌说，有些当地人在那里喝酒聊天。我忙着采购食品、水和比克西特产甜食——加了榛子、开心果或巧克力的牛轧糖。艾莉森在村里高耸的教堂停留片刻，再回到林荫道上的那家咖啡馆与我会合。

这里凉爽、舒适，风景宜人。我们有凉水、热咖啡，坐在亭亭如盖的古树下。只有一个小小的不足，那就是旁边那一桌的人。一个蹒跚学步的孩子坐在一辆脏兮兮的婴儿车里尖叫，周围是三个年轻的姑娘，全都在抽烟，喝啤酒，她们中有两个身怀六甲，其中一个孕妇是那小孩子的母亲。他名叫吉米。姑娘们把它读成“gee-me”，轮流咒骂他，又彼此倾诉怀孕、分娩和做家务有多讨厌。

吉米的母亲胳膊上有文身。我看不清那上面写的是什么。艾莉森歪着头看了一眼，然后把那句话写在笔记本上给我看。“l’Amour c’est comme la mort, ça fait mal.”意思是：“爱如死亡，令人痛苦。”听起来像是一句多愁善感的歌词，或许是那位逐渐老去的法国摇滚偶像约翰尼·哈立代（Johnny Hallyday）的歌。

艾莉森拿起咖啡馆里的《索恩-卢瓦尔省日报》（*Le Journal de Saône et Loire*），这是一份地方新闻报。头版的显著位置上刊登着醒目的头条新闻。下面的文章讲述了一对老夫妇艾梅和埃德蒙的故事，他们居住于勃艮第南部的宁静村庄圣扬（Saint-Yan），最近在家中遭到一个不明身份的人攻击。这简直是现代版的《罪与罚》，只是犯罪者跟那个喜欢思考哲学且备受折磨的拉斯科尔尼科夫几乎没什么共同点，记者也不能跟陀思妥耶夫斯基相提并论。等到艾莉森为我读完这篇可怕的故事，我才意识到为何沿途有那么多人一看到我们就关上大门或逃之夭夭。并非因为我们是朝圣者而他们不愿给我们水和食物，而是因为他们害怕某种更阴暗的东西，或许他们也有正当理由这么做。

“他们以为我们是假装成朝圣者的杀人犯。”我无法听清艾莉森的反驳，因为她刚一张嘴，三个年轻的男孩便骑着越野摩托车朝咖啡馆呼啸而来，发出阵阵轰鸣，喷出一股股蓝色的尾气。这些男孩在吉米和姑娘们旁边安顿下来，点燃香烟，玩弄自己的金链子、打火机和手机，又点了些啤酒和烈酒。在荷尔蒙的驱动下，他们以粗俗的手势，将法国版的《美国风情画》[①]表演出来，就仿佛人们尚未发现温室气体会导致全球变暖，或者吸烟会导致肺癌似的。我们年轻力壮，不可战胜，男孩们装模作样的男子气概展露无遗，维钦托利万岁。

在前往酒店的途中，我们朝着一家礼品店的橱窗窥视，里面放了些化石和矿物，支撑起一个已经褪色的柯达招牌。我想起伊芙·法热和真锅美纪。要改变是很难的，但有时又很有必要。每个人都有自己需要改变的地方。

比克西之所以在宗教战争中作为新教堡垒而闻名，是因为它曾被亨利四世亲自率领的骁勇士兵们洗劫和破坏。这是一个奇怪的故事，因为亨利最初是个新教徒，只是出于政治原因才

①《美国风情画》（*American Garffiti*）是一部表现年轻美国人及其生活状态的著名电影，由乔治·卢卡斯执导，1974年公映，获得当年几项奥斯卡奖项提名，后又拍摄了续集。

接受梵蒂冈的宗教。不管怎样，等到这个国王带着上等葡萄酒骑马离开比克西时，建于公元10世纪的这座有城墙的城市就只剩下满是碎石的护城河、一道城门和一些倒塌的高塔了。

在富丽堂皇但风格简洁的方丹·德·巴朗热城堡（Chateau Fontaine de Baranges）酒店里小睡了一会儿之后，我们在黄昏时分到镇上的巷子里逛了逛，然后钻进教堂。这又是一座坚固的庞大建筑，建于19世纪，里面点着一支孤零零的蜡烛，旁边是一尊精雕细刻的圣安妮雕像，创作于16世纪。整个教堂只有我们俩。“你想点支蜡烛吗？”我问，“你当然可以利用一下这位牙齿仙女的帮助。”

“我的臼齿没事，”艾莉森叹了口气，“你继续往前走。我一会儿去追你。”她等待着我踱出门外。但我又偷偷地溜了回来，望着她将一枚一欧元的硬币丢进一个箱子，然后点燃一支蜡烛。她心里肯定有什么事情。在两周之内，她已经在还愿蜡烛上花了至少五欧元了。

消亡的宗教和被遗忘的边界

方丹·德·巴朗热城堡被比克西东南郊一个小公园所包围。我们蹒跚着刚走进这里，那位过分热切和有教养的前台经理就搓着自己干燥的双手，向我们灌输这座城堡及比克西的历史。第二天早上，我吃着早餐，想起了他的话。这座城堡原本是私人别墅，其历史可追溯到18世纪，后来化身为各种各样的东西——先是在19世纪初的后革命时代，因应宗教复苏的潮流而成为天主教的神学院和女校，直至20世纪90年代，又摇身一变成为酒店。那位长得活像蟋蟀的经理以前在一家书店工作，他不经意地补充说，在他看来，法国花了两百年时间才消灭政府资助的宗教，而这家酒店的命运也以一种离奇的对应关系，与天主教一起经历了兴衰荣辱。

“那么你认为天主教已经在法国消亡？”我问道。

“哦，当然，毫无疑问，”他回答，露出《木偶奇遇记》中的“小蟋蟀”杰米尼一样的微笑，“不过，现在伊斯兰教又兴起了。伊斯兰教、唯物主义、虚无主义和佛教。有人说法国有五百万人接受了佛陀的生活方式而不自知。但这里也有五六百万的穆斯林，而我们对摩尔人那种隔代遗传式的恐惧击败了我们。”

“‘摩尔人克星’圣雅各，救救我们吧。”

“确实，你把那位圣徒的绰号说对了，你或许还想问问自己，为什么圣雅各朝圣又变得如此盛行起来？”

我耸耸肩，然后回答说：“可以肯定的是，它在这一带并不盛行。”

“是的，在勃艮第还不盛行，确实，不过我们已经有佛教圣僧、抹大拉的马利亚和泰泽的罗杰修士了。在法国和欧洲的其他地方，朝圣真的非常流行。你们会看到的——如果你们能坚持走到昂沃莱地区勒皮和朗塞瓦尔——就会在路上发现成千上万的朝圣者，越是接近圣地亚哥-孔波斯特拉，人数就越多。”

我咽了咽口水，显然有些局促。“我敢打赌他们大多数都是随便玩玩，给自己充充电，娱乐一下。如若不然，天主教怎么会消亡？”

“是的，当然，你这么问当然是对的，不过我觉得，如果你深入你那些朝圣者同伴的潜意识，就会为自己的发现感到吃惊。不管怎么说，记住我的话，在法国，天主教已经死去，被埋掉了，谁知道什么会取代它的位置呢？现在全球化已经不可避免。还有科学种族主义，或者某种宗教混合体，少量福音派，加一撮佛教，再加一滴新异教思想。结果会很有趣的。”

“你去过加州北部没有？”艾莉森问，“那个地方总是有点儿超前发展。”

模糊的分界线

考虑到宗教战争的残酷杀戮，我想我们不应为比克西仍然保持彻底的世俗倾向并狂热崇拜法兰西共和国感到惊讶。这里丝毫没有将虔诚与灵性融为一体的加州式迹象。我们在面包店和旅游局找到这方面的证据，那里似乎没人知道圣雅各大道，也从未见过朝圣者。他们说，我们是多年来——也许是数世纪以来——的第一批朝圣者。当我指出，在我们的地图上，比克西的一个偏远地区都被标上了“圣雅各”的名称时，那位镇定自若的旅游局管理人员显得有些迷惑却不尴尬。“肯定是标错了，”她说，“我需要时间弄清原因。”

早餐后，我们从入住的酒店朝着东边的圣雅各路走了几个街区，发现那只是一条狭窄的公路，显然曾经将比克西和索恩河畔沙隆连接起来，而据我们所知，后者是个主要的朝圣地。

我死皮赖脸地与一位待在自家前院里的老太太攀谈。“这一带有很多老石头房子，”她指的是公路沿途的废墟，“我从没见过朝圣者路过。”她再次证实了这个事实，又调整了一下厚厚的眼镜框说：“祝你们好运！”

我从她的表情和她将手插进家居服的动作感觉到她有所隐瞒。“这条路上很久以前是不是发生过什么很不愉快的事情？”我问道，“也许是在宗教战争期间？”她犹豫不决，然后挥舞了一下那双粗糙的大手。

“那时我还是小孩子，记不太清了，”她说，“那条ligne de démarcation（分界线）越过这里，并且发生过一些不愉快的事故。”

“您说什么越过这里？”

“占领区和‘自由法国’的分界线，战争期间的事儿，”她停顿一下，“不过你绝对想不到，是吧？没有一丝痕迹留下来。”

一小时后，当我们气喘吁吁地顺着一个陡峭的斜坡朝西南方攀登时，我忍不住想起老太太的话及纳粹时代那条幽灵般的“边境线”。在“二战”期间，“自由法国”那种想象中的安全存在于我们的南边，而被占领区的公然压迫存在于北边。不过，最近披露的事实表明，表面上由维希那个傀儡政府控制的自由区并没有多少自由可言。维希不仅与纳粹合作，而且它本身就有狂热的种族主义、反抵抗运动和反闪族倾向。维希只是想作为一个民族主义实体独立存在，避免冲突双方可能导致的破坏。考虑到当时的各种创伤及“一战”留下的鲜活记忆，这或许并不值得惊讶。然而，让我停下来思索的却是那条分界线被抹杀得多么彻底。那条罗马古道在地图上仍然清晰可见，有些地方在地形上也清晰可见。而维希这条线，这个用相对新鲜的墨水画下的“红线”，却反而看不见了。

当我们默默地继续跋涉时，一个想法困扰着我，对我纠缠不休。在比克西的时候，酒店经理——显然属于新教血统——宣布天主教已经在法国消亡。罗马、天主教与维希之间会不会存在着某种联系？而新教、对共和制的崇拜、抵抗运动和古高卢人之间也存在类似的联系？罗马人消灭了德鲁伊派及其宗教教义，并先后将皇帝和天主教强加给法国。新教教徒要求与上帝建立直接联系，反抗天主教统治集团，并为赢得宗教自由而打了一场场血腥的战争。法国大革命的革命者和世俗法国政府的创立者试图直接摧毁教会。这么多因素是否产生了叠加效果，或者，我只是过度解读了法国的地貌和频繁变化的愿景？

悠悠古道与绿帽圣徒

回到高高的山脊上，索恩河河谷就在下方远处，一连串似乎没有尽头的高压线铁塔顺着那条新石器时代-凯尔特-罗马-圣雅各古道（亦即现在的GR-7步道）排列。步道与嗞嗞作响的高压线向南延伸，我们怀着对罗马高架水渠、桥梁和其他古代基础设施同样的崇拜，竭力远眺这些通电的铁塔和粗粗的黑色电缆。干吗不呢？铁塔自有其美——它们高大、整洁、对称。它们只是这条数万年来最少遇到抵抗的道路的最新装饰而已，也就是说，从巨石时代的传教团到纳粹，每当新的征服者前来压迫这个国家时，这条道路都一直在此。古道并非总是那么糟糕。它们让人节省了时间和精力。既然老路还能用，又何须另辟新路——对基础设施、技术、人和宗教而言，都是如此。

一群马在牧场上大嚼雏菊，牧场的另一侧矗立着一尊戴着蓝色帽子的圣母像，看起来似乎准备跳下悬崖——或者跃入空中。一根避雷针顺着她的背部向下深入一堆巨石，后者看起来疑似所谓的“史前支墓石”。而在它们下方的则是圣瓦勒翰（Saint-Vallerin）的一片片葡萄园和屋顶。这尊圣母像和新石器时代的支墓石对生活在它们脚下的市民有什么影响呢？我忍不住好奇。那些古老的死亡或虚无的象征物是否在低声诉说生命的无常？或者它们将雷电引入地下，只是带着抚慰提醒人们，文明既古老而又顽强？山下是否还有人记得那条曾经从附近经过的占领区与“自由法国”的分界线？

我们从那两个玩具般的村庄谢诺维（Chenoves）和索莱（Saules）及其带有尖塔的小城堡上方大步走过。它们位于一片片牧场、树林和葡萄园之间，一连串绿色的山丘蜷缩在东南方，环绕那座仍然非常遥远的小城克吕尼。没有混乱，没有成堆的垃圾，没有拥挤的人群，没有被人称赞过——尽管我们愈加疲惫，尽管如幽灵般萦绕于脑际的古人不断增加，但这清爽的景色却让我们愉快地信步而行。

走近位于山洼里的村子居勒（Culles）时，我们采了些野草莓，并艰难地穿过那些半日花、鸢尾和丁香花丛，而眼睛则盯着前方那座罗曼式的尖塔。“留意朝圣者，”我说，“我感觉这些天我们会再见到一个。”站在第一座村舍门前，我话音刚落，就看到一只木雕鸟蛤，显然是最近添加到这座房屋上的修饰品。乡村改造已经展开。朝圣者很快就会到来。

这条古道穿过森林、田野，当我们靠近国民圣让古（Saint-Gengoux-le-National）时，我们听见叮叮当当的风铃声。一家由农庄改建成的艺术工场挂着牌子，是出售手工云石纸的广告。春天的空气中弥漫着东方的熏香气息，你不由得好奇，肯定会有些过路的人闻香而至、上门求购吧。

在斜坡上的树林、牧场和葡萄园里，在国民圣让古狭窄的街巷中，一座座摇摇欲坠的房屋外墙灰泥剥落，露出下面的哥特式拱门和罗曼式柱子。铅笔尖似的教堂钟楼从一片颇有气氛的杂乱建筑中伸出来，跟正在轰轰烈烈进行乡村改造的比克西很像。

“是古罗马还是中世纪？”我问，“请下赌注。”

我们顺着曲曲弯弯的恺撒路（rue Cesarée）和不老路（rue Jouvance）走去，对这里的喧闹感到吃惊，又被面包店的香气诱惑。在当地的旅游局里，一位高效率的年轻女志愿者证实了国民圣让古始建于帝国后期或墨洛温王朝，是朝圣者中途停留的地方。但她对抵抗运动或那条分界线一无所知。“这个镇子以前叫皇家圣让古，”她说，“然后在大革命时期更名为茹旺斯——这是它原来在墨洛温王朝时的名字。”她接着说，口齿逐渐不清：“然后在君主复辟时期再次更名为皇家圣让古。‘国民’一词是在1870年普法战争后的第三共和国时期加上的。”她递给我们一叠小册子。“现在你们想知道这位圣徒是谁，对吧？”

我们点点头，结果发现这是个令人费解的故事—— 一如往常。

这位志愿者介绍说，勃艮第的让古福斯（Gengulphus of Burgundy）是位忠于职守的骑士和朝臣，不幸的是，他娶了一个性欲难以餍足的贵妇，在他离家杀戮恶龙与异教徒时，遭到妻子无数次的背叛。他心地太善良，不愿采用通常的手段报复不忠的妻子，又因为左右为难而苦恼，于是便在自己位于勃艮第北部的阿瓦隆（Avallon）城堡成为一名隐修士。但他的妻子有个淫荡的情夫却得寸进尺，在公元760年谋杀了让古福斯，从而使得这位骑士成为特定人群的殉难圣徒，他专门庇佑和安慰那些被抛弃的情人、戴绿帽子的男人、分手的夫妻以及婚姻陷入困境的人。

“在这个地方度蜜月肯定很棒。”说着，我谢过那姑娘，便紧紧拉着艾莉森的手离开了，仿佛她是我的财产。

一块木头路牌指向通往城墙的道路，不过我们的时间太紧，不能前去游览。我们的民宿位于这座小城的郊区，是座19世纪的大宅子，后面有个浓荫匝地的花园。这是一个好日子，我们徒步的路线穿过了三份勘测地图，走的路程就跟传说中让古福斯夫人在繁忙的夜晚让她那些来来往往的情夫走的路程差不多。她确实是个如恶魔般难以满足的女人。

不老泉

让-吕克·勒莫高大、出众却不傲慢，看到我们走进这家民宿的花园大门，他便取下嘴里的烟斗，来迎接我们。据他讲，准确地说，他不算“来自”圣让古，不过他的部分家人在几代之前是住在那里的。他年幼时就在这座庞大、古老的乡村住宅里度过夏天，说着他便带领我们顺着一条碎石车道走向门廊。让-吕克对这个地方的热爱很有感染力。

我们的房间里有几把放着厚厚软垫的扶手椅、一个大衣橱和一张书桌，就像维多利亚时代的客栈一样温暖舒适、古色古香。我们在大厅里的陶瓷洗手台洗掉尘埃，但决定略去打盹儿的时间，去探索一下这所宅子和花园。让-吕克和他说话轻声细语的太太玛利-克劳德亲切地带着我们逛了逛，她走路也蹑手蹑脚。玛利-克劳德说，他们是“退休”到这里来的，不过让-吕克仍然乘坐TGV到巴黎上班，在一个政府人力资源部门兼职。事实上，那跟全职工作也差不多，不过谁在乎呢？他们过去拥有专职工作，在退休后改行做客栈老板，结果却发现经营客栈是项繁忙的工作。“我觉得我们就是闲不住，”她思忖着说，“这很讽刺。让-吕克过去当人力资源部经理时不得不将数百名雇员解雇，而现在他却代表那些面临失业的工人去斡旋。”

“这是一桩兴隆的生意，”他评价道，“都是因为全球化和互联网。”玛利-克劳德微笑着叹了口气。一些人的坏消息对另一些人来说就是好消息，总是这样。

这所房子显得坚固而又简洁大方，从拼成图案的瓷砖和抛光的木地板，到宽阔的橡木楼梯和用石头镶边的壁炉，无不如此。每个平面上都摆放着一些小装饰品。我们得知，让-吕克的姑妈是一位画家兼小说家，她曾在这里生活，享寿甚高。每一面墙上都挂着她的水彩画和素描，描绘了中世纪圣让古的景色——它的一座座高塔、弯曲的小巷和水花飞溅的喷泉——以及附近点缀的树林、葡萄园和农场。

夜幕降临，艾莉森从书架上抽出一本书，指引我来到一座废弃的塔对面，靠在树荫下的一把躺椅上。这本书的书名是《隐修院的回声》（*L'écho du Prieuré*），作者是马德莱娜·迪沙尔姆（Madeleine Du Char-me），让-吕克解释说，这就是他已故的姑妈的笔名。小说讲述了克吕尼修道院那些修士的故事及他们在附近圣让古诺朗热小修道院（Priory of Nollanges）的生活。虽然书写得很好，但仍缺乏足够的吸引力来让我保持清醒。听着鸟儿的叫声、蜜蜂及远处一座磨坊的嗡嗡声，我徒劳地试图跟上艾莉森的朗读，却昏昏欲睡。关于乡村与生活，书里似乎包含了一些重要的事实。

艾莉森说，"Jouvance"的意思就是"不老"。这个小镇在一千多年前得到这个名字，是因为一眼神秘的不老泉曾经从这里喷流而出，那时倒霉的让古福斯还没出现。它不是普普通通的不老泉，让你未婚妻或妻子把手伸入水中，如果她对你不忠，那么她的皮肤就会"像手套一样"脱落。自然，方圆几英里内对伴侣深信不疑的男人都受到了启迪，把自己的女伴赶到这里来一试，因为人人都知道，那确实是女人的黄金时代。

"教皇避暑的夏宫是不是在罗马附近的冈多菲城堡？"艾莉森问，"那里是不是有一眼著名的泉水注入阿尔巴诺湖？"我耸耸肩作为回答。她翻过另一页，提高了嗓音："你猜怎么着，这就是那个冈多菲。让古福斯是它的拉丁名。"

"戴绿帽从来都是常盛不衰，"我说，"你有没有想过，不老与不忠是一对镜像？你知道的，就像调情会让人保持年轻？瞧瞧亨利四世，他们叫他'永葆青春的花花公子'。他从早到晚都吃生大蒜，喝白葡萄酒，生下五十四个私生子。如果不是遭到刺杀，他会活到很老——而且他至今仍深受人们热爱。更别提那位道德典范弗朗索瓦·莫里斯·阿德里安·马利·密特朗了，我们那位令人们哀悼不已的已故总统。这方面的案例无穷无尽。在法国，追逐女性是一项全国性的体育运动。它肯定对健康大有好处。”

艾莉森将她特有的锐利目光转向我。“不老泉根本不是那么回事，”她说，“这才是不老泉。”她伸开双臂，缩拢，然后飞快地念完这个句子：“情意绵绵的爱情及和平与宁静。”

仿佛有魔鬼在倾听，几辆小车顺着石子车道朝这所房子驶来，从车上钻出来一打乘客，包括五个孩子。孩子们跑进花园，大叫着，到处爬来爬去，跌跌撞撞。我跟艾莉森交换了一个不悦的眼神，平静地给了对方一个恢复活力的傍晚道别之吻。

鹌鹑蛋和埃及鹤

我们娴静的女主人玛利-克劳德对生活充满热情，这从她的烹饪中就能看出来。小扁豆加鹌鹑蛋沙拉、烤猪肉和自制苹果派美味而丰盛，足以填饱十六张嘴。大家边吃边聊，热闹非凡。我们那十二位同为客人的餐伴说，他们是到圣让古来参加婚礼的。我询问他们是否打算到那眼检验贞洁的不老泉去做一次婚前检查。当我开始跟他们讲述让古福斯和不忠女人的皮肤会脱落的故事时，艾莉森狠狠地踩了我一脚。而对于那个晚上的其余事情，我脑子里只剩一团模糊了。

说我们一早醒来就是暗示我们头晚睡着了。但那群参加婚礼的人深更半夜在宅子里走来走去，让我们只断断续续地打了几个盹儿。当我在床上辗转难眠时，我感觉自己就像煎蛋在煎锅里翻来翻去。黎明时分，我们在一只神秘的鸟儿悲哀的叫声中最后一次醒来。那声音听起来就像一只孔雀在吹号角，而我们头昏脑涨，觉得仿佛是让古福斯在宣布他将再次降临人世，或者佛陀即将到来。在将就着吃早餐时，我们得知那只吹号的鸟儿属于附近一位农夫，是一只巨大、庄严的埃及鹤，在过去的三十五年里一直居住在圣让古。在它那位孤独的主人失去几位家庭成员后，这只不同寻常的宠物取代了他们的位置，逐渐赢得主人的热情。"它跟它的主人同桌进餐。"玛利-克劳德说，她充血的眼睛下有肿胀的眼袋。我想象那只鹤脖子上围着餐巾，跟那位农夫吃着晚餐闲聊，希望这只老鸟儿跟大象一样长寿。"你们俩昨晚睡着没有？"玛利-克劳德问，"我们为晚上的嘈杂感到非常抱歉。婚礼派对就是存在这种问题。"

"我们睡得就跟婴儿一样香。"艾莉森撒谎说。

我挤出一个勉强的微笑，将自制的木莓酱抹到玛利-克劳德的黄油羊角面包上。"哦，是的，"我咕哝说，打了个呵欠，直到我用自己的眼袋将眼球往后推去，"今天早上我们感觉自己就像小孩子一样，完全返老还童了。"

踏上正道

在卡车和私家车的竞争下，索恩河河谷铁路线上的旅客与货运服务在20世纪70年代便已终止。最后一列从马孔开往克吕尼、科马丹（Cormatin）、圣让古、比克西和索恩河畔沙隆的列车将轨道和路基留在了身后。铁轨生锈，路基上长满杂草，直到有人在90年代想出一个聪明的点子，将以前的铁路改建成一座线形运动场，号称“绿色之路”（la Voie Verte），这个法语名字听起来不错。

与其说笔直的绿色之路让我想起圣雅各大道，不如说它让我想起了中央运河，路边偶尔出现的那些锈迹斑斑的破败厂房也是同样，它们的两侧是成片的住房开发项目。不过，跟运河不同，以前那条铁路留下的路基旁没有树荫，也不凉快。在离开圣让古后，我们头几个小时顺着它大步流星地走，直到脚下的沥青路面开始变软，太阳也升上高高的天空，照亮了我们前方和后方看似没有尽头且越来越狭窄的怪异远景。就像巴黎和纽约的林荫大道，这条笔直的道路在人的视野中似乎逐渐封闭起来。你只能看到道路两侧相会合那么远的地方。这是一种光学幻觉，是摄影师、建筑师和城市规划师熟悉的都市风景。我以前从未在乡村体验过。有限的无限性那种令人不安的感觉抓住我不放。我们以前走过的那些路、其他年代那些绿树成荫的蜿蜒小道和曲折的公路是多么地不同啊。矛盾的是，绿色之路让人觉得它仿佛是罗马的遗产，那种直线逻辑、工业化、标准化和商业的产物。但它已经风光不再，现在专供那些安安静静骑自行车、玩轮滑的人和少数看似漫无目标的朝圣者使用。

尽管道路笔直，阳光灿烂，艾莉森却从我视野中消失了。我觉得她在我后面，发现数字摄影其实是一项危险的活动。它将白兔和野兔的同类变成以按快门为乐的乌龟，在大多数情况下，这也无伤大雅，但如果是在烈日无情的炙烤下，那就是另一码事儿了。我独自前行，相信她或早或晚——后一种情况的可能性更大——会出现。我们已经计划好，在科马丹停下来吃午餐并造访那里的城堡，然后继续徒步，到居伊河畔萨洛奈（Salornay-sur-Guye）过夜。就在这时，一条匝道将我从绿色之路引向附近的小村马雷（Malay）。继续往前走了一小段路后，我在毗邻的奥耶（Ougy）停下，村里那座罗曼式教堂尖尖的钟楼有石头屋顶。尽管我反应迟钝，但还是注意到勃艮第的每座罗曼式教堂都有细微的差别。最早的那些修建于公元1000年左右，有用砖头砌成的人字形花纹，而后来修建的那些则有伦巴第风格的镶边及用石头和砖块砌成的拱门。我曾在圣让古的民宿阅读相关的资料，那对我的观察也很有帮助。

勃艮第的所有罗曼式教堂都附属于克吕尼的修道院。这座母教堂是罗马之外最大的，曾繁殖出数千座子教堂，它们每座都反映了中世纪的社会结构。高高的钟楼经过加固，由当地领主出资，请石匠修建。在服务了一千年之后，它们仍然普遍保持着良好的状态。教士们出资修建了同样坚固的半圆形后殿，它们也完好无损。而谷仓似的中殿由佃农修建，是在他们给山羊挤过奶，犁过地，砍过树，并将自己的大部分收入交给领主和教士后加班干的活儿。那不仅解释了法国大革命何以爆发，也解释了为何中殿的状态总是不如后殿和钟楼保持得好。

我来到奥耶那座教堂带有桶状穹顶的中殿里，为了凉快一下，也为了寻求启示，便放下背包，在一条长椅上坐下，让我疼痛的眼球和后背休息一下。一块圣菲利普的浮雕石和一份手写请愿书注视着我，前者产生于12世纪，风格粗犷，后者产生于当代，贴在一张纸板上，字迹天真质朴。我尽量贴近阅读那些花体字，它上面说，奥耶和马雷社区只有两百一十九位居民，却拥有两座地标性的教堂，资金不足，难以为继，因此请求参观者“慷慨解囊”。对当地人而言，不管他们是虔诚的信徒还是共和派，历史悠久的“教产”遗址都让他们喜忧参半。我将一欧元的硬币丢进捐款箱里，戴上鸭舌帽，走出教堂，回到烈日之下，希望随时看见艾莉森。

但前前后后都看不到她的身影。我顺着绿色之路继续南行一英里，一个蛙声嘈杂的水塘和野草丛生的月台标出了从前的科马丹火车站的位置。看到这里有个出口，于是我再次离开铁路线，朝村里走去。

我在面包店买了个苹果馅饼，贪婪地大吃起来，一边蹒跚地在树荫下朝一家咖啡馆走去，一边在心里思忖，觉得科马丹是那种很容易让人适应的地方。一座漂亮的地标性建筑前有树木、后有院子，里面分别有药店、杂货铺、肉铺和面包店以及法国最棒的城堡之一，更别提那些古董店和其他出售各种有趣但无用的随身用品的店铺了——这就是科马丹村。我啜饮着意式特浓咖啡，感觉心静如水。如果艾莉森赶到我前面去了，我不可能看不到她。她也不可能在法国最直的步道上迷路，只有真正的天才和有方向障碍的人才会那样。难道她在一个玩轮滑的人飞驰而过时被撞倒了？

我喝着第二杯咖啡，用手指头敲着桌面，最终决定独自去游览那座城堡。

让人心生疑影的城堡

科马丹城堡的庭院似乎比我最近几十年的任何梦境都更有梦幻色彩。蜿蜒的格罗讷河（Grosne River）不知道从哪里冒了出来，它的读音跟英语里的“groan”（呻吟，叹息）差不多，却跟这里的个性毫不沾边。这条河恰到好处地环绕城堡而过，构成一条天然的护城河，与之相配的还有一条人工护城河，是在大约八百年前由迪布雷·杜克舍勒（Du Blé d’Huxelles）家族挖掘的。他们及其祖先是这个地区最初的军事统治者，后来不断往上爬，成了凡尔赛宫的皇家朝臣。

这座拥有三层楼的L形住宅耸立在我前方那条由树篱和小

树林构成的林荫甬道的尽头，有一连串经过加固的外围建筑和一个整洁的家庭菜园，后者的面积有几个网球场那么大。在北侧，也就是我期待着艾莉森随时出现的那边，分布着几何形的草坪、薰衣草和黄杨木花坛，其间点缀着束状的山毛榉或修剪成金字塔形的紫杉，由黄杨木构成的“迷宫”散发出迷人的香气。俯瞰这座树木迷宫的是建在一座鸟舍上的高架观景台，而鸟舍看起来像个新古典主义的寺庙。当我顺着螺旋形的楼梯走过鸟舍时，几只活泼的大鹦鹉在我周围扇动翅膀。我来到观景台上俯瞰周围的风景，另一段格罗讷河环绕着花园的外缘，绿色之路位于河对岸，上面空无一人。

城堡金色的石头倒映在水池中，闪着微光。在朝向花园的立面上都抹了白色的灰泥，令人感到惊艳。于是疲惫的我便坐到一棵山毛榉树下的花园椅上，决定再等等艾莉森。

一小时之后，愈加担忧的我走进城堡，发现自己被一个旅游团包围。他们的导游说，这座17世纪初的城堡是在12世纪的地基上修建的，堪称亨利四世至路易十三时代建筑风格的典范，将文艺复兴后期的意大利风格与荷兰风格颇有品位地融合起来，拥有覆盖着石板的复折式屋顶、山形墙和尖塔。我们十二个人肩并肩地站在一座通风良好的石头楼梯上，楼梯带拱顶，规模庞大。然后我们迈着沉重的步子穿过一连串令人眼花缭乱的客厅、密室、卧房和贵妇人那个著名的大衣橱。艾莉森仍然不见踪影，说我担心未免有点儿轻描淡写。不过，经过二十多年来等待艾莉森——她是个真正的女版“戈多”——的磨炼之后，我已经学会控制自己的焦虑。

城堡里的很多房间从地板到天花板都覆盖着17世纪20年代的装饰，堪称豪华的视觉盛宴。那些风格奇异的图案、寓言画和风景画闪耀着金叶和软化天青石的光芒，据导游说，这是该国同类墙壁装饰中面积最大、保存得最好的。导游是个严肃的年轻姑娘，一位艺术史学家，我看得出来，她不喜欢传播那种民间风味的简化信息。这是高雅艺术，就跟正宗的本地勃艮第蜗牛或蛙腿一样罕见。

修复城堡的故事也非常精彩，并不比它那些杰出的主人们获得的丰功伟绩和他们支脉众多的家族逊色多少。关于这种文化所拥有的政治力量及在法国盛行一时的崇古思想中那种具有前瞻意识的矛盾而言，它都是一个很好的范例。1980年，三位财力有限的艺术史学家和图书管理员怀疑尘垢下埋藏着珍宝，便买下这座从1914年以来再没经过修缮的城堡。他们仅支付了一百万法郎，按当时的汇率算，约合十五万美元。他们猜对了，并赢得一个少有的机会，随后花费了二十多年的光阴和二百三十多万美元的资金进行修缮。幸运的是，多亏了他们那些高层的朋友——其中一位可直达圣听，接触到弗朗索瓦·密特朗——配套资金由政府提供。等这三位新主人清除掉墙壁上过度粉刷的表层、赶走木头里的蛀虫后，他们就开始挖掘，从护城河里清理掉一万两千立方米的泥土。这个数字对我来说毫无意义，但它听起来十分庞大。他们还修建起三百六十延米的棱堡，与四个足球场的长度相当。然后他们按照路易十三的皇家园林设计师——我记不得他的名字了——绘制的原版规划图，重新修整了花园，收回了一片片湿地和田野。

导游说，事实上，密特朗式的慷慨施舍已经成为往事。向科马丹这种历史遗迹提供的津贴已经枯竭，现在政府用来支撑里昂一家足球俱乐部的钱，都比它给自己那全部四千处地标建筑的花费多。“艺术是人类为精神不朽而创造出来的。”她引用由戴高乐在20世纪60年代任命的法国首任文化部长安德烈·马尔罗（André Malraux）的话说。或许，对某些人而言，足球也是同样重要，幸好那不是我的看法。

除了厨房设施过于沉重，无法被窃走，城堡里原有的家具都被其前主人拍卖一空，他们大多数都是迪布雷·杜克舍勒穷困的不肖子孙。一份1643年的拍卖清单帮助那三位修复者将它们准确地重新布置起来。他们选择保持多层次的现实感，将每个世纪的最好陈设呈现出来。每年参观城堡的付费游客超过六万人，此外三位主人还拥有一个额外的特权，向到访的每位游客详细讲述他们自己与这座城堡的故事。这次游览令我陶醉，但炎热的天气和过量的历史知识又让我感到疲惫，于是我来到花园里一棵算得上全世界最大的橡树下，坐在椅子上休息一会儿。懒洋洋地靠在这里，思索着不朽的问题和艾莉森，直到一群嘎嘎叫的鹅将我赶走。采取行动的时刻到了。我迈着沉重的步伐走向警卫室，想知道自己该到哪里找个乡村警察，为我失踪的太太报警；可是你瞧啊，她就在那里，以她那种令人恼火的漫不经心的姿态站着，毫发无损，还算幸运。“我停下来拍了张照片，”她欢快地说道，“然后我猜自己可能是越过一片田野，走错了路并且……”

狂热信徒的兄弟情谊

我们知道仅用一天时间从圣让古走到克吕尼有些紧张，于是便在那个十分偏僻的村子居伊河畔萨洛奈的一家民宿预订了个房间。等艾莉森在科马丹露面后——3英里的冤枉路只让她略显狼狈——我们就一起出发，转向西行。根据我们的地图，萨洛奈差不多跟克吕尼一样遥远，结果我们发现它比克吕尼还远。但到这里过夜有个好处，我们俩都心知肚明。通过这样绕道，我们就可避免经过泰泽，罗杰修士那个灵性社区的总部，也就是我们在梅尔居雷碰到的那个独行朝圣者、眼神狂热的爱尔兰人要去的地方。他和天知道多少其他同类都在那里。他这样的探索者及成千上万的东欧青少年已经将泰泽周围的地区变成一个庞杂的男女童子军营地，那位魅力超凡的修士已经去世，如今那里由他那些年老的助手管理。我们曾不止一次前往泰泽，甚至见过罗杰·舒茨（Roger Schutz）——这是罗杰修士的本名。对他的追随者来说，罗杰神父是位殉教者。2005年8月，在他主持的一次晚祷会上，一个来自罗马尼亚的疯女人跳起来，在他后背上扎了三刀，将他刺死。当时这位修士已经九十岁，他的两千五百名追随者惊恐地目睹了那个场面。

罗杰修士的小雕像如今遍布勃艮第南部，倒不是他鼓励追随者们崇拜他，而是因为他的组织接管了一些半荒废的村子，无意中抬高了房价，引起那些长期定居的居民不满，他们憎恨这些新来的人。很多造访泰泽的信徒崇拜这位修士的方式及我知道的那些加州狂热信徒崇拜其大师的方式，都一直困扰着我，任何类型的狂热群体都让我浑身不自在。

我忍不住好奇，从德鲁伊派的时代到现在，是什么让加州和勃艮第成为那些合法但疯狂的探索者、修士、大师、新异端和佛教徒的中心？从物质、地形和历史上说，加州和勃艮第的区别太大了：一个阳光明媚，干燥炎热，缺乏古老的历史；而另一个则忧郁、潮湿，郁郁葱葱，是个空荡荡的地方，拥有丰富的历史积淀，显然有种无始无终的永恒感——而全世界的崇古者都喜欢永恒。

幸好，在我迷失于自己漫无边际的思绪中之前，仿佛变魔术一般，那条洒满阳光的罗马古道再次出现，带领我们从科马丹穿过峡谷，来到河水清冽、奔流不息的居伊河（Guye River）浅滩。我们欢快地大叫着，踩着一块块闪亮的石头跨过河去，恺撒的军靴也曾经踏过这些相同的石头，至少我是这么认为的。当我们到达河的西岸，看到圣依波利特（Saint-Hippolyte）那座教堂的废墟时，一列TGV高速列车一闪而过，驶往北方的巴黎。在铁路附近牧放的一群牛麻木地继续吃草，显然对那如同间歇泉般的疾驰和震耳欲聋的呼啸声无动于衷。

根据我多次乘坐TGV的经验，这列火车的时速超过300公里。当地人也对它习以为常了吗？我们经常读到NIMBY[①]（反对在居民区修建大型工程的人）反对日本的子弹头列车。但日本政府获胜了，就跟法国政府一样。这道嘶嘶作响的电气化伤痕逐渐将勃艮第南部变成巴黎的后院，它也是我们的后院。Mea maxima culpa.（都是我的错。）我喃喃自语。我们都是典型的TGV乘客。

不管怎样，我们又爬了几英里的山坡，穿过一座石头村落博奈（Bonnay），不久后抵达博尚塞耶（Besanceuil），似乎没有一个法国人生活在那里。我们满耳听到的都是荷兰语、瑞士德语和英语，一座城堡和几个整洁的菜园上空飘扬着荷兰、瑞士和英国的国旗。一座当代美术馆占据了农庄，田地里点缀着一些难以归类的艺术品，很多都有拖拉机那么大，还有恐龙形状的纸板艺术品、锈迹斑斑的金属雕塑习作。它们让我想起两样东西：理查德·塞拉在沙尼的八角形钢柱和巴黎的艺术权威投下的长长阴影。艾莉森非常罕见地表现出片刻的厌恶，疑惑地问这个展览的标题是不是“破伤风蔓延”（Tetanus Galore）。我闷声不响，她已经说出了一切。

过了那个村名难以发音的博尚塞耶后，小道顺着陡峭的山坡攀升，如隧道一般向西穿过一片幽深的森林，这片森林最近很少有人进来，至少，听到一头雄鹿用没有言辞的语言大叫

① NIMBY, not in my back yard（不要建在我家后院里）的简称。——译者注

后，我们是这么理解的。然后它停止咆哮，瞪着我们，用蹄子刨着地面，摇摆着有七根分叉的壮观鹿角。我们怎么会走到这么远离车流的偏僻道路上来?

还没走出树冠遮天蔽日的森林，一场骤雨不期而至，等到我们找到居伊河畔萨洛奈时，天又黑又冷，我们已经全身湿透。然后我们又在越来越强烈的失望感中围着村子转悠了半个小时，才终于找到我们的民宿。它位于村里的那座城堡内，但城堡显然被树木和高墙巧妙地遮挡起来，指向城堡的路标又不知道被谁挪走了。

萨洛奈的钟声为谁而鸣

疲惫并非熟睡的保障。如果说居伊客栈（Auberge de la Guye）的晚餐和萨洛奈城堡的傍晚只是梦境般恍惚的记忆，我得把这归罪于我们被人有意地剥夺了睡眠。我们经历过一次结婚派对，今天又碰到另一次，它占据了这家民宿其余的所有房间。这座端庄迷人的地产被一个虔诚的退休家庭修复得那么可爱。与其说它是座城堡，不如说是一个小小的庄园，借着晨光，我们看见它被包裹在一个长满大树的公园里，树木全都在发芽。我们的房间占据了一座矮塔的顶层，据老板说，这座塔建于15世纪。结婚派对上，人们整晚走来走去，那些倾向于禁欲的修士们会喜欢这种派对的，我告诉自己，试图集中自己的思绪，挣扎着从床上爬起来。它给我们发青的眼袋又增加了一重肿胀。

天亮之前，我发现自己在黑暗中来来回回地掰着指头数数。我们还要再走10英里才能到达克吕尼，我们计划在那里休息几天，找牙医和理疗师看看病。因为臼齿断裂，艾莉森咀嚼时感觉很不舒服；而我的大步流星已经变成一瘸一拐。吃早餐时，民宿的老板看到我笨手笨脚地抹着自制果酱，还差点儿打碎一只精美的瓷盘，肯定以为我是一头类人猿。不知怎么回事，我无法将注意力集中到大家的闲聊上来，闲聊从我们那位温文尔雅的老板开始，他仍然在巴黎做一份全职工作，负责欧盟拆除封存的苏联核潜艇的项目。我摇摇头，问他能否把这句话重复一遍。他解释说，跟清理俄国人那堆带辐射的有毒垃圾相比，卫星科学简直就是小菜一碟。可是，他们两口子是怎么来到居伊河畔萨洛奈的呢？这里离哪片大洋都很遥远。

“家族之根和热情，”那位核科学家说，“我们热爱萨洛奈。”

萨洛奈。萨洛奈，这名字怎么听起来这么耳熟？不过要等到吃过早餐后，到城堡斜对面的教堂去探索时，我才会恍然大悟。这座笨重的避难所最初是罗曼式建筑，经过多次重建，现在状况良好，里面摆满鲜花。当……当……当……空灵的钟声传来，让我突然想起自己的暴饮暴食、刚愎自用和立下的誓言。我从教堂里探出头，注视着下面的公路。那家诊所就在那里，几年前，这里的医生诊断出我患有脂肪肝和肝炎，并且宣布我是一只会走路的“鹅肝”。就像我在崩溃之前看到幻想中的比布拉克特一样，萨洛奈也是我的个人朝圣地。我绕了一大圈才来到这里，但无论怎样我还有很长的路要走。

奶酪贼与无用的圣母像

萨洛奈的非凡之处不仅在于其肉铺和熟食店，而且也在于它那两座中世纪的多拱桥梁。它似乎被我们迄今为止见过的规模最大的现代成片住宅区夹在了中间。当我们顺着通往克吕尼的僧侣小径朝一个名叫罗什（Roche）的地方前进时，一首有关旧金山的老歌钻进我耳朵里：山坡上的小房子，用劣质材料建的小房子……

跟这些半独立的平庸住房相比，我遥远故乡那些使用劣质材料的住房开发项目显得非常迷人。为何萨洛奈及法国各地的类似村子里突然大量出现此类半独立的劣质住房？其中的原因非常复杂。有一种标准的解释认为，是富有的巴黎人、里昂人和外国人抢购并修复了那些老石头房子，将房地产的价格推高到超出当地人——尤其是年轻人——购买力的程度，因此使用劣质材料的廉价住宅便涌现了，以满足当地人的需求。这么说倒也有些道理，但却留下一个没有回答的小问题：首先，为何法国的乡下人让这么多历史悠久的房子沦为废墟？其次，为何将这些房子卖给外人？

一座座葡萄园里，刚长出嫩芽的藤蔓伸展到萨洛奈上空，僧侣之路便从它们中间穿过，化身为一条神奇的时光隧道。它穿过森林密布的小山，就跟我们在莫尔旺看到的小路一样，长着苔藓，弥漫着德鲁伊派的气氛。环绕小村西罗（Sirot）的山谷侧面有个牧场，上面长着一丛丛纷乱的毛茛和马利筋，雏菊就跟那些啃食它们的羔羊一样白。茂密的森林顺着山脊肩部延伸。一棵棵巨大的老树树龄长达数百年，树荫遮挡着一座臃肿的鼓状圆塔及其两侧经过加固的庄园。在泥土公路的对面，一座显然充当过酿酒厂的建筑现在成了谷仓。一包包干草从里面散落出来。它的大门外停着一辆拖拉机。

“都怪根瘤蚜，”我说，“西罗曾经是克吕尼的僧侣酿造葡萄酒的地方。”

就跟屈尔河畔沙斯泰吕一样，鳟鱼在一个浴缸似的池子里游动，这里以前是村里的洗衣房。不远处的公路旁，一位年纪很大的老太太注视着下面的我们，双臂交叉，放在她那条棉布围裙上方。葡萄园风格的老式房屋的门廊衬托出她的身影。当我们问起这个酿酒厂时，她非常愉快地回答说：“这里以前除了葡萄园之外什么都没有。”她说她叫亨丽埃特·图佐，又朝着树林和牧场方向挥挥手。“他们在十字路口上竖起了十字架，还有一尊葡萄圣母像，就在那边，”她又指了指，但我们无法看到那尊圣母像，“我猜它不管用。”

在靠近她家门廊的地方，挂着一只巨大的笼子，用木头和铁丝做成，但里面装的不是鸟儿。“是山羊奶酪，”她得意扬扬地微笑着确认道，“我仍然让它们风干。他们说，你不应该继续这么做，不安全，但用这种办法风干的山羊奶酪又没吃死过人，至少在一千年里没有。”

亨丽埃特让她的狗安静下来，这样我们就能靠在她院子的石墙上更好地听她说话了。借此机会，她用单调的勃艮第口音，向我们讲述了这个村子的历史，不是从远古时代讲起，而是从1934年前后她夫家买下她现在住的这座石头房子说起。村里没剩下多少人了，她评论说，很高兴用用自己迟钝的嗓音。只剩下少数人，年轻人在几十年前就逃到城里去了，她补充一句，没人再搬回来。一辆货车每周来这里卖三次面包，开车的面包师也出售其他东西。外国人把下面山谷里那个村子全部买下来了，那地方叫弗拉耶（Flagy），住满了艺术家和怪怪的家伙，她说，他们全都很好，但没人来自这个村子。现在她的丈夫已经去世，村里差不多就剩下她和那些老农夫以及那座老洗衣房里的鳟鱼了。西罗非常安静。

亨丽埃特叹了口气，整理了一下自己的围裙，责骂她那只疲惫的老狗。“你们一定想知道是谁专门跑到这里来偷我的奶酪。”她摇摇头说道。她和这条猎犬有两次把犯罪分子当场抓住，但他们还是逃跑了。

“你的奶酪一定特别好吃，”艾莉森说着挥舞了一下她的相机，“可以拍一张吗？”

当这两个口音怪怪的城里人拍摄她的山羊奶酪时，亨丽埃特困惑地望着。那些奶酪有些是新鲜的，又松又软，仍然是白色，还有一些随着时间而长出霉菌，变成黄色或蓝色。

为了补充我们的野餐食品，我们买了一块仍呈乳脂状的上好新鲜奶酪。它有一股浓郁的山羊味儿，我们发现那是干草的气息。我们在山顶的一堆石头上把它吃掉了，就是修士们在一千年前清理土地、栽种葡萄时堆起来的那种石堆。

在我们和克吕尼之间还横亘着令人痛苦而又美丽的5英里乡村小路，穿过一片起伏不平的大杂烩。经过这个地区时我们再没遇到一个活人。牛、鸟儿和死者似乎以一种合理的方式出现在眼前，例如那些修士和恺撒的幽灵，顺着这条路飞掠，带着我们偏离阳关大道，来到一个叫科洛日（Collonges）的小村及其礼拜堂。科洛日并不是它原来的名字，它本来叫科洛尼卡（Colonica），由两名来自马孔的修士建于公元898年，是为朝圣者和巡回艺术家——也就是中世纪那些修建主教座堂的石匠——提供的庇护之所。而礼拜堂则只有七百年的历史，里面的一张布告说，它最近由那些新农夫修复，也就是那些修整村庄房屋，升起外国国旗，并展示泰泽那位罗杰修士照片的人。

我在礼拜堂里坐下休息，听艾莉森给我读一张告示上的历史简介。殖民、衰落、修复和改造，数世纪以来，这个复杂的过程一次次地重复，仿佛连续不断似的，就像一只慢慢在头顶转动的车轮。原始森林变成牧场，然后又变成葡萄园，现在又变回牧场和森林了。我闭上眼睛，忘记了背部和膝盖的疼痛。我们的徒步已经进入第四周，据说从这周开始，精神将不再受肉体或智力的束缚。我感觉那只车轮在我体内转动，想知道自己到目前为止学到了什么教训，自己的徒步和思考是否够了。够做什么呢？我仍然不知道答案。那句令人怀疑的话涌上心头，停留在我的脑子里，我在一阵愉快的恍惚中冥思苦想，一次次重复，就仿佛它是一个魔法配方。

“如果你无法在自己心里找到对神的回应，”我听见艾莉森在大声朗读祭坛上翻开的一本书，“神会尊重你的沉默。”她停顿片刻，让那些词语慢慢进入我们的脑海中。“有时，怀疑不过是信念的背面。”

她翻过这一页，合上那本书，又点燃一支蜡烛。

修道院大道

克吕尼是一个富裕的镇子，大约有五千名居民。镇上的石头建筑从一座小山丘延伸到格罗讷山谷底部，这个山谷得名于我们在科马丹已经见过的那条蜿蜒的小河。丰饶女神为这个盆地里的山丘与河谷点缀上使用劣质材料修建的成片住宅，当我们从名字怪异的“郊区圣雨果”（Clos Saint-Hugues）庄园进入小镇时，我的注意力却被僧侣之路吸引。

一千年前的通衢大道如今已变成一条狭窄的后街小巷——夏内日路（rue de la Chanaise），其两侧仍然排列着中世纪的房屋，只是城门已不复存在。一条石雕火蜥蜴趴在皱褶交错的一所房子的立面上，望着我们。我们走过铺着鹅卵石的街道，骨头嘎嘎直响。一旦深入中世纪的镇中心，一抬眼就能看到修道院那些拥有九百年历史的高塔，它们巍然耸立在一道雄伟但已风化的双拱大门的另一侧。从前，这道门通往教堂的前廊，但前廊跟修道院的大部分建筑一样，都已不复存在，被法国大革命的革命者和房地产开发商毁掉了。我们在东边的拱门下停留片刻，拱门衬托出¼英里外的教堂右耳堂，优美如画。这里曾经是基督教世界最大的修道院建筑群，四周是一道道围墙和一座座瞭望塔，里面居住着成千上万的工人，在克吕尼修道院院长的严厉驱使下劳作。如今它却只剩下这道拱门、一座磨坊塔、一个葡萄酒酒窖、一家朝圣者旅舍、一个粮仓和一座回廊。一想到那么多年来有那么多生命都围着这一小片土地及由众多修道院和教堂构成的建筑群转动，我的脑海变成一片混沌。

多亏了一位研究中世纪的狂热朋友及这些年读过的半打有关的书籍，我们对这段历史了解得比较详细。数世纪以来，克吕尼一直是教会在欧洲最富有、最强大的堡垒，如今看来，这有点儿难以置信，尤其是在这样一个令人昏昏欲睡的炎热周日下午。这座建于公元910年的修道院是梵蒂冈的左膀右臂，由一位接一位修道院院长管理，他们中最有魄力的后来都成为圣徒。948年到994年担任院长的圣马耶尔（Saint Mayeul）是它最初的管理者。圣奥迪隆（Saint Odilon）于994年接替其职位，统治了这里五十五年——直至1049年。然后修道院真正的英雄圣雨果登上舞台，从1049年至1109年，他在这里维持了六十年的统治，让他的前任们相形见绌。

在克吕尼如日中天的1109年，这座修道院控制了超过一千一百个附属修道院，有些资料认为这个数字高达两千。“Partout ou le vent vente，l’Abbé a rente”的说法在一千年前进入法语行话，它大致的意思是：凡有风吹过的地方，克吕尼修道院院长都可获得丰厚收益。巴黎那座辉煌的克吕尼博物馆曾经是罗马帝国的澡堂，是当时修道院在大城市的庄园，现在则成为收藏《贵妇与独角兽》系列壁毯的地方。去过那地方的人就知道，它位于圣雅各路附近，而在过去的一千年里，这条路是从巴黎前往圣地亚哥-孔波斯特拉的主要朝圣路线，修建在一条罗马古道上，下面还有高卢的地基。多年来，艾莉森和我曾走过巴黎圣雅各路的几个路段。现在我们又顺着它穿过勃艮第，当然，最初的道路都被埋在田野、森林和柏油路的下面了。

克吕尼修道院还有其他财产分布在欧洲大陆各处和英格兰。它们就像封建采邑一样运转，并不隶属于当地领主，而是隶属于这座修道院的院长。他的势力如此强大，甚至罗马教廷有时都为他的财产和影响力而担忧。教廷频频派出红衣主教和主教去与他磋商，其中有不少偏离克吕尼道路的人血染僧袍。换言之，不支持克吕尼的人即被视为反对克吕尼，结果就有可能未尽天年而葬身沟渠。

克吕尼在法国乃至于意大利北部和英格兰的圣雅克之路沿途修建起重要的歇脚修道院，并为它们提供人员和资金。数世纪以来，就像所有帝国一样，这座修道院的庞大帝国也逐渐走向衰落，被法国大革命的革命者禁绝，然后又在1811年至1823年沦为菜市场。朝圣者消失了，克吕尼逐渐陷入断断续续的漫长沉睡——而这也是我此刻渴望的。

我们居然走了这么远，真是难以置信。我们想着罗马的广场，拖着疲惫的身子穿过教堂前廊和中殿的废墟，后者现在已成为小镇的中心。我们周围都是断壁残垣和破损的地板。城墙上的大多数瞭望塔似乎仍然矗立着，从一座座城市住宅和我们预订了房间的勃艮第酒店的建筑上，都可以看出利用修道院材料的痕迹。

一只乌鸦蹦跳着，从没有屋顶的中殿里飞了出来。我们跟着它，一瘸一拐地走进酒店，登记入住，爬上吱吱响的木头楼梯，来到我们位于二楼的房间。它就在从前的主教堂西廊上方，从这里，我们抬头就能仰望耳堂，低头即可俯视国家种马场，后者在过去的一个世纪里占据了修道院的院落。一匹种马与我们对视，嘶叫、跳跃，没过多久便跳进我们的梦乡——我们没吃晚餐就上床睡觉了。第二天早晨，当我们醒来时，耳畔是嘀嗒的雨声和喜鹊的叫声。我们做的第一件事是每人喝了整整一大杯咖啡，又分别吃了两份早餐，然后出发前往修道院。

酒杯满溢的克吕尼

奥谢博物馆（Ochier Museum），又名让·德·波旁宫（Palais Jean de Bourbon），是一座文艺复兴风格的城市住宅，外立面布满石雕。它就在我们住的酒店后面，考虑到潮湿闷热的天气，它的位置对我们来说非常方便。尽管我还可以再花一小时的时间，观看按照1100年前后的克吕尼修道院面貌制作的立体模型，但周围都是推挤的胳膊肘和浑身湿漉漉却仍在叫卖的小贩，我们只得向前移动，去宫殿的另一处参观修道院被抢救下来的珍宝。顺着一道螺旋形楼梯可进入地下室，那里陈列的展品种类丰富，从装饰着地狱怪兽的精雕柱头到雕花窗台和带有镶饰的铺路石。难以想象的是，居然有人会用鹤嘴锄将它们挖出来。克吕尼修道院院长及其追随者有多么贪婪、傲慢和残酷，这同样难以想象。爆发革命不是没有原因的。

倾盆大雨和异常的炎热意味着我们从5月轻松进入8月的雷暴天气。我们很高兴走进修道院的废墟，这个阴郁潮湿的地方如同洞穴，肮脏的地板坑坑洼洼，石头上长着霉菌，不太适合天主教的祈祷，更适合德鲁伊派的魔法。里面的灰尘堵住了我的喉咙。鸽子掠过耳堂，飞进上方的磨坊塔里。当这个地方还保持完整时，仅仅其庞大的规模就足以令人生畏。一部用特效制作的视频和回廊附近那几个按比例缩小的模型有助于我们了解这里的原貌，但我仍然不得不绞尽脑汁才想象出，在公元1130年主教堂建成时，这里居然有四百多英尺长，而它的宽度也很惊人，高耸的穹顶下方足以容纳游行花车和数千名肩并肩的信徒。到此朝拜的不仅有红衣主教和教皇，还有众多国王。

让克吕尼兴盛发达的是戒律和严峻的法规；但它们也与贪婪和对权力的渴望一起，将这座修道院引向衰落。数百名等级较高的常驻僧侣不用参加体力劳动，只需出席每天七次的宗教法庭，做做祈祷和冥想，处理一下文书，就可喝到每天定量配给的“一杯”葡萄酒。我们得知，克吕尼的一只大酒杯容积为一升，那意味着装满一个现代的七百五十毫升的酒瓶仍有余，也许比一个双耳陶罐的容积小，但比医生推荐的饮酒量多。一想到三餐都喝葡萄酒，我的肝脏就发疼。不过，并非所有人都能这样醉醺醺地四处转悠。为了满足高级僧侣的这种世俗需求，数千名等级较低的修士和农夫不得不辛苦劳作。

在我们前方，这个建筑群里的中世纪磨坊塔和粮仓高耸于一片屋顶之上。专家判定，它们是有用的民用建筑，因此逃脱了革命的斧斤和落锤破碎机。粮仓楼上的大厅里存放着修道院的若干非凡的遗迹，包括从中殿挽救出来的一套11世纪的柱头，被重新排列成半圆形。据说它们是勃艮第现存最早的罗曼式雕塑，上面雕刻着优雅的花环、卷须和怪物。但让我脖子酸痛的却是粮仓里的木头弯梁天花板。我忍不住吃惊地仰头凝视，就像巨鲸肚子里的约拿，或者，更准确地说，就像我们上方扣着一艘翻转的木船。诺曼底入侵者最初就是这样设计天花板和屋顶的：修好墙壁后将一条船倒扣在上面。

我们和其他游客一起登上奶酪塔（Tour des Fromages）看风景，它是修道院最初的瞭望塔之一。研究过博物馆里那幅中世纪克吕尼的比例图之后，我欣慰地看到下方的街道呈现出熟悉的布局。这时我想起鲁斯·施莱普曼的视觉记忆技巧，仿佛听见他在脑海中低语："注视着这一幕风景，闭上眼睛，试着在脑海中将它重建起来。"我眨眨眼睛，教堂的中殿出现了，残破的柱子让人想起古罗马的广场；然后是我们昨天进城时走的那条铺着鹅卵石的蜿蜒街道，路边排列着一些歪歪斜斜且色彩鲜艳的建筑——那些古老的房子彼此依靠，互相支撑。接下来还有那些目光迷离的孩子和那位从都柏林经泰泽来的爱尔兰狂热信徒，以及穿着黑色斗篷、戴着三角帽，看起来傻呵呵的朝圣者，其中有两个——是一对夫妻——拄着拐杖，带着鸟蛤和一个皮水壶。我摇摇头，睁开眼睛。

"你有没有看见我脑海中浮现出的画面？"

艾莉森来到我所在的塔顶西侧，向下张望。"是狂欢节吗？"

"朝圣者！"一个同行的游客靠在我旁边的垛口上大叫，"瞧啊！真正的朝圣者！"说着这名年轻女子便朝楼梯冲去。我不禁有些畏缩，感觉自己罪恶深重。

"那就是在GR-65步道上等待我们的，"艾莉森说，"一旦我们到达昂沃莱地区勒皮。"

"穿着愚蠢服装的朝圣者？"哦，我的老天！一想到与那些穿着奇装异服并追求"灵性"的人一起徒步走上500英里，我的心里就充满恐惧。“我们又没有穿朝圣者服装，”我说，“而且我也没有展示自己那枚来自犹他海滩的鸟蛤或其他灵性装备，因此我们看起来并不像朝圣者，我们玩的也不是朝圣者的游戏。不管我们心灵深处有什么，都没有人会把我们误当作朝圣者。”我停顿了足够长的时间，让艾莉森再拍几十张数字照片。“那句引语是不是来自泰泽的罗杰修士的著作？你在科隆日礼拜堂给我读过。”

她露出微笑，双颊粉红。“你或许跟他的追随者没有多少相似之处，”艾莉森说，“但也别把这位修士跟圣水一起倒掉啊。”

这是她在短短一周内第二次说双关语，这让我感到不安。我变得越来越像她，她也变得越来越像我。这可不一定是好消息。

克吕尼购物街的建筑立面上安装着若干扩音器，里面正在播放法国外省人似乎很喜欢的那种牙医诊所音乐。逛街的人和中产阶级出来了，和着音乐的节奏花钱。安静的冥想和灵性消失到哪里去了？在这个如今已变得彻底物质化的镇子，还有人能够登上开悟的阶梯吗？一想到克吕尼庆祝其修道院建立一千年时会发生什么，我就不寒而栗。博讷的幽灵出现在我的脑海中。

在主街附近的一家老式烟店里，我们买了几张异乎寻常的明信片，上面展示了梭鲁特的悬崖，而弗朗索瓦·密特朗的模拟像就像圣灵一样飘浮在空中。显然，这位前总统不仅将自己想象成维钦托利的化身，而且也将自己想象成三位一体的象征，甚至想象成那位原始的法国人，也就是旧石器时代晚期梭鲁特的那位猎人兼采集者。

我们离开克吕尼的时间到了。我对自己能否走得更远不太有信心：这是康什河峡谷的报复，我在那里弄伤了自己的膝盖和后背。但我什么都没对艾莉森说，只是服用了剂量特别大的布洛芬，咬紧牙关，意识到我们未能在这里找到牙医或理疗师。在克吕尼，就算是戴着三角帽的朝圣者，也不一定就能找到自己需要的人。或许我们会在沿途比较大的城市，如马孔，碰到一位执业医师。

一个骷髅和两根交叉的骨头

春雨让格罗讷河水暴涨，我们就顺着河上那座禁止机动车行驶的中世纪拱桥勒维桥（Pont de la Levée）离开了克吕尼。气温再次下降，甚至比美元汇率下降得更快。这样的天气是需要戴手套的，而我们却没有手套。我转身告别那座修道院，向那些尖塔和勃艮第南部的罗马屋顶投去愉快、安心的一瞥。

克吕尼修道院的院长并不是苦修者。在炎热的盛夏，他和他的教会宫廷会离开格罗讷河河谷这个筑有防御工事的闷热建筑群，退隐到我们正准备前往的贝尔泽镇（Berzé-la-Ville），去山丘上一座通风的乡村住宅避暑。一条从克吕尼通往马孔的罗马古道经过僧侣们的改造，经勒维桥通往贝尔泽，再从那里分出岔路，通往其他历史古城、原始或史前遗址，包括阿泽（Azé）、布朗奥（Blanot）和伊热（Igé），它们都以独特的洞穴和城堡而闻名。爬出山谷时，我们发现这条古道如今已经变得跟残破的乡村土路差不多。古道钻进雨水声嘀嗒的幽深密林，里面长着成熟的杉树，树尖柔嫩，泛着淡淡的新绿。我仔细研究过我们的地图，知道翻过小山就可到达佛教社区桑塞（Sancé），但这条路让人感觉就像来自莫尔旺，我差点儿就以为自己会随时看见一堆德鲁伊派的石头。

在树林里，位于小径北侧的泥泞之地阻断了我们慢如蜗牛的行进。那里有些简易十字架——不是一两个，而是数十、甚至数百个。大大小小的树枝、羽毛和稻草被麻线、鞋带、匝线、纱线或电线绑扎成十字架，每一个都各不相同。其中很多都已倒塌，有些从泥地里伸出来或者悬挂在树枝上。我再次查看我们的地图，发现一个水滴状符号和“十字泉”（Fontaine des Croix）几个字。

也许说这里是“十字架之源头”更恰当一些。风雨交加，我放好地图，浑身哆嗦，用自己的鞋尖在泉水附近清理掉一片荨麻。荨麻的下面是更多的十字架及泉水的源头。泉水汩汩地冒出来。我用一根落在地上的杉树树枝将厚厚的蕨草扒到一边。泉水上方的一个小神龛里隐藏着一支圣母形状的蜡烛，旁边放着一个凹凸不平的白色坚硬物体。“我们或许找到了抹大拉的马利亚的遗骸。”说着，我继续清理荨麻。一堆骨头和一个破碎的头盖骨出现了。“又是撒旦仪式？”

“很可能是欧坦那只失窃的圣纳泽尔圣杯，”艾莉森说，“还记得法政牧师格里沃讲的故事吗？”

“或者是那位来自马赛的主教，被他们误当作纳泽尔的那位。”我们彼此注视着对方。“我知道，”我说，“它让你毛骨悚然，也让我毛骨悚然。”

“我们该怎么办？”

“拍下照片，然后拿给当局看。别碰那些骨头。”我后退几步，又想起欧坦和韦兹莱失窃的圣徒遗骸，还有圣扬那对遭到谋杀的老夫妇。“经过再次考虑，我觉得我们还是应该在来自泰泽那些做十字架的罗马尼亚人露面并拔出刀子之前离开这里。要么是新德鲁伊派，或者其他任何人——比如说来自桑塞的好战的佛教徒。”

“等一下，”艾莉森手里摆弄着相机脱口而出，“佛教徒并不崇拜骨头和制作十字架，他们并不危险。”

“所有狂热分子都是危险的，尤其是以压制狂热分子为己任的那些。”

“在我们离开之前，我必须拍些照片。把你的靴子放在头盖骨旁边作参照物。”这样的提议让我畏缩不前，但我还是拖着步子回到那片泥泞的荨麻中。十分钟后，艾莉森仍在“咔嚓、咔嚓”地按快门。我的靴子已经浸湿，手也冻得麻木了。雨水顺着我的后脖子流下来。“你不认为自己已经拍得够多了吗？你不觉得这个地方让人感到毛骨悚然？”“在我拍照片的时候不会。

只有拍之前和之后才有这种感觉。”

我们几乎是一路小跑地爬上山坡，钻出森林，再次登上山脊，才停下脚步，俯视下面的一座中世纪城堡。不管是死人还是活人，反正没人跟着我们。马孔的高层住房开发项目构成了东边遥远的背景，维尔基松（Vergisson）和梭鲁特陡峭的山脊剪影位于我们的正南方——它们是勃艮第南部最著名的山脉。居高临下地望着周围的全景，再没有比这更美的了。甚至连那条东西向的79号中欧-大西洋高速公路也显得优雅，200英尺高的桥基架起一座水泥大桥，横跨山谷。一列TGV列车在高速公路旁边飞驰，闪闪发光。风朝南刮向梭鲁特。除了我们毯形披风上嘀嗒的雨声，周围万籁俱寂。

贝尔泽勒沙泰勒（Berzé-le-Chatel）那座著名的城堡位于一条陡斜、狭窄的公路旁。到了附近，艾莉森开始掰着指头大声数起来。“共有十三座塔和尖塔。”她说，手指头都不够用了。“这不就是我们读过的那个将一个人和一头公牛关起来饿死的地方吗？多么可怕的故事啊！为什么会有这样人面兽心的家伙？”

“什么故事？”我一边努力回忆，一边问道，“是贝尔泽勒沙泰勒的领主跟一个贵族同伴打赌的事吗？说一个被关在地牢里的佃农会比关在同一个地牢里的公牛活得更久，然后真的将佃农和牛关在里面活活饿死或渴死了。”

“分别关在不同层的地牢里。”艾莉森说。我问她是否记得谁赢了。“谁都没赢。你能想象那种痛苦吗？”

当我们走到距离城堡一百码的地方时，我不禁想知道被用来关押并饿死佃农和公牛的是哪座塔或尖塔。这里有太多可供选择的塔。经过时，我又重新数了一遍。艾莉森是对的，共有十三座，另外还有三道围墙。当然，贝尔泽勒沙泰勒不是迪士尼童话城堡，而是令人生畏的阴暗堡垒，至少有一千年历史，横跨于这条罗马古道上。它仍然属于一个当地家族，他们是那个施虐狂领主的后裔吗？

城堡周围分布着一些地势陡斜的葡萄园。据说它们是马孔地区夏敦埃葡萄品种的发源地，早在备受喜爱的夏敦埃占领加州、澳大利亚、新西兰和其他葡萄种植区，并催生美国广播公司那句颠倒的势利话之前，这里就有人栽培它们了。那句话——除了夏敦埃，什么都行——纯粹是胡说。勃艮第和香槟地区最好的白葡萄酒都是用夏敦埃葡萄酿造的。“我们是一个奇葩物种，”我忍不住评论道，“我们无意中给法国送来根瘤蚜，又在一百五十年后将他们的夏敦埃变成果味汽水。”

在最近的两百年里，克吕尼修道院院长以前位于邻村贝尔泽镇的住宅一直属于私人。高高的石墙将好奇的目光挡在了外面。毗邻这座庄园的还有一座所谓的“僧侣礼拜堂”，也由私人拥有，但可向付费的游客开放。礼拜堂里装饰着11世纪标志性的罗曼式壁画，大约就在那名农夫跟公牛在古道上那座城堡里活活饿死的时期绘制的。我买了两张票，放下背包，在礼拜堂的长椅中找到一个位置坐下，感觉我们仿佛又回到了博讷。那位壁画画家在绘制光环、富于表现力的手以及意味深长的忧伤目光方面拥有打动人心的天赋，这个地方在艺术史上的价值不可估量。但我们的现场体验及宗教与商业的结合，压制了我们原本以为会被激发的深层次情感。

怀着受骗的感觉走了出来，我们若有所思地步行下山，进入拉马丁山谷（Val Lamartinien）。显然，喜欢这个地区的并非只有想逃避僧侣阴谋，同时又想培养灵性的克吕尼修道院院长。显而易见，这里也是著名的浪漫主义诗人、政治家和到处猎艳的花花公子阿方斯·马利·路易·普拉·德·拉马丁（Alphonse Marie Louis Prat de Lamartine）的家乡。在他写下自己最后的诗行差不多一个半世纪之后，他仍然是个本地英雄。法国高中生必须阅读拉马丁的作品。他写了一些辞藻华丽的诗句，里面经常点缀着“啊！”和“哎呀！”之类的词语，尽管他的崇拜者已经减少，但他的确曾大受欢迎。

在拉马丁山谷的底部，我们越过绿色之路，在一户人家的前院里看到一个手绘的神秘标志。上面写着：拉马丁并非长眠于此，这可能是因为他到处乱睡觉——跟其他很多很多男人的配偶一起。睡眠是我俩迫切需要的东西，更别提吃饭了。当我们终于开吃时，感觉自己的身体都快废掉了。我今天不打算继续往前走了，于是，怀着遗憾和阴郁，对艾莉森这么说了。

幸运的是，几分钟之后，我们就抵达了我们的酒店马孔驿站（le Relais du Maconnais），这是一座老式客栈，位于绿色之路旁边那条从前的主路上，直到后者被顺着山谷南侧延伸的N79号高速公路取而代之。昔日的卡车、小轿车和火车都已消失。一条蜿蜒的小溪懒洋洋地穿过酒店的后院。我们几乎没时间倾听它单调的流水声——我打开房间的窗户，摊开四肢躺在床上，很快就鼾声大作，吵得邻居都来敲门抱怨了。

通往梭鲁特的漫漫旅途

第二天早上，黎明随着绚丽的霞光降临。当我们在熹微的粉红色光线中走向那条高速公路时，我想起昨天的晚餐，赞叹不已又难以置信地摇摇头。马孔驿站或许只是一家简易的老式乡村酒店，但我们在这里吃的那顿饭却奢华丰盛，具有折中主义风格。餐厅的装饰是专门设计的，仿佛整个从悉尼或旧金山舶来，它证实了我长期的怀疑：法国真的是罗马帝国和巴洛克风格的继承者。我们在令人安慰并舒心的音乐中举起餐叉，一位穿着典雅女装的女招待为我们服务。我们狼吞虎咽地吃掉六份小菜，而我们的腿还在桌下因为疲劳而抽搐，我们皱皱巴巴的衣服也跟这里时髦的环境很不相称。首先端上来的是用金枪鱼和茄子做的“白汁红肉”，然后是稍微被敲碎并烤成天妇罗风格的蜗牛，周围是少量当季的芜菁做的酱羹。仿佛知道我们要前往西班牙似的，他们接着捧出一只比利牛斯羔羊，里面填有烤菊芋，而最后一道菜是乳猪炖蘑菇——日本蘑菇，是用文火慢炖的，装在一只高高的玻璃樽里。

“你们必须尝尝本地的山羊奶酪。”老板拉努埃尔先生微笑着说。这个身材矮壮、皮肤苍白的人说他拥有诺曼底血统。结果，我们发现盘子里装的不仅仅是用山羊奶做的奶酪。在我们站起身爬到我们在楼上的房间之前，一份美味甘甜的“预餐后甜点”又被送上桌来，是用咸黄油和巧克力奶油做的，塞在一块雪茄形状的小甜饼里，放在一大团巧克力慕斯上。最后，免费奉送的草莓油酥千层糕又作为正式的餐后甜点越过餐室，向我们飘来，就跟音响系统中播放的那些婉转的仿凯尔特音乐一样精致。

“我们很快就会烧掉那份巧克力慕斯的热量。”现在，当我们到达山谷南侧的高速公路并穿过一条地下通道时，我不无内疚地说道。

但艾莉森显然不用为保持体重或减肥而操心，而且根本就没听见我的话。就算吃掉一整头叉烤猛犸象和一块冰山那么大的巧克力，她也不会增加一盎司的体重。“等一下。”她用那种熟悉的腔调命令道，这是她在工作时特有的权威口气。她在地下通道半中间停下脚步，拍下了墙上的喷绘的字母涂鸦：“密特朗时代的四千五百万‘新穷人’。”

“密特朗时代”是这位前总统最后一次竞选中使用的口号。那得追溯到什么时候，1988年？四千五百万“新穷人”？我对这句含义隐晦的涂鸦感到困惑。它的意思是说弗朗索瓦·密特朗让这个国家走向破产吗？让我真正感兴趣的不是这条信息本身，而是在他死后十多年及这个口号出现二十多年后，法国人仍在谈论弗朗索瓦·密特朗。你走到哪里都躲不开他，正如你走到哪里都躲不开他的死对头戴高乐。

索罗尼（Sologny）是拉马丁山谷南坡半山腰上那个漂亮村庄的名字。站在村里那座罗曼式教堂——它是献给葡萄酒制造商的保护神圣文森特的——里俯视下方，葡萄园、高速公路和TGV铁路线构成壮观的风景。以前穿梭的汽车和火车都会经过山谷底部的东坡，如今该轮到南坡来忍受一两个世纪的恶劣环境和噪声污染了。

登上另一道山脊，我们便进入了“化石之地”——20世纪70年代生产的那些由八旬老人驾驶的汽车和美国拖拉机，在拥有上千年历史的葡萄园里生锈，一座座房屋由含有化石的石头砌成，就是我几天前从比克西附近路过时看到的那种化石。“圣雅各会喜欢这里的。”我将手放在一个巨大的扇贝上说道，它被包在一块用作门槛的化石内。这些房屋跟近旁成片的住宅区形成再鲜明不过的对比。

我们及时赶到皮埃尔克洛（Pierreclos）补充供给，并在一家或许算得上法国烟味最重的咖啡馆里喝了咖啡。幸好现在太阳已经出来，气温已回升到夏天的水平，我们可以坐在室外啜饮自己的意式特浓咖啡。咖啡馆名叫“诗人客栈”（Auberge du Poète），这名字倒也算恰如其分，因为阿方斯·马利·路易·普拉·德·拉马丁的第二所住宅就位于皮埃尔克洛。

在顺着上坡路前往皮埃尔克洛城堡的途中——拉马丁对这个地方非常熟悉，我们经过一家杂货铺，又碰到弗朗索瓦·密特朗。他从一个明信片架子上注视着我们，脑袋飘浮在梭鲁特岩石上方。“真是个受欢迎的形象啊，”我说，“你有没有觉得，弗朗索瓦·莫里斯·阿德里安·马利·密特朗一直跟着我们？”

“就像恺撒和维钦托利？”

“就是。还有佛祖。有意思，你居然没有提到圣雅各。”在到达城堡之前，我们在一个观景台的长椅上坐下吃了点儿零食。附近有一条小巷，两侧种着经过精心修剪且长着苔藓的椴树。我在吃梨之前停顿片刻，揭掉上面贴的那张写着“智利”的标签。面包师告诉我们，我们买的那种乳蛋饼的脆皮是用加拿大面粉做的，里面包的培根来自匈牙利，矿泉水是意大利的，而巧克力则来自瑞士。我想起我们在马孔驿站享用的那顿大致算得上日本-澳大利亚风格的晚餐，不禁对法国食品和“法国身份”到底有多名副其实感到好奇。

在排列着椴树的小巷上方高耸着一座中世纪的庞大城堡，屋顶用彩色琉璃瓦铺成图案，四周矗立着一连串的尖塔和高塔。为了不让自己滑入厌倦和厌世的老习惯，我强迫自己欣赏这座城堡，还说它特别迷人。它并没有真正“破败”，却弥漫着一股破败至极的气氛。大门敞开着，于是我们信步走进一个铺着石头子儿的院子。显然，皮埃尔克洛如今已成为一座葡萄酒酒厂，它欢迎潜在的顾客前来参观和品酒，条件是必须参加一次团队游。有标牌鼓励我们敲响悬挂在院中墙壁高处的一口大钟。这需要用力拽动一个铁把手，用手拽动一条手工铸造的长长铁链。我拽了三下，但那口钟都没响。于是我使出全身的力气拽了第四次。当钟声敲响时，我的背部传来一阵剧痛，仿佛被冻住了一般。我举着胳膊，一动不动地站着。“这下完蛋了。”我惊恐地低语道，明白自己几周前在康什河峡谷摔伤的地方旧伤复发。“劳驾过来帮忙弄弄我的背，否则我就只能一直像自由女神像那么站着了。”

正当我站在院子里，身体显然疼得不能活动时，一个年轻女人的脑袋从上面很高的一个窗户里伸出来，向下窥视着我们。可以理解的是，看到两个衣衫褴褛的背包客挣扎着想扭动我无法活动的下半截脊椎，她露出一脸的惊讶。“我这就来。”她大叫一声。等她再次出现在厨房门槛上时，她用毫不掩饰的困惑眼神注视着我们。

当这女人召唤我们进屋时，我说道：“拉一下钟可真够费劲儿的。”她对我的讽刺无动于衷，撕下两张门票，伸出一根食指。

“从花园里的那个地方开始，然后回到屋里，顺着这里直接往前走，左拐，回到那个楼梯旁，上楼到第二层，先进入左边的那个房间，再进入右边那个，”她停顿片刻，喘了口气，“祝你们参观愉快。如果你们想看看中世纪的地下酒窖和品酒，大声叫一下就行。”她的微笑非常僵硬。这让我想起圣女贞德及我们见过的其他身体结实且强悍的法国女人的雕像。我们小心翼翼地回到房间外面。

“小心”是个关键词。艾莉森上下打量了我一眼。“你的后背真的完蛋了。”

“胡说。”我反驳道，然后像螃蟹一样横着走过花园，来到那座废弃的礼拜堂前，欣赏它的半圆形后殿和钟楼——它们似乎总能幸存下来。自从造访过科马丹附近的奥耶之后，我就知道原因了：它们是由富人修建的。礼拜堂的中殿没能保留下来，农夫们把它建得毛毛糙糙。艾莉森赶上我，皱着眉头。

“你能设法走到民宿去吗？”她问。

“哦，当然能，”我说，“别担心。”民宿位于一个名叫“木仓”（La Grange du Bois）的村子里，还有三四英里远，位于山顶上。“让我们先把这座城堡参观完，没准儿到时候我的后背自己就会好。”

在我过于丰富因而令人生厌的想象中，皮埃尔克洛城堡似乎正是贝拉·卢戈希和朗·钱尼[①]居住的地方——他们俩扮演过吸血鬼和木乃伊。我们的脚步声在里面回响，不时惊起一只只蝙蝠和鸟儿。“有没有让你想起什么？”我问，“那些剥落的壁纸和灰尘。”“吕利可没有这么险恶。”艾莉森评论道。城堡的厨房似乎有好几套成片住宅区的住房那么大。壁炉大得似乎停得下一辆SUV汽车，装备的烤肉器或许在全世界都堪称最大、最复杂，这个由铸铁制造的装置有种怪异的美，上面的缆索、砝码和齿轮都很庞大。“无疑是为叉烤一整头沙罗莱牛设计的。”我评论道。

---

① 贝拉·卢戈希（Bela Lugosi），罗马尼亚裔的美国著名男演员，代表作为托德·布朗宁（Tod Brouning）执导的《吸血鬼的印记》，卢戈希在其中饰演德拉库拉伯爵，这一人物成为“吸血鬼”的典型形象之一。朗·钱尼（Lon Chaney）也是默片时代的美国演员，代表作为《钟楼怪人》《歌剧魅影》，他塑造的“卡西莫多”“埃里克”等形象早已深入人心。——译者注

“是为烤一整头野猪设计的。”艾莉森说着，指了指厨房桌子上的一头死野猪。我们俩都倒吸一口冷气，畏缩不前。然后艾莉森哈哈大笑起来，事实证明这笑声很有感染力。

据说笑声有益于精神，但却让我的后背更加疼痛不已。“我想知道剥制这个标本的是谁。”我努力说出这句话，同时挣扎着向前走去，就仿佛有人为了拉直我的后背而从后面将我铐了起来似的。

艾莉森研究了一下那个缺乏幽默感的管理员匆忙递给我们的复印资料，然后简要地向我介绍说，在拉马丁山谷里面和附近的所有地产中，皮埃尔克洛是阿方斯什么什么拉马丁最喜爱的一处。他的一尊被灰尘弄得黑乎乎的石膏胸像，在一个除此之外空无一物的客厅里迎接我们。当我们拖着步子走过时，我意识到拉马丁的肖像被塑造得不像维钦托利，而像恺撒。他穿着罗马帝国时代的服装，是模仿罗马卡比托里山博物馆（Capitoline Museum）的恺撒胸像制作的。我不禁想起多年前在尼尔森小姐可怕的拉丁语课上制作的那个恺撒头像，平生第一次对它后来的命运感到好奇。至少我现在不再反复梦见它了，或许这标志着我已经将恺撒赶出了我的思维体系？

我们得知，皮埃尔克洛是拉马丁最爱的城堡，不过他有一座自己的城堡，至今仍矗立在东边的那座小山上，靠近我们已经过的那条高速公路。他还拥有西边的另一座城堡，靠近圣普安湖（Saint-Point）。但我们有理由怀疑，他是否会在其中任何一座长久居住。

艾莉森说她要走到前面去，看楼上的房间是否值得我爬上去参观。她在灰尘中踏出一条小径，登上那架宽阔的螺旋形楼梯，那简直是给马设计的。我慢慢跟在后面，在二楼的诗人书房里赶上她。一对鸟儿穿过墙上的一个洞，来来回回地跳动，一看到我们便惊慌失措地飞起来，在房间里旋转。我们拍打着鸟儿们激起的尘螨，然后我再次倒吸一口凉气，这次是因为看到一个真人大小的拉马丁蜡像坐在书桌后咧嘴而笑。他穿着19世纪中叶的服装——就是古装片里的那种——脖子上戴着黑色的领结，身上松松垮垮地套着一件长长的家常服，服装已经褪色，变成南方邦联军军服似的灰色。拉马丁用他的蜡手指握着一支鹅毛笔，一副自得其乐的模样。

如果我也能写下他那种让法国陶醉的诗行，我思索着，或许我也会变成这样。但我怀疑他的笑容后面还有其他更俏皮的原因。拉马丁征服了无数贵妇、小姐的心，这也解释了他作为诗人为何如此长寿。他的情妇中包括皮埃尔克洛那位患有不育症的领主的夫人。诗人跟这位贵妇人生下一个后嗣，这或许也是他们之间多情之举的目标。人们从前以为皮埃尔克洛的女主人没有生育能力，现在她为这个孩子感到高兴，因为这证明她能够生育，而那位戴了绿帽的领主对此也表示默许，因为他现在有儿子了。拉马丁再次以最罗曼蒂克的风格完成了自己的职责。换作现在，这对不幸的夫妇会求助于精子银行，挑选出一份基因简介，从而让数代人失去这个津津乐道的故事，它优美、淫秽，最大的好处是有个幸福的结局。

梭鲁特偶像的衰落

我们是怎样设法从皮埃尔克洛顺着陡峭的之字形大道和小径爬上山脊，然后经过几株古老的栗树和史前石堆，向南徒步到木仓村的？这就跟德鲁伊式谜团差不多。或许这是我午餐时吃的那只进口的智利梨子的健康功效，或许要归功于我在离开城堡之前额外服用的那剂布洛芬，或许是因为我不断在心里给自己打气：我想我知道自己能够做到，我想我知道自己能够做到。不管怎么说，在童年时代那些记得不太准的隐喻和原始的冲动驱使下，我们再接再厉地拖着自己来到那家民宿的大门前，哄着那条像马一样庞大的看门狗，从它身边走过，然后坐进两把塑料椅里，考虑着我们的应急计划，久久地陷入沉思。

在我们正东方向的下面，远远矗立着梭鲁特岩石。从这个角度看，它的峭壁看起来有点儿像一艘驶入黄褐色、白色和绿色波涛的轮船的船首。附近的土壤有些是黄褐色，有些是白色，而在这块岩石脚下，葡萄叶正在逐渐展开，呈现出一种近乎带有酸性的新鲜绿色。而在我们头顶上，一架悬挂式滑翔机围绕悬崖旋转，静静地飘浮在一层层的冷、热空气之上。我们出神地望着它转了一圈又一圈，我们的女主人卡琳给我们端来成堆的坚果和顶针大小的山羊奶酪，为我们倒了一杯杯的凉水和啤酒。我心里默念着“Veni, vidi, vici”（我来，我见，我征服）[1]，立刻在濒临失败的同时产生了一种获胜感。那只圣伯纳犬一边啃着骨头，一边用下垂的眼睛望着我们。“它叫什么名字？”我问，“叫恺撒还是维钦托利？”

“它看起来很凶猛。”艾莉森开玩笑说。

“它确实很凶，”卡琳回答道，“那是昨晚那些客人给它留下的后遗症。于卡不喜欢他们。”卡琳发自内心地大笑起来，这是一种真诚而不由自主的笑，露出了她的牙龈和洁白的小牙齿。“我来自这个国家的哪个地区？”她重复了一遍我提出的问题，“你的意思是，我来自哪个国家？我是瑞典人，你知道的。”

不，我不知道。她的法语完美无缺，一点点口音都没有。但遗传学解释了她的体格和北欧色彩，或许也解释了她欢快的性情。我们在穿过勃艮第时碰到过很多友好的荷兰人及几位英国人，但卡琳是我们遇到的唯一的瑞典人。我无法想象，一位最近刚退休的前宜家经理怎么会来到这里？“丧夫之后想重整旗鼓，”她回答道，“我完全重新开始过我自己的生活了。”

“这么说不是因为抹大拉的马利亚或者德鲁伊派、弗朗索瓦·密特朗、罗杰修士，或原始佛陀，或恺撒和马蒂斯科？”

卡琳摇摇头笑了：“恐怕不是的。”

她的合伙人叫盖伊，头发花白，有一双蓝眼睛。后来我们才知道，是他制作了我们当零食吃的那些山羊奶酪。我们早前

① “veni，vidi，vici”是恺撒大帝的千古名言。——译者注

曾瞥见他。卡琳说他拥有本地血统。盖伊的家族在过去的两百年中一直拥有民宿对面的那座农庄。

我不禁觉得这个地方有点儿特别，同时避免使用“神奇”一词，因为它貌似有些陈腐，而且也不太正确。这种特别之处就在于，这个位于山脊之上的古老村庄遗世独立，它周围的风景也不同寻常。在一条双车道的乡村公路对面，罗曼式教堂的尖塔刺向天空，卡琳说这座教堂已不再神圣。泉水从它旁边流过，那是圣泉，她补充说，“自古以来”就被人使用了。在这一带，自古以来就意味着很久很久很久以前。盖伊就住在教堂前面，距离泉水几百码。泉水流入牧场，那里的草格外青翠，就像下面那些葡萄藤的嫩芽一样。一只只山羊、一头头牛吃着被泉水滋养的青草，民宿里的奶酪就是用啃食这种草、又喝着那股泉水的母山羊的羊奶制作的。我不得不感到好奇，难道那就是这种奶酪特别好吃的原因？这是不是那种草长得更绿的著名牧场？也许我们不需要探索其他地方了，也许我们已经走到朝圣之旅的终点？

在梭鲁特岩石南边的索恩河河谷里，甲虫似的卡车在公路上飞驰。一列TGV从倾斜的铁轨上一闪而过。恺撒的马蒂斯科——也就是现代的马孔——被众多低成本的住房项目挡住，住在里面的主要是来自北非的移民。真实的世界就在下面的那个地方，遥远得无法构成威胁，但我知道它在等待着我们。

当梭鲁特岩石从黄色变成橘黄，而天空又给它染上一丝靛蓝时，我突然重新产生了在比布拉克特思索“地方精神”的含义时冒出来的想法。木仓村散发出感应的魔力，是宁静、绿色、未受污染的地方所具有的那种充满生机的友好魔力。在我看来，地方精神跟灵性根本不是一回事，后者暗示的是一种超越尘世现实并升入传说中的精神世界的能力。地方精神跟受难、某位大师或可敬僧侣的肖像，以及一名新德鲁伊派信徒的言辞、姿势，都毫无关系。我的身体疲惫不堪，我从内心深处知道自己不得不停止徒步，但我的精神却一如既往地活跃和敏锐。我忽然不无讽刺地意识到，现在，就在我即将获得开悟时——我拿不准是哪种形式的开悟，我却无法继续前进了。衰弱的是肉体，而非精神。

“你们想去参观农场吗？”卡琳问。我还没来得及说出自己过于疲惫、我的背部和膝盖都没有力气，而且脑子里充满骚动不安的想法，艾莉森就同意了她的建议。

我靠着艾莉森的胳膊，穿过那条公路。就像卡琳一样，盖伊的欢快也颇具感染力。“两百年？”他哼了一声说道，我们周围都是山羊的叫声和山羊铃铛的叮当声。“那是我们家搬进这座农场的时间。但我们在这个地区待的时间还不止两百年。”我现在已经习惯了这样的重复，于是问他是否认为自己是古代高卢人的后裔。就跟那个长得像阿斯特吕克的家伙、神似迪恩的杜诺列克斯后裔，以及我们遇到的其他人一样，身材矮小的盖伊立刻充满自豪和成就感。但他又补充了一句说，他对恺撒并不感到憎恶。盖伊不加掩饰地承认，自己就像祖先一样热爱古希腊-罗马文化——他的意思是种植葡萄的文化。他斟满一杯又一杯本地白葡萄酒，发誓说自己并非新的德鲁伊派信徒。“我认识少数这样的人，”他承认，“他们感兴趣的是你们说的泛灵论或自然崇拜，而非用活人献祭，他们也喜欢喝葡萄酒，并且说着法语。”

“我知道那类人。”我说，想起了加州的门多西诺县。

回到民宿，我强撑着来到一张桌子前，审视着一个汗渍斑斑的信封上皱皱巴巴的内容。“你们拥有美如明信片的风景，”我说，同时挥舞着那张我在克吕尼买的卡片，就是弗朗索瓦·密特朗的脑袋飘浮在梭鲁特岩石上方那一张，“你们见过这个没有？”

卡琳说她见过这种明信片好多次。“密特朗以前经常来这里，”她将那个装着小块山羊奶酪的碗递给艾莉森说道，“他甚至有可能在你们那个房间住过一段时间。”

艾莉森望着我。我看了她一眼，感觉自己的脊椎骨一阵刺痛。“我们本来是想在圣雅各大道上徒步，让自己产生一点儿灵性，”她说，“但我们不断碰到恺撒和弗朗索瓦·密特朗的幽灵。密特朗是在每年前往梭鲁特岩石并借机拍照的伪朝圣之旅中，住在这里吗？”

我想起每年在法国电视和报纸上出现的那些形象：密特朗摆出总统的派头，作为抵抗运动的伟大英雄和维钦托利的继承者，朝着悬崖前进，并意味深长地俯视着脚下的法国。

卡琳笑了。“这个地方倒没有奇特到那种程度。他是在战争期间来这里的。房主是他的……朋友。怎么说呢？应该说男主人是他的朋友，而男主人的妻子苏珊娜是他的情妇。”她停顿片刻。“密特朗是拉马丁的崇拜者。人们过去会追随那位诗人的足迹。现在他们则会到这里看看密特朗总统睡过的地方。”她补充说，她从一些如今已经去世的相关人员口中得知，1943年，密特朗在几度逃离纳粹的战俘营之后曾经藏身于此。至于他是怎样从战俘营进入维希官僚系统，然后再次回到战俘营，他最终又是如何逃了出来——如果是真的逃出来，而不是作为间谍或双料间谍被派遣出来——那就不清楚了。“据说法国的抵抗运动就是在这里诞生的，”她说，“就在这座建筑内，可能就在你们的房间里。”

“是在11点诞生的。”盖伊挖苦地评论道。

我拍着那只圣伯纳犬的脑袋思索着，如此说来，当密特朗和那些维护其形象的公关人员组织每年一度前往那块峭壁的朝圣之旅时，他们想到的不仅仅是原始的梭鲁特人，他们还敲着抵抗运动的鼓点，那是战后法国伟大的建国神话。

是撤退还是败退？

不是脚的问题，在徒步了差不多200英里后，我们的二十个脚趾没长一个水泡。恺撒曾在日尔戈维亚冒险一搏并做了一次战略性撤退。那位老谋深算的高卢人克里多耶得斯[①]比英勇的维钦托利更现实，曾试图说服他那些被围困在阿雷西亚的兄弟们效仿祖先的做法，“吃掉那些因年纪太老或太小而无法参加战斗的人来维持生存”。拿破仑在占领莫斯科后，也在一个不可战胜的敌人——可致人一死的严寒——面前撤退了。密特朗曾与占领军合作，直到时机成熟才加入抵抗运动，展开反击——至少他是这么说的。活下来，为了他日再战，就是其中包含的寓意。要么为了他日再战而活下来，学会妥协；要么一命呜呼，可能还会被钉到十字架上。

就我而言，答案并没有这么富有戏剧性。黎明时分，我背着包走下民宿里那道梯子般陡峭的楼梯时，突然冒出这个想法。显然，康什河峡谷和皮埃尔克洛正对我采取报复。我在峡谷里摔倒时弄伤了膝盖和背部，又在皮埃尔克洛拽钟绳时旧伤复发，唤醒了我从青少年时代就已出现的结构性缺陷，感觉就像有人将一条润滑过的闪电塞进我后背似的。我怎么向艾莉森吐露真情呢？对我来说，梭鲁特将是这次旅程的终点。

我们告别了盖伊、于卡和瑞典女人卡琳，当我蹒跚地顺着陡斜的小路下山时，我的目光不由自主地搜寻着骨头和箭头，我怀疑弗朗索瓦·密特朗是否跟我一样享受这里的风景。我们通过自己卧室里的窗户望着冷冰冰的粉红色朝阳从悬崖后升

① 克里多耶得斯（Critognatus）“是一名颇具影响力的阿维尔尼贵族”（恺撒语），在高卢人被罗马人围困于阿莱西亚时坚决主战，故有下文。更多记载，参见恺撒著《高卢战记》。——译者注

起，感觉到清晨的习习凉风吹来，唤醒了下面的山羊、公鸡和牛，那样的时刻甚至比头天傍晚的薄暮还要……“神奇”。

被蹒跚的脚步打磨了一万五千年的碎石和石块在我的靴子底下滑动。我小心翼翼地顺着这条古道下山，脑子因为身体的伤痛和缺乏睡眠而麻木。住在那样的房间里，我怎么睡得着觉？我们站在窗前向外眺望，而密特朗也曾经站在同一扇窗前，望着纳粹在山谷里来来往往，经过马蒂斯科——也就是恺撒大军驻扎过的地方，以及罗马船只将装在双耳陶瓶里的葡萄酒运入高卢的地方。住在那个房间里，看着梭鲁特岩石漆黑的剪影，也就是数千年前追踪野马的猎人的藏身之处，谁能睡得着呢？那些猎人来自何处，又去往何方，他们是否崇拜大地母亲，让长明火永远燃烧，并在一座座支墓石和史前巨石之间安营扎寨？我对历史和宗教的了解微乎其微，可以用下一辈子对它们逐层加以探索。如果我能相信人有来世或者能够投胎转世，该有多好啊！

我跟在艾莉森后面，趔趔趄趄地穿过梭鲁特脚下的那座史前博物馆，搞不清楚自己究竟是在做梦，还是真的看到了用燧石做的月桂叶形状的矛头和箭头，还有用石头、骨头或鹿角制作的精巧武器。梭鲁特的猎人并没有驱赶他们的猎物从悬崖顶上跳下，那里也是密特朗让人给他拍照的地方。我们得知，事实并没有这么刺激。那些猎人只是待在岩石底下守株待兔，惊吓从这里飞奔而过的野马或欧洲马鹿。这些旧石器时代的漫游者从未在此扎根定居，至少我们目前掌握的少量信息是这样说的。他们和着四季的节拍，总是跟着畜群移动。气候变化慢慢改变了他们的栖息地，直到畜群消失，而梭鲁特的人再也不能够维持生存。这不正是我们需要尽快学到的教训吗？

艾莉森从悬崖顶上俯视着我，向我挥舞着胳膊，怂恿我继续前进。一架“幻影”战斗机从她头顶上突然飞过，从引擎中喷出一股股火焰。密特朗和他的随从在来此朝圣时，会乘坐直升机飞到山顶上，仅步行走过最后的一百码，而走在他前面的是一些记者和摄影师。艾莉森一口气爬上山顶，事实上是从韦兹莱一路走上悬崖，而我却没法到山顶与她会合了。

等到我停止攀登时，我已经拖着自己爬到那道陡峭山脊的半山腰。走到这里，我的双腿就不听使唤了。我想起“堂驴诃德”和我想象中的风车，却无法勾起自己的笑容。从我自己非科学、非典型性的人生经历判断，有两点是显而易见的：首先，我再也没法往前走了，说不定只能用直升机把我送下去；其次，理性只能控制我大脑的极小部分。理性是我脑海中吵吵嚷嚷的诸神之一。与这一启示相关，我突然意识到人类的大迁徙远比我想象的更复杂。不管是石器时代、史前时代、古希腊-罗马时代、中世纪，还是当代，像我们这样的跋涉和朝圣都不仅仅攸关生存、更绿的青草或身体更肥且皮毛更厚并可以用来做圆锥形帐篷的马鹿。同样，我的动机和那些驱使我试图穿越法国的冲动，也远比我自己意识到的更复杂。

当我试图用手势跟艾莉森交流时，我的脑海里突然浮现出一句古老的拉丁语格言："Navigare necessit"，即"航行是必需的"——这是个拙劣的直译。这句话真正的含义是：人必须扬帆远航，人必须探索，旅行，不断地移动、移动。神秘事物，探险，追求理解——每个都是人类处境和那个未知等式的基础。我被脊椎里闪电般的疼痛所打击，开始一步一挪地原路返回，走下这道悬崖。现在，我眼前浮现出堂吉诃德式风车的帆翼——自我成年以来，我就一直从隐喻的角度与这架风车作战。

我眨眨眼睛，努力思索着，因为我将很快离开这里，而各种启迪很快就要产生了。史前人类和教会的仪式、德鲁伊派和世界各国所有宗教的魔法，都在怂恿追寻者上下求索。在我们向前移动时，在我们抵偿土壤或男人和女人的生产力时，努力控制住我们对死亡的恐惧，至少在我们的脑子里是这样的。仪式、魔法和宗教都是那个巨大等式的一部分。但那个等式是什么，我仍然不得而知。我的求知欲被激发后，面对一种前所未有的急迫性，我感觉自己不可抑制地想要了解这个等式。

俯视着下方那些分布在梭鲁特和马孔之间的小村落，我擦掉了眼睛周围的汗水。眼前没有任何史前巨石或支墓石——就此而言，也没有堂吉诃德的风车——但我确实看到几个十字架、六座尖塔和一尊耸立于葡萄园里的圣母像。我感到好奇，这些长满地衣的基督教象征物是否像早期那些被埋葬的生殖女神一样，已经失去效力？如果是这样，我们用什么取代它们？意识形态已死。甚至连对共和制的崇拜和对民主的信仰，也已经或正在死去。

“我上不去！”我对上面的艾莉森大声叫道。现在我后背上的疼痛变得难以忍受了。

我们用什么取代那些古老的宗教和意识形态呢？答案很简单：我们有科学。科学、技术和医学，这是新的三位一体。科学将揭开宇宙的奥秘。技术会弥补我们破坏的东西——从环境到经济。而医学将让我们的腰围变得更加纤细，给不孕的子宫填入受精卵，让胸部更加丰满，并让先天不足的阴茎变得更大，比偶像或圣母都更高效地恢复生殖力，也比不老泉更好地延迟死亡的降临，并将我们带上其他行星，让我们再次从头开始。

我望着两架悬挂式滑翔机从头顶上飞过。一列TGV从下面的山谷中一闪而过，另一列正驶入马孔-洛谢（Macon-Loché）火车站，它距离梭鲁特的悬崖仅仅5英里，我不得不设法到达那里，再在那儿找到一位医生。好吧，科学、技术和医学是新的三位一体。但对有些人来说，它们过于冷漠，而对另外一些人来说又过于遥远或昂贵，而且它们也常常让我们失望，就像过去的三位一体曾做的那样。我们无法充满信心地和它们一起向前移动，于是便转身求助于生殖女神和德鲁伊派、十字架和圣母像、“摩尔人克星”圣雅各或穆斯林的先知。现在，伴着《这是怎么了，阿尔菲？》的曲调，我又想起自己遇到两位菲利普的情形——第一位是在皮耶尔-佩尔蒂伊碰到的，第二位是在马里尼碰到的。科学能解释原始海洋里的化学泡沫、宇宙大爆炸和黑洞吗？有一天我们能弄清楚万事万物是怎样从虚无中产生的吗？如果能够弄清，我们能找到词语定义虚无吗？当我们等待时，一架携带担架的直升机需要多长时间才能到达这里，并将我们送出去？仿佛做梦一般，我感觉自己又顺着我已经爬上来的那条尘土扑面且又陡又窄的小道往下滑了回去。我怎样抵达巍峨的比利牛斯山啊？我的思想像头顶上的悬挂式滑翔机一样展翅高飞。我闭上眼睛，无法解释的是，我感觉到身体不再疼痛了。

向后与向前

第二天早上，我们搭乘TGV列车返回巴黎的家中，坐在二等车厢里、背对着前进方向的座位上，能够看到梭鲁特悬崖的美丽风景。我的座位旁放着一对拐杖。我咬紧牙关。这是一次战略撤退。跟维钦托利不同，我会为了将来继续徒步而奋斗。我们还有半个法国要穿越。我在脑子里重复着：“我知道我觉得我能行，我觉得我知道我能行。”但TGV平稳、安静的机车却没有发出这种令人安慰的声音。

几分钟之内，蓝色与灰色相间的豪华子弹头列车就达到200英里的时速，它颤动着，将拉马丁山谷、克吕尼、科马丹和我们在过去一个月中走过的上百个其他的地方连接起来。我想起尼采的永恒轮回、阿方斯·卡尔那句有关变化的妙语、双面神坚纽斯和法国的精髓。我感觉自己跟坚纽斯非常亲密。数千年来，他一直在后退着走向未来，又前进着回到过去。此刻，对我而言，后退是唯一的前进方式。

尾　声

漫漫长途曲曲弯弯

享受与众不同的巴斯克

海拔1700英尺的比利牛斯山小村杭托[①]是个名副其实的地方，周围到处是猎人的隐蔽所。过去的一个月里，狩猎是这里的主题。这也是我们背包上挂着动听的铜铃的主要原因。在我们顺着之字形道路走近杭托时，数十名埃尔默·福德[②]的追随者驾驶着配备了枪管的四驱车，在曲曲弯弯的观景公路上轰鸣着来来往往。没有一个长着黑眼睛并来回瞎撞的巴斯克居民对我们招手或说话，甚至那对从侧视镜里注视着我们的夫妇也是如此。难道他猜出来我们更希望那些野生动物活着？

我们在伊杜布里亚农庄（Ferme Ithuburia）登记入住，这

---

① 杭托（Huntto）与英文中的“猎人”即“hunter”一词音形相近。——译者注
② 埃尔默·福德（Elmer Fudd）是系列动画片《兔八哥》中的猎人。——译者注

个朝圣者客栈位于从山脚至山顶路程的三分之一处。这是我们在法国境内的最后一站——至少我们是这么期望的。实际上，当我们在一周之前的10月10日进入巴斯克地区时就算离开法国了，那时距离我们5月底从马孔乘坐火车回到巴黎已有四个多月。这次，我们在昂沃莱地区勒皮重新开始跋涉，又已步行近两个月。现在我们处于这次小型徒步之旅的最后阶段：再走20英里左右，我们就可大功告成了。

到现在，我们才意识到某些陈词滥调的正确之处。我们在前往比利牛斯山途中遇到的法国人说得对：巴斯克人与众不同。从他们戴的那种比萨状贝雷帽和他们吃的野生帕托克矮种马，到他们这个地区的地形、艺术、建筑、辛辣的烹饪，尤其是他们的语言，一切都与众不同。

在贝阿恩（Béarnaise）地区，村庄名字只是难以发音而已，而到了巴斯克地区，它们根本就没法发音。例如通往阿鲁埃-伊托罗特-奥耶比（Aroue-Ithorots-Olhaïby）的小村博黑文（Bouhaben）。这里的景色也为之一变：当我们在炎热、干燥、舒适宜人的法国西南部一路缓缓南行，越过令人愉快的贝阿恩，抵达群山、神话与魔法之地时，美丽的风景也逐渐变得宏伟庄严。随着万花筒似的秋色展现在我们眼前，如梦似幻的阔叶林挥舞着彩虹般的树叶。绵羊在翠绿得难以置信的草地上牧放——正是我们这些游记作家总在寻找的翡翠绿。庞大的房屋被刷成白色，一半用木头建造，安装着红色的百叶窗，肩并肩地排列在坚固且如有洁癖般干净的村庄里，这里没有一粒杂乱的石子儿。

在阿鲁埃（Aroue）镇附近，我们终于第一次看到比利牛斯山，这座令人望而生畏的屏障挡在了我们和龙塞斯瓦列斯修道院之间，后者是我们的第一个西班牙目的地。我们春季已经在勃艮第狼吞虎咽地读完恺撒的《高卢战记》。在过去的几周，《罗兰之歌》是我们的睡前读物。到现在，我们已经对这座吃人的山峰略知一二。不错，汉尼拔曾经成功地登上山峰，但却被巴斯克起义军击败。海拔5000英尺的本塔特山口（Col de Bentarte）——也就是我们需要翻越的地方——曾在公元778年击败查理曼的后卫部队。从那以后，它就夺去了很多军人和朝圣者的生命。我全盘接受了这个现实，不止一次对我们能否成功翻越感到怀疑。我们前方那些锯齿状的山峰是真正的挑战，跟我们从韦兹莱开始徒步以来走过的750英里有天壤之别。

比利牛斯山人烟稀少，狂风肆虐，毫不含混地将法国与西班牙分隔开来。巴斯克地区横跨这座山脉，在其两侧都享受着政治上的自治，这使得大多数巴斯克人避免了鼓吹分离主义，或者强烈排斥外来者。巴斯克语既不属于印欧语系，也跟西班牙语或法语——以及其他很多语言，包括古高卢语——毫无相似之处。幸运的是，高卢人没经过这里，也不是发源于此。我们最后一次看到维钦托利，是在奥弗涅（Auvergne）地区一座博物馆内的一幅油画上，描绘了他向恺撒投降的情形。这里没有什么具有争议性的“神圣的”高卢或法国遗产。在新来的罗马人说着拉丁语露面之前，强悍的巴斯克本地人坚守着自己的土地——但他们也未能征服狡猾的原住民，后者可能早在那些史前洞穴里的岩画产生时就到达这里了。幸运的是，我们碰到的大多数巴斯克人都不算讨厌，而且大多数都能说两三种语言，有些还能同时说多种语言。

这家朝圣者旅舍的一位老板拖着脚走上前来，用三种语言说他是乌尔蒂亚格修士（Frère Ourtiague），一位退休的神父。他面色红润，站在那里摇摇晃晃，似乎很高兴在我们的朝圣者通行证上盖章，这份文件是天主教教会发给我们的，现在一页页上已经盖满数十个五颜六色的图章、印章、签名和其他标志，让我们想起自己8月底在昂沃莱地区勒皮重新开始自己的旅程以来住过的地方。是的，我们在这第二段行程中作出让步了，接受了这种通行证，因为要凭借它才可入住沿途的朝圣者旅舍。受益于我们徒步过程中遇到的数百个圣所提供的栖身之所，我对教会也没有那么强的敌意了。就算没有别的原因，仅仅是为了维护数世纪以来的建筑遗产，这个机构也需要继续存在下去。如果信徒还能在天主教的庇护之下找到安慰，那它就更有理由存在了。只要他们尊重其他人的宗教信仰，同样尊重他人不信仰宗教、也不给自己孩子洗脑的权利，我对此就无所谓。

乌尔蒂亚格修士的咳嗽声将我带回现实。他望着日历，舔舔自己圆滚滚的食指，在给我们的通行证盖章之前停顿片刻。他粉红色的面颊变得苍白起来。

“今天是10月17日……18日是圣路加日。Jour de Saint Luc, jour du grand truc！”他神神秘秘地解释道，“你们计划明天翻过本塔特山口进入西班牙吗？”

我们点点头，虽然有些疲惫却很愉快：从黎明到现在，我们已经在如过山车般高低起伏的地形中走了近20英里，在风向多变的大风中攀登风景美丽如明信片的山麓，然后又和比利牛斯山的第一个滑溜溜的山坡进行了搏斗。

“预计后天会下雪，”我说，感觉自己异常消瘦、异常粉红的面颊被风刮伤了，“山口可能会关闭。因此我们要么明天顶着暴风爬过去，要么就只能等到来年春天才能进入西班牙——除非你有雪橇借给我们。”

这位牧师没有笑。杭托村和这个旅舍看起来都很漂亮，我又补充道，但这里的景点毕竟有限。虽然我们现在时间不紧，但也不打算在这里等上六个月。

乌尔蒂亚格修士的眼珠往上一转，露出真诚、毫不做作的担忧表情。“愿主保佑你们。”他说。

“谢谢您。”艾莉森说。

“圣路加日是什么节日？”我问。

看到我这么无知，乌尔蒂亚格修士摇摇他长着双下巴的脑袋。“圣路加日不是节日，而是巴斯克地区最大的猎鸽日。‘Le jour du grand truc’的意思是：大量使用鸟枪的日子。”他抬起胳膊，做了个扣动扳机的动作，“明天会有数百名猎人出去打猎，他们可不喜欢朝圣者出现。”

记忆小径

我们那个永远都能看见风景的架子床位于楼上，在上楼途中，我从就餐区的衣帽架上借了一个迷彩狩猎双筒望远镜。我想，今晚我们没准儿会在这里吃我们最后的晚餐，突然对人生充满留恋，后悔把我的太太拖入迁徙的鸽群中，身临险境。这种悲伤的感觉没有持续多久，就被我最近几周的心平气和压制住了，心里的恐慌也平复下来。我想，我能够习惯从伊杜布里亚农庄的窗户凝视外面，于是将窗外那些摩拳擦掌、准备在“战场”上扣动扳机的巴斯克人撇到一边。在这样一个空气清新的下午，从这里能够向北看到法国数十英里甚至数百英里的景色。如果我能上谷歌该多好。那样我就能弄清，在没有障碍物的情况下，从海拔1700英尺高的地方能够看多远了。

或许，神只是一种运算法则——谷歌会提出那个等式，后者不仅能揭开地球生命的神秘面纱，而且还会揭示宇宙、黑洞和至今仍未被解答的众多问题的秘密。那或许不会让一位技艺娴熟的教皇和其他适应能力强的精神领袖失业——这种运算法则总归是有来源的。我愉快地叹了口气。迄今为止，我获得的最重要也最有趣的启迪是：朝圣并不真的是为了找到答案。更关键的是，它们也与提出问题有关——无穷无尽的问题。矛盾的是，这种追求本身既是问题也是答案，而且不得不继续下去。它会继续下去的，但只能在我打个盹儿之后。

冲过淋浴，又休息了一下，我醒来时发现艾莉森正通过那个双筒望远镜研究地形。她的朝圣者通行证和地图被摊开放在旁边。“我需要老花镜，”她说，“我再也看不清近处的东西了。”

“我终于派上用场了。”我得意地大笑起来。只要将需要看的东西正好放在我那只健康的眼睛前面一英尺左右的地方，我就能比艾莉森更好地聚焦。“你能看到昂沃莱地区勒皮吗？”

“为什么不问我能否看到埃菲尔铁塔呢？”

“好主意。把对焦点调远一些，”我鼓励她，“看着紧贴在云线之下的地方。我们这里的地势相当高了。没准你能看到勒皮那座给我们发放通行证的主教座堂呢？”

艾莉森叹了口气，把视野调得更宽了。而我则把目光对准了那份“Crédenciel”（证书）——我突然意识到，英文中的“credentials”（证件）就来源于此，而它又源自“credo”（信条）一词。我不得不承认，信条并非我们朝圣法则的一部分，反正对我来说不是。在过去三个月的跋涉中，我们对自身和这个世界，以及过去、现在和潜在的未来都产生了足够多的顿悟。但并没有什么伟大的顿悟，将我们驱赶进教会母亲的怀抱里，让我们跟自己通常试图避开的那些饶舌的、自封的精神追求者无形地联系起来。跟我们穿过勃艮第的孤独跋涉相反，从昂沃莱地区勒皮开始，我们已经见过数千名其他朝圣者。而他们似乎只想喋喋不休、唠唠叨叨，聊天，吃饭，喝水，睡觉，比较每个人脚上的水泡，并为自己的下一次假期制订计划。

经过几个月的理疗和休息后，我们乘坐火车离开巴黎，前往昂沃莱地区勒皮，顽固地从这里再次开始步行，决心一路走到比利牛斯山。勒皮是个不同寻常的镇子，位于我们上次在克吕尼和马孔附近梭鲁特岩石停止的地方以南约200英里。为什么要从勒皮出发呢？原因很简单，这个引人入胜的地方紧靠着法国荒凉的火山区中央高原（Massif Central）的南缘，是被称为波迪昂西斯之路（Via Podiensis）的主朝圣大道的起点。现代的GR-65步道也顺着这条原来的古道延伸。从勒皮高耸入云的主教座堂到龙塞斯瓦列斯修道院有800公里远，到圣地亚哥-孔波斯特拉的距离是1600公里。出于多方面的原因，我们选择了比较近的这个目的地。

跟韦兹莱一样，昂沃莱地区勒皮也是朝圣地，以一尊黑圣母和一座耸立于火山锥之上的中世纪礼拜堂而闻名。据估计，目前每年大约有三万五千名徒步者从黑圣母所在的圣所出发，不过最终抵达圣地亚哥的不超过一成。

幸运的是，那也意味着我们的旅伴中有九成都不是狂热分子。结果发现，其中很少有人一连徒步一周或两周以上。你可以轻松辨认出剩下的那一成的人，他们将一路走到圣雅各在圣地亚哥-孔波斯特拉公认的长眠之地。从他们的目光、他们坚定的步伐和往往明显缺乏欢笑的表情，都可一眼看出来。他们大多数都是法国人，年轻而热心——才二十几岁。他们的外表也与众不同，很可能衣服外面挂满扇贝，戴着十字架，穿着前现代的老式服装，而且就像大多数法国人一样，具有很强的竞争力。这意味着他们经常会用胳膊肘推挤别人——那些被他们称为“游客”的人——在步道上那些狭窄和危险的地方将对方从路上挤出去。

不过，根据第一手的报告及多年来驾车顺着西班牙境内这条朝圣路线的部分路段行驶的经历，我们得知，法国境内的路段还只是开头。游客与虔诚信徒的主流在比利牛斯山的南侧流过，每年有二十万人前往圣地亚哥-孔波斯特拉，在那里，喧闹的聚会已成为习俗，就像潘普洛纳（Pamplona）的斗牛一样，而且差不多也同样壮观、迷人。

“你能看到中央高原顶上有森林的地方吗？”我一边研究通行证，一边问艾莉森。“我们就是在那座礼拜堂碰到那个眼神狂热的家伙的，他穿着破旧的鞋子，背着破烂的背包。还记得吧，他已经从瑞士朝着西班牙步行了3000英里，然后打算前往耶路撒冷，最后再回到我们当时所在的地方。”艾莉森放下望远镜审视着我。“我觉得他的故事很感人，”她说，“而且鼓舞人心。多么不可思议的困难啊！他拥有强大的精神。”

“唔，”我表示赞成，但对他能否凭借自己在日内瓦那个数目有限的银行账户回到家感到怀疑，“你能看到奥布拉克吗？”

就在遇到那位眼神狂热的朝圣者后不久，我们被本地的长角牛驱赶着往前走去。它们轻轻推挤着我们穿过那些点缀着巨石的高原和山峰，来到中世纪小镇奥布拉克（Aubrac）。那里一度是这片受狂风吹袭的荒野里唯一的朝圣者庇护所。现在成了一处古怪的山区旅游胜地。现在回想起来，我耳边仿佛响起一片“叮当叮当”的牛铃声。天亮之前，当奥布拉克的牧牛人赶着牛群前往高处的牧场时，我们在数千只牛铃声构成的交响曲中醒来。

我闭上眼睛，又回想起9月中旬在西南部的经历。那里是鸭子的世界，还有数量多得有些危险的鹅肝酱：吃鹅肝让我产生同类相食的感觉。戈利尼亚克（Golignac）高高耸立于蜿蜒的洛特河（Lot River）之上，在从这里顺着崎岖的陡坡下山前往孔屈埃（Conques）时，我的膝盖几乎变成橡胶，我不得不到最近的体育用品商店买了两支可伸缩的徒步手杖。没有它们，我寸步难移。

但对我而言，孔屈埃不仅仅意味着被颤抖的膝盖挫掉锐气。在圣福瓦修道院（Sainte-Foy Abbey）的后殿后面，一个墨洛温王朝时代的半圆形石棺似乎不分昼夜地注视着我们的窗户。我们在孔屈埃住了两晚，睡在一家简朴的旅舍里，旅舍由负责照管这个千年遗址的普雷蒙特里安修会（Premontrian Brotherhood）经营。修道院博物馆展出了圣福瓦的黄金面具，事实证明，它就跟修道院里那些由主牧师让-雷吉斯（Jean-Regis）修士敲响的洪亮钟声和修道院里另外四位修士演奏的管风琴音乐一样令人难忘。

“你看不到孔屈埃，是吧？”我问艾莉森。“它在一个山谷里面。”她回答道。接着她放下望远镜，到床上坐在我旁边。“当他们爬上钟楼，转身倾听那座废弃礼拜堂里另一口小钟的钟声时，那是多么美丽啊！然后峡谷对面就传来了小钟的回声……”

我感觉身体战栗了一下。那名修士怀着孩童似的快乐，使出全身的力气拉动那根绳子，于是修道院里那些笨重的大钟便应和着那口小钟，向那些爬上对面小山、前往圣地亚哥-孔波斯特拉的朝圣者道别。

“他们到达礼拜堂后就会敲钟，”让-雷吉斯用单调的男高音向我们解释，“他们回来的时候也会敲钟，我们就设法用钟声与他们应答。”

这位修士还说了一句对我非常重要的话，被我储藏在自己坚韧的脑回中。“所有朝圣者都只有一个共同之处，那是一种内在的必然性——我必须去朝圣，虽然我不知道原因……”

也许我仍然不知道原因，但到最后这已经不再重要。

对我而言，在我们见过的一切之中，对我影响最大的也是最出人意料的：在迷人的策勒河（Célé River）上，我在河畔村庄卡布勒雷（Cabrerets）附近一个洞穴里找到一件永恒的珍宝。也正是在那个覆盖着钟乳石的派什摩尔（Pech Merle）洞穴内，我们无视其他在场的游客，陶醉在拥有两万五千年历史的洞穴岩画中，几乎无法挪动脚步。一只年轻男子的手部轮廓——看起来就跟我和艾莉森的手一模一样——迫使我重新审视自己有关艺术、历史和迷信的所有看法。

在穆瓦萨克（Moissac）那座11世纪的修道院里，一尊尊罗曼式雕塑散发出另一种永恒的魅力。从那里继续往南，热尔地区（Gers Region）的田野构成百衲衣式的风景，上面点缀着一些位于山顶的村庄，如米拉杜（Miradoux）和莱克图尔（Lectoure），就跟故事书里的插图一样美。我们在那里的民宿内和一位隐居修女一起进餐，她在度过了冒险的一生之后，发誓保持沉默。她当时正在请病假，一直默不作声。不过她似乎很快乐，虽然那种看似囚禁的选择未必能奏效，但她看起来真的是乐在其中。最令人吃惊的是，我觉得自己理解她，也无心对她那种看似倒退的生活方式品头论足，大加讽刺。或许我自己终究还是有所变化吧。

现在，在通行证上那些印章的刺激下，我们徒步中看到的各种形象飞快地从我的脑海中闪过。

拉罗米厄（La Romieu）就像《绿野仙踪》里的翡翠城一样高耸于热尔地区的果园与树林中，让我们感到震惊。七百年前，一个自大狂教皇为了赞美自己的荣耀而修建了这个阴郁的圣所，从圣雅各大道上分出一条通往这里的岔道。

在漫步进入纳瓦尔朗（Navarrenx）之前，我们从未听说这个地方。对于我喜爱的军事工程师、英勇的沃邦侯爵修建的其他城堡——其中有很多我们已经在第一段行程中的勃艮第地区造访过——这个筑有城墙的要塞城市充当了原型。我们也没想到会邂逅城里那位九十岁高龄的“二战”死亡集中营幸存者，老人仍然充满令人鼓舞的活力和好奇心。他说自己没有丝毫怨恨。他没有愤怒，为自己仍然活着、能够说话而高兴。于是他就说个不停。

比利牛斯的一座座山峰构成迷人的景色，引诱我们继续向南，踏入绿如翡翠的巴斯克地区，到现在已经有好几周了。在我们旅程的倒数第二天，也就是今天早上，我们几乎被沃邦的杰作的魅力击倒——圣让皮耶德波尔（Saint-Jean-Pied-de-Port）那座筑有城墙的城堡。它堪称巴斯克地区的博讷，甚至还为带有或没有扇贝的疲惫游客提供了“大象”旅游列车。我本来可以待在这里，坐在咆哮的纳维河（Nave River）旁的一家咖啡馆里休息，或顺着城墙前进，等待沃邦或路易十四出现。他们没有出现，于是我们购买了一些补给，勒紧腰部，整装待发。

“下雪了。”当我们在一家整洁的店铺里采购巴斯克火腿和奶酪时，一个小贩说道。

“是刮风和下雨。”一名顾客反驳道。他穿着迷彩狩猎服装，朝我们眨眨眼。

我们狼吞虎咽，望着几十名朝圣者，他们是每年从圣让皮耶德波尔匆忙启程，前往圣地亚哥的两万五千名朝圣者中的一部分，而攀登那些高达一英里的可怕山峰将大大减少他们的人数。后来，我们看到一名红脸膛的朝圣者握着扇贝撤退，坐着出租车从身边经过。幸运的是，我们早就变形为石山羊，甚至还戴着铃铛。

我们就快抵达漫游之旅的终点，也变得稍微明智一点儿了，而且在衣着方面还不算太糟。几个月来，我们徒步，交谈，思考，反省，彼此开诚布公，向外面的世界敞开胸怀，就仿佛这些全都是为着朝比利牛斯山冲刺的最后一段路程准备的。

“我已经来到尽头。”我对艾莉森说，她已经把望远镜放好。

“什么的尽头？”

“记忆小径的尽头。”

在乌尔蒂亚格修士的餐桌上吃过节俭的一餐后，现在我们又回到自己在楼上那个被大风摧残的房间，现在这个能看到全景的环境和我们准备放手一搏的处境，让我想起我们在勃艮第的最后一夜，从密特朗总统在抵抗运动时期的藏身之处，望着窗外原始的梭鲁特岩石。那晚我辗转难眠，今晚我也同样——尽管我感觉越来越疲惫。我伸展开四肢躺在床上，在跑步者的亢奋状态中飘浮着。这二者之间的主要区别在于，我感觉不到自己在越野跑步中感觉到的那种痛苦，也没有焦虑，而且这种亢奋状态转瞬即逝。“兴高采烈”是形容我这种状态的最佳词语。我希望艾莉森也能感觉到。但从她沉稳、平静的呼吸判断，她已经进入睡梦之神的怀抱。她听不到大风摇撼窗户发出的咔嗒声。风的强度不断增加——如果还能继续增加的话，感觉这个农场就会像《绿野仙踪》里的那个一样，在堪萨斯的空中旋转了。

我用一种近乎敬畏的目光望着我的太太。她从不为失眠、噪声或时间而苦恼。而这三驾马车却向我尖叫，让我多年来疲于奔命。现在，时间给我不一样的感觉了。它就像莫比乌斯带一样溜走、滑动，构成一个形状奇特的统一体。岁月轮替，从日、周末、周、月、年到千年，一个个的时间单位已失去它们本来的含义。化石代表了昨天。我与无限产生了共鸣，又在有限中找到了乐趣。它很可能并非有限，而只是莫比乌斯带上的扭曲，是对次原子微粒的重新排列。我对未知事物无以言表的恐惧和我对种种现象的愤怒已经被丢到路边，就像我那个有声步程计一样。出人意料的生命续篇静静地吞噬了这个序列，这才是残存的我就要去做的事情。且不管狂风肆虐，我还要美美地睡上一觉。怀着这个温柔的诺言，我的眼睛一下子睁开了。“薄暮”神奇地与辉煌的黎明融为一体。我叫醒艾莉森，准备出发。

瞻后而顾前

15英里的垂直距离将杭托与龙塞斯瓦列斯分隔开来。我们狂饮咖啡，将好心的修士给我们准备的食物一扫而光，不等清晨的阳光完全照到驻扎在附近的那些全副武装的猎人身上，就动身了。没有谷歌，甚至也没有一台老式的晶体管收音机，我们也拿不准风有多大，但我估计风速大约为每小时80英里至100英里。说话都成问题，因此我们只能通过手势进行交流，结果就只好手挽手地并肩前进，然后又轮流你推我拉地向上攀登。尽管我们一路上造访了九百五十九座教堂也没产生多大的效果，我却想到了被描绘成鸽子的圣灵，希望我们和那些鸟儿都能够在翻越这座山脉时活下来。左右两边的猎人开始举起枪管，结果未发一枪便被大风吹得跌倒在地，鸽子们在头顶盘旋。那真是奇迹般的景象。

比亚克里（Biakorri）圣母像是位于巨石之间的一处圣所，从这里转身远眺，身后的法国一览无余。一位修女抓着自己翼状的帽子，从附近蹒跚地走过。我敢发誓她在跳跃、飞翔——步幅约为一码——同时唱着歌，又笑又叫。艾莉森本想给她拍张照片，但一阵大风吹来，她只得作罢。

“微风而已，”我用手拢在嘴上叫道，“没有下雪的迹象。”在接近本塔特山口的地方，GR-65步道又变成史前的土路，在一座座尖塔之间向上延伸，蜿蜒穿过骑士罗兰吹响号角，呼唤查理曼前来将他救出险境的著名山口。不幸的是，对罗兰来说，查理曼来得太晚。对于我而言，即使罗兰就在身边，也听不到他的号角声：大风的呼啸声震耳欲聋，盖住了其他所有的声音。我们开始怀疑自己是否也会在这个山口摆脱尘世的苦难了。在狂风的冲击下，我们不顾面部被刮得发痛，最后看了一眼自己已经穿越的这个国家。虽然看不到昂沃莱地区勒皮那么远，不过也差不离了。

我紧紧抱住艾莉森，久久地眺望着，而我们的风衣已经变成了风帆。我心中静静地充满胜利的喜悦感。我们曾经讨论这次徒步，又一路走来，几个月来不停地讨论、讨论、讨论，直到我们的思想、感情和非理性的冲动都变得跟吮吸了很久的糖果一样浑圆而熟悉。我知道，对我而言，旅途中一些最难熬的时刻是在勃艮第出现的，在那里，怀疑、恐惧、疲惫和寻找答案的需要与我如影随形。相比之下，旅途中剩余的部分就像云雀——或者说鸽子——一样一闪而过。兴奋总是超越疲惫，并且在此刻，我们因为强风的威力而暂时无法挪步甚至也很难呼吸的此刻，鼓励我们继续向前。

在山口另一侧等待我们的是另外5英里的路程，穿过茂密的山毛榉树林和飘落的秋叶。然后是一些没有树木的峡谷、已经倒下的朝圣者的坟墓和垂直高度为1300英尺的之字形下山小路。我们趔趔趄趄地走进薄雾笼罩的龙塞斯瓦列斯修道院。在这座用烛光照明的中世纪修道院里，披着斗篷的修士们正围绕祭坛用拉丁语唱着圣歌。数百名信徒用低沉的声音与之呼应。他们没有注意到我们。

“接下来去哪里？”艾莉森低声耳语道，“西班牙的圣雅各大道从这里开始。”再走500英里？我闭上眼睛，但我的脑子仍在转动，知道我们余生的朝圣之旅才刚刚开始，我已经记不得我们获得多少顿悟了，于是建议将圣地亚哥-孔波斯特拉留给未来，让它在我们如莫比乌斯带一般的朝圣之旅上构成另一个折返点。

致谢

我们要特别感谢我们的朋友与同行G. Y. 德里扬斯基（G. Y. Dryansky）在关键时刻给予的帮助，也要感谢我们那位出色的经纪人爱丽丝·马特尔（Alice Martell）和我的调查编辑杰西卡·卡斯（Jessica Case），以及杰出的出版商克莱本·汉考克（Claiborne Hancock），感谢他们的热情与慷慨。

我们还要向众多为我们打气的朋友，并向出发之前和旅途中遇到的无数热心相助、激励我们的人致以真诚的谢意，他们是：乔尔·阿维罗姆（Joel Avirom）和杰森·辛德（Jason Snyder）、迈克尔·巴尔特（Michael Balter）、史蒂芬·巴克利（Steven Barclay）和加思·比克斯勒（Garth Bixler）、简·伯恩（Jane Beirn）、马蒂娜·布歇（Martine Bouchet）、胡布·布罗克斯赫曼（Huub Broxterman）、弗朗索瓦·卡巴纳（Françoise Cabanne）、金伯利·卡梅伦（Kimberley Cameron）和大卫·布罗迪（David Brody）、亨利·克莱克（Henri Clerc）、雅克·克卢多（Jacques Clouteau）、贝特朗·德维拉尔（Bertrand

Devillard)、罗贝尔和索朗热·迪克勒（Robert and Solange Ducreux）、马利-皮埃尔·埃梅里（Marie-Pierre Emery）、马克·埃弗斯曼（Mark Eversman）、伊芙·法热（Eva Fage）、约翰·弗林（John Flinn）、圣福瓦修道院（Sainte-Foy Abbey）的让-雷吉斯修士（Frère Jean-Régis）、桑德拉·吉尔伯特（Sandra Gilbert）、安东·吉尔（Anton Gill）、卡琳·格里本斯基（Karine Gribenski）、欧坦主教座堂（Autun Cathedral）已故的法政牧师德尼·格里沃（Canon Denis Grivot）、让-克劳德·雅基诺（Jean-Claude Jacquinot）、多米尼克·雅克诺（Dominique Jacquot）、让·卡恩（Jean Kahn）、巴里·克佩尔（Barrie Kerper）、彼得·扬·利曼（Peter Jan Leeman）和阿德·凡·德·克鲁格特（Aad van der Krogt）、玛格丽特·马汉（Margaret Mahan）、大卫·马隆（David Malone）、麦克纳利-杰克逊图书公司（McNally-Jackson books）的莎拉·麦克纳利（Sarah McNally）、米娅·莫纳斯特里（Mia Monasterli）、吉兰·穆罗（Ghislain Moureaux）、安东尼·欧德科恩（Anthony Oldcorn）、书廊书店（Book Passage）的卡伦·韦斯特（Karen West）、伊莱恩和比尔·彼得罗切利（Elaine and Bill Petrocelli）、已故的波莉·普拉特（Polly Platt）和已故的鲍勃·西蒙兹（Bob Symonds）、普丽西拉·普安特（Priscilla Pointer）、乔治和伯尼·雷绍（Georges and Bernie Risoud）、哈丽雅特·韦尔蒂·罗什福尔（Harriet Welty Rochefort）、鲁斯·施莱普曼（Russ Schleipmann）、保罗·泰勒（Paul Taylor）、罗伯特·托尔马

奇（Robert Tolmach）、“乌龟”（“The Tortoise”）、罗布·乌列（Rob Urie）、雅克·沃德（Jacques Vaud）、克劳迪奥·沃尔佩蒂（Claudio Volpetti）、史蒂文·沃斯（Steven Voss）。

图书在版编目（CIP）数据

从巴黎到比利牛斯：一个怀疑论者的朝圣之旅 /（美）大卫 · 唐尼著；（美）艾莉森 · 哈里斯摄；焦晓菊译. —北京：生活 · 读书 · 新知三联书店，2017.8
（旅行之道）
ISBN 978－7－108－05764－8

Ⅰ. ①从…　Ⅱ. ①大… ②艾… ③焦…　Ⅲ. ①游记－作品集－美国－现代
Ⅳ. ① I712.65

中国版本图书馆 CIP 数据核字（2016）第 184140 号

责任编辑　李静韬
装帧设计　康　健
责任印制　徐　方
出版发行　生活 · 讀書 · 新知 三联书店
（北京市东城区美术馆东街 22 号 100010）
网　　址　www.sdxjpc.com
经　　销　新华书店
图　　字　01-2016-2316
印　　刷　北京铭传印刷有限公司
版　　次　2017 年 8 月北京第 1 版
2017 年 8 月北京第 1 次印刷
开　　本　880 毫米 × 1230 毫米　1/32　印张 13.25
字　　数　262 千字　图 74 幅
印　　数　0,001－8,000 册
定　　价　42.00 元
（印装查询：01064002715；邮购查询：01084010542）